CB063106

Outros títulos de literatura da Jambô

Dungeons & Dragons
A Lenda de Drizzt, Vol. 1 — Pátria
A Lenda de Drizzt, Vol. 2 — Exílio
A Lenda de Drizzt, Vol. 3 — Refúgio
A Lenda de Drizzt, Vol. 4 — O Fragmento de Cristal
A Lenda de Drizzt, Vol. 5 — Rios de Prata
A Lenda de Drizzt, Vol. 7 — Legado
Crônicas de Dragonlance, Vol. 1 — Dragões do Crepúsculo do Outono
Crônicas de Dragonlance, Vol. 2 — Dragões da Noite do Inverno
Crônicas de Dragonlance, Vol. 3 — Dragões do Alvorecer da Primavera
Lendas de Dragonlance, Vol. 1 — Tempo dos Gêmeos

Tormenta
A Deusa no Labirinto
A Flecha de Fogo
A Joia da Alma
Trilogia da Tormenta, Vol. 1 — O Inimigo do Mundo
Trilogia da Tormenta, Vol. 2 — O Crânio e o Corvo
Trilogia da Tormenta, Vol. 3 — O Terceiro Deus
Crônicas da Tormenta, Vol. 1
Crônicas da Tormenta, Vol. 2
Crônicas da Tormenta, Vol. 3

Outras séries
Dragon Age: O Trono Usurpado
Espada da Galáxia
Profecias de Urag, Vol. 1 — O Caçador de Apóstolos
Profecias de Urag, Vol. 2 — Deus Máquina

Para saber mais sobre nossos títulos,
visite nosso site em www.jamboeditora.com.br.

R. A. SALVATORE

A Lenda de Drizzt, Vol. 1

PÁTRIA

Tradução
Carine Ribeiro

DUNGEONS & DRAGONS®
FORGOTTEN REALMS®
A Lenda de Drizzt, Vol. 1 — Pátria

©2004 Wizards of the Coast, LLC. Todos os direitos reservados.
Dungeons & Dragons, D&D, Forgotten Realms, Wizards of the Coast, The Legend of Drizzt e seus respectivos logos são marcas registradas de Wizards of the Coast, LLC.

Título Original: The Legend of Drizzt, Book 1: Homeland
Tradução: Carine Ribeiro
Revisão: Elisa Guimarães
Diagramação: Guilherme Dei Svaldi
Ilustração da Capa: Todd Lockwood
Ilustrações do Miolo: Dora Lauer e Walter Pax
Editor-Chefe: Guilherme Dei Svaldi

Equipe da Jambô: Guilherme Dei Svaldi, Rafael Dei Svaldi, Leonel Caldela, Ana Carolina Gonçalves, Cássia Bellmann, Dan Ramos, Daniel Boff, Elisa Guimarães, Felipe Della Corte, Freddy Mees, Glauco Lessa, Guiomar Soares, J. M. Trevisan, Karen Soarele, Matheus Tietbohl, Maurício Feijó, Pietra Guedes Nuñez, Thiago Rosa, Vinicius Mendes.

Rua Coronel Genuíno, 209 • Porto Alegre, RS
CEP 90010-350 • Tel (51) 3391-0289
contato@jamboeditora.com.br • www.jamboeditora.com.br

Todos os direitos desta edição reservados à Jambô Editora. É proibida a reprodução total ou parcial, por quaisquer meios existentes ou que venham a ser criados, sem autorização prévia, por escrito, da editora.

2ª edição: dezembro de 2021 | ISBN: 978858913471-3
Dados Internacionais de Catalogação na Publicação

S182p Salvatore, R. A.
      Pátria / R. A. Salvatore; tradução de Carine Ribeiro; revisão de Rogerio Saladino. — Porto Alegre: Jambô, 2021.
      384p. il.

      1. Literatura norte-americana. I. Ribeiro, Carine. II. Saladino, Rogerio. III. Título.

CDU 869.0(81)-311

*Para meu melhor amigo,
meu irmão,
Gary*

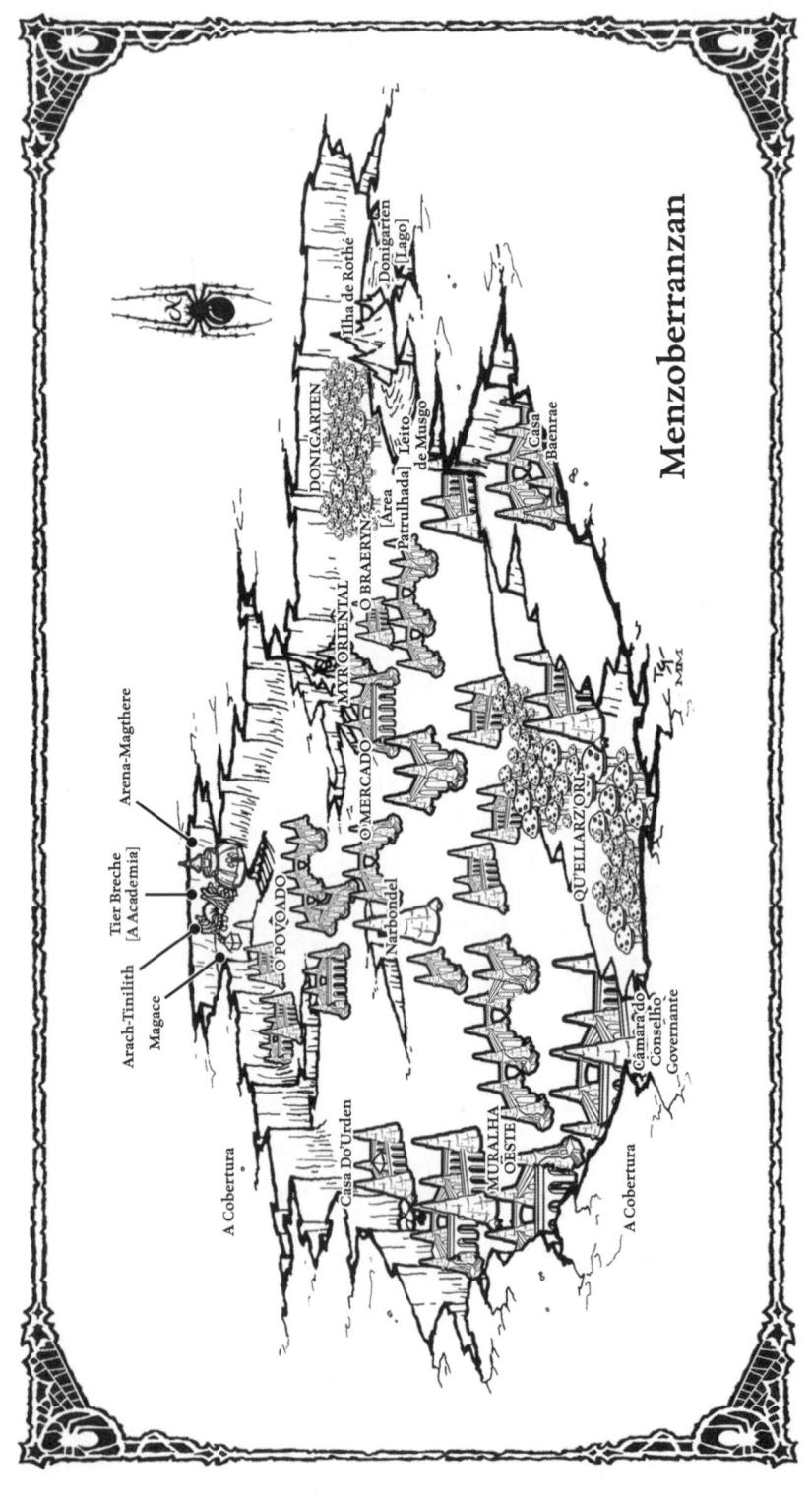

Prelúdio

Nenhuma estrela presenteia esta terra com a luz dos seus mistérios cintilantes, nem o sol verte aqui seus raios de calor e vida. Este é o Subterrâneo, o mundo secreto abaixo da superfície agitada dos Reinos Esquecidos, cujo céu é um teto de rocha impiedosa e cujas paredes mostram a suavidade cinzenta da morte à luz das tochas dos tolos habitantes da superfície que vêm parar aqui. Este não é o mundo deles, e a maioria dos que vêm aqui sem ser convidados não retornam.

Aqueles que conseguem escapar e voltam à segurança de seus lares estão alterados para sempre. Seus olhos viram as trevas e as sombras, a inevitável maldição do Subterrâneo.

Corredores sombrios serpenteiam por todo o reino escuro, conectando cavernas grandes e pequenas, com tetos altos e baixos.

Amontoados de pedras tão pontudas quanto os dentes de um dragão espreitam como uma ameaça silenciosa ou se elevam, bloqueando o caminho de intrusos.

Há um silêncio aqui, profundo e agourento, como o de um predador à espera de sua caça. E, por diversas vezes, o único som, o único lembrete para os viajantes de que não perderam sua audição, é um gotejar ecoante de água, pulsante como o coração de uma fera, deslizando através das pedras até os lagos gelados do Subterrâneo. O que há abaixo da superfície espelhada dessas piscinas de ônix, só se pode imaginar. Quais segredos aguardam aquele que tiver coragem, quais horrores aguardam aquele que for tolo o bastante, apenas a imaginação pode revelar... Até que se perturbe a calmaria imóvel daquelas águas.

Há bolsões da vida aqui, cidades tão grandes quanto as da superfície. Após qualquer uma das curvas das galerias de pedra cinzenta, um viajante pode se ver subitamente no perímetro de uma dessas metrópoles, um contraste intenso com o vazio dos corredores. Tais lugares, ainda assim, não servem de refúgio. São os lares das raças mais malignas de todos os Reinos — dentre as quais, as mais notáveis são os duergars, os kuo-toa e os drow, ou elfos negros.

Em uma dessas cavernas, de três quilômetros de largura e trezentos metros de altura, fica Menzoberranzan, um monumento à graça sobrenatural — e letal — que marca a raça drow. Nos locais onde, em épocas passadas, havia uma caverna vazia de estalactites e estalagmites brutas, agora há fileiras e mais fileiras de palácios ressoando em um sutil fulgor mágico. A cidade é a perfeição da forma, onde nenhuma pedra foi mantida em seu estado natural. Tal senso de ordem e controle, no entanto, é apenas uma fachada cruel, um embuste que oculta o caos e a vilania que governam os corações dos elfos negros. Assim como suas cidades, eles são um povo belo, esbelto e delicado, de traços acentuados e etéreos.

No entanto, os drow são os governantes deste mundo sem lei, os mais letais dentre os letais, e todas as outras raças os observam cautelosamente. A própria beleza empalidece ante a ponta da espada de um elfo negro. Os drow são sobreviventes, e este é o vale da morte. A terra de pesadelos inomináveis.

O Subterrâneo.

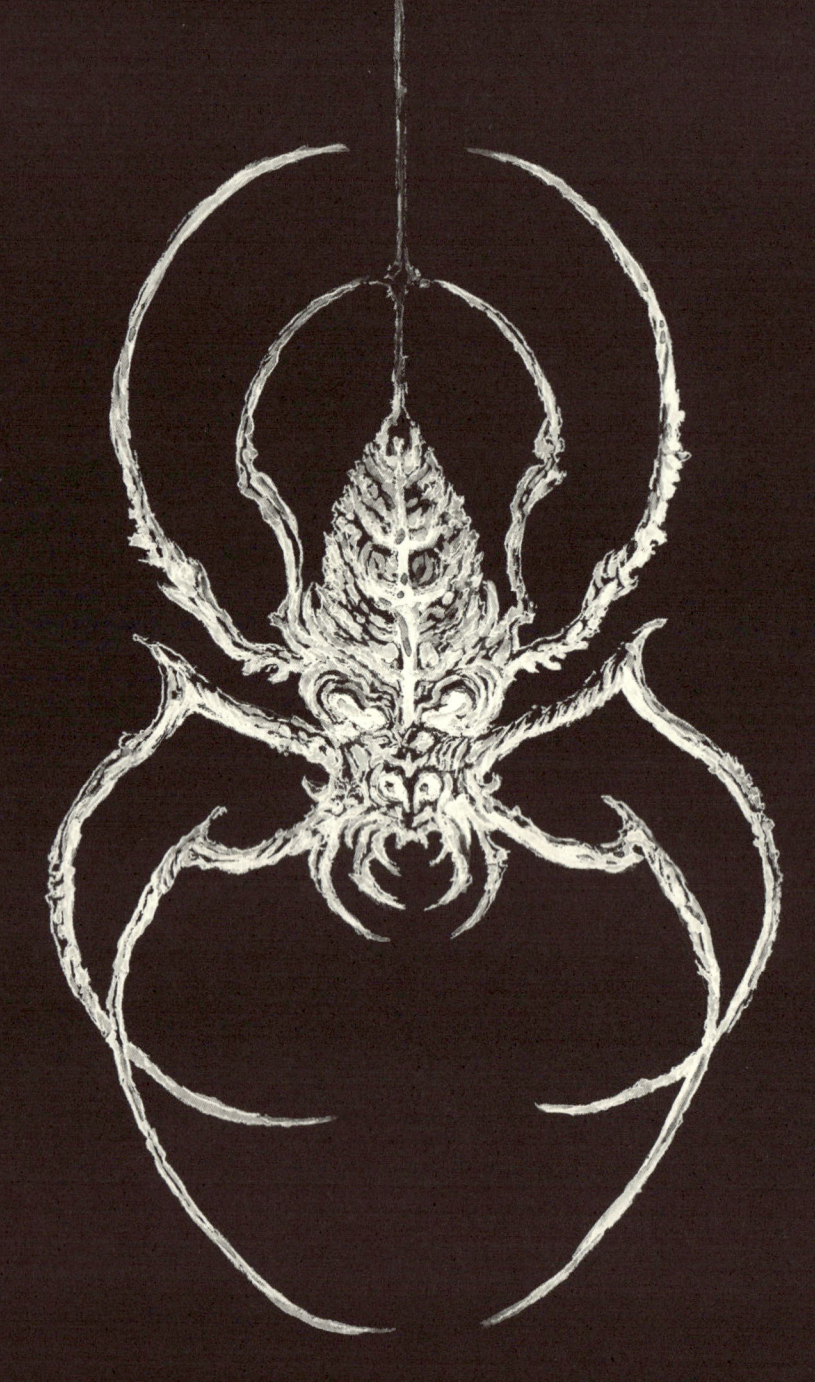

Parte 1
Status

Status. Em todo o mundo dos drow, não há palavra mais importante. É o chamado da religião deles — da nossa. O incessante repuxar das cordas famintas do coração. A ambição supera o bom senso e a compaixão é jogada em sua face, tudo em nome de Lolth, a Rainha Aranha. A ascensão ao poder na sociedade drow é um simples processo de assassinato. A Rainha Aranha é uma divindade do caos, e ela e suas altas sacerdotisas, as verdadeiras governantes do mundo dos drow, certamente não veem com maus olhos os indivíduos ambiciosos que empunham adagas envenenadas.

É claro, existem regras de comportamento. Toda sociedade precisa tê-las. Assassinar alguém abertamente ou declarar guerra é um convite às supostas leis, e as penas aplicadas em nome da justiça drow são implacáveis.

Cravar um punhal nas costas de um rival durante o caos de uma batalha ou nas sombras silenciosas de um beco, no entanto, é algo bastante aceitável — ou mesmo digno de aplausos. A investigação não é o forte da justiça drow. Ninguém se importa o suficiente para se incomodar com isso.

Status é o caminho de Lolth. Ela concede a ambição para instaurar o caos, para manter os drow, seus filhos, em seu caminho designado de autorreclusão. Filhos? Peões, mais provavelmente. Bonecos dançantes da Rainha Aranha. Fantoches com fios imperceptíveis — mas permeáveis — de sua teia. Todos disputam posições na hierarquia da Rainha Aranha, todos caçam para seu prazer e todos são caçados para o prazer dela.

Status é o paradoxo do mundo do meu povo, a limitação do poder pela própria sede de poder. É obtido através de traição, e convida à traição contra aqueles que o obtiveram. Os poderosos em Menzoberranzan passam seus dias olhando para trás, para se defender das adagas apontadas para suas costas. Suas mortes geralmente vêm pela frente.

— Drizzt Do'Urden

Capítulo 1

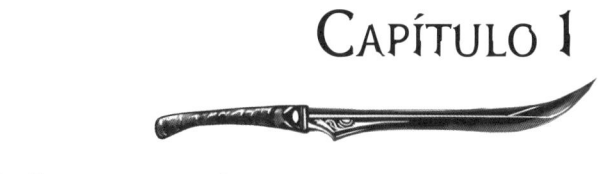

Menzoberranzan

Para um habitante da superfície, ele teria passado indetectável a apenas três metros de distância. Os passos do lagarto que usava como montaria eram leves demais para serem ouvidos; a cota de malha flexível e perfeitamente forjada tanto para o cavaleiro quanto para a montaria se dobrava e adaptava-se aos movimentos deles como se fossem suas próprias peles.

O lagarto de Dinin trotava em uma marcha fácil, mas rápida, praticamente flutuando sobre o chão quebrado, pelas paredes, e até mesmo através do teto longo do túnel. Lagartos subterrâneos, com seus pés de três dedos pegajosos, estavam entre as montarias preferidas justamente por sua habilidade de escalar a pedra tão facilmente quanto uma aranha.

Atravessar o chão duro não deixaria nenhuma evidência no mundo iluminado da superfície, mas praticamente todas as criaturas do Subterrâneo possuíam infravisão, a habilidade de enxergar o espectro infravermelho. As pegadas deixam resíduos de calor que podem ser rastreadas, se seguirem um curso previsível ao longo de um corredor.

Dinin agarrou-se à sua sela enquanto o lagarto se arrastava por um trecho do teto, em seguida saltou em uma descida em espiral até um ponto mais distante ao longo da parede. Dinin não queria ser seguido.

Não tinha luz alguma para guiá-lo, mas também não precisava. Era um drow, um elfo negro, um primo com pele de ébano daqueles povos silvestres que dançavam sob as estrelas na superfície do mundo. Para os olhos superiores de Dinin, que traduziam variações sutis de calor em imagens vivas e coloridas, o Subterrâneo estava longe de ser um lugar sem luz. Cores de todo o espectro dançavam diante dele nas pedras das paredes e do chão, aquecidos por alguma fissura distante ou canal de água quente. O calor das coisas vivas era o mais marcante de todos, permitindo que o elfo negro visse os seus inimigos em detalhes tão complexos quanto qualquer habitante da superfície veria à luz do dia.

Normalmente, Dinin não teria deixado a cidade por vontade própria; o mundo do Subterrâneo era perigoso para caminhadas individuais, mesmo para um elfo negro. Naquele dia, porém, tinha que ter certeza de que nenhum drow hostil percebesse sua passagem.

Um brilho mágico azul sutil, além do arco esculpido em pedra, fez com que o drow percebesse que estava se aproximando da entrada da cidade, e que diminuísse o passo do seu lagarto. Poucos utilizavam este túnel estreito, que se abria em Tier Breche, na parte norte de Menzoberranzan, dedicada à Academia e ninguém além das Mestras e dos Mestres, os instrutores da Academia, poderia passar sem levantar suspeitas.

Dinin sempre ficava nervoso quando alcançava tal local. Dentre as centenas de túneis que se abriam da caverna principal de Menzoberranzan, este era o melhor vigiado. Além do arco, estátuas gêmeas de aranhas gigantescas se elevavam em sua defesa silenciosa. Se um inimigo o atravessasse, as aranhas adquiririam vida e o atacariam, e os alarmes soariam em toda a Academia.

O elfo negro desmontou, deixando seu lagarto confortavelmente agarrado em uma parede à altura de seu peito. Ele levou sua mão por debaixo de seu *piwafwi*, sua capa mágica protetora, e tirou uma bolsa que levava presa ao pescoço. De lá, Dinin retirou a insígnia da Casa D'Urden, uma aranha empunhando diversas armas em cada uma de suas oito pernas e adornada com as letras "DN", de Daermon N'a'shezbaernon, o nome formal e ancestral da Casa Do'Urden.

— Você vai aguardar o meu retorno — Dinin sussurrou para o lagarto enquanto agitava a insígnia em frente a ele. Tal como acontece com todas as casas drow, a insígnia da Casa Do'Urden continha diversos encantamentos, um deles fornecendo aos membros da família o controle absoluto sobre os animais domésticos. O lagarto obedeceria infalivelmente, mantendo sua posição como se estivesse enraizado na pedra, mesmo que alguma ratazana, seu petisco favorito, cochilasse a poucos metros dele.

Dinin respirou fundo e aproximou-se lentamente do arco. Ele podia ver as aranhas olhando para ele do alto de seus mais de quarenta metros de altura. Ele era um drow da cidade, não um inimigo, e poderia passar por qualquer outro túnel sem maiores preocupações, mas a Academia era um lugar imprevisível. Dinin tinha ouvido falar que as aranhas frequentemente recusavam a entrada — de forma bem violenta — de drow que não fossem convidados.

Ele não poderia se permitir ser atrasado por medos e possibilidades, lembrou a si mesmo. Seu negócio era de extrema importância para os planos de batalha de sua família. Olhando à frente e desviando o olhar das aranhas gigantescas, o drow caminhou entre elas até alcançar o solo de Tier Breche.

Moveu-se para o lado e fez uma pausa, primeiramente para ter certeza de que ninguém se escondia nas proximidades, mas também para admirar a vista deslumbrante de Menzoberranzan.

Ninguém, drow ou não, jamais foi capaz de olhar desse ponto sem sentir ao menos alguma admiração pela cidade dos elfos negros. Tier Breche era o ponto mais alto daquela caverna de três quilômetros de altura, o que proporcionava uma vista panorâmica para o resto de Menzoberranzan. O espaço da Academia era estreito, contendo apenas as três estruturas que compunham a escola drow: Arach-Tinilith, a escola em forma de aranha de Lolth; Magace, a torre de magia graciosamente curvada em espirais; e Arena-Magthere, uma estrutura piramidal minimalista na qual os guerreiros do sexo masculino aprendiam seu ofício.

Além de Tier Breche, através das colunas ornamentadas de estalagmites que marcavam a entrada da Academia, a caverna desaparecia para se espalhar em uma área larga, que ia muito além para qualquer lado que a visão de Dinin alcançasse, além do que seria possível que seus olhos aguçados enxergassem. As cores de Menzoberranzan eram três vezes mais intensas para os olhos sensíveis do drow. Padrões de calor de várias fissuras e fontes termais espiralavam por toda a caverna. Roxo e vermelho, amarelo brilhante e um azul sutil se entrecruzavam e se fundiam, escalando as paredes e estalagmites, ou então escapavam singularmente, deixando raios de luz contra o cenário de pedra cinzenta. Ainda mais confinadas do que essas gradações generalizadas e naturais de cor no espectro infravermelho estavam as regiões de magia intensa, como as aranhas, entre as quais Dinin tinha acabado de caminhar, praticamente brilhando com energia. Por fim, havia as verdadeiras luzes da cidade, os fogos feéricos e as esculturas iluminadas nas casas. Os drow tinham orgulho da beleza de sua arquitetura e arte, especialmente das colunas ornamentadas e das gárgulas esculpidas com perfeição, quase sempre delineadas em luzes mágicas permanentes.

Mesmo à distância, Dinin pôde notar a Casa Baenre, Primeira Casa de Menzoberranzan. Ela abrangia vinte colunas de estalagmites e mais da metade desse número de estalactites. A Casa Baenre já existia há cinco mil anos, desde a fundação de Menzoberranzan, e naquela época o trabalho para aperfeiçoar a arte da casa era incessável. Praticamente cada centímetro daquela estrutura imensa brilhava em fogo feérico, azul nas torres periféricas e roxo brilhante na enorme cúpula central.

A luz cortante de velas, estranhas ao Subterrâneo, surgiam através de algumas janelas das casas distantes. Somente clérigos ou magos podiam acender velas, Dinin sabia, sacrifícios necessários naquele mundo de livros e pergaminhos.

Esta era Menzoberranzan, a cidade dos drow. Vinte mil elfos negros viviam ali, vinte mil soldados do exército do mal.

Um sorriso perverso se formou nos lábios finos de Dinin ao pensar em alguns dos soldados que cairiam naquela noite.

Dinin ficou olhando para Narbondel, o enorme pilar central que servia de relógio em Menzoberranzan. Narbondel era única maneira que os drow tinham para marcar a passagem do tempo. Ao final de cada dia, o arquimago da cidade conjurava suas chamas mágicas na base da coluna de pedra. Lá, o feitiço se mantinha até o final do ciclo — um dia na superfície — e gradualmente espalhava seu calor pela estrutura de Narbondel até que toda ela apresentasse um brilho escarlate no espectro infravermelho. A coluna agora estava totalmente escura, fria, uma vez que as chamas do encantamento haviam expirado. O mago estava naquele momento na base, Dinin supunha, pronto para começar um novo ciclo.

Era meia-noite, a hora marcada.

Dinin se afastou das aranhas e da saída do túnel e passou furtivamente ao longo da lateral de Tier Breche, buscando as "sombras" dos padrões de calor na parede, que poderiam esconder efetivamente o contorno distinto de sua própria temperatura corporal. Ele finalmente chegou a Magace, a escola de magia, e se esgueirou até beco estreito entre a base curva da torre e a parede externa de Tier Breche.

— Aluno ou mestre? — veio o sussurro esperado.

— Apenas um mestre pode andar pela área externa de Tier Breche durante a morte negra de Narbondel — Dinin respondeu.

A figura coberta de robes pesados passou ao redor do arco da estrutura até estar de frente para Dinin. O estranho se manteve na postura habitual de um mestre da academia drow, seus braços à sua frente, com os cotovelos dobrados, suas mãos unidas, uma acima da outra, à frente de seu peito.

Essa pose era a única coisa que parecia normal para Dinin.

— Saudações, Sem Rosto — ele gesticulou no silencioso código de sinais dos drow, uma língua tão detalhada quanto seria se fosse falada.

O tremor das mãos de Dinin desmentia o seu rosto calmo, uma vez que apenas a visão desse mago o deixava mais nervoso do que jamais esteve.

— Segundo filho dos Do'Urden — o mago respondeu na mesma língua de sinais —, está com meu pagamento?

— Você será recompensado — Dinin gesticulou incisivamente, recuperando sua compostura e seu temperamento explosivo. — Você ousa duvidar da palavra de Malícia Do'Urden, Matriarca Mãe de Daermon N'a'shezbaernon, Décima Casa de Menzoberranzan?

Sem Rosto deu um passo atrás, sabendo que havia cometido um erro.

— Minhas desculpas, segundo filho da Casa Do'Urden — ele respondeu, se deixando cair sobre um joelho em um gesto de rendição. Desde que se envolvera nessa conspiração, o mago temia que sua impaciência pudesse custar-lhe sua vida. Havia sido atingido pelos efeitos violentos de um de seus próprios experimentos mágicos, tragicamente tendo todo o seu rosto foi derretido e transformado em uma gosma branca e verde. Matriarca Malícia, que tinha a reputação de ser talentosa como ninguém no preparo de poções e unguentos, oferecia um raio de esperança que ele não poderia ignorar.

Piedade alguma conseguiu alcançar o coração insensível de Dinin, mas a Casa Do'Urden precisava do mago.

— Você terá o seu unguento — Dinin prometeu com calma — quando Alton DeVir estiver morto.

— É claro — o mago concordou. — Esta noite?

Dinin cruzou os braços e começou a pensar a respeito. Matriarca Malícia o havia instruído de que Alton DeVir deveria morrer assim que a batalha entre suas famílias começasse. Isso agora parecia a Dinin limpo demais, fácil demais. Sem Rosto não deixou de notar o fulgor repentino que iluminou os olhos do jovem Do'Urden.

— Aguarde a luz de Narbondel chegar ao seu auge — Dinin respondeu, com suas mãos se movendo rapidamente e sua expressão congelada em um sorriso pérfido.

— O rapaz condenado deverá saber o destino de sua Casa antes de morrer? — perguntou o mago, já adivinhando as intenções malignas por trás das instruções de Dinin.

— Quando for desferido o golpe final — respondeu Dinin —, que Alton DeVir morra sem esperança.

Dinin recuperou sua montaria e saiu em disparada pelos corredores vazios, pegando uma rota que o levaria através de uma entrada diferente para a cidade. Ele tomou o caminho ao longo da extremidade oriental da grande caverna, a região de produção básica de Menzoberranzan, onde nenhuma família drow notaria que ele havia estado fora dos limites da cidade e onde apenas algumas estalagmites se elevavam da pedra lisa. Dinin esporeou seu lagarto ao longo das margens de Donigarten, o lago da cidade, com sua ilha coberta de musgo que abrigava um rebanho de criaturas similares a gado, chamadas rothé. Uma centena de goblins e orcs desviaram seus olhares das suas funções de pescaria e pastoreio para observar a passagem ligeira do drow. Sabendo de suas restrições como escravos, tiveram o cuidado de não olhar Dinin nos olhos.

O drow não os teria notado de qualquer forma. Estava consumido demais pela urgência do momento. Esporeou sua montaria para que corresse mais e alcançou novamente as avenidas planas e curvas dentre os brilhantes castelos drow. Ele foi até o sul da região central da cidade, em direção ao bosque de cogumelos gigantes que marcavam a região das melhores casas em Menzoberranzan.

Ao passar pelo ponto cego de uma curva, quase atropelou um grupo de quatro bugbears errantes. Os grandes goblinoides peludos pararam por um momento para observar o drow, e então saíram lentamente, mas propositadamente, para fora de seu caminho.

Os bugbears o reconheceram como um membro da Casa Do'Urden, Dinin sabia. Ele era um nobre, filho de uma alta sacerdotisa, e seu sobrenome era o nome de sua Casa. Dos vinte mil elfos negros em Menzoberranzan, apenas aproximadamente mil eram nobres, filhos das sessenta e sete famílias reconhecidas da cidade. O resto eram soldados comuns.

Os bugbears não eram criaturas estúpidas. Sabiam diferenciar um nobre de um plebeu, embora elfos negros não levassem a insígnia de sua família à vista, o cabelo branco preso em um rabo de cavalo alto e pontudo de Dinin e o padrão distinto de linhas roxas e vermelhas em seu *piwafwi* preto indicavam claramente quem ele era.

A urgência da missão pressionava Dinin, mas ele não deixou de notar o descaso dos bugbears. Eles fugiriam mais rápido se ele fosse um membro da Casa Baenre ou de qualquer outra das sete casas governantes? Ele se perguntou.

— Vocês vão aprender a respeitar a Casa Do'Urden em breve — o elfo negro sussurrou baixinho, enquanto se virava e avançava com seu lagarto em direção ao grupo. Os bugbears começaram a correr, entrando em um beco coberto de pedras e detritos.

Dinin só se deu por satisfeito ao usar os poderes inatos de sua raça. Conjurou um globo de escuridão — impermeável tanto para a infravisão quanto para a visão normal — no caminho das criaturas em fuga. Ele supunha ser imprudente chamar tanta atenção para si mesmo, mas um instante depois, quando ouviu sons de pancadas e xingamentos enquanto os bugbears tropeçavam cegamente pelas pedras, sentiu que valia o risco.

Com sua ira saciada, seguiu em frente, escolhendo uma rota mais cuidadosa através das sombras de calor. Como membro da décima casa da cidade, Dinin poderia ir aonde quisesse dentro da caverna gigantesca sem ser questionado, mas Matriarca Malícia havia deixado claro que ninguém ligado à Casa Do'Urden deveria ser visto sequer nos arredores do bosque de cogumelos.

Matriarca Malícia, mãe de Dinin, não deveria ser questionada, mas isso era apenas uma regra, afinal de contas. E em Menzoberranzan, havia uma regra acima de todas as outras: não seja pego.

No extremo sul do bosque de cogumelos, o drow impetuoso encontrou o que estava procurando: um aglomerado de cinco pilares enormes que iam do chão ao teto, escavados em uma rede de câmaras e conectados por parapeitos e pontes, tanto de metal quanto de pedra. Gárgulas de um brilho vermelho, o padrão da casa, encaravam para baixo no alto de uma centena de poleiros, como sentinelas silenciosas. Esta era a Casa DeVir, Quarta Casa de Menzoberranzan.

Uma paliçada alta de cogumelos cercava o lugar. Cada quinto cogumelo era um fungo guardião, um fungo senciente assim chamado (e preferido como sistema de alarme) por causa dos guinchos agudos que emitia sempre que um ser vivo passava por ele. Dinin manteve uma distância prudente, não querendo ativar um dos fungos guardiões, e sabendo também que outras defesas, mais mortais, protegiam a fortaleza. Matriarca Malícia lidaria com elas.

Uma angústia de expectativa permeava o ar daquele lado da cidade. Era do conhecimento geral em toda Menzoberranzan que Matriarca Ginafae da Casa DeVir havia caído em desgraça com Lolth, a Rainha Aranha, divindade de todos os drow e a verdadeira fonte de poder de qualquer casa. Tais circunstâncias nunca foram discutidas abertamente entre os drow, mas todos que as conheciam plenamente imaginavam que alguma família hierarquicamente inferior em breve atacaria a agora enfraquecida Casa DeVir.

Matriarca Ginafae e sua família haviam sidos os últimos a saber sobre o desagrado da Rainha Aranha — conforme era esperado dos caminhos tortuosos de Lolth — e Dinin poderia dizer apenas com um olhar rápido para o exterior da Casa DeVir que a família condenada ainda não tivera tempo o bastante para erguer defesas adequadas. DeVir ostentava quase quatrocentos soldados, muitos deles mulheres, mas aqueles que Dinin podia ver naquele momento em seus postos ao longo dos parapeitos pareciam nervosos e inseguros.

O sorriso de Dinin se espalhou ainda mais quando pensou em sua própria casa, que crescia diariamente em poder sob a orientação astuta de Matriarca Malícia. Com suas três irmãs se aproximando rapidamente do posto de alta sacerdotisa, seu irmão, um mago talentoso, e seu tio Zaknafein, o melhor mestre de armas de toda Menzoberranzan, ocupado treinando os trezentos soldados, a Casa Do'Urden era uma força completa. E Matriarca Malícia, ao contrário de Ginafae, estava nas graças da Rainha Aranha.

— Daermon N'a'shezbaernon — Dinin murmurou baixinho, usando a referência formal e ancestral à Casa Do'Urden —, nona Casa de Menzoberranzan! — ele gostou de como soava.

Do outro lado da cidade, além da varanda de brilho prateado e da porta em arco seis metros acima da parede oeste da caverna, estavam sentados os membros principais da Casa Do'Urden. Eles haviam se reunido ali para delinear os planos finais para os trabalhos daquela noite. No estrado elevado que ficava atrás da sala de audiências, estava a venerável Matriarca Malícia, com sua barriga imensa nas horas finais da gravidez. Ao seu lado, em lugares de honra, estavam suas três filhas, Maya, Vierna e a mais velha, Briza, uma recém-ordenada alta sacerdotisa de Lolth. Maya e Vierna pareciam versões mais jovens de sua mãe, esbeltas e enganosamente pequenas. Briza, porém, mal se parecia com o resto de sua família. Ela era grande — enorme para os padrões drow — e roliça nos ombros e quadris. Aqueles que conheciam Briza bem o suficiente notavam que seu tamanho era meramente uma circunstância de seu temperamento; um corpo menor jamais poderia conter a raiva e o ímpeto brutal da mais nova alta sacerdotisa da Casa Do'Urden.

— Dinin deve voltar em breve — comentou Rizzen, o atual patrono da família — para que saibamos se é a hora certa para o ataque.

— Nós vamos antes de Narbondel assumir seu brilho da manhã! — Briza dirigiu-se a ele em com sua voz grave, mas afiada como uma navalha. Ela deu um sorriso torto para a sua mãe, buscando aprovação por colocar o macho em seu lugar.

— A criança nascerá esta noite — Matriarca Malícia explicou ao marido ansioso. — Iremos independentemente das notícias de Dinin.

— Será um menino — rosnou Briza, sem fazer nenhum esforço em esconder sua decepção. — Terceiro filho vivo da Casa Do'Urden.

— Para ser sacrificado para Lolth — destacou Zaknafein, um ex-patrono da casa, que agora ocupava o importante cargo de mestre de armas. O hábil guerreiro parecia bastante satisfeito com a ideia do sacrifício, assim como Nalfein, o filho mais velho da família, que estava ao lado de Zak. Nalfein era o primogênito, e ele não precisava de mais concorrência além de Dinin dentro das fileiras da Casa Do'Urden.

— Como manda a tradição — Briza complementou enquanto o vermelho de seus olhos parecia ainda mais vívido. — Para ajudar em nossa vitória!

Rizzen se mexeu desconfortavelmente.

— Matriarca Malícia — ele se atreveu a falar —, você conhece bem as dificuldades do parto. Caso a dor a distraia...

— Você ousa questionar a Matriarca Mãe? — Briza interrompeu duramente, pegando o chicote com cabeças de cobras que estava preso — e se contorcendo — em seu cinto.

Matriarca Malícia a deteve estendendo uma mão.

— Se atente ao combate — disse a matriarca para Rizzen. — Deixe as mulheres da casa lidarem com as questões importantes desta batalha.

Rizzen se mexeu novamente e baixou o olhar.

Dinin foi até a muralha mágica que conectava a fortaleza dentro da parede oeste da cidade às duas pequenas torres de estalagmite da Casa Do'Urden, que formavam o pátio do complexo. A cerca era feita de adamante, o metal mais resistente do mundo, e uma centena de esculturas de aranha empunhando armas a adornava, cada uma enfeitiçada com armadilhas e glifos mortais. O portão poderoso da Casa Do'Urden era alvo da inveja de muitas casas drow, mas tendo acabado de ver as casas espetaculares no bosque de cogumelos, Dinin só conseguia sentir decepção ao ver sua própria residência. O complexo era simples e, de certa forma, vazio, assim como seus muros, com a notável exceção da sacada de adamante e mitral ao longo do segundo andar que atravessava o portal em arco reservado para a nobreza da família. Cada balaústre dessa sacada ostentava mil entalhes, todos se mesclando em uma única peça de arte.

A Casa Do'Urden, ao contrário da grande maioria das casas em Menzoberranzan, não ficava em uma clareira de algum bosque de estalactites e estalagmites. A maior parte da estrutura estava dentro de uma caverna e ainda que essa localização fosse, indubitavelmente, ideal em questões de defesa, Dinin se pegou desejando que sua família mostrasse um pouco mais de grandiosidade.

Um soldado agitado correu para abrir o portão para o jovem drow que retornava. Dinin passou por ele sem perder tempo em oferecer mais do que uma saudação e atravessou o pátio, consciente da mais de cem olhares curiosos sobre ele. Os soldados e escravos sabiam que a missão de Dinin esta noite tinha algo a ver com a batalha que era esperada.

Nenhuma escadaria levava à sacada prateada no segundo andar da Casa Do'Urden. Essa medida tinha como objetivo segregar mais ainda os líderes da casa da ralé e dos escravos. Os nobres drow não precisavam de escadas; outra manifestação de suas habilidades mágicas inatas lhes dava o poder da levitação. Mal precisando pensar conscientemente no ato, Dinin deslizou facilmente pelo ar e se deixou pousar na varanda.

Ele correu pela sala arcada e seguiu pelo corredor central da casa, levemente iluminado pelas luzes suaves do fogo feérico, o que permitia o uso da visão normal, mas que não suprimia o funcionamento da infravisão. O jovem se dirigiu à porta de bronze ornamentada do final do corredor e, antes de cruzá-la, parou por um instante para acostumar sua visão novamente ao espectro infravermelho. Ao contrário do corredor, a sala além da porta não tinha fonte alguma de luz. Era a sala de audiências das altas sacerdotisas, a antessala da grande capela da Casa Do'Urden. Os aposentos clericais dos drow, de acordo com os ritos sombrios da Rainha Aranha, não eram lugares de luz.

Quando sentiu que estava preparado, Dinin empurrou diretamente as portas, atropelando as duas guardas chocadas sem sequer hesitar, e caminhou corajosamente na direção da sua mãe. Todas as três filhas da família estreitaram seus olhos para o irmão impetuoso e pretensioso. Ele sabia o que elas estavam pensando... Entrando sem permissão! Ele é quem deveria ser sacrificado esta noite!

Por mais que gostasse de testar os limites de seu status inferior como um macho, Dinin não podia ignorar as ameaças de Vierna, Maya e Briza. Sendo do sexo feminino, elas eram maiores e mais fortes que Dinin, e tinham treinado toda a sua vida no uso das armas e dos malignos poderes clericais das drow. Dinin observava enquanto as extensões encantadas das clérigas, os temidos chicotes com cabeças de cobras nos cintos de suas irmãs, começaram a se contorcer antecipando a punição que aplicariam. As empunhaduras eram de adamante, bem simples, mas as diversas extensões do chicote eram serpentes vivas. O chicote de Briza, em particular, uma arma cruel de seis cabeças, se contorcia e dançava, amarrando-se em nós ao redor do cinto que o prendia. Briza era sempre a primeira a aplicar alguma punição.

Matriarca Malícia, no entanto, parecia satisfeita com a arrogância de Dinin. O jovem conhecia muito bem o seu lugar em relação a ela, e obedecia a suas ordens sem questioná-la nem acovardar-se.

Dinin se tranquilizou ao ver a expressão calma do rosto de sua mãe, que contrastava com as faces iradas de suas irmãs, que pareciam ficar brancas, tamanho o calor emanado pela raiva.

— Está tudo pronto — ele disse. — A Casa DeVir se esconde dentro de sua cerca, exceto, é claro, Alton, que estupidamente segue com seus estudos em Magace.

— Você se encontrou com o Sem Rosto? — Malícia perguntou.

— A Academia estava quieta esta noite — Dinin respondeu. — Nosso encontro correu perfeitamente.

— Ele aceitou nossa proposta?

— Alton DeVir será tratado de forma apropriada — Dinin riu. Ele então se lembrou da ligeira alteração que tinha feito nos planos de Matriarca Malícia, atrasando a execução de Alton para suprir seu próprio desejo por crueldade. O pensamento de Dinin se voltou para outra lembrança: as altas sacerdotisas de Lolth tinham um talento irritante para ler pensamentos. — Alton vai morrer esta noite — Dinin completou rapidamente, antes que elas pudessem sondá-lo para obter detalhes mais concretos.

— Excelente — Briza rosnou. Dinin pôde então respirar com mais facilidade.

— Para a fusão — Matriarca Malícia ordenou.

Os quatro drow se posicionaram de forma que cada um se ajoelhasse diante da matriarca e de suas filhas: Rizzen de frente para Malícia, Zaknafein para Briza, Nalfein para Maya, e Dinin para Vierna. As clérigas entoaram em uníssono, pousando delicadamente uma mão sobre a testa do seu respectivo soldado, sintonizando-se com suas paixões.

— Vocês conhecem seus lugares — Matriarca Malícia disse assim que a cerimônia foi concluída.

Ela abriu um sorriso demoníaco enquanto sentia a dor de outra contração.

— Que nosso trabalho comece.

Menos de uma hora depois, Zaknafein e Briza estavam juntos na sacada da entrada superior da Casa Do'Urden. Abaixo deles, no chão da caverna, a segunda e terceira brigadas do exército da família, comandadas por Rizzen e Nalfein, apressavam-se em vestir as tiras aquecidas de couro e placas de metal — uma camuflagem contra a visão de calor dos drow. O grupo de Dinin, a força de ataque inicial, que incluía uma centena de escravos goblins, já havia partido há um bom tempo.

— Seremos lembrados após essa noite — disse Briza. — Ninguém poderia suspeitar que uma décima casa se atrevesse a atacar uma casa tão poderosa quanto a DeVir. Quando as notícias correrem após o serviço sangrento desta noite, até mesmo os Baenre terão cuidado com os Daermon N'a'shezbaernon!

A alta sacerdotisa inclinou-se na sacada para assistir às duas brigadas entrarem em formação antes de sair, silenciosamente, em caminhos diferentes, que os levariam através da cidade sinuosa até o bosque de cogumelos e à estrutura de cinco pilares da Casa DeVir.

Zaknafein olhou para a filha mais velha de Matriarca Malícia, desejando nada além de cravar um punhal em suas costas. Como sempre, porém, o bom senso manteve a mão prática de Zak em seu lugar.

— Já tem os objetos? — Briza perguntou, se mostrando consideravelmente mais respeitosa a Zak do que o fazia quando tinha Matriarca Malícia sentada protetoramente a seu lado.

Zak era apenas um homem, um plebeu a quem era permitido ostentar o nome da família como o seu próprio porque às vezes ele servia a Matriarca Malícia de forma conjugal e por já ter sido o patrono da casa. Ainda assim, Briza tinha medo de irritá-lo. Zak era o mestre de armas da Casa Do'Urden, um homem alto e musculoso, mais forte do que a maioria das mulheres e, aqueles que tinham testemunhado sua ira em combate, o consideravam dentre os melhores guerreiros dentre ambos os sexos em toda Menzoberranzan. Além de Briza e sua mãe, ambas altas sacerdotisas da Rainha Aranha, Zaknafein, com sua habilidade inigualável no uso das espadas, era o trunfo da Casa Do'Urden.

Zak levantou o capuz preto e abriu a pequena bolsa em seu cinto, revelando diversas esferas pequenas de cerâmica.

Briza abriu um sorriso maligno e esfregou suas mãos esguias:

— Matriarca Ginafae não ficará nada feliz com isso — sussurrou.

Zak devolveu o sorriso e se virou para ver os soldados partirem. Nada dava mais prazer ao mestre de armas do que matar elfos negros, especialmente clérigas de Lolth.

— Prepare-se — Briza disse depois de alguns minutos.

Zak tirou seu cabelo espesso do rosto e manteve sua postura reta, de olhos bem fechados. Briza sacou lentamente sua varinha, entoando o encantamento que ativaria o item. Tocou de leve em um dos ombros de Zak, depois em outro. Em seguida, segurou a varinha sobre a cabeça dele.

Zak sentiu as gotículas geladas caindo sobre ele, permeando suas roupas e armadura, e mesmo sua carne, até que ele e todas as suas posses resfriaram a uma cor e temperatura uniformes. Zak odiava aquele frio mágico — a sensação era parecida com a que ele imaginava ser a da morte — mas sabia que sob a influência da magia daquela varinha ficava, aos olhos sensíveis ao calor das criaturas do Subterrâneo, tão cinzento quanto a pedra comum, imperceptível e indetectável.

Zak abriu os olhos e estremeceu, flexionando os dedos para ter certeza de que ainda poderia realizar o seu ofício com maestria. Olhou para trás e viu Briza já no meio da segunda magia, a conjuração. Esta iria demorar um pouco, por isso Zak recostou-se na parede para contemplar a agradável, embora perigosa, tarefa diante dele. Como foi gentil da parte de Matriarca Malícia deixar as clérigas da Casa DeVir para ele!

— Está feito — Briza anunciou após alguns minutos. Ela levou o olhar de Zak para cima, para a escuridão sob o teto invisível da imensa caverna.

Zak viu então a obra de Briza, uma corrente de ar que se aproximava, de cor amarela e mais quente do que o ar normal da caverna. Uma corrente de ar vivo.

A criatura, uma conjuração de um plano elemental, rodopiava até pairar um pouco além da borda da varanda, obedientemente à espera de ordens de sua invocadora.

Zak não hesitou. Saltou para fora, no meio daquela coisa, para que o segurasse suspenso acima do chão.

Briza ofereceu uma saudação final e mandou seu servo ir.

— Boa luta — ela disse a Zak, embora ele já estivesse invisível no ar acima dela.

Zak riu com a ironia de suas palavras enquanto a cidade sinuosa de Menzoberranzan deslizava abaixo dele. Ela queria as clérigas da Casa DeVir mortas tanto quanto Zak, mas por motivos completamente diferentes. Não fossem todas as complicações, Zak ficaria igualmente feliz matando as clérigas da Casa Do'Urden.

O mestre de armas pegou uma de suas espadas de adamante, uma arma drow magicamente trabalhada e incrivelmente afiada com a borda repleta de encantamentos mortais.

— Boa luta mesmo — ele sussurrou. Se Briza soubesse o quão boa essa luta seria.

Capítulo 2

A queda da Casa DeVir

Dinin notou com satisfação que todos os bugbears, ou qualquer outra da infinidade de raças que compunham a população de Menzoberranzan — drow inclusos — agora se apressavam para sair de seu caminho. Desta vez, o segundo filho da Casa Do'Urden não estava sozinho. Cerca de sessenta soldados da casa marchavam em uma formação fechada atrás dele. Logo atrás, em formação parecida, embora com muito menos entusiasmo, vinha uma centena de escravos armados pertencentes às raças inferiores: goblins, orcs e bugbears.

Não havia dúvida para os espectadores de que uma casa drow marchava rumo à guerra. Não era um evento trivial em Menzoberranzan, mas também não era inesperado. Pelo menos uma vez por década alguma casa decidia que a sua posição dentro da hierarquia da cidade poderia ser aprimorada eliminando outra casa. Era uma proposição arriscada, uma vez que todos os nobres rivais deveriam ser eliminados de forma rápida e silenciosa. Se ao menos um sobrevivesse para acusar o agressor, a casa atacante seria erradicada pela impiedosa "justiça" de Menzoberranzan.

Porém, se o ataque fosse executado com perfeição, não haveria acusação alguma. Toda a cidade, até mesmo o conselho governante das oito matriarcas-mães mais poderosas, aplaudiria secretamente os atacantes por sua coragem e inteligência e nada mais seria dito sobre tal incidente.

Dinin seguia uma rota tortuosa, evitando deixar uma trilha direta entre a Casa Do'Urden e a Casa DeVir. Meia hora mais tarde, pela segunda vez naquela noite, ele se esgueirou pela fronteira sul do bosque de cogumelos até a aglomeração de estalagmites que seguravam a Casa DeVir. Seus soldados o seguiam ansiosamente, preparando as armas e observando cada detalhe da estrutura diante deles.

Os escravos eram mais lentos. Muitos olhavam ao redor procurando alguma rota de fuga, pois sabiam que nessa batalha eles estavam condenados. Mesmo assim, temiam a ira dos elfos negros mais do que a própria morte, e não tentariam fugir. Com todas as saídas de Menzoberranzan protegidas pela magia profana dos drow, para onde poderiam ir? Cada um deles já havia testemunhado as punições brutais que elfos negros aplicavam nos escravos recapturados. Sob o comando de Dinin, assumiram suas posições ao redor da cerca de cogumelos.

Dinin enfiou a mão em sua grande bolsa e tirou uma folha de metal aquecida. Ele fez o objeto, iluminado no espectro infravermelho, brilhar três vezes atrás de si para sinalizar às brigadas de Nalfein e Rizzen, que se aproximavam. Então, com sua arrogância habitual, Dinin o girou rapidamente no ar, pegou, e guardou-o novamente em sua bolsa à prova de calor. Tendo recebido a deixa com o sinal dado, a brigada drow de Dinin equipou virotes encantados em suas pequenas bestas de mão e mirou em seus alvos designados.

Cada quinto cogumelo era um fungo guardião, e cada virote tinha um encantamento que poderia silenciar o rugido de um dragão.

— ...dois ...três — Dinin contou, a mão sinalizando o ritmo, uma vez que palavra alguma poderia ser ouvida dentro da esfera mágica de silêncio lançada sobre suas tropas. Ele imaginou o "clique" enquanto soltava a corda de sua pequena arma, lançando o virote no fungo guardião mais próximo. Assim foi em todo o conjunto de cogumelos da Casa

DeVir: a linha primária de alarme sistematicamente silenciada por três dúzias de virotes encantados.

Em Menzoberranzan, Matriarca Malícia, suas filhas, e quatro das clérigas comuns da casa estavam reunidas no profano Círculo de Oito de Lolth. Elas rodeavam um ídolo de sua divindade perversa, uma escultura em pedra preciosa de uma aranha com a cabeça de uma drow, e apelavam para que Lolth os ajudassem em sua luta.

Malícia estava sentada à frente, apoiada em uma cadeira inclinada para o parto. Briza e Vierna a ladeavam, Briza segurando sua mão.

O seleto grupo entoava em uníssono, combinando suas energias em um único feitiço de ataque. Um momento depois, quando Vierna, mentalmente ligada a Dinin, entendeu que o primeiro grupo de ataque estava em posição, o Círculo de Oito das Do'Urden enviou as primeiras ondas insinuantes de energia mental para a casa rival.

Matriarca Ginafae, suas duas filhas, e as cinco principais clérigas das tropas comuns da Casa DeVir estavam amontoadas na capela-mor da casa. Elas se reuniam ali em solene oração todas as noites desde que Matriarca Ginafae soube que havia caído no desfavor de Lolth. Ginafae entendia o quão vulnerável a casa dela estaria até que ela pudesse encontrar uma maneira de apaziguar a Rainha Aranha. Havia outras sessenta e seis casas em Menzoberranzan, e cerca de vinte que poderiam se atrever a atacar a Casa DeVir em óbvia desvantagem. As oito clérigas estavam ansiosas naquele momento, de alguma forma suspeitando de que aquela noite seria agitada.

Ginafae foi a primeira a sentir: uma explosão de frio, que confundiu suas percepções, a levou a gaguejar durante sua oração de perdão. As outras clérigas da Casa DeVir olharam nervosamente para a matriarca em razão daquele deslize em suas palavras, procurando alguma confirmação.

— Estamos sob ataque — Ginafae explicou em um sopro, sua cabeça já pulsando pela dor causada pela crescente agressão das clérigas formidáveis da Casa Do'Urden.

Um segundo sinal de Dinin colocou as tropas de escravos em movimento. Ainda usando a discrição como aliada, se apressaram calmamente até a cerca de cogumelos e a cortaram com suas espadas de lâminas largas. O segundo filho da Casa Do'Urden assistia ao pátio da Casa DeVir sendo facilmente invadido, e apreciava essa visão.

— Não é uma guarda muito preparada — sussurrou em um sarcasmo silencioso para as gárgulas de brilho avermelhado nos muros altos. As estátuas tinham parecido tão sinistras mais cedo naquela noite. Agora eles só assistiam impotentes.

Dinin podia reconhecer a antecipação medida, mas crescente, nos soldados ao seu redor; o desejo dos drow pela batalha mal podia ser contido. Eventualmente havia um brilho mortal quando algum dos soldados esbarrava em alguma das armadilhas em glifo, mas o jovem e os outros drow apenas riam com o espetáculo. As raças inferiores eram a "bucha" dispensável do exército da Casa Do'Urden. A única finalidade em trazer os goblinoides para a Casa DeVir era acionar as armadilhas mortais e defesas ao longo do perímetro, limpando o caminho para os elfos negros, os verdadeiros soldados.

O portão agora estava aberto e não havia mais sigilo. Os soldados da Casa DeVir enfrentavam os escravos invasores diretamente. Dinin mal levantou sua mão para começar o comando de ataque quando seus sessenta guerreiros drow saltaram ansiosamente e se prepararam para o ataque, com seus rostos retorcidos em uma alegria pérfida e suas armas acenando ameaçadoramente.

Entretanto, interromperam seu ataque ao receber um sinal, se lembrando de uma última tarefa a ser cumprida. Cada drow, nobre ou plebeu, possuía certas habilidades mágicas. Invocar um globo de escuridão, como Dinin havia feito com os bugbears na rua mais cedo naquela noite, era algo simples até mesmo para o mais humilde dos elfos negros. E assim foi feito: sessenta soldados Do'Urden ofuscaram o perímetro da Casa DeVir acima da cerca de cogumelos lançando globo após globo de pura escuridão.

Mesmo com toda a sua discrição e suas precauções, a Casa Do'Urden sabia que muitos estariam assistindo à invasão. As testemunhas não eram exatamente um problema; eles não se importariam o suficiente para identificar a casa atacante, mas a tradição e as regras exigiam que ao menos fingissem alguma tentativa de sigilo. Era a etiqueta de guerra dos drow. Em um piscar de olhos a Casa DeVir tornou-se para o resto da cidade uma mancha escura na paisagem de Menzoberranzan.

Rizzen veio por trás de seu filho mais novo.

— Muito bem — sinalizou na língua intrincada de sinais dos drow.

— Nalfein está chegando por trás.

— Uma vitória fácil — o arrogante Dinin sinalizou de volta —, se Matriarca Ginafae e suas clérigas forem impedidas de agir.

— Confie em Matriarca Malícia — foi a resposta de Rizzen. Ele bateu no ombro do filho e seguiu as tropas através da cerca de cogumelos.

Bem acima da Casa DeVir, Zaknafein descansava confortavelmente nas correntes do servo aéreo de Briza, observando o drama se desenrolar. Com esta vantagem, Zak podia ver através do anel de escuridão e ouvir dentro do anel de silêncio mágico. As tropas de Dinin, os primeiros soldados drow a entrar, tinham encontrado resistência em todas as portas e estavam levando uma surra.

Nalfein e sua brigada, as tropas de Casa Do'Urden mais versadas em magia, atravessavam a cerca pelos fundos do complexo. Relâmpagos e bolas de ácido singravam o pátio nas bases das estruturas da Casa DeVir, reduzindo igualmente o número das tropas "buchas" dos Do'Urden e da defesa dos DeVir.

No pátio da frente, Rizzen e Dinin comandavam os melhores guerreiros da Casa Do'Urden. As bênçãos de Lolth estavam com a sua casa, Zak podia ver quando as tropas finalmente se reuniram em batalha, uma vez que os ataques dos soldados de Casa Do'Urden eram mais rápidos do que os de seus inimigos, e sua mira mais mortal. Em minutos, a batalha foi totalmente levada para dentro dos cinco pilares.

Zak alongou os seus braços afetados por aquele frio incessante e ordenou que o servo aéreo se dirigisse para o meio da ação. Ele desceu bem rápido, confortável em sua cama de vento, e se deixou cair sozinho nos últimos metros até pousar no terraço ao longo das câmaras superiores do pilar central. Ao mesmo tempo, dois guardas, um do sexo feminino, correram para recebê-lo.

Eles hesitaram em confusão, tentando entender a verdadeira forma daquele borrão acinzentado indistinguível — por tempo demais.

Eles nunca tinham ouvido falar de Zaknafein Do'Urden. Eles não sabiam que a morte estava prestes a atingi-los.

O chicote de Zak brilhou, agarrando e rasgando a garganta da mulher, enquanto a outra mão conduziu sua espada por uma série de estocadas magistrais e defesas que desequilibraram o homem. Zak finalizou ambos em um único movimento, quebrando os ossos do pescoço da mulher presa pelo chicote com um movimento do pulso e desferindo um chute giratório no rosto do homem, o tombando no chão da caverna.

Zak foi, então, para a parte de dentro, onde outro guarda veio ao seu encontro...mas caiu a seus pés.

O mestre de armas deslizou ao longo da parede curvada da torre, seu corpo refrigerado mesclando-se perfeitamente à pedra. Os soldados da Casa DeVir passavam direto por ele, tentando formular alguma defesa contra o exército de invasores que já havia ocupado o nível mais baixo de toda a estrutura e tomado completamente dois dos cinco pilares.

Zak não estava preocupado com eles. Ele bloqueou o som do retinir das armas de adamante, os gritos de comando e os urros de morte, concentrando-se em um único som que o levaria ao seu destino: um entoar frenético e uníssono.

Ele encontrou um corredor vazio coberto por entalhes de aranha que levava ao centro do pilar. Como na Casa Do'Urden, esse corredor terminava em um grande conjunto de portas duplas ornamentadas, com sua decoração dominada por formas aracnídeas.

— Esse deve ser o lugar — Zak murmurou baixinho enquanto vestia seu capuz.

Uma aranha gigante correu para fora de seu esconderijo até chegar ao seu lado.

Ele então mergulhou para sua barriga e afundou por baixo da coisa, girando em um movimento que culminou com sua espada sendo cravada profundamente no corpo bulboso do monstro. Fluidos pegajosos cobriram o mestre de armas, e a aranha estremeceu em sua morte rápida.

— Sim — ele sussurrou, limpando a gosma da aranha de seu rosto. — Este deve ser o lugar.

Zaknafein puxou o monstro morto de volta a seu cubículo escondido e se esgueirou ao lado da coisa, esperando que ninguém tenha notado o breve confronto.

Pelos sons do impacto das armas, Zak podia notar que o combate tinha quase alcançado o andar em que estava. A Casa DeVir agora parecia ter suas defesas coordenadas e estava finalmente mantendo a posição.

— Agora, Malícia — Zak sussurrou, esperando que Briza, em sintonia com ele na fusão, tenha sentido sua ansiedade —, que não nos atrasemos.

De volta à antecâmara clerical da Casa Do'Urden, Malícia e suas subordinadas continuavam seu ataque mental contra as clérigas da Casa DeVir. Lolth ouviu suas orações mais alto do que as de suas adversárias, dando às clérigas da Casa Do'Urden as magias mais fortes para o combate mental. Já tinham conseguido facilmente colocar suas inimigas em uma postura defensiva. Uma das sacerdotisas menores no Círculo de Oito das DeVir havia sido esmagada pelos ataques mentais de Briza e agora jazia morta no chão a poucos centímetros de Matriarca Ginafae.

Mas o primeiro impulso havia repentinamente desacelerado e a batalha parecia estar começando a se nivelar. Matriarca Malícia, sofrendo com as dores do parto iminente, não conseguia manter a concentração, e, sem sua voz, os feitiços de seu círculo profano enfraqueciam.

Briza agarrava a mão de sua mãe com tanta força que bloqueou a circulação sanguínea, deixando-a fria — o único ponto frio na mulher em trabalho de parto — aos olhos dos outros. Briza estudou as contrações e o topo da cabeça de cabelos brancos da criança a caminho, e calculou o tempo restante para o nascimento. Esta técnica de redirecionar a dor do parto em uma ofensiva mágica nunca havia sido tentada antes, exceto em lendas, e Briza sabia que o tempo seria o fator crítico.

Ela sussurrou no ouvido de sua mãe, entoando as palavras de um encantamento mortal. Matriarca Malícia ecoou o início do feitiço, sublimando sua dor, e transformando a sua raiva e agonia em poder ofensivo.

— *Dinnendouward ma brechentol.* — Briza clamou.

— *Dinnendouward...maaa...brechentol!* — Malícia rosnou, tão determinada em manter o foco através da dor que mordeu um de seus lábios.

A cabeça do bebê apareceu, mais completa dessa vez.

Briza tremia e mal conseguia se lembrar do encantamento. Ela sussurrou a última runa no ouvido da matriarca, quase temendo as consequências.

Malícia reuniu seu fôlego e sua coragem. Ela podia sentir o formigamento do feitiço tão claramente quanto a dor do parto. Para suas filhas em pé ao redor do ídolo, olhando para ela em choque, ela aparecia como um borrão vermelho de fúria, riscada por linhas de suor com o brilho tão intenso quanto o calor da água fervente.

— *Abec* — a matriarca começou, sentindo a pressão aumentando em um crescendo — *Abec* — ela sentiu o rasgo quente de sua pele, a saída escorregadia e súbita da cabeça do bebê empurrando seu caminho, o êxtase repentino do parto — *Abecdi'n'a'BREG DOUWARD!* — Malícia gritou, afastando toda a agonia em uma explosão final de poder mágico que derrubou até mesmo as clérigas de sua própria casa a seus pés.

Conduzido pela exultação de Matriarca Malícia, o encantamento trovejou na capela da Casa DeVir, quebrou o ídolo de pedra preciosa de Lolth, transformou as portas duplas em pilhas de metal retorcido, e jogou Matriarca Ginafae e suas subordinadas derrotadas no chão.

Zak balançou a cabeça em descrença enquanto as portas da capela passaram voando por ele.

— Impressionante, Malícia.

Ele riu e se dirigiu à capela. Usando sua infravisão, fez um rápido levantamento e contou sete ocupantes vivos na sala escura, todos se esforçando para se levantar, com as vestes esfarrapadas. Novamente meneando a cabeça para o poder bruto de Matriarca Malícia, Zak puxou o capuz sobre o rosto.

Um estalo de seu chicote foi a única explicação que ofereceu enquanto esmagava um pequeno globo de cerâmica a seus pés. Uma vez quebrada, a esfera liberava um grânulo que Briza havia encantado especialmente para tais ocasiões, brilhante como a luz do dia.

Para os olhos acostumados à escuridão, sintonizado às emanações de calor, tal brilho se resumia a um clarão ofuscante de agonia. Os gritos de dor das clérigas ajudaram ainda mais Zak em sua caminhada sistemática ao redor da sala, e ele sorria amplamente sob seu capuz toda vez que ele sentia sua espada atingir a carne de uma drow.

Ele ouviu o começo de um feitiço e sabia que uma das DeVir havia se recuperado o suficiente do ataque para ser considerada perigosa. Mas o mestre de armas não precisava seus olhos para mirar, e o estalo de seu chicote arrancou a língua de Matriarca Ginafae de uma vez.

Briza pousou o recém-nascido na parte de trás do ídolo em forma de aranha e levantou a adaga cerimonial, pausando por um momento para admirar sua obra cruel. Sua empunhadura tinha o formato de uma aranha ostentando suas oito pernas com entalhes farpados, de modo a parecer pelos, mas inclinados para baixo, para que servissem de lâminas. Briza levantou o instrumento acima do peito do bebê.

— Dê um nome à criança — ela implorou à mãe. — A Rainha Aranha não aceitará o sacrifício até que a criança tenha um nome!

Matriarca Malícia pendeu a cabeça, tentando entender a intenção de sua filha. A matriarca tinha gastado todas as suas forças durante o lançamento do feitiço e o parto, e mal conseguia ser coerente.

— Nomeie a criança! — disse Briza, ansiosa para alimentar sua deusa.

— Está quase acabando — disse Dinin a seu irmão quando eles se encontraram em uma sala inferior de um dos pilares menores da Casa DeVir. — Rizzen está vencendo, e creio que o trabalho sombrio de Zaknafein tenha sido concluído.

— Dois regimentos dos soldados da Casa DeVir já juraram lealdade a nós — Nalfein respondeu.

— Eles sabem como isso vai terminar — riu Dinin. — Uma casa serve-lhes tão bem quanto a outra, e aos olhos das pessoas comuns, não vale a pena morrer por casa alguma. Nossa tarefa logo estará acabada.

— Rápido demais para qualquer um notar — completou Nalfein. — Agora Do'Urden, Daermon N'a'shezbaernon, é a Nona Casa de Menzoberranzan e DeVir que se dane!

— Cuidado! — Dinin gritou de repente, os olhos arregalados em um horror fingido enquanto olhava por cima do ombro de seu irmão.

Nalfein reagiu imediatamente, girando para enfrentar o perigo atrás de si, apenas para colocar o verdadeiro perigo atrás de si. Assim que

Nalfein percebeu o engano, a espada de Dinin penetrou em sua espinha. Dinin pôs a cabeça no ombro de seu irmão e apertou sua bochecha contra a de Nalfein, observando o brilho vermelho de calor sumir dos olhos dele.

— Rápido demais pra qualquer um notar — Dinin brincou, repetindo o que seu irmão acabara de dizer.

Ele largou o corpo sem vida a seus pés.

— Agora Dinin é o primogênito da Casa Do'Urden, e Nalfein que se dane.

— Drizzt — sussurrou Matriarca Malícia. — O nome da criança é Drizzt!

Briza segurou a faca com mais força e começou o ritual.

— Rainha das Aranhas, leve esta criança — disse, enquanto levantava a adaga para atacar. — Drizzt Do'Urden, nós o damos em pagamento pela nossa gloriosa vit...

— Espere! — Maya gritou do outro lado da sala. Sua fusão com seu irmão Nalfein tinha cessado abruptamente, o que só podia significar uma coisa. — Nalfein está morto — ela anunciou. — O bebê já não é mais o terceiro filho vivo.

Vierna olhou com curiosidade para a irmã. No mesmo instante em que Maya havia sentido a morte de Nalfein, Vierna, fundida a Dinin, sentiu uma forte onda emotiva. Júbilo? Vierna levou seu dedo aos seus lábios franzidos, se perguntando se Dinin tinha conseguido ocultar com sucesso o assassinato.

Briza ainda segurava a faca em forma de aranha sobre o peito do bebê, querendo entregá-lo a Lolth.

— Prometemos à Rainha Aranha o terceiro filho vivo — Maya avisou. — E isso foi dado.

— Mas não em sacrifício — argumentou Briza.

Vierna deu de ombros.

— Se Lolth aceitou Nalfein, então ele foi dado. Dar outro poderia evocar a raiva da Rainha Aranha.

— Mas não dar o que prometemos seria pior ainda! — Briza insistiu.

— Então termine o ato — disse Maya.

Briza apertou as mãos ao redor da adaga e recomeçou o ritual.

— Pare — Matriarca Malícia ordenou, apoiando-se na cadeira. — Lolth está satisfeita. Vencemos. Deem então as boas vindas a seu irmão, o mais novo membro da Casa Do'Urden.

— Apenas um macho — Briza comentou com desgosto evidente, se afastando do ídolo e da criança.

— Da próxima vez faremos melhor — Malícia riu, embora se perguntasse se haveria uma próxima vez. Ela se aproximava do fim de seu quinto século de vida, e elfos negros, mesmo os mais jovens, não eram particularmente férteis. Briza tinha nascido quando Malícia era jovem, aos cem anos, mas nos quase quatro séculos desde então, Malícia teve apenas outras cinco crianças. Mesmo este bebê, Drizzt, tinha sido uma surpresa, Malícia não imaginava que iria engravidar novamente.

— Chega de tais contemplações — Malícia sussurrou para si mesma, exausta. — Haverá tempo suficiente... — ela afundou-se em sua cadeira e caiu em sonhos intermitentes, porém agradáveis, de seu poder se elevando.

Zaknafein atravessou o pilar central do complexo DeVir, o capuz em sua mão, seu chicote e espada confortavelmente presos em seu cinto. De vez quando era possível ouvir sons de batalha, apenas para serem encerrados rapidamente. A Casa Do'Urden tinha alcançado a vitória, a décima casa tinha tomado a quarta, e agora tudo o que restava era remover provas e testemunhas. Um grupo de clérigas menores marchava, atendendo aos Do'Urden feridos e animando os cadáveres daqueles além de sua capacidade, de modo que os corpos pudessem se afastar da cena do crime. De volta ao complexo Do'Urden, os cadáveres em melhor estado seriam ressuscitados e colocados de volta ao trabalho.

Zak virou-se com um calafrio enquanto as clérigas iam de sala em sala e as fileiras de zumbis Do'Urden em marcha crescia cada vez mais.

Por mais desagradável que Zaknafein achasse essa tropa, a que a seguia era ainda pior. Duas clérigas Do'Urden levavam um contingente de soldados pela estrutura, usando feitiços de detecção para encontrar esconderijos de DeVir sobreviventes. Uma parou no corredor, a poucos passos de Zak, com os olhos voltados para dentro enquanto sentia as emanações do seu feitiço. Ela elevou seus dedos à sua frente, traçando uma linha lenta, como uma varinha de condão macabra.

— Ali! — afirmou, apontando para um painel na base da parede. Os soldados saltaram para ele como uma matilha de lobos vorazes e rasgaram a porta secreta. Dentro de um cubículo estavam amontoadas as crianças da Casa DeVir. Eram nobres, e não poderiam ser capturados vivos.

Zak apressou o passo para se afastar, mas pôde ouvir claramente os gritos das crianças indefesas enquanto os soldados Do'Urden, vorazes, terminavam o seu trabalho. Zak estava num corredor e dobrou uma curva tão rápido que esbarrou em Dinin e Rizzen.

— Nalfein está morto — Rizzen declarou impassível.

Zak imediatamente lançou um olhar desconfiado sobre o filho mais novo dos Do'Urden.

— Eu matei o soldado DeVir responsável pelo assassinato — disse Dinin, sem se preocupar em esconder seu sorriso arrogante.

Zak estava vivo por mais de quatro séculos, e certamente não desconhecia a natureza de sua raça ambiciosa. Os irmãos príncipes entraram em combate defensivamente ao final de suas fileiras, com uma hoste de soldados Do'Urden entre eles e os inimigos. No momento em que chegaram ao ponto de encontrar algum drow que não fosse de sua própria casa, a maioria dos soldados DeVir sobreviventes já haviam jurado lealdade à

Casa Do'Urden. Zak duvidava que qualquer um dos irmãos Do'Urden tivesse chegado a entrar em combate direto contra um DeVir.

— A descrição da carnificina na sala de oração foi espalhada ao longo das fileiras — Rizzen disse ao mestre de armas. — Você agiu com sua excelência habitual — conforme o esperado.

Zak lançou um olhar de desprezo para o patrono e continuou seu caminho através das portas principais da estrutura, além da escuridão mágica e do silêncio em direção ao amanhecer sombrio de Menzoberranzan. Rizzen era o parceiro atual de Matriarca Malícia em meio a uma longa lista de parceiros, nada além disso. Quando Malícia se cansasse dele, ela ou o relegaria de volta às fileiras dos soldados comuns, privando-o do nome Do'Urden e de todos os direitos que o acompanhavam, ou iria se desfazer dele. Zak não lhe devia respeito algum.

O mestre de armas atravessou a cerca de cogumelos até alcançar o ponto mais alto que pôde encontrar, em seguida, se deixou cair no chão. Assistiu, encantado, alguns momentos mais tarde, a procissão do exército Do'Urden: patrono e filho, soldados e clérigas, e a fileira lenta de duas dúzias de zumbis drow fazendo o seu caminho de volta para casa. Eles haviam perdido quase todos os seus escravos, mas o número de soldados que deixavam os destroços da Casa DeVir era maior do que o número que tinha vindo mais cedo naquela noite: os escravos tinham sido substituídos por um número duas vezes maior de escravos DeVir capturados e cinquenta ou mais dos soldados comuns DeVir, mostrando a típica lealdade drow, se uniram voluntariamente aos atacantes. Estes drow traidores seriam interrogados — magicamente interrogados — pelas clérigas Do'Urden para que sua sinceridade fosse garantida.

Eles iriam passar no teste, ele sabia. Os elfos negros eram criaturas de sobrevivência, não de princípios. Os soldados receberiam novas identidades e seriam mantidos dentro da privacidade do complexo Do'Urden por alguns meses, até a queda da Casa DeVir tornar-se um conto velho e esquecido.

Zak não os seguiu imediatamente. Em vez disso, atravessou as fileiras de árvores de cogumelos e encontrou um pequeno vale, onde se sentou sobre o tapete de musgo e dirigiu seu olhar para a escuridão eterna do teto da caverna — e para a escuridão eterna de sua existência.

Teria sido prudente para ele permanecer em silêncio naquele momento; era um invasor na parte mais poderosa da vasta cidade. Ele pensou nas possíveis testemunhas de suas palavras, os mesmos elfos negros que assistiram à queda da Casa DeVir, que tinham sinceramente apreciado o espetáculo. Em face a tal comportamento e carnificina que esta noite havia visto, Zak não podia conter suas emoções. Seu lamento saiu como um apelo a algum deus além de sua experiência.

— Que lugar é este, que é o meu mundo? Que espiral maligna meu espírito encarnou? — sussurrou as palavras raivosas que tinham sempre sido parte dele. — À luz, eu vejo a minha pele negra; na escuridão, ela brilha pelo calor desta raiva que não consigo dissipar.

"Se eu tivesse a coragem de partir, deste lugar ou desta vida, ou de me posicionar abertamente contra a injustiça que é o mundo daqueles de meu sangue, para buscar uma existência que não entrasse em conflito com o que eu acredito, e ao que me é caro, no qual a fé é real...

"Zaknafein Do'Urden é como sou chamado, mas um não sou drow, nem por opção nem pelos feitos. Deixe-os descobrir o ser que sou, então. Deixe-os lançar a sua ira sobre esses velhos ombros já sobrecarregados pela irremediabilidade de Menzoberranzan."

Ignorando as consequências, o mestre de armas levantou-se e gritou:

— Menzoberranzan, o que diabos é você?

Um momento depois, quando nenhuma resposta da cidade silenciosa, Zak se livrou do frio restante da varinha de Briza em seus músculos cansados. Sentiu algum conforto ao afagar o chicote em seu cinto — o instrumento com o qual tinha arrancado a língua da boca de uma matriarca.

Capítulo 3

Os olhos de uma criança

Masoj, o jovem aprendiz — que, a essa altura em sua carreira, não era mais que um auxiliar de limpeza — se inclinou em sua vassoura e viu quando Alton DeVir passou pela porta que levava à maior câmara da torre. Masoj quase sentiu pena do estudante, que tinha que entrar e enfrentar Sem Rosto.

Ao mesmo tempo, Masoj estava animado, porque sabia que a briga entre Alton e Sem Rosto seria um show que valeria a pena ser visto. Voltou a varrer o chão de pedra da torre, usando a vassoura como uma desculpa para chegar mais perto da porta.

— Você solicitou minha presença, Mestre Sem Rosto — Alton DeVir disse, mantendo uma mão à frente do rosto e apertando os olhos para combater o brilho cegante das três velas acesas no cômodo. Alton começou a alternar desconfortavelmente seu peso de um pé para o outro assim que cruzou a porta da sala sombria.

Curvado no meio do caminho, Sem Rosto se mantinha de costas para o jovem DeVir. "Melhor fazer isso de forma limpa", o mestre lembrou a si mesmo. Ele sabia, porém, que o feitiço que estava preparando mataria Alton antes que o estudante soubesse do destino de sua família, ou seja, antes que Sem Rosto pudesse cumprir as instruções de Dinin Do'Urden. Havia muito em jogo. Era melhor fazer isso de forma limpa.

— O senhor... — Alton recomeçou a falar, mas prudentemente segurou suas palavras e tentou entender a situação à qual estava exposto. Era incomum ser convocado até os aposentos privados de um mestre da Academia antes mesmo das aulas terem começado.

Quando recebeu a convocação, Alton temia que tivesse falhado de alguma forma em alguma de suas matérias. Isso poderia ser um erro fatal em Magace. Alton estava perto de se formar, mas o desdém de um único mestre poderia colocar tudo a perder.

Ele tinha se saído muito bem em suas aulas com Sem Rosto, e até acreditava que o mestre misterioso o favorecia. Poderia o chamado ser simplesmente uma cortesia para parabenizar por sua graduação iminente? Improvável, Alton supunha, indo de encontro a suas esperanças. Os mestres da Academia drow não parabenizavam seus alunos.

Alton então ouviu um entoar baixo, e notou que o mestre estava no meio de uma conjuração. Algo parecia muito errado naquele momento; algo não se encaixava nas regras rígidas da Academia. Alton firmou os pés e tensionou seus músculos, seguindo o conselho do lema que havia sido crivado nos pensamentos de cada estudante da Academia, o preceito que manteve os elfos negros vivos em uma sociedade tão dedicada ao caos: esteja preparado.

As portas explodiram diante dele, cobrindo o quarto com lascas de pedra e jogando Masoj de costas contra a parede. Ele já achava que o show tinha valido tanto a inconveniência quanto a nova contusão em seu ombro, quando viu Alton DeVir sair tropeçando da sala. As costas e o braço esquerdo do aluno deixavam uma trilha de fumaça, e a expressão mais requintada de terror e dor que Masoj já vira estava estampada no rosto do nobre DeVir.

Alton tropeçou no chão e rolou, desesperado para manter alguma distância entre ele e seu mestre assassino. Conseguiu alcançar o arco descendente ao redor da câmara e tinha acabado de passar da porta que dava para a próxima câmara, quando Sem Rosto se mostrou na porta destruída de seu escritório.

O mestre parou para praguejar sua falta de precisão, e para considerar a melhor maneira de substituir a sua porta.

— Limpe! — ele vociferou para Masoj, que estava novamente apoiado casualmente, com as mãos em cima de sua vassoura e seu queixo no topo de suas mãos.

Masoj, obedientemente, abaixou a cabeça e começou a varrer as lascas de pedra. Ele olhou para cima enquanto Sem Rosto perseguia sua presa, e cautelosamente seguia seu mestre. Alton não poderia escapar, e o espetáculo seria bom demais para se perder.

A terceira sala, a biblioteca privada de Sem Rosto, era a mais brilhante dentre as quatro salas de seus aposentos, com dezenas de velas acesas em cada parede.

— Maldita luz! — Alton cuspiu, tropeçando durante todo seu caminho através daquele borrão vertiginoso até a porta que levava ao salão de entrada de Sem Rosto, o menor cômodo dos aposentos de mestre.

Se ele pudesse sair daquela torre e alcançar o pátio da Academia, poderia ser capaz de voltar a situação contra seu mestre. O mundo de Alton continuava sendo a escuridão de Menzoberranzan, mas Sem Rosto, que havia passado tantas décadas à luz das velas de Magace, havia se acostumado a usar os olhos para ver os tons de luz, não de calor.

O salão de entrada estava repleto de cadeiras e caixas, mas apenas uma vela queimava ali, e Alton podia enxergar bem o suficiente para se esquivar ou pular todos os obstáculos. Correu para a porta e agarrou o trinco pesado. Ele se mexeu com facilidade, mas quando Alton tentou empurrar a porta, ela não saiu do lugar, e uma explosão de uma energia espumante azul o lançou de volta ao chão.

— Maldito seja esse lugar! — Alton falou entre os dentes. A porta estava presa magicamente. Ele sabia um feitiço para abrir portas, mas duvidava que fosse forte o suficiente para dissipar a magia de um mestre. Em sua pressa e medo, as palavras do encantamento flutuavam pelos pensamentos de Alton em um emaranhado indecifrável.

— Não corra, DeVir — veio o chamado de Sem Rosto, vindo da câmara anterior. — Você só está prolongando seu tormento!

— Maldito seja você — Alton respondeu baixinho. Alton esqueceu da droga do feitiço; ele nunca se lembraria a tempo. Olhou ao redor da sala buscando alguma opção e seus olhos encontraram algo incomum na metade da parede lateral, em uma abertura entre dois grandes armários. Alton ensaiou alguns passos para trás para obter um ângulo melhor, mas acabou preso dentro da faixa de luz das velas, dentro daquele campo enganoso onde seus olhos registravam tanto calor quanto luz.

Ele só podia discernir que a sessão da parede tinha um brilho uniforme no espectro de calor, e que a sua tonalidade era sutilmente diferente da pedra das paredes. Seria outra porta? Alton só podia esperar que o seu palpite estivesse certo e correu de volta para o centro da sala, parou em frente ao objeto, e dessintonizou seus olhos do espectro infravermelho, totalmente de volta ao mundo da luz.

Enquanto seus olhos se adaptavam, a imagem que se formou tanto assustou quanto confundiu o jovem DeVir. O que ele viu não era uma porta ou passagem, mas um reflexo de si mesmo e da parte da sala na qual ele estava. Alton jamais, nos seus cinquenta e cinco anos de vida, havia testemunhado tal espetáculo, mas já tinha ouvido os mestres de Magace falar desses dispositivos. Era um espelho.

Um movimento na porta superior da câmara lembrou a Alton de que o Sem Rosto estava quase o alcançando. Ele não podia hesitar. Abaixou a cabeça e correu na direção do espelho.

Talvez fosse um portal de teletransporte para outra parte da cidade, talvez uma porta para alguma outra sala. Ou talvez, Alton ousou imaginar naqueles poucos segundos desesperados, um portal planar que o levaria até um plano estranho e desconhecido!

Ele sentiu a emoção formigante da aventura puxando-o à medida que se aproximava daquela coisa maravilhosa. Então sentiu o impacto, o vidro estilhaçando, e a parede de pedra inflexível por detrás dele.

Talvez fosse apenas um espelho.

— Veja os olhos dele — Vierna sussurrou para Maya enquanto examinavam o mais novo integrante da Casa Do'Urden.

Os olhos do bebê eram realmente marcantes. Ainda que a criança tivesse saído do útero há menos de uma hora, suas pupilas se contraíam e dilatavam com curiosidade. Ao mesmo tempo em que apresentavam o brilho radiante esperado dos olhos que enxergam no espectro infravermelho, a vermelhidão familiar fora tingida por um tom de azul, dando a seus olhos um tom violeta.

— Cego? — se perguntou Maya. — Talvez este ainda seja dado à Rainha Aranha.

Briza olhou para elas ansiosamente. Elfos negros não permitiam que crianças que tivessem qualquer deficiência física vivessem.

— Não é cego — respondeu Vierna, passando a mão sobre a criança e lançando um olhar zangado para as suas irmãs ansiosas. — Ele acompanha o movimento de meus dedos.

Maya viu que Vierna falava a verdade. Ela inclinou-se para o bebê, estudando seu rosto e olhos estranhos.

— O que você vê, Drizzt Do'Urden? — ela perguntou baixinho, não em um ato de gentileza para com a criança, mas para que não perturbasse a mãe, descansando na cadeira ao topo do ídolo em forma de aranha. — O que você vê que o resto de nós não consegue?

Cacos de vidro rangiam sob Alton, cavando feridas mais profundas enquanto mudava de posição em um esforço para se levantar. "O que isso importa?", ele pensou.

— Meu espelho! — ele ouviu o Sem Rosto rugir, e, ao olhar para cima, viu o mestre indignado lançando-se sobre ele.

Quão enorme ele parecia para Alton! Quão grande e poderoso, bloqueando completamente a luz das velas que vinha do pequeno recanto entre os armários, sua forma dez vezes mais temível aos olhos da vítima impotente pelas meras implicações da sua presença.

Alton, então, sentiu uma substância pegajosa flutuando ao seu redor, soltando teias gosmentas que grudavam nos armários, na parede e nele. O jovem DeVir tentou saltar e rolar para longe, mas o feitiço do Sem Rosto funcionou rápido, prendendo-o como uma mosca nas teias de uma aranha.

— Primeiro minha porta — Sem Rosto rosnou para ele. — E agora isto: meu espelho! Sabe dos tormentos que passei para adquirir um objeto tão raro?

Alton virou a cabeça para os lados, não como resposta, mas para libertar pelo menos o seu rosto da substância grudenta.

— Por que você não ficou parado e apenas me deixou terminar o trabalho de forma limpa? — Sem Rosto rugiu, completamente enojado.

— Por quê? — Alton balbuciou, cuspindo algumas das teias de seus lábios finos. — Por que você quer me matar?

— Porque você quebrou meu espelho! — Sem Rosto rebateu.

Não fazia qualquer sentido, é claro, o espelho só tinha sido despedaçado após o ataque inicial — mas para o mestre, Alton supunha, não teria que fazer sentido. Alton sabia que sua causa estava perdida, mas ele continuou em seus esforços para dissuadir o seu adversário.

— Você conhece minha casa, a Casa DeVir — disse ele, indignado. — A quarta da cidade. A Matriarca Ginafae não vai ficar satisfeita. A alta sacerdotisa tem maneiras de descobrir a verdade em tais situações!

— Casa DeVir? — Sem Rosto riu. Talvez os tormentos que Dinin Do'Urden tinha solicitado seriam aplicados, no fim das contas. Alton havia quebrado seu espelho!

— Quarta casa! — Alton repetiu.

— Jovem tolo — Sem Rosto gargalhou. — A Casa DeVir não é mais nada, nem quarta, nem quadragésima. Nada.

Alton se deixou cair, embora as teias quase mantivessem seu corpo ereto. Sobre o que o mestre estaria falando?

— Todos estão mortos — Sem Rosto provocou. — Matriarca Ginafae está vendo Lolth mais claramente hoje — a expressão de horror de Alton agradou ao mestre desfigurado. — Todos mortos. Exceto pelo pobre Alton, que vive para ouvir da desgraça de sua família. Mas esse deslize será resolvido agora!

Sem Rosto levantou as mãos para lançar um feitiço.

— Quem? — Alton gritou.

Sem Rosto fez uma pausa e parecia não entender.

— Qual casa fez isso? — o estudante condenado esclareceu. — Ou qual conspiração de casas derrubou os DeVir?

— Ah, você deveria saber — respondeu Sem Rosto, obviamente gostando da situação. — Acho que é o seu direito de saber antes de se juntar a seus parentes no reino da morte. — Um sorriso se alargou em toda a abertura onde os lábios estariam. — Mas você quebrou meu espelho! — o mestre rosnou. — Morra, garoto estúpido! Encontre as suas próprias respostas!

O peito de Sem Rosto teve um espasmo repentino, e ele estremeceu em convulsões, balbuciando maldições em uma língua muito além da compreensão do aluno apavorado. Que feitiço vil o mestre desfigurado tinha preparado, tão maldito que o seu canto soava em uma língua arcana desconhecida para os ouvidos treinados de Alton, tão indizivelmente maligno que sua semântica levou seu conjurador ao limite?

Sem Rosto, em seguida, caiu para frente, atingiu o chão e morreu.

Atordoado, Alton seguiu a linha do capuz do mestre caído às suas costas — até enxergar um virote. Alton assistia aquele ser envenenado tremer. Em seguida, levantou seu olhar para o centro da sala, onde o jovem assistente de limpeza estava parado tranquilamente.

— Bela arma, Sem Rosto! — Masoj disse radiante, brincando com a besta grande e ornamentada em suas mãos. Ele lançou um sorriso maligno na direção de Alton e armou outro virote.

Matriarca Malícia içou-se para fora de sua cadeira e pôs-se de pé.

— Saiam do meu caminho! — ela ordenou a suas filhas.

Maya e Vierna fugiram para longe do ídolo aranha e do bebê.

— Veja seus olhos, Matriarca Mãe — Vierna se atreveu a mencionar. — São muito incomuns.

Matriarca Malícia estudou a criança. Tudo parecia no lugar, e isso era bom, porque Nalfein, primogênito da Casa Do'Urden, estava morto, e este menino, Drizzt, teria a tarefa difícil de substituir seu filho valioso.

— Os olhos — Vierna disse novamente.

A matriarca lhe lançou um olhar venenoso, mas inclinou-se para entender o motivo de tanta confusão.

— Púrpura? — Malícia disse, chocada. Nunca tinha ouvido falar de tal coisa.

— Ele não é cego — Maya acrescentou rapidamente ao ver o desdém se espalhando por todo o rosto da mãe.

— Traga a vela — Matriarca Malícia ordenou. — Vejamos como esses olhos se parecerão no mundo da luz.

Maya e Vierna, por reflexo, se dirigiram para o armário sagrado, mas Briza as parou.

— Apenas uma alta sacerdotisa pode tocar os objetos sagrados — ela as lembrou em um tom que carregava o peso de uma ameaça.

Ela virou-se com altivez, enfiou a mão no gabinete, e retirou uma única vela vermelha já usada. As clérigas cobriram seus olhos e Matriarca Malícia colocou a mão prudente sobre o rosto do bebê enquanto Briza acendia a vela sagrada. Ela produzia apenas uma chama minúscula, mas, para os olhos dos drow, era uma intrusão brilhante.

— Traga-a — disse Matriarca Malícia depois de um bom tempo de ajuste. Briza moveu a vela para perto de Drizzt, e Malícia gradualmente deslizou sua mão.

— Ele não está chorando — comentou Briza, espantada com o fato de que o bebê conseguia aceitar tranquilamente uma luz tão ardente.

— Púrpura novamente — sussurrou a matriarca, sem prestar atenção à divagação de sua filha. — Em ambos os mundos, os olhos da criança são púrpuras.

Vierna engasgou audivelmente quando olhou outra vez para seu irmão minúsculo e suas impressionantes esferas cor de lavanda.

— Ele é seu irmão — Matriarca Malícia lembrou a ela, vendo a reação de Vierna como uma dica do que poderia vir. — Quando ele crescer e você se vir atravessada por esses olhos, lembre-se, por sua vida, que ele é seu irmão.

Vierna se afastou, quase deixando escapar uma resposta da qual se arrependeria. As façanhas de Matriarca Malícia com quase todos os soldados do sexo masculino da Casa Do'Urden — e muitos outros que a matriarca sedutora encontrava de soslaio, longe das outras casas — eram quase lendárias em Menzoberranzan. Quem era ela para cuspir lembretes de prudência e bom comportamento? Vierna mordeu o lábio esperando que nem Briza nem Malícia estivessem lendo seus pensamentos naquele momento.

Em Menzoberranzan, pensar tais fofocas sobre uma alta sacerdotisa, sendo verdade ou não, levava a uma execução dolorosa.

Os olhos da mãe se estreitaram, e Vierna pensou ter sido descoberta.

— Você cuidará dele — Matriarca Malícia dirigiu-se a ela.

— Maya é mais jovem! — Vierna se atreveu a protestar. — Posso atingir o nível de alta sacerdotisa em poucos anos se puder continuar meus estudos.

— Ou nunca — a matriarca a lembrou severamente. — Leve a criança à capela adequada. Garanta que ele saiba ficar quieto, e ensine-lhe tudo o que precisa saber para ser um príncipe servil da Casa Do'Urden.

— Eu posso cuidar dele — Briza se ofereceu, enquanto uma de suas mãos escorregava inconscientemente até seu chicote com cabeças de cobra. — Adoro ensinar os machos a se por em seu devido lugar.

Malícia a encarou.

— Você é uma alta sacerdotisa. Tem deveres mais importantes do que ensinar boas maneiras a um menino — em seguida, olhou para Vierna. — O bebê é seu; não me decepcione! As lições que você ensinará a Drizzt irão reforçar o seu próprio entendimento das nossas tradições. Esse exercício de "maternidade" irá ajudá-la em sua busca para se tornar uma alta sacerdotisa — ela deixou Vierna ter um momento para visualizar a tarefa por uma luz mais positiva, então seu tom voltou a ser ameaçador. — Pode ajudá-la, mas também pode destruí-la!

Vierna suspirou, mas manteve seus pensamentos em silêncio. A tarefa que Matriarca Malícia colocou sobre seus ombros iria consumir a maior parte de seu tempo por pelo menos dez anos. Vierna não apreciava o panorama: ela e esta criança de olhos púrpuras juntas por dez longos anos. No entanto, a alternativa — a ira de Matriarca Malícia Do'Urden — era significantemente pior.

Alton cuspiu outro pedaço de teia de sua boca.

— Você é apenas um garoto. Um aprendiz — ele gaguejou. — Por que você...?

— Mataria ele? — Masoj completou a pergunta. — Não para te salvar, se essa é a sua esperança — ele cuspiu no corpo do Sem Rosto. — Olhe para mim. Um príncipe da sexta casa, um mordomo de limpeza para aquele velho—

— Hun'Ett — Alton cortou. — A Casa Hun'Ett é a sexta casa.

O drow mais jovem pôs um dedo sobre os lábios franzidos.

— Espere — ele comentou com um sorriso largo, um sorriso maligno de sarcasmo. — Nós somos a quinta casa agora, suponho, com os DeVir exterminados.

— Ainda não — Alton rosnou.

— Momentaneamente — Masoj assegurou-lhe, pondo o dedo sobre o gatilho.

Alton se deixou cair ainda mais para trás na teia. Ser morto por um mestre já era ruim o bastante, mas a humilhação de ser abatido por um garoto...

— Creio que eu deva agradecê-lo — disse Masoj. — Eu vinha planejando matar esse aqui há semanas.

— Por quê? — Alton pressionou seu novo algoz. — Você ousaria matar um mestre de Magace simplesmente porque sua família o pôs para servi-lo?

— Ele me esnobava! — Masoj gritou. — Por quatro anos tenho sido um escravo para esse pedaço de traseiro cagado por um verme da carniça! Limpava as botas dele. Preparava unguentos para aquele rosto nojento! E isso era o bastante? Não pra ele — cuspiu no cadáver de novo e continuou, falando mais para si do que para o estudante preso. — Nobres aspirantes à magia têm a vantagem de ser treinados como aprendizes antes de atingirem a idade adequada para a entrada em Magace.

— Claro — disse Alton. — Eu mesmo treinei sob...

— Ele queria me manter fora de Magace! — Masoj divagava, ignorando Alton completamente. — Ele teria me forçado a entrar em Arena-Magthere, a escola dos guerreiros, em vez disso. A escola dos guerreiros! Meu vigésimo quinto aniversário é daqui a apenas vinte dias — Masoj olhou para cima, como se de repente se lembrasse de que não estava sozinho no quarto. — Eu sabia que precisava matá-lo — continuou, agora falando diretamente para Alton. — Então você veio e tornou tudo tão conveniente. Um estudante e um mestre matando um ao outro em uma luta? Não seria a primeira vez. Quem questionaria? Suponho, então, que eu deva agradecê-lo, Alton Sem Casa — Masoj ironizou com uma reverência espalhafatosa. — Antes de eu te matar, quer dizer.

— Espere! — gritou Alton. — Me matar com que vantagem?

— Álibi.

— Mas você tem o seu álibi, e nós podemos fazê-lo melhor!

— Explique — disse Masoj, sem pressa. Sem Rosto era um mago poderoso, as teias não iriam se desfazer tão cedo.

— Me liberte — Alton disse seriamente.

— Você é tão idiota quanto o Sem Rosto disse que era?

Alton recebeu o insulto estoicamente — o garoto estava com a besta.

— Me liberte para que eu possa assumir a identidade do Sem Rosto — explicou. — A morte de um mestre levanta suspeitas, mas se nenhum mestre é dado como morto...

— E o que eu faço com isso? — Masoj perguntou, chutando o cadáver.

— Queime-o — disse Alton, com seu plano desesperado tomando forma. — Que esse seja Alton DeVir. A Casa DeVir não existirá mais, então não haverá nenhuma retaliação, nenhuma pergunta.

Masoj parecia cético.

— Sem Rosto era praticamente um eremita — Alton argumentou. — E eu estou perto de me formar; posso lidar com as tarefas simples do ensino básico, depois de trinta anos de estudo.

— E o que eu ganho com isso?

Alton ficou pasmo, quase enterrando-se no emaranhado de teias, como se a resposta fosse óbvia.

— Um mestre em Magace para chamar de mentor. Alguém que pode facilitar a sua vida durante seus anos de estudo.

— E aquele que pode se livrar de uma testemunha assim que for conveniente — Masoj acrescentou maliciosamente.

— E o que eu, então, ganharia com isso? — Alton rebateu. — Enfurecer a Casa Hun'Ett, quinta em toda a cidade, sem ter eu mesmo família alguma para me proteger? Não, jovem Masoj, eu não sou tão idiota quanto Sem Rosto disse.

Masoj começou a brincar com sua unha longa e pontiaguda entre os dentes e considerou suas possibilidades. Um aliado entre os mestres de Magace? Isso poderia criar oportunidades.

Outro pensamento surgiu na mente de Masoj, então ele abriu o armário ao lado de Alton e começou a vasculhar o conteúdo. Alton vacilou quando ouviu alguns recipientes de cerâmica e vidro se quebrando, pensando nos componentes, possivelmente até poções completas, que poderiam ser perdidos por descuido do aprendiz. "Talvez Arena-Magthere fosse uma escolha melhor para o jovem", pensou.

Um momento depois, porém, o drow mais jovem reapareceu, e Alton se lembrou de que não estava em posição de fazer tais julgamentos.

— Isto é meu — Masoj exigiu, mostrando a Alton um pequeno objeto negro: uma estatueta de ônix extremamente detalhada de uma pantera caçando. — Um presente de um habitante dos planos inferiores por uma ajuda que dei.

— Você ajudou uma criatura daquelas? — Alton tinha que perguntar, achando difícil que um mero aprendiz tivesse os recursos para sobreviver a um encontro com um adversário tão imprevisível e poderoso.

— Sem Rosto — Masoj chutou o cadáver novamente — levou o crédito e a estátua, mas eles são meus! Todo o resto aqui é seu, é claro. Eu conheço os encantamentos da maioria, e te mostrarei quais são.

Aliviado com a ideia de sobreviver àquele dia horrendo, Alton pouco se importava com a estatueta naquele momento. Tudo o que ele queria era ser libertado das teias para que pudesse descobrir a verdade sobre o destino de sua casa. Então Masoj virou-se de repente e começou a se afastar.

— Para onde vai? — Alton perguntou.

— Pegar o ácido.

— Ácido? — Alton escondeu bem o pânico, embora tivesse a sensação terrível de que entendera o que Masoj pretendia fazer.

— Você vai querer que o disfarce pareça autêntico — Masoj explicou com naturalidade. — Caso contrário, não seria um bom disfarce. Devemos tirar proveito da teia enquanto ela ainda está aqui. Ela vai te manter parado.

— Não! — Alton começou a protestar, mas Masoj avançou sobre ele, ostentando um sorriso maligno largo em seu rosto.

— Parece que será bem doloroso — Masoj admitiu. — Você não tem família e não vai achar aliado algum em Magace, já que Sem Rosto era desprezado pelos outros mestres — ele levantou a besta ao nível dos olhos de Alton e encaixou outro dardo envenenado. — Talvez você prefira a morte.

— Traga o ácido! — disse Alton.

— Para quê? — Masoj provocou, acenando a besta. — Você tem algo pelo que viver, Alton Sem Casa?

— Vingança — Alton cuspiu, a ira de sua voz desconcertando Masoj. — Você ainda não aprendeu isso, embora vá, meu jovem aluno, mas nada dá mais propósito à vida do que a sede de vingança.

Masoj baixou a arma e olhou para o drow preso com respeito, quase com medo. Ainda assim, o aprendiz Hun'ett não conseguiu conceber a gravidade da afirmação de Alton até que ele reiterou, desta vez com um sorriso ansioso no rosto:

— Traga o ácido.

Capítulo 4

A primeira casa

Quatro ciclos de Narbondel (quatro dias) depois, um disco azul brilhante flutuava pelo caminho de pedra ladeado por cogumelos até o portão coberto de aranhas da Casa Do'Urden. As sentinelas o observavam pelas janelas das duas torres exteriores e do complexo enquanto pairava pacientemente a um metro do chão. A notícia chegou até a família governante apenas alguns segundos mais tarde.

— O que pode ser? — Briza perguntou a Zaknafein assim que ela, o mestre de armas, Dinin e Maya se reuniram na varanda do nível superior.

— Uma convocação? — Zak mais perguntou do que respondeu. — Não saberemos até investigarmos — ele subiu na grade e então no vazio do ar. Em seguida, levitou até o chão do complexo. Briza sinalizou para Maya, e a filha mais nova dos Do'Urden seguiu Zak. — Tem o brasão da Casa Baenre — Zak informou assim que se aproximou. Ele e Maya abriram os grandes portões, e o disco deslizou para dentro, não mostrando nenhum movimento hostil.

— Baenre — Briza repetiu por cima do ombro, na direção do corredor da casa onde Matriarca Malícia e Rizzen esperavam.

— Parece que estão solicitando sua presença em uma audiência, Matriarca Mãe — Dinin pontuou nervosamente.

Malícia saiu para a varanda e seu marido a seguiu obedientemente.

— Será que eles sabem do nosso ataque? — Briza perguntou no código silencioso, e todos os membros da Casa Do'Urden, tanto nobres quanto plebeus, compartilhavam do mesmo pensamento desagradável. A Casa DeVir tinha sido eliminada apenas alguns dias antes, e um cartão de convocação da Primeira Matriarca Mãe de Menzoberranzan dificilmente poderia ser visto como uma coincidência.

— Todas as casas sabem — Malícia respondeu em voz alta, não acreditando que o silêncio fosse uma precaução necessária dentro dos limites do seu próprio complexo. — Será que a evidência contra nós é tão avassaladora que o conselho governante será forçado a agir? — ela olhou fixamente para Briza, enquanto seus olhos escuros alternavam entre o brilho vermelho de infravisão e o verde profundo que mostravam na aura de luz normal. — Essa é a pergunta que devemos fazer.

Malícia subiu na varanda, mas Briza agarrou a parte de trás de seu manto pesado para fazê-la ficar.

— Você não tem intenção de ir com aquela coisa, tem? — Briza perguntou.

O olhar que Malícia deu em resposta mostrava ainda mais espanto.

— É claro — respondeu. — Matriarca Baenre não me convocaria abertamente se planejasse qualquer mal a mim. Nem mesmo o poder dela é grande o bastante para que ignore os princípios da cidade.

— Tem certeza de que estará segura? — Rizzen perguntou, genuinamente preocupado. Se Malícia morresse, Briza iria assumir a casa, e Rizzen duvidava que a filha mais velha desejasse qualquer homem a seu lado. Mesmo se a fêmea cruel desejasse um patrono, Rizzen não gostaria de ocupar essa posição. Ele não era o pai de Briza — não era sequer tão velho quanto Briza. Claramente, o patrono atual da casa tinha muito a ganhar com a boa saúde de Matriarca Malícia.

— Sua preocupação me toca — Malícia respondeu, ciente do verdadeiro medo de seu marido. Ela soltou seu manto negro das mãos de Briza e se afastou do corrimão, endireitando suas vestes enquanto descia lentamente. Briza sacudiu a cabeça com desdém e sinalizou para que Rizzen a seguisse para dentro da casa, não achando sensato a maior parte da família ficar tão exposta aos olhos hostis.

— Você deseja uma escolta? — Zak perguntou enquanto Malícia sentava-se no disco.

— Tenho certeza de que encontrarei alguma assim que sair do perímetro do nosso complexo — Malícia respondeu. — Matriarca Baenre não se arriscaria a me expor a nenhum perigo enquanto eu estiver sob os cuidados de sua casa.

— Concordo — disse Zak. — Mas você deseja uma escolta de volta à Casa Do'Urden?

— Se fosse necessária alguma, dois discos teriam flutuado até aqui — Malícia disse em um tom que encerrava a discussão. A matriarca estava começando a achar sufocante toda essa preocupação daqueles ao seu redor. Ela era a Matriarca Mãe, afinal de contas. A mais forte, a mais velha e a mais sábia. E não gostava dos outros a questionando. Para o disco, Malícia ordenou — Execute a sua tarefa designada e acabemos logo com ela!

Zak quase riu da escolha de palavras de Malícia.

— Matriarca Malícia Do'Urden — veio uma voz mágica do disco —, Matriarca Baenre oferece suas saudações. Muito tempo se passou desde a última vez em que se reuniram.

— Nunca — Malícia sinalizou a Zak. — Então me leve à casa Baenre! — Malícia exigiu. — Não perderei meu tempo conversando com uma voz mágica.

Aparentemente, a Matriarca Baenre tinha antecipado a impaciência de Malícia, uma vez que, sem outra palavra, o disco flutuou para fora do complexo Do'Urden.

Zak fechou o portão assim que o disco saiu, então sinalizou rapidamente a seus soldados para que se movessem. Malícia não queria nenhuma companhia evidente, mas a rede de espiões dos Do'Urden acompanharia secretamente cada movimento do disco dos Baenre até alcançar as portas do grande complexo da casa reinante.

A suposição de Malícia a respeito da escolta estava correta. Assim que o disco desceu pelo caminho que saía do complexo Do'Urden, vinte soldados da casa Baenre, todos do sexo feminino, saíram de seus esconderijos ao longo das laterais da avenida e formaram um diamante defensivo ao redor da matriarca convidada. A guarda em cada ponta da formação vestia mantos negros, estampados na parte traseira com uma representação de uma grande aranha roxa e vermelha — as vestes de uma alta sacerdotisa.

— As próprias filhas de Baenre — Malícia supôs, uma vez que apenas as filhas de um nobre poderiam atingir tal posto. Quão cuidadosa a Primeira Matriarca Mãe tinha sido para garantir a segurança de Malícia na viagem!

Escravos e plebeus drow tropeçavam uns nos outros em um esforço frenético para se afastar do caminho da comitiva que passava enquanto o grupo seguia seu caminho através das ruas curvas em direção ao bosque de cogumelos. Os soldados da casa Baenre só usavam a insígnia de sua casa em campo aberto, e ninguém queria provocar a ira de sua Matriarca.

Malícia apenas arregalou os olhos em descrença e desejou que viesse a conhecer tal poder antes de morrer.

Arregalou os olhos novamente alguns minutos mais tarde, quando o grupo se aproximou da casa regente. A Casa Baenre abrangia vinte estalagmites altas e majestosas, todas interligadas por pontes e parapeitos graciosamente arqueados. Magia e fogo feérico reluziam em mil esculturas separadas e uma centena de guardas regiamente adornados marchavam em formações perfeitas.

Ainda mais impressionantes eram as estruturas inversas, as trinta estalactites menores da Casa Baenre. Pendiam do teto da caverna, suas raízes perdidas na escuridão. Algumas delas se conectavam ponta a ponta com as estalagmites, enquanto outras se penduravam livremente como lanças equilibradas. Varandas imponentes, se curvando como a ponta de um parafuso, foram construídas ao longo de todas elas, brilhando com uma superabundância de magia e padrões iluminados. Também era mágica a cerca que conectava as bases das estalagmites exteriores, circundando todo o complexo. Era uma teia gigante, prateada, em contraste com todo aquele azul do exterior do complexo. Alguns diziam que fora um presente da própria Lolth, com fios fortes de ferro tão grossos quanto o braço de um elfo negro. Qualquer coisa que tocasse a cerca dos Baenre, mesmo a mais afiada das armas dos drow, simplesmente ficaria presa ali até que a Matriarca ordenasse que a cerca a libertasse.

Malícia e suas acompanhantes se dirigiam diretamente para uma seção simétrica e circular da cerca, entre as mais altas das torres exteriores. Ao se aproximarem, o portão se enrolou bruscamente, deixando espaço para que caravana passasse.

Malícia observou tudo aquilo tentando parecer indiferente. Centenas de soldados curiosos assistiam à procissão enquanto se dirigia à estrutura central da casa Baenre, a grande cúpula roxo-brilhante da capela. Os soldados comuns deixaram a comitiva, ficaram apenas as quatro altas sacerdotisas escoltando Matriarca Malícia para dentro.

A visão além das grandes portas da capela não a desapontou. Um altar central dominava o local, com uma fileira de bancos espiralando em várias dezenas de circuitos até alcançar o perímetro do grande salão. Dois mil drow poderiam sentar-se lá com espaço o bastante para se esticar. Estátuas e ídolos numerosos demais para se contar permeavam todo o lugar, brilhando em uma tranquila luz negra. Na abóbada acima do altar, havia uma imagem brilhante gigantesca: uma ilusão preta e vermelha, que de forma lenta e contínua alternava entre as formas de uma aranha e de uma bela drow.

— Uma obra de Gromph, meu mago principal — Matriarca Baenre explicou de seu púlpito no altar, supondo que Malícia, como todos os outros que vieram à capela Baenre, estivesse boquiaberta com a visão. — Mesmo os magos têm o seu lugar.

— Desde que se lembrem dele — Malícia respondeu, descendo do disco, agora parado.

— Concordo — disse Matriarca Baenre. — Os machos podem ser muito presunçosos às vezes, especialmente os magos! Ainda assim, eu gostaria de ter Gromph ao meu lado com mais frequência nos dias de hoje. Ele foi nomeado Arquimago de Menzoberranzan, você sabe, e parece estar sempre trabalhando em Narbondel ou em outras tarefas.

Malícia apenas balançou a cabeça e segurou a língua. Era claro que ela sabia que o filho de Baenre era o Mago Chefe da cidade. Todos sabiam. Todos sabiam, também, que a filha de Baenre, Triel, era a Matriarca Mestra da Academia, uma posição de honra em Menzoberranzan, perdendo apenas para o título de Matriarca de uma família. Malícia tinha poucas dúvidas de que Matriarca Baenre encontraria uma forma de pôr esse fato na conversa em breve.

Antes que Malícia pudesse dar um passo em direção às escadas do altar, sua nova escolta saiu das sombras. Malícia sequer tentou esconder a careta que fez ao ver a coisa, uma criatura conhecida como ilitíde, um devorador de mentes. O ser tinha aproximadamente 1,80 metros de altura, cerca de trinta centímetros mais alto que Malícia, principalmente por conta de sua enorme cabeça. Brilhante graças ao muco que a cobria, a cabeça era similar a um polvo com olhos sem pupila, brancos e leitosos.

Malícia se recompôs rapidamente. Todos conheciam os devoradores de mente em Menzoberranzan, e rumores diziam que um deles tinha se tornado amigo da Matriarca Baenre. Porém essas criaturas, mais inteligentes e malignas até mesmo do que os drow, quase sempre inspiravam arrepios de repulsa.

— Pode chamá-lo de Methil — Matriarca Baenre explicou. — Seu verdadeiro nome está além da minha pronúncia. Ele é um amigo meu — antes que Malícia pudesse responder, Baenre acrescentou. — Claro, Methil me dá uma vantagem em nossa discussão, e você não está acostumada com ilitíde.

Então, enquanto a boca de Malícia pendia em descrença, Matriarca Baenre o dispensou.

— Você leu meu pensamento! — Malícia protestou. Poucos poderiam esgueirar-se através das barreiras mentais de uma alta sacerdotisa bem o bastante para ler seus pensamentos, e a prática era um crime dos mais graves na sociedade drow.

— Não! — Matriarca Baenre explicou, imediatamente na defensiva. — Perdão, Matriarca Malícia. Methil lê pensamentos, até mesmo os pensamentos de uma alta sacerdotisa, tão facilmente como você ou eu ouvimos palavras. Ele se comunica telepaticamente. Tem minha palavra: eu sequer percebi que você não tinha falado o que pensava.

Malícia esperou até a criatura se retirar completamente do grande salão. Em seguida, subiu os degraus até o altar. Apesar de seus esforços, não conseguia evitar espiar esporadicamente a imagem que alternava entre a aranha e a drow.

— Como vai a Casa Do'Urden? — Matriarca Baenre perguntou, fingindo educação.

— Muito bem — respondeu Malícia, mais interessada naquele momento em estudar sua anfitriã do que na conversa propriamente dita. Elas estavam sozinhas no altar, embora sem dúvida uma dúzia de clérigas vagasse pelas sombras do grande salão, mantendo um olhar atento sobre a situação.

Malícia mantinha todos os seus esforços em esconder seu desprezo por Matriarca Baenre. Malícia era velha, com quase quinhentos anos, mas Matriarca Baenre era anciã. Seus olhos tinham visto a ascensão e queda de um milênio, segundo alguns relatos, embora os drow raramente vivessem além de seu sétimo século — e certamente não ultrapassassem o oitavo. Enquanto os drow normalmente não mostravam sua idade — Malícia era tão bela e vibrante agora como fora no dia de seu centésimo aniversário —, Matriarca Baenre estava murcha e ressequida. As rugas ao redor de sua boca se assemelhavam a uma teia de aranha, e ela mal conseguia evitar que suas pálpebras pesadas caíssem de vez. Matriarca Baenre deveria estar morta, Malícia notou, mas ainda vivia.

Matriarca Baenre, parecendo tão além seu tempo de vida, estava grávida e daria a luz em apenas algumas semanas.

Nesse aspecto também, a Matriarca Baenre desafiava a norma dos elfos negros. Ela tinha dado à luz vinte vezes, duas vezes mais que quaisquer outros em Menzoberranzan, e quinze daqueles a quem ela deu à luz eram do sexo feminino, todas altas sacerdotisas! Dez dos filhos de Baenre eram mais velhos do que Malícia!

— Quantos soldados tem sob seu comando? — Matriarca Baenre perguntou, inclinando-se para mostrar o seu interesse.

— Trezentos — Malícia respondeu.

— Oh — ponderou a velha drow enrugada, levando um dedo aos lábios. — Ouvi falar que a contagem estava em trezentos e cinquenta.

Malícia sorriu, apesar da situação. Baenre a estava provocando, referindo-se aos soldados da Casa Do'Urden que foram anexados após o ataque à Casa DeVir.

— Trezentos — Malícia repetiu.

— É claro — respondeu Baenre, recuando.

— E a Casa Baenre detém mil soldados? — Malícia perguntou por nenhuma razão além de manter-se em pé de igualdade na discussão.

— Esse tem sido o nosso número por muitos anos.

Malícia se perguntou novamente porque esta coisa velha e decrépita ainda estava viva. Certamente mais de uma das filhas de Baenre aspirava ao cargo de Matriarca. Por que não tinham conspirado e eliminado Baenre? Ou por que nenhuma delas, algumas já chegando ao fim da vida, decidiu começar sua própria Casa, como acontecia com as filhas nobres quando ultrapassavam o quinto século? Enquanto vivessem sob o domínio da Matriarca Baenre, seus filhos não seriam sequer considerados nobres, seriam relegados ao status de plebeus.

— Você ouviu falar do destino da Casa DeVir? — Matriarca Baenre perguntou diretamente, se impondo enquanto se cansava da conversa fiada de sua contraparte.

— De qual casa? — Malícia perguntou incisivamente. Naquele momento, não existia mais a Casa DeVir em Menzoberranzan. Para os drow, a casa já não existia; nunca existira.

Matriarca Baenre gargalhou.

— É claro — respondeu. — Você é a Matriarca Mãe da nona casa agora. Isso é uma honra.

Malícia assentiu.

— Mas não é uma honra tão grande quanto ser Matriarca da oitava casa.

— Sim — concordou Baenre —, mas nona está a apenas uma posição de distância de um assento no Conselho Governante.

— Isso seria, de fato, uma honra — Malícia respondeu. Estava começando a entender que Baenre não estava simplesmente a provocando, mas parabenizando e também a estimulando a perseguir maiores glórias. Malícia se iluminou com o pensamento. Baenre estava no mais alto favor da Rainha Aranha. Se ela estava satisfeita com a ascensão da Casa Do'Urden, então assim estava Lolth.

— Não é uma honra tão grande quanto imagina — disse Baenre. — Somos um grupo de velhas intrometidas que se reúne de vez em quando para pensar em maneiras diferentes de por nossas mãos aonde não nos pertence.

— A cidade reconhece seu domínio.

— A cidade tem alguma escolha? — Baenre riu. — Ainda assim, é melhor deixar os assuntos dos drow nas mãos das Matriarcas Mães das casas individuais. Lolth não interferiria por um conselho governante que reivindicasse qualquer coisa que lembrasse remotamente o poder absolutista. Você não acredita que a Casa Baenre teria conquistado toda Menzoberranzan há muito tempo se fosse da vontade da Rainha Aranha?

Malícia se mexeu orgulhosamente em sua cadeira, chocada com tais palavras arrogantes.

— Não agora, é claro — matriarca Baenre explicou. — A cidade é grande demais para tal ação. Mas há muito tempo, antes de você nascer, a Casa Baenre não acharia essa conquista algo difícil. Mas esse não é o nosso caminho. Lolth incentiva a diversidade. Ela está satisfeita com as casas se equilibrando reciprocamente, prontas para lutar lado a lado em casos de necessidade mútua — ela fez uma pausa e deixou um sorriso aparecer em seus lábios enrugados. — E prontos para atacar a qualquer um que caia de seu favor.

Outra referência direta à Casa DeVir, Malícia observou — desta vez diretamente ligada ao prazer da Rainha Aranha. Malícia aliviou sua postura raivosa e achou o resto de sua discussão, que durou duas horas, com a Matriarca Baenre bastante agradável.

Ainda assim, quando estava de volta ao disco, flutuando para fora através do complexo, na frente da maior e mais forte casa de toda Menzoberranzan, Malícia não estava sorrindo. Frente a tal demonstração aberta de poder, ela não podia se esquecer de que o propósito de Matriarca Baenre em chamá-la tinha sido duplo: para parabenizá-la privada e enigmaticamente pelo seu golpe perfeito, e para lembrá-la vivamente de que não deveria ser ambiciosa em demasia.

Capítulo 5

Desmame

Por cinco anos, Vierna dedicou quase todo o seu tempo aos cuidados do bebê Drizzt. Na sociedade drow, esse era um período mais doutrinário do que carinhoso. A criança deveria adquirir suas habilidades motoras e linguísticas básicas, assim como as crianças de todas as raças inteligentes, mas um elfo negro também tinha que ser instruído sobre os preceitos que tornavam aquela sociedade caótica funcional.

No caso de uma criança do sexo masculino, como Drizzt, Vierna passava horas e horas lembrando-lhe de que ele era inferior às fêmeas drow. Uma vez que quase toda esta parte da vida de Drizzt foi vivida na capela da família, ele não via mais ninguém do sexo masculino, exceto em momentos de adoração comunitária. Mesmo quando todos na casa se reuniam para as cerimônias profanas, Drizzt permanecia em silêncio ao lado de Vierna, com seu olhar voltado obedientemente para o chão.

Quando Drizzt estava crescido o bastante para seguir comandos, a carga de trabalho de Vierna diminuiu. Ainda assim, passava muitas horas ensinando seu irmão mais novo — no momento estavam trabalhando nos movimentos intricados de mãos, rosto e corpo do código silencioso.

Porém muitas vezes ela apenas designasse a Drizzt a tarefa interminável de limpeza da capela. O cômodo tinha apenas um quinto do tamanho do grande salão da casa Baenre, mas poderia abrigar a todos os elfos negros da Casa Do'Urden, deixando uma centena de assentos livres.

Ser uma Ama de Caça não parecia mais tão ruim, Vierna passara a considerar, mas ainda assim ela desejava poder dedicar mais do seu tempo para seus estudos. Se Matriarca Malícia houvesse designado Maya para a tarefa de criar a criança, Vierna já poderia ter sido ordenada alta sacerdotisa. Vierna ainda tinha mais cinco anos de deveres a cumprir com Drizzt para com Drizzt; Maya poderia atingir o alto sacerdócio antes dela!

Vierna descartou essa possibilidade. Ela não podia se dar ao luxo de se preocupar com tais problemas. Terminaria seu mandato como Ama de Caça em poucos anos. Ao completar seu décimo aniversário, ou em algum momento próximo a isso, Drizzt seria nomeado Príncipe Servil da família e serviria a toda a casa de forma igual. Se seu trabalho com Drizzt não decepcionasse Matriarca Malícia, Vierna sabia que ela seria justa.

— Suba pela parede — Vierna instruía. — Dê um jeito naquela estátua.

Ela apontou para uma escultura de uma drow nua a cerca de seis metros do chão. O jovem Drizzt olhou para ela, confuso. Ele não poderia subir até a escultura e limpá-la enquanto segurasse qualquer equipamento de segurança. Drizzt, no entanto, sabia o preço da desobediência — ou mesmo da hesitação —, então se preparou para subir, procurando o primeiro apoio que suas mãos conseguiam alcançar.

— Assim não! — Vierna repreendeu.

— Como? — Drizzt se atreveu a perguntar, uma vez que ele não fazia ideia do que sua irmã estava insinuando.

— Eleve-se até a gárgula — explicou Vierna. O pequeno rosto de Drizzt franziu em confusão.

— Você é um nobre de Casa Do'Urden! — Vierna gritou. — Ou, pelo menos, um dia vai receber esse título. Na bolsa em seu pescoço você pode ver o emblema da sua casa, um item de magia considerável.

Vierna ainda não tinha certeza se Drizzt estava pronto para tal tarefa; levitação era uma alta manifestação da magia drow inata, certamente mais difícil do que revestir objetos em fogo feérico ou convocar globos de escuridão. O emblema dos Do'Urden intensificava esses poderes inatos dos elfos negros, magia que emergia naturalmente durante o amadurecimento do drow. Enquanto a maioria dos nobres drow poderia convocar a energia mágica para levitar uma vez por dia ou mais, os nobres de Casa Do'Urden, com o seu emblema, poderia fazê-lo repetidamente.

Normalmente, Vierna nunca teria feito uma criança do sexo masculino com menos de dez anos tentar tal feito, mas Drizzt tinha lhe mostrado tanto potencial nos últimos anos que ela achou que valeria a tentativa.

— Basta se alinhar com a estátua — explicou ela — e deseje se elevar.

Drizzt olhou para a escultura feminina, então alinhou seus pés na direção do rosto angular e delicado da estátua. Colocou uma mão em seu colarinho, tentando entrar em sintonia com o emblema. Ele tinha percebido antes que a moeda mágica possuía algum tipo de poder, mas era apenas uma sensação crua, a intuição de uma criança. Agora que Drizzt tinha algum foco e a confirmação de suas suspeitas, sentiu claramente as vibrações da energia mágica.

Uma série de respirações profundas limpou quaisquer pensamentos que pudessem distrair a mente do jovem drow. Ele bloqueou a visão dos outros objetos da sala; tudo o que via era a estátua, seu destino. Ele sentiu-se mais leve, seus calcanhares subiram, e ele estava apoiado em um dedo do pé, embora não sentisse o próprio peso. Drizzt olhou para Vierna, seu sorriso aberto em perplexidade… mas, em seguida, esbarrou numa parte da parede.

— Macho idiota! — Vierna repreendeu. — Tente novamente! Tente mil vezes se for necessário! — Ela levou a mão ao chicote com cabeças de cobra em seu cinto. — Se você falhar...

Drizzt desviou o olhar, xingando a si mesmo. Sua própria euforia tinha feito o feitiço falhar. Ele sabia que podia fazê-lo perfeitamente agora, e não tinha medo de apanhar. O pequeno drow se concentrou novamente na escultura e deixou a energia mágica se reunir dentro de seu corpo.

Vierna também sabia que Drizzt acabaria tendo sucesso. Sua mente era atenta, mais afiada do que a de qualquer um que Vierna tivesse conhecido, incluindo as outras mulheres da Casa Do'Urden. A criança também era teimosa; Drizzt não deixaria a magia derrotá-lo. Ela sabia que ele ficaria sob a escultura até desmaiar de fome se fosse preciso.

Vierna o viu passar por uma série de pequenos sucessos e fracassos, o último derrubando Drizzt de uma altura de cerca de três metros. Vierna hesitou, se perguntando se ele estava seriamente ferido. Drizzt, independentemente de seus ferimentos, sequer chorou. Ao contrário, voltou para sua posição e começou a se concentrar mais uma vez.

— Ele é muito jovem para isso — veio um comentário por trás de Vierna. Ela virou-se em seu assento para encontrar Briza de pé sobre ela, com a carranca habitual no rosto da sua irmã mais velha.

— Talvez — Vierna respondeu. — Mas eu não saberei até deixar que tente.

— Chicoteie-o quando ele falhar — Briza sugeriu, puxando o cruel chicote de seis cabeças em seu cinto. Ela deu ao chicote um olhar amoroso, como se fosse algum tipo de animal de estimação, e deixou a cabeça de uma cobra deslizar sobre seu pescoço e rosto. — Inspiração.

— Tire isso daqui — Vierna replicou. — Drizzt é minha responsabilidade, e não preciso de nenhuma ajuda sua!

— Você deve prestar atenção em como fala com uma alta sacerdotisa — Briza avisou e todas as cabeças de serpente, extensões de seus pensamentos, viraram-se ameaçadoramente em direção a Vierna.

— Assim como Matriarca Malícia vai prestar atenção se você interferir em minhas tarefas — Vierna respondeu rapidamente.

Briza afastou seu chicote com a menção a Matriarca Malícia.

— Suas tarefas — ecoou ela com desdém. — Você é mole demais para essa tarefa. Machos filhotes devem ser disciplinados; devem aprender o seu lugar — percebendo que a ameaça de Vierna poderia levar a consequências desastrosas, a irmã mais velha se virou e saiu.

Vierna deixou Briza ter a última palavra. A Ama de Caça olhou novamente para Drizzt, ainda tentando chegar até a estátua.

— Chega! — ela ordenou, notando que a criança estava se exaurindo; mal conseguia tirar seus pés do chão.

— Eu vou conseguir! — Drizzt retrucou.

Vierna gostou de sua determinação, mas não do tom de sua resposta. Talvez houvesse alguma verdade nas palavras de Briza. Vierna tirou o chicote com cabeças de cobras de seu cinto. Um pouco de inspiração poderia contribuir muito.

※

Vierna sentou-se na capela no dia seguinte, observando Drizzt trabalhar duro no polimento da estátua da drow nua. Dessa vez, ele havia conseguido levitar os seis metros na primeira tentativa.

Vierna não conseguira evitar a decepção quando Drizzt não olhou para trás, para ela, e sorriu com o sucesso. E agora o via pairando no ar, suas mãos como um borrão enquanto esfregava a estátua com as escovas. Porém, mais claramente do que tudo, Vierna viu as cicatrizes nas costas nuas de seu irmão, o legado da discussão "inspiradora" do dia anterior. No espectro infravermelho, as linhas brilhantes mostravam claramente as trilhas de calor nas áreas onde as camadas da pele haviam sido arrancadas.

Vierna entendia a vantagem de se bater em uma criança, especialmente se tal criança fosse do sexo masculino. Era raro um drow macho erguer uma arma contra uma mulher, exceto sob ordens de outra mulher.

— Mas o quanto perdemos? — Vierna se perguntou em voz alta. — O que mais alguém como Drizzt poderia vir a se tornar?

Quando ouviu as palavras ditas em voz alta, Vierna afastou rapidamente os pensamentos blasfemos de sua mente. Ela pretendia tornar-se uma alta sacerdotisa da Rainha Aranha, Lolth, a Impiedosa. Tais pensamentos não estavam de acordo com as regras da sua posição. Ela lançou um olhar irritado em direção a seu irmão mais novo, transferindo sua culpa, novamente pegou seu instrumento de punição.

Ela teria que chicotear Drizzt de novo naquele dia, pelos pensamentos hereges que havia inspirado.

Assim, essa relação continuou por mais cinco anos, com Drizzt aprendendo as lições básicas da vida na sociedade drow enquanto limpava eternamente a capela da Casa Do'Urden. Além da supremacia das drow (uma lição sempre acentuada pelo maligno chicote de cabeças de cobra), as lições mais interessantes foram sobre os elfos da superfície, as fadas. Impérios malignos frequentemente se entrelaçam com teias de ódio por inimigos fabricados, e nenhum povo na história o fazia tão bem quanto os drow. Desde o primeiro instante em que compreendiam a palavra falada, as crianças drow aprendiam que tudo que desse errado em suas vidas era culpa dos elfos da superfície.

Sempre que as presas do chicote de Vierna cortavam as costas de Drizzt, ele clamava pela morte de uma fada. O ódio condicionado raramente era uma emoção racional.

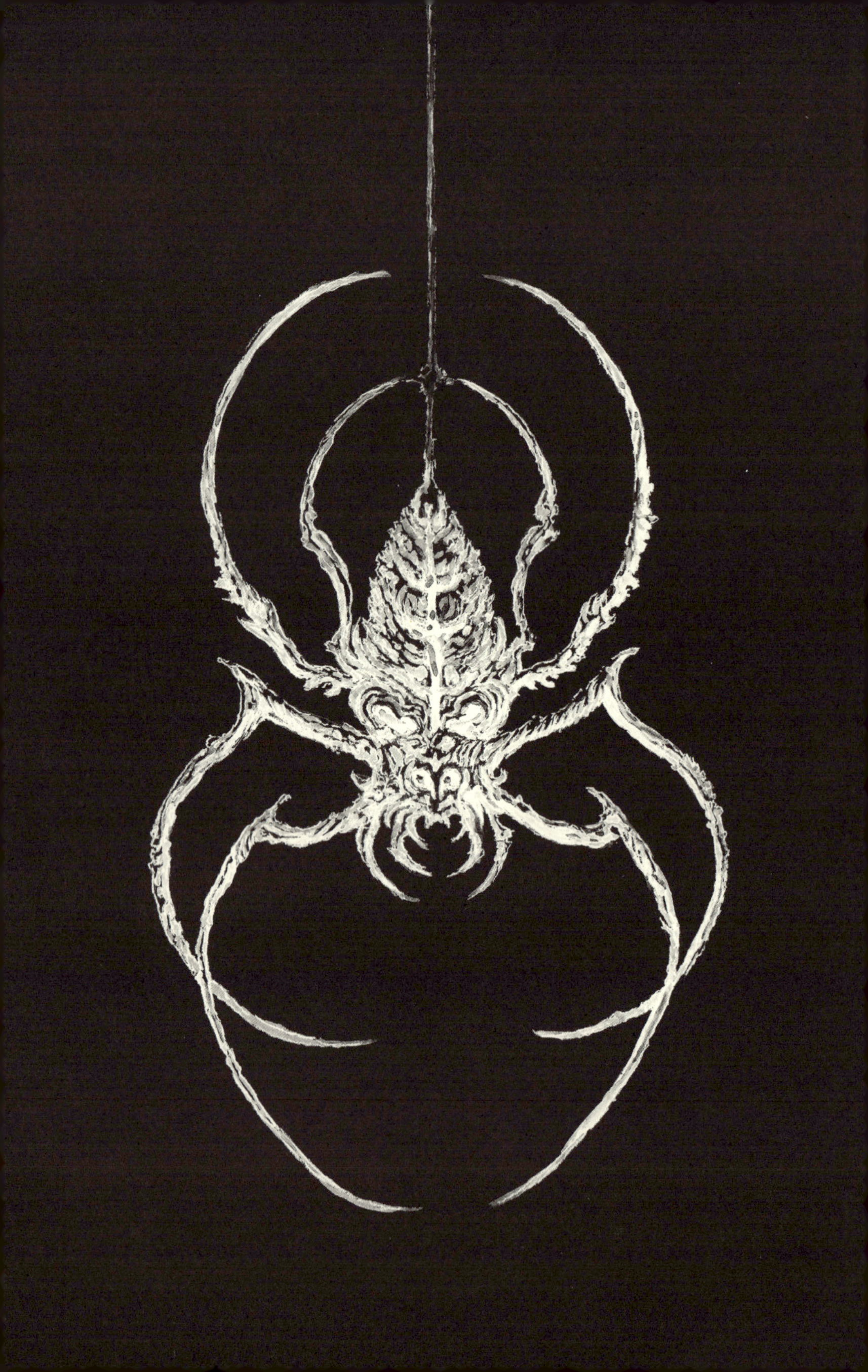

Parte 2
O mestre de armas

Horas vazias. Dias vazios.

Tenho poucas lembranças daquele período inicial da minha vida, daqueles primeiros dezesseis anos em que trabalhei como um servo. Os minutos se amontoavam em horas, as horas em dias, e assim por diante, até que o tempo em si parecia mais um único momento, longo e estéril. Por diversas vezes eu conseguia escapar até a varanda da Casa Do'Urden e contemplar as luzes mágicas de Menzoberranzan. Em todas essas escapadas secretas, o surgir e dissipar das luzes quentes de Narbondel, a coluna-relógio, me deixava extasiado. Agora, revivendo essas memórias, relembrando essas longas horas que passei observando o brilho do fogo mágico se arrastando lentamente para cima e para baixo ao longo do pilar, fico chocado com o vazio de meus primeiros dias.

Lembro-me claramente de minha empolgação, daquele formigar de emoção, a cada vez que saia de casa e me posicionava para observar o pilar. Era uma coisa tão simples, mas tão gratificante em comparação com o resto da minha existência...

Sempre que ouço o estalar de um chicote, outra memória — mais uma sensação do que uma memória, na verdade, um arrepio na espinha. O choque do impacto e a dormência subsequente dessas armas com cabeças de cobra não são facilmente esquecidos. Elas mordem sob sua pele, enviando ondas de energia mágica através de seu corpo, ondas que fazem seus músculos estalarem e repuxarem além de seus limites.

E, ainda assim, tive mais sorte do que a maioria. Minha irmã Vierna estava perto de se tornar uma alta sacerdotisa quando recebeu a tarefa de minha criação, e esse foi um período da vida dela em que possuía muito mais energia do que essa tarefa necessitava. Talvez, então, esses primeiros dez anos de minha vida fossem muito melhores do que consigo me recordar agora... Vierna nunca apresentou a maldade intensa de nossa mãe ou, mais particularmente, de nossa irmã mais velha, Briza.

Talvez eu tenha tido bons momentos na solidão da capela de nossa casa. É possível que Vierna houvesse se permitido mostrar um lado mais gentil de si mesma através de seu irmão mais novo. Talvez não. Ainda que eu veja Vierna como a mais gentil dentre minhas irmãs, suas palavras estavam tão embebidas no veneno de Lolth quanto as de qualquer clériga em Menzoberranzan. Parece improvável que ela arriscasse suas aspirações ao alto sacerdócio por uma simples criança, uma mera criança do sexo masculino.

Se houve de fato alegrias naqueles anos, obscurecidas pelo ataque implacável da crueldade de Menzoberranzan, ou se esse primeiro período da minha vida foi ainda mais doloroso do que os anos que se seguiram; tão dolorosos que minha mente ainda esconde as memórias, não sei dizer. Por mais que me esforce, não consigo recordá-los.

Tenho alguma lembrança dos seis anos que se seguiram, mas a memória mais proeminente dos dias que passei servindo à corte de Matriarca Malícia — além das escapadas secretas à área externa do complexo — é a imagem de meus próprios pés.

A um Príncipe Servil nunca é permitido levantar o olhar.

— Drizzt Do'Urden

Capítulo 6

Ambidestro

DRIZZT RESPONDEU IMEDIATAMENTE AO CHAMADO de sua matriarca, sem precisar do incentivo do chicote que Briza costumava usar para apressá-lo. Quantas vezes ele sentiu as presas daquela arma! Drizzt não tinha nenhuma intenção de se vingar de sua irmã. Com o condicionamento que recebera, temia demais as consequências de atacá-la, ou a qualquer mulher, para sequer imaginar uma vingança.

— Você sabe que dia é hoje? — Malícia perguntou, no momento em que ele chegou ao lado de seu grande trono na antessala escura da capela.

— Não, Matriarca Mãe — Drizzt respondeu, mantendo inconscientemente o seu olhar em seus pés. Um suspiro de resignação subiu em sua garganta quando notou que estava novamente em sua interminável observação de seus próprios pés. Deveria haver algo mais a fazer da vida do que observar as pedras vazias e os dedos de seus pés, pensou.

Ele tirou um dos pés de dentro de sua bota baixa e começou a traçar desenhos no chão de pedra. O calor do corpo deixava traços visíveis no espectro infravermelho, e Drizzt era rápido e ágil suficiente para completar desenhos simples antes das linhas iniciais se esfriarem.

— Dezesseis anos — Matriarca Malícia disse a ele. — Você respirou o ar de Menzoberranzan por dezesseis anos. Um período importante de sua vida já passou.

Drizzt não reagiu. Não via qualquer importância ou significado na declaração. Sua vida era uma rotina interminável e imutável. Um dia, dezesseis anos, que diferença fazia? Se sua mãe considerava as coisas pelas quais passou em suas primeiras lembranças importantes, Drizzt estremecia ao pensar no que quer que o aguardasse nas próximas décadas.

Ele estava quase terminando a imagem de uma drow de ombros largos — Briza — sendo picada nas nádegas por uma víbora imensa.

— Olhe para mim — ordenou Matriarca Malícia.

Drizzt se sentiu confuso. Sua tendência natural fora, um dia, a de olhar diretamente para a pessoa com quem falava, mas Briza não perdeu tempo em remover esse instinto. O lugar de um príncipe servil era a submissão e os únicos olhos que os de um príncipe servil eram dignos de encarar, eram os das criaturas que rastejavam pelo chão de pedra — exceto os olhos de uma aranha, é claro; Drizzt tinha de desviar seu olhar sempre que uma das criaturas de oito pernas aparecia em seu campo de visão. As aranhas eram boas demais para um príncipe servil.

— Olhe para mim — Malícia disse novamente, seu tom insinuando sua impaciência volátil. Drizzt tinha testemunhado as explosões antes, uma ira tão incrivelmente vil que varria tudo e qualquer coisa que estivesse em seu caminho. Mesmo Briza, tão pomposa e cruel, corria para se esconder quando a Matriarca Mãe liberava sua raiva.

Drizzt tentou forçar seu olhar para cima, observando as vestes negras de sua mãe, usando o familiar padrão de aranha ao longo das costas e laterais das roupas para julgar o ângulo de seu olhar. Ele realmente esperava, a cada centímetro percorrido, receber um tapa na cabeça ou uma chicotada nas costas — Briza estava atrás dele, sempre com seu chicote com cabeças de cobra ao alcance de sua mão ansiosa.

Em seguida, ele a viu, a poderosa Matriarca Malícia Do'Urden. Seus olhos sensíveis ao calor reluziam em vermelho e seu rosto estava calmo, e não ruborizado pelo calor da raiva, como imaginara. Drizzt continuava tenso, ainda esperando por alguma punição.

— O seu mandato como príncipe servil está terminado — Malícia explicou. — Você agora é o Segundo Filho da Casa Do'Urden. Serão concedidos todos os... — o olhar de Drizzt escorregou inconscientemente de volta para o chão. — Olhe para mim! — sua mãe subitamente gritou, enraivecida.

Aterrorizado, Drizzt levou imediatamente o olhar para seu rosto, que agora brilhava em um vermelho quente. Em sua visão periférica, viu o calor oscilante das mãos de Malícia se movendo para golpeá-lo, embora ele não fosse tolo o suficiente para tentar se esquivar do golpe. Ele estava no chão logo em seguida, a lateral de seu rosto ferida.

Porém mesmo durante a queda, Drizzt já estava alerta e fora esperto o suficiente para manter o olhar fixo no de Matrona Malícia.

— Não é mais um servo! — a Matriarca Mãe esbravejou. — Continuar agindo como um trará apenas desgraça a nossa família! — ela agarrou Drizzt pelo pescoço e arrastou-o rudemente até seus pés

— Se desonrar a Casa Do'Urden — ela prometeu, com o rosto a centímetros do seu —, vou cravar agulhas nos seus olhos roxos.

Drizzt sequer piscou. Nos seis anos que se passaram desde que Vierna renunciara seus cuidados para com ele, disponibilizando-o à servidão geral para toda a família, ele chegara a conhecer Matriarca Malícia bem o bastante para compreender todas as conotações sutis de suas ameaças. Ela era sua mãe, se é que isso significa algo, mas

Drizzt não tinha dúvidas de que ela iria apreciar espetar as agulhas em seus olhos.

— Este é diferente — disse Vierna —, além da cor de seus olhos.

— De que forma, então? — Zaknafein perguntou, tentando manter sua curiosidade em um nível profissional. Zak sempre gostou de Vierna mais do que das outras, mas ela tinha sido recentemente ordenada como alta sacerdotisa, e desde então se tornara curiosa demais para seu próprio bem.

Vierna diminuiu o ritmo de sua marcha, a porta da antecâmara da capela estava à vista agora.

— É difícil dizer — admitiu. — Drizzt é mais inteligente do que qualquer criança do sexo masculino que eu já conheci; ele conseguiu levitar desde os cinco anos. No entanto, depois que ele se tornou um príncipe servil, foi preciso semanas de punição para ensinar-lhe seu dever de manter o olhar para o chão, como se um ato tão simples fosse antinatural para ele.

Zaknafein parou por um instante e deixou Vierna passar à frente.

— Antinatural? — ele sussurrou baixinho, considerando as implicações das observações de Vierna. Incomum, talvez para um drow, mas exatamente o que Zaknafein esperaria, e desejaria, de uma criança de seu sangue.

Ele seguiu Vierna para dentro da sala escura. Malícia, como sempre, estava sentava em seu trono na cabeça do ídolo aranha, mas todas as outras cadeiras da sala haviam sido levadas até as paredes, ainda que toda a família estivesse presente. Esta deveria ser uma reunião formal, Zak percebeu, pois apenas à Matriarca Mãe fora concedido o conforto de um assento.

— Matriarca Malícia — Vierna começou em sua voz mais reverente —, lhe trago Zaknafein, conforme pedido.

Zak ficou ao lado de Vierna e trocou acenos com Malícia, mas estava mais interessado no jovem Do'Urden, nu da cintura para cima, de pé ao lado da Matriarca Mãe.

Malícia levantou uma mão para silenciar os outros e, em seguida, acenou para Briza, segurando um *piwafwi* da casa, para continuar.

Uma expressão de êxtase iluminou o rosto infantil de Drizzt enquanto Briza, entoando os encantamentos apropriados, colocava o manto mágico, negro e coberto de estrias em roxo e vermelho, sobre os ombros.

— Saudações, Zaknafein Do'Urden — Drizzt disse cordialmente, atraindo olhares chocados de todos na sala. Matriarca Malícia não havia lhe concedido privilégio da fala; ele sequer havia pedido permissão para falar. — Sou Drizzt, Segundo Filho da Casa Do'Urden, não mais o príncipe servil. Eu posso olhar para você agora, quero dizer, em seus olhos, não suas botas. Minha mãe me disse.

O sorriso de Drizzt desapareceu quando ele olhou para a carranca fervente de Matriarca Malícia. Vierna congelou como se transformada em pedra, com seu queixo caído e os olhos arregalados em descrença.

Zak também estava surpreso, mas de modo completamente diferente. Ele levou sua mão até seus lábios, mantendo-os juntos, para evitar que um sorriso se espalhasse pelo seu rosto, o que inevitavelmente levaria a uma gargalhada estrondosa. Zak não conseguia se lembrar da última vez vira visto o rosto da Matriarca Mãe tão brilhante de calor!

Briza, em sua posição costumeira por trás de Malícia, atrapalhou-se com seu chicote, desorientada demais pelas ações de seu irmão mais novo até mesmo para saber o que raios ela deveria fazer.

Zak sabia que isso era algo novo, uma vez que a filha mais velha de Malícia raramente hesitava quanto à aplicação de uma punição.

Ao lado da Matriarca, mas agora, prudentemente um passo mais longe, Drizzt se calou e ficou perfeitamente imóvel, mordendo seu lábio inferior. Zak podia ver, no entanto, que o sorriso permanecia nos olhos do jovem drow. O ato de informalidade e desrespeito pelo status que Drizzt acabara de cometer havia sido mais do que um deslize inconsciente da língua ou fruto de sua inexperiência inocente.

O mestre de armas deu um longo passo à frente para que a atenção da Matriarca Mãe fosse desviada de Drizzt.

— Segundo Filho? — perguntou, parecendo impressionado, tanto pelo orgulho crescente de Drizzt quanto para aplacar e distrair Malícia. — Então é hora de começar o seu treinamento.

Malícia deixou sua raiva se esvair, um evento raro.

— Apenas o básico será em suas mãos, Zaknafein. Se Drizzt substituir Nalfein, o seu lugar na Academia será em Magace. Assim, a maior parte de sua preparação recairá sobre Rizzen e seu conhecimento, ainda que limitado, das artes mágicas.

— Você está tão certa assim de que a magia seja a vocação dele, Matriarca? — Zak perguntou imediatamente.

— Ele parece inteligente — Malícia respondeu. Ela lançou um olhar zangado a Drizzt. — Pelo menos às vezes. Vierna relatou um grande progresso com o seu controle dos poderes inatos. A nossa casa precisa de um novo mago — Malícia rosnou reflexivamente, lembrando-se do orgulho de Matriarca Baenre pelo seu filho arcanista, o Arquimago da cidade. Dezesseis anos se passaram desde a reunião de Malícia com a Primeira Matriarca Mãe de Menzoberranzan, mas ela nunca se esquecera do mais ínfimo detalhe daquele encontro. — Magace parece a escolha mais natural.

Zak pegou uma moeda dentro da bolsa ao redor de seu pescoço, a lançou para cima girando e a apanhou em pleno ar.

— Poderíamos verificar? — ele perguntou.

— Como quiser — Malícia concordou, nem um pouco surpresa com o desejo de Zak em prová-la errada. Zak via pouco valor na magia, preferindo o cabo de uma lâmina à haste de cristal usada como componente para a conjuração de um relâmpago.

Zak caminhou até estar de frente a Drizzt e lhe entregou a moeda.

— Jogue-a para cima.

Drizzt deu de ombros, se perguntando sobre o que era esta vaga conversa entre sua mãe e o mestre de armas. Até agora, ele jamais ouvira falar de qualquer profissão futura planejada para ele, ou de qualquer lugar chamado Magace. Com um dar de ombros em consentimento, ele deslizou a moeda em seu dedo indicador dobrado e lançou-a ao ar com o polegar, capturando-a facilmente. Ele, então, devolveu-a para Zak e lançou ao mestre de armas um olhar confuso, como se perguntasse o que havia de tão importante em uma tarefa tão fácil.

Em vez de pegar a moeda, o mestre de armas puxou outra na bolsa em seu pescoço.

— Tente com ambas as mãos — disse a Drizzt, entregando a moeda.

Drizzt deu de ombros novamente, e, em um movimento descomplicado, pôs novamente as moedas no ar e pegou-as.

Zak levou seu olhar a Matriarca Malícia. Qualquer drow poderia ter realizado essa façanha, mas a facilidade com que o jovem executou a captura foi até agradável de se observar. Mantendo um olhar astuto sobre a Matriarca, Zak buscou mais duas moedas.

— Empilhe duas em cada mão e lance todas as quatro ao mesmo tempo — instruiu a Drizzt.

Quatro moedas subiram. Quatro moedas foram pegas. As únicas partes do corpo de Drizzt que sequer recuaram foram seus braços.

— Ambidestro — disse Zak a Malícia. — Este é um guerreiro. Ele pertence à Arena-Magthere.

— Já vi magos realizarem tais feitos — Malícia replicou, nada satisfeita com o olhar no rosto do mestre de armas problemático. Zak já fora o consorte proclamado de Malícia e, por diversas vezes desde aquela época distante, fora tomado como amante. Suas habilidades e agilidade não eram exclusivas a seu uso das armas. Mas, junto aos prazeres que Zaknafein proporcionava a Malícia, habilidades sensuais que levaram Malícia a poupar a vida de Zak em uma dúzia de ocasiões, vinha uma infinidade de dores de cabeça. Ele era o mestre de armas mais hábil em Menzoberranzan, outro fato que Malícia não podia ignorar, mas o seu desdém, ou mesmo desprezo, para com a Rainha Aranha havia, por diversas vezes, trazido problemas para a Casa Do'Urden.

Zak entregou mais duas moedas para Drizzt. Começando a gostar do jogo, Drizzt as pôs em movimento. Seis subiram. Seis desceram, pousando corretamente em cada mão.

— Ambidestro — Zak disse mais enfaticamente. Matriarca Malícia fez sinal para ele continuar, incapaz de negar a graça demonstrada por seu filho mais novo.

— Você poderia fazer isso de novo? — Zak perguntou a Drizzt.

Com cada mão trabalhando de forma independente, Drizzt rapidamente pôs as moedas empilhadas no topo de seus dedos indicadores, pronto para girá-las. Zak o deteve e puxou mais quatro moedas, construindo duas pilhas de cinco moedas de altura. Zak parou por um momento para estudar a concentração do jovem drow (e também para manter as mãos sobre as moedas e garantir que elas se iluminassem o suficiente com o calor de seu corpo para que Drizzt as enxergasse corretamente durante seu voo).

— Pegue a todas elas, Segundo Filho — disse ele com toda a seriedade. — Pegue todas as moedas, ou você vai parar em Magace, a escola de magia. Você não pertence àquele lugar!

Drizzt ainda tinha apenas uma vaga ideia do que Zak estava falando, mas ele podia notar, pela intensidade do mestre de armas, que devia ser algo importante. Ele respirou fundo para se estabilizar, então lançou as moedas para o alto. Ele esquadrinhou seu brilho rapidamente, identificando individualmente cada item. As duas primeiras caíram facilmente em suas mãos, mas Drizzt viu que o padrão de dispersão do resto não permitiria que caíssem alinhadas.

Drizzt explodiu em ação, girando um círculo completo, suas mãos parecendo um borrão indecifrável de movimento. Em seguida, ele se endireitou de repente e ficou diante de Zak. Suas mãos estavam fechadas em punhos em seus lados, e um olhar sombrio estava em seu rosto.

Zak e Matriarca Malícia trocaram olhares, nenhum dos dois sabendo exatamente o que havia acabado de acontecer.

Drizzt levantou seus punhos para Zak e lentamente abriu-os, com um sorriso confiante crescendo em seu rosto infantil.

Cinco moedas em cada mão.

Zak deixou escapar um assobio baixo. Ele, o mestre de armas da casa, precisara de uma dúzia de tentativas para realizar a manobra com dez moedas. Ele caminhou até Matriarca Malícia.

— Ambidestro — disse uma terceira vez. — Ele é um guerreiro, e já acabaram minhas moedas.

— Com quantas ele poderia fazer isso? — Malícia suspirou, obviamente impressionada, apesar disso ir de encontro a seus planos iniciais.

— Quantas poderíamos empilhar? — Zaknafein revidou com um sorriso triunfante.

Matrona Malícia riu alto e balançou a cabeça. Ela queria que Drizzt substituísse Nalfein como o mago da Casa, mas seu Mestre de Armas teimoso tinha, como sempre, desviado seu curso.

— Muito bem, Zaknafein — disse, admitindo sua derrota. — O Segundo Filho é um guerreiro. — Zak assentiu e retornou a Drizzt.

— Talvez o futuro Mestre de Armas da Casa Do'Urden — Matriarca Malícia acrescentou assim que Zak se virou.

Seu sarcasmo fez com que Zak interrompesse sua caminhada e olhasse por cima do ombro.

— Com este rapaz — Matriarca Malícia continuou ironicamente —, poderíamos esperar menos do que isso?

Rizzen, o atual patrono da família, se mexeu desconfortavelmente. Ele sabia, assim como todos, até mesmo os escravos da Casa Do'Urden, que Drizzt não era seu filho.

— Três salas? — Drizzt perguntou no momento em que ele e Zak entraram no grande salão de treinamento no extremo sul do complexo Do'Urden. Esferas multicoloridas de luz mágica estavam espaçadas ao longo da sala de pedra de teto alto, aquecendo-a uniformemente em um brilho confortavelmente sutil. O salão tinha apenas três portas: uma para o leste, levando a uma câmara externa que dava para a varanda da casa; uma à frente de Drizzt, na parede sul, que levava ao último quarto da casa; e uma no corredor principal pelo qual tinham acabado de passar. Drizzt sabia, pelas várias fechaduras que Zak agora trancava por trás deles, que ele não faria esse caminho muitas vezes.

— Uma sala — Zak corrigiu.

— Mas há mais duas portas — Drizzt argumentou, olhando para o outro lado da sala. — Sem nenhuma tranca.

— Ah — Zak corrigiu —, essas trancas são feitas de bom senso — Drizzt estava começando a entender. — Aquela porta — continuou Zak, apontando para o sul — leva aos meus aposentos privados. Você não vai querer que eu o pegue lá. A outra leva à sala de táticas, reservado para tempos de guerra. Quando, e se, você se provar satisfatório para meus parâmetros, eu posso vir a convidá-lo a se juntar a mim lá. Esse dia está a anos de distância, por isso considere apenas esse salão magnífico — ele fez um gesto movendo seus braços em um longo arco — sua casa.

Drizzt olhou ao redor, sem se entusiasmar demais. Ele havia ousado esperar que esse tipo de tratamento fosse deixado para trás juntamente com seus dias de príncipe servil. A situação, no entanto, o fez se lembrar do período anterior aos seus seis anos de servidão na casa — a década que passara trancado na capela da família com Vierna. O salão não era sequer tão amplo quanto a capela, era apertado demais para o gosto do jovem e impetuoso drow. Sua próxima pergunta saiu como um rosnado.

— Onde eu durmo?

— Em sua casa — Zak respondeu com naturalidade.

— Onde serão feitas minhas refeições?

— Em sua casa.

Os olhos de Drizzt se estreitaram e seu rosto brilhou em calor.

— Onde eu... — ele começou teimosamente, determinado a quebrar a lógica do mestre de armas.

— Em sua casa — Zak respondeu no mesmo timbre medido e ponderado antes que Drizzt pudesse finalizar o pensamento.

Drizzt plantou os pés firmemente e cruzou os braços sobre o peito.

— Parece uma bagunça — ele rosnou.

— É bom que não seja — Zak rosnou de volta.

— Então qual é o propósito? — Drizzt começou. — Você me afastar de minha mãe...

— Você vai se dirigir a ela como Matriarca Malícia — Zak avisou. — Você *sempre* vai dirigir a ela como Matriarca Malícia.

— Da minha mãe...

A próxima interrupção de Zak não veio com palavras, mas sim com o impacto de um punho cerrado.

Drizzt acordou cerca de vinte minutos depois.

— Primeira lição: — Zak explicou, casualmente recostado em uma parede a alguns metros de distância — para o seu próprio bem, você sempre vai dirigir a ela como Matriarca Malícia.

Drizzt virou-se para o lado e tentou se sustentar sobre o cotovelo, mas sentiu sua cabeça girando assim que se afastou do chão negro e irregular. Zak agarrou-o e o levantou.

— Não é tão fácil quanto pegar moedas — o mestre de armas destacou.

— O quê?

— Bloquear um golpe.

— Que golpe?

— Só concorde, sua criança teimosa!

— Segundo filho! — Drizzt corrigiu, com sua voz novamente em um grunhido e seus braços desafiadoramente de volta à posição sobre seu peito.

O punho de Zak se cerrou a seu lado, um movimento nada sutil que Drizzt não deixou de notar.

— Você precisa de outra soneca? — o mestre de armas perguntou calmamente.

— Os segundos filhos podem ser crianças — Drizzt sabiamente admitiu.

Zak balançou a cabeça em descrença. Isso ia ser interessante.

— Você pode vir a achar seu tempo aqui agradável — disse ele, levando Drizzt até uma cortina longa, espessa, decorada com diversas cores (ainda que a maioria fosse sombria) —, mas só se você aprender a ter algum controle sobre essa sua língua solta.

Um puxão lançou a cortina abaixo, revelando o conjunto de armas mais magnífico que o jovem drow (e muitos drow mais velhos também) já vira. Diversas variedades de armas de haste, espadas, machados, martelos e qualquer outro tipo de arma que Drizzt podia imaginar, além de várias outras que ele sequer imaginaria, estavam organizadas em um conjunto elaborado.

— Examine-as — disse Zak. — Leve o tempo que for preciso. Aprecie-as. Veja quais se adaptam melhor às suas mãos, quais seguem os comandos de sua vontade mais obedientemente. Quando tiver acabado, vai reconhecer cada uma delas como uma companheira de confiança.

De olhos arregalados, Drizzt vagou ao longo do painel, contemplando todo o lugar e o potencial de toda a experiência sob uma luz completamente diferente. Por toda a sua curta vida, dezesseis anos, seu maior inimigo havia sido o tédio. Agora, pelo que parecia, Drizzt tinha encontrado armas para lutar contra esse inimigo.

Zak se dirigiu à porta de seus aposentos, crendo ser melhor que Drizzt ficasse sozinho nesse momento de lidar com novas armas.

Porém o mestre de armas parou ao alcançar a porta e olhou para trás, para o jovem Do'Urden. Drizzt tentava girar uma longa e pesada alabarda, uma arma de haste que tinha mais do que o dobro de sua altura, em um arco lento. Em todas as tentativas de Drizzt de manter a arma sob controle, o impulso girava sua pequena estrutura e o lançava ao chão.

Zak pegou-se rindo, mas seu riso apenas serviu para lembrá-lo da dura realidade de seu dever. Ele treinaria Drizzt, como havia treinado mil jovens elfos negros antes dele, para ser um guerreiro, preparando-o para os testes da Academia e da vida na sempre perigosa Menzoberranzan. Ele treinaria Drizzt para ser um assassino.

"Quão oposto esse fardo parecia à natureza desse jovem", pensou Zak! Os sorrisos vinham muito facilmente no rosto de Drizzt; a ideia dessa criança transpassando uma espada através do coração de outro ser vivo revoltava Zaknafein. Contudo, esse era o caminho dos drow, um caminho ao qual o próprio Zak havia sido incapaz de resistir ao longo dos seus quatro séculos de vida. Desviando seu olhar do espetáculo de Drizzt, que brincava, Zak dirigiu-se a seu quarto e fechou a porta.

— Eles são todos assim? — se perguntou em seu quarto quase vazio. — Será que todas as crianças drow possuem tamanha inocência e esses sorrisos simples e imaculados, que acabam não conseguindo sobreviver à feiura do nosso mundo?

Zak se dirigiu à pequena mesa ao lado da sala, com a intenção de desfazer a sombra ao redor do globo de cerâmica continuamente iluminado que servia de fonte de luz para os aposentos. Ele mudou de ideia quando a imagem do deleite de Drizzt com as armas se recusou a diminuir, e, ao invés disso, se dirigiu para a cama em frente à porta.

— Ou será que você é único, Drizzt Do'Urden? — ele continuou enquanto se permitia cair sobre a cama acolchoada. — E, se você é tão diferente, qual seria a causa? O sangue, meu sangue, que corre em suas veias? Ou os anos que passou com sua ama de caça?

Zak jogou um braço sobre os olhos e ponderou as diversas questões. Drizzt era diferente da norma, decidiu por fim, mas ele não sabia se deveria agradecer a Vierna — ou a si mesmo.

Depois de um tempo, o sono o invadiu, mas trouxe pouco conforto ao mestre de armas. Um sonho familiar visitou-o, uma memória viva que nunca iria desaparecer.

Zaknafein ouvia novamente os gritos dos filhos de Casa DeVir enquanto os soldados Do'Urden — soldados que ele mesmo treinara — os dilacerava.

— Esse é diferente! — Zak gritou, sentando-se em sua cama de um salto. Ele limpou o suor frio do rosto.

— Esse é diferente — ele precisava acreditar nisso.

Capítulo 7

Segredo sombrio

— Você quer mesmo tentar? — Masoj perguntou, com a voz condescendente e repleta de descrença.

Alton voltou seu olhar hediondo ao estudante.

— Dirija sua raiva a outro lugar, Sem Rosto — Masoj disse, desviando o olhar do rosto cheio de cicatrizes de seu mentor. — Não sou eu a causa de sua frustração. Foi uma pergunta válida.

— Por mais de uma década, você tem sido um estudante das artes mágicas — Alton respondeu. — E, mesmo assim, tem medo de explorar o mundo inferior ao lado de um mestre de Magace.

— Eu não teria medo se estivesse ao lado de um verdadeiro mestre — Masoj se atreveu a sussurrar.

Alton ignorou o comentário, como fizera com tantos outros que engolira de Hun'ett, seu aprendiz, ao longo dos últimos dezesseis anos. Masoj era a única ligação de Alton com o mundo exterior enquanto Masoj tinha uma família poderosa, ele tinha apenas o aprendiz.

Eles atravessaram a porta que levava à câmara superior do complexo de quatro quartos de Alton. Uma única vela queimava ali, sua luz diminuída por uma abundância de tapeçarias de cor escura e pela tonalidade negra da pedra e dos tapetes da sala. Alton deslizou até seu banco, atrás de sua pequena mesa circular, e pôs um livro pesado diante de si.

— Esse feitiço deveria ser feito por uma clériga — protestou Masoj, sentado em frente a seu mestre. — Os magos comandam os planos inferiores; os mortos pertencem às clérigas.

Alton olhou em volta curioso, em seguida, virou-se para Masoj, com o rosto franzido em uma carranca, com suas características grotescas ampliadas pela luz dançante das velas.

— Parece que não tenho nenhuma clériga a meu serviço — Sem Rosto explicou sarcasticamente. — Você prefere que eu tente algum outro habitante dos Nove Infernos?

Masoj, impotente, recuou em sua cadeira e sacudiu sua cabeça. Alton tinha razão. Um ano antes, Sem Rosto havia buscado respostas contando com a ajuda de um diabo do gelo. Aquele ser volátil congelara o quarto ao ponto dele se tornar, no espectro infravermelho, completamente negro, e destruiu o equivalente ao tesouro de uma Casa em equipamento alquímico. Se Masoj não invocasse sua gata mágica para distrair o diabo de gelo, nem ele nem Alton teriam saído vivos daquele quarto.

— Muito bem, então — Masoj disse em um tom que não convenceria a ninguém, cruzando os braços. — Conjure seu espírito e encontre suas respostas.

Alton não deixou de notar o tremor involuntário denunciado pelo ondular das vestes de Masoj. Ele encarou o aluno por um momento, depois voltou a seus preparativos.

Enquanto Alton se aproximava do momento da conjuração, a mão de Masoj instintivamente foi até seu bolso, na estatueta de pantera de ônix que tinha adquirido no dia em que Alton assumira a identidade de Sem Rosto. A pequena estátua tinha um encantamento poderoso, que permitia a quem a possuísse convocar uma poderosa pantera negra. Masoj tinha usado o felino com moderação, sem compreender totalmente as limitações e perigos em potencial do feitiço.

— Apenas em casos de necessidade — Masoj silenciosamente lembrou a si mesmo ao sentir o objeto em sua mão. Por que essas coisas sempre aconteciam quando ele estava com Alton? O aprendiz se perguntou.

Apesar de suas bravatas, desta vez Alton compartilhava os temores de Masoj, em segredo. Os espíritos dos mortos não eram tão destrutivos quanto os habitantes dos planos inferiores, mas eles poderiam ser igualmente cruéis e ainda mais sutis em seus tormentos.

No entanto, Alton precisava de sua resposta. Por mais de uma década e meia, buscara sua informação através de canais convencionais, inquirindo mestres e alunos — de forma discreta, é claro — a respeito dos detalhes da queda da Casa DeVir. Muitos conheciam os rumores sobre aquela noite agitada; alguns até podiam detalhar os métodos de batalha usados pela casa vitoriosa.

Porém ninguém sabia o nome da casa que atacou. Em Menzoberranzan, ninguém jamais proferiria qualquer coisa parecida com uma acusação, mesmo que a crença fosse comumente compartilhada, sem possuir evidências suficientes para levar o conselho governante a uma ação unificada contra o acusado. Se uma casa fizesse uma incursão mal sucedida e fosse descoberta, a ira de toda Menzoberranzan desceria sobre ela até que o nome da família fosse extinto. Mas, no caso de um ataque executado com sucesso, como aquele que derrubou a Casa DeVir, um acusador provavelmente acabaria do lado errado de um chicote com cabeças de cobra.

Humilhação pública, talvez mais do que quaisquer orientações de honra, era o que girava as rodas da justiça na cidade dos drow.

Alton agora procurava outros meios para cumprir sua busca. Primeiro ele havia tentado nos planos inferiores, o diabo de gelo, com consequências desastrosas. Agora Alton tinha em sua posse um item que poderia dar um fim a suas frustrações: um tomo escrito por um mago do mundo da superfície. Na hierarquia drow, apenas as clérigas de Lolth lidavam com o reino dos mortos, mas em outras sociedades, magos também se envolviam com o mundo espiritual. Alton havia encontrado o livro na biblioteca de Magace e conseguira traduzir o suficiente, ou ao menos assim ele acreditava, para fazer um contato espiritual.

Ele deu de ombros, abriu cuidadosamente o livro na página marcada, e repassou o encantamento uma última vez.

— Está pronto? — perguntou a Masoj.

— Não.

Alton ignorou o sarcasmo interminável de seu aluno e pousou as mãos sobre a mesa. Lentamente, atingiu o estado de transe meditativo mais profundo.

— *Fey innad...* — ele fez uma pausa e pigarreou após o deslize. Masoj, embora não houvesse examinado o feitiço de perto, reconheceu o erro.

— *Fey innunad de-min...* — outra pausa se seguiu.

— Que Lolth esteja conosco — Masoj murmurou.

Os olhos de Alton se arregalaram, e ele encarou o aluno.

— É uma tradução — ele rosnou — de uma língua estranha de um mago humano!

— Besteira — Masoj replicou.

— Eu tenho diante de mim o grimório pessoal de um mago do mundo da superfície — Alton disse equilibradamente. — Um arquimago, de acordo com os registros do ladrão orc que o roubou e vendeu para os nossos agentes.

Alton se recompôs e sacudiu sua cabeça calva, tentando retornar às profundezas de seu transe.

— Um orc simples e estúpido conseguiu roubar um grimório de um arquimago — Masoj sussurrou retoricamente, deixando o absurdo da declaração falar por si.

— O mago estava morto! — Alton rosnou. — O livro é autêntico!

— Quem traduziu? — Masoj rebateu calmamente.

Alton recusou-se a ouvir qualquer outro argumento. Ignorando o olhar complacente no rosto de Masoj, ele recomeçou a entoar.

— *Fey innunad de-min de-sul de-ket.*

Masoj deixou sua mente vagar e tentou repassar uma lição de qualquer uma de suas aulas, para evitar que sua risada desenfreada atrapalhasse Alton. Ele não acreditou por momento algum que a tentativa de Alton teria sucesso, mas não queria interromper novamente a linha de balbucios daquele tolo e ter que sofrer ouvindo aquele encantamento ridículo sendo recitado desde o princípio mais uma vez.

Um pouco depois, quando Masoj ouviu Alton sussurrar com exaltação "Matriarca Ginafae?", decidiu manter o foco na situação que se desenrolava a sua frente.

Com toda a certeza, uma incomum esfera de fumaça em tons de verde apareceu sobre a chama da vela e gradualmente tomou uma forma mais definida.

— Matriarca Ginafae! — Alton se engasgou novamente quando a evocação se completou. Pairando diante de si, estava a imagem inconfundível do rosto de sua falecida mãe.

O espírito esquadrinhou o quarto, confuso.

— Quem é você? — ele perguntou, por fim.

— Eu sou Alton. Alton DeVir, seu filho.

— Filho? — o espírito perguntou.

— Seu filho.

— Não me lembro de nenhum filho tão feio.

— É um disfarce — Alton respondeu rapidamente, olhando para Masoj e esperando uma risadinha. Se antes Masoj havia repreendido e duvidado de Alton antes, agora não mostrava nada além de um respeito sincero.

Sorrindo, Alton continuou:

— Só um disfarce, para que eu possa andar livremente pela cidade e buscar vingança contra nossos inimigos!

— Que cidade?

— Menzoberranzan, é claro.

Ainda assim, o espírito parecia não entender.

— Você é Ginafae? — Alton pressionou. — Matriarca Ginafae DeVir? — A expressão do espírito se contorceu em uma careta disforme enquanto refletia sobre a pergunta.

— Eu era... Eu acho.

— Matriarca Mãe da Casa DeVir, Quarta Casa de Menzoberranzan — Alton enumerou, cada vez mais animado. — Alta Sacerdotisa de Lolth.

A menção à Rainha Aranha acendeu uma fagulha através do espírito.

— Oh, não! — o ser relutou. Ginafae agora se lembrava. — Você não deveria ter feito isso, meu filho feio.

— É apenas um disfarce — Alton interrompeu.

— Eu preciso deixá-lo — o espírito de Ginafae continuou, olhando em volta, nervosamente — Você precisa me deixar ir.

— Mas eu preciso de uma informação sua, Matriarca Ginafae.

— Não me chame assim! — o espírito gritou. — Você não entende! Eu caí dos favores de Lolth!

— Problemas... — Masoj deixou escapar em um sussurro, nem um pouco surpreso.

— Apenas uma resposta! — Alton exigiu, recusando-se a permitir que outra oportunidade de descobrir as identidades de seus inimigos escorresse entre seus dedos.

— Rápido! — o espírito gritou.

— Dê-me o nome da casa que destruiu os DeVir.

— A casa? — Ginafae ponderou. — Sim, eu me lembro daquela noite maligna. Foi a Casa—

A esfera de fumaça inchou se desdobrou de sua forma, distorcendo a imagem da Ginafae e transformando o som de suas próximas palavras em um ruído indecifrável.

Alton pôs-se de pé em um salto.

— Não! — gritou. — Eu preciso saber! Quem são meus inimigos?

— Você me contaria como um deles? — a imagem do espírito disse em uma voz muito diferente da que tinha utilizado antes, em um tom de puro poder, capaz de roubar o sangue do rosto de Alton. A imagem retorceu e se transformou até se transformar em algo feio — ainda mais feio do que Alton, horrendo além de toda e qualquer experiência no Plano Material.

Alton não era uma clériga, é claro, e jamais estudara a religião drow além dos princípios básicos ensinados aos machos da raça. Mas ele sabia qual era a criatura que pairava no ar diante dele, uma vez que se parecia com um amontoado gosmento e escorregadio de cera derretida: uma yochlol, uma aia de Lolth.

— Como ousa perturbar o tormento de Ginafae? — ela rosnou.

— Droga! — sussurrou Masoj, deslizando lentamente para baixo da toalha de mesa negra. Mesmo ele, com todas as suas dúvidas para com Alton, não esperava que seu mentor desfigurado conseguisse se meter em apuros tão sérios.

— Mas... — Alton gaguejou.

— Nunca mais perturbe esse plano, mago incompetente! — a yochlol rugiu.

— Eu não tentei contatar o Abismo — Alton protestou mansamente. — Eu só queria falar com...

— Com Ginafae! — a yochlol rosnou novamente. — Sacerdotisa caída de Lolth. Onde é que você esperava encontrar o seu espírito, macho idiota? Brincando no Olimpo, com os falsos deuses dos elfos da superfície?

— Eu pensei que...

— E você pensa? — rebateu a yochlol.

— Não — Masoj respondeu silenciosamente, sendo cuidadoso o suficiente para manter-se distante, o mais fora do caminho possível.

— Nunca mais perturbe este plano — a yochlol avisou uma última vez. — A Rainha Aranha não é misericordiosa e não tem nenhuma tolerância com machos intrometidos. — O rosto gosmento da criatura inchou e cresceu, expandindo-se para além dos limites da esfera de fumaça. Alton ouviu ruídos gorgolejantes e tropeçou para trás em seu banco, caindo de costas contra a parede e levantando seus braços para cima defensivamente, à frente de seu rosto.

A boca da yochlol abriu-se em uma amplitude impossível e vomitou uma chuva de pequenos objetos. Eles ricochetearam em Alton e bateram contra as paredes ao redor dele. "Pedras?", o mago Sem Rosto se perguntava em meio a confusão. Então um dos objetos respondeu à sua pergunta não dita. Ele se prendeu às vestes negras e em camadas de Alton e começou a escalar em direção ao seu pescoço exposto. Aranhas.

Uma onda de criaturas de oito patas percorreu a mesa, levando Masoj a ir tropeçando até o outro lado da sala em uma fuga desesperada. Ele ficou de pé e se virou para trás, para ver Alton estapeando e pisando descontroladamente, tentando se livrar da hoste de coisinhas rastejantes.

— Não as mate! — Masoj gritou. — Matar aranhas é proibido pelas...

— Para os Nove Infernos com as clérigas e suas leis! — Alton gritou de volta.

Masoj deu de ombros em aceitação impotente, levou as mãos entre as dobras de suas próprias vestes, e retirou a mesma besta de duas mãos que ele tinha usado para matar Sem Rosto anos atrás. Ele considerou a arma poderosa e as minúsculas aranhas lutando ao longo da sala.

— Seria exagero? — ele perguntou em voz alta. Não ouvindo resposta, ele deu de ombros novamente e atirou.

O virote atravessou o ombro de Alton, cortando uma linha profunda. O mago olhou incrédulo, depois virou uma careta feia para Masoj.

— Tinha uma aranha no seu ombro — o aluno explicou. A careta de Alton não se desfez.

— Ingrato? — Masoj rosnou. — Alton, seu idiota, todas as aranhas estão do seu lado da sala. Lembra? — Masoj virou-se para ir embora e gritou por cima do ombro — Boa caça! Ele levou a mão à maçaneta da porta, mas assim que seus longos dedos se fecharam ao redor dela, a superfície da porta transformou-se na imagem de Matriarca Ginafae. Ela ostentava um sorriso aberto, aberto demais, e uma língua incrivelmente longa e molhada estendeu-se e lambeu Masoj no rosto.

— Alton! — ele gritou, girando e pondo-se contra a parede, fora do alcance daquele membro viscoso. Ele notou que o mago estava no meio de uma conjuração, lutando para manter sua concentração enquanto uma hoste de aranhas continuava ascendendo vorazmente pelas suas vestes flutuantes.

— Você está morto — Masoj comentou, como quem constata o óbvio, sacudindo sua cabeça.

Alton continuava lutando para seguir corretamente o ritual exigente do feitiço, ignorando sua própria repulsa às criaturas rastejantes, e forçou a evocação a ser concluída. Em todos os seus anos de estudo, Alton jamais teria acreditado que ele poderia fazer tal coisa; teria rido com a simples menção disso. No entanto agora, esse definitivamente parecia um destino preferível à desgraça rastejante enviada pela yochlol.

Ele lançou uma bola de fogo em seus próprios pés.

🕸

Nu e sem pelos, Masoj tropeçou através da porta e conseguiu finalmente sair do inferno. O mestre flamejante Sem Rosto veio em seguida, rolando no chão e arrancando seu manto esfarrapado e em chamas de suas costas enquanto rolava.

Observando Alton apagando e batendo as últimas chamas, uma memória agradável surgiu na mente da Masoj e proferiu o único lamento que dominava seus pensamentos naquele momento desastroso.

— Eu deveria tê-lo matado quando estava preso naquela teia.

*

Pouco tempo depois, após Masoj voltar para seu quarto e seus estudos, Alton vestiu os braceletes metálicos ornamentais que o identificavam como um mestre da Academia e se retirou da estrutura de Magace. Dirigiu-se para a grande e arrebatadora escadaria que leva para baixo de Tier Breche e se sentou para observar a paisagem de Menzoberranzan.

Mas mesmo com essa vista, a cidade não era o suficiente para distrair Alton de seu último fracasso. Por dezesseis anos havia abandonado todos os seus outros sonhos e ambições em sua busca desesperada para achar a casa culpada. Por dezesseis anos, tinha falhado.

Ele se perguntou por quanto tempo seria capaz manter a farsa. Masoj, seu único amigo, se é que Masoj poderia ser chamado disso, já havia cumprido mais da metade do seu período de estudos em Magace. O que Alton faria quando Masoj se formasse e voltasse para a casa Hun'ett?

— Talvez eu deva continuar com minha labuta pelos séculos adentro — disse em voz alta —, para então ser assassinado por um estudante desesperado, como eu, como Masoj, assassinou Sem Rosto. Será que esse aluno desfiguraria a si mesmo e tomaria o meu lugar? Alton não conseguiu conter o riso irônico que passou por sua boca sem lábios com a ideia da existência perpétua de um "Mestre Sem Rosto" de Magace. Em que ponto a Matriarca Mestra da Academia começaria a desconfiar? Mil anos? Dez mil? Ou talvez Sem Rosto viria a durar mais tempo que a própria Menzoberranzan?

A vida de um mestre não era tão ruim, Alton refletiu. Muitos drow sacrificariam muitas coisas para receber tal honra.

Alton afundou o rosto na dobra do cotovelo e se forçou a afastar tais pensamentos ridículos. Ele não era um verdadeiro mestre, nem a posição roubada dava a ele qualquer medida de satisfação. Talvez Masoj devesse ter atirado nele naquele dia, dezesseis anos atrás, quando Alton estava preso na teia de Sem Rosto.

O desespero de Alton se tornou ainda mais profundo quando considerou o verdadeiro período de tempo envolvido. Ele havia acabado de completar seu septuagésimo aniversário, ainda era jovem para os padrões drow. A noção de que, até aquele momento, passara por apenas um décimo de sua vida, não era nada reconfortante para Alton DeVir.

— Por quanto tempo vou sobreviver? — se perguntou. — Quanto tempo vai passar até que essa loucura que é a minha existência me consuma? — Alton olhou para trás, para a cidade. — Seria melhor se Sem Rosto tivesse me matado — sussurrou —, porque agora eu sou Alton Sem Casa.

Masoj o tinha apelidado assim na primeira manhã após a queda de Casa DeVir, mas naquela época, com a sua vida oscilando à ponta de uma besta, Alton não entendera as implicações do título. Menzoberranzan nada era além de uma coleção de casas individuais. Um plebeu desgarrado poderia se agarrar a uma delas para chamar de sua, mas um nobre desgarrado provavelmente não seria aceito em casa alguma na cidade. Ficara com Magace e nada mais... até que sua verdadeira identidade fosse descoberta. Quais punições enfrentaria pelo crime de assassinar um Mestre? Masoj pode ter cometido o crime, mas tinha uma casa para defendê-lo. Alton era apenas um nobre desgarrado.

Ele se apoiou novamente sobre os cotovelos e observou a crescente luz do calor de Narbondel. À medida que os minutos se tornaram horas, o desespero e autopiedade de Alton passaram por uma mudança inevitável. Ele voltou sua atenção para as casas drow em um nível individual, não para o conglomerado que as unia como uma cidade, e se perguntou quais segredos obscuros cada uma escondia. Uma delas, Alton lembrou a si mesmo, escondia o segredo que ele desejava saber. Uma delas dizimara a Casa DeVir.

Nesse instante, esqueceu a falha desta noite com Matriarca Ginafae e a yochlol, assim como o lamento por uma morte precoce. Dezesseis anos não era tanto tempo assim, Alton decidira. Ele teria talvez mais setecentos anos de vida restantes em seu corpo esguio. Se fosse necessário, estava preparado para passar cada minuto desses longos anos procurando pela casa atacante.

— Vingança — ele rosnou em voz alta, suprindo uma necessidade, se alimentando desse lembrete audível de seu único motivo para continuar respirando.

Capítulo 8

Laços de sangue

Zak mantinha a ofensiva com uma série de estocadas baixas. Drizzt tentou recuar rapidamente e recuperar o equilíbrio, mas o ataque implacável seguia cada passo que dava, ele foi forçado a manter seus movimentos apenas na defensiva. Com mais frequência, as empunhaduras das armas de Drizzt estavam mais próximas a Zak do que as lâminas.

Zak, em seguida, agachou-se e invadiu a defesa de Drizzt.

Drizzt girou suas cimitarras em um cruzamento magistral, mas precisou manter uma postura rígida para desviar do ataque igualmente hábil do mestre de armas. Drizzt sabia que havia sido levado a assumir essa posição, e já esperava o próximo ataque quando Zak jogou o peso de seu corpo para a perna de trás e mergulhou, apontando ambas as espadas para o ventre de Drizzt.

Drizzt xingou baixo e girou as cimitarras em uma cruz para baixo, com a intenção de usar o "V" de suas lâminas para bloquear as espadas de seu instrutor. Em um impulso, Drizzt vacilou ao interceptar as armas de Zak e, em vez disso, pulou para longe, tomando um tapa doloroso na parte interna de sua coxa. Desgostoso, jogou suas duas cimitarras no chão.

Zak também saltou para trás. Ele segurava suas espadas ao seu lado, com um olhar de confusão sincera no rosto.

— Você não deveria ter errado esse movimento — disse sem rodeios.

— A defesa está errada — respondeu Drizzt.

Aguardando mais explicações, Zak cravou uma das espadas no chão e se apoiou sobre a arma. Ao longo dos anos, Zak havia ferido, até mesmo matado, vários alunos por tal desacato.

— O bloqueio cruzado invertido derrota o ataque, mas com qual vantagem? — Drizzt continuou. — Quando o movimento é concluído, as pontas da minha espada estão baixas demais para qualquer movimento eficaz de ataque, e você pode recuar livremente.

— Mas você bloqueou o meu ataque.

— Apenas para enfrentar mais um — Drizzt argumentou. — A melhor posição que eu posso esperar obter de um bloqueio cruzado invertido é o equilíbrio da batalha.

— Sim... — Zak respondeu, sem entender o problema de seu aprendiz com esse cenário.

— Lembre-se de suas próprias lições! — Drizzt gritou. — Cada movimento deveria trazer uma vantagem, é o que você sempre me diz, mas não vejo vantagem alguma em usar o bloqueio cruzado invertido.

— Você está recitando apenas parte daquela lição para benefício próprio — Zak repreendeu, começando a ficar igualmente raivoso. — Complete a frase, ou sequer a use! "Cada movimento deve trazer uma vantagem ou tirar uma desvantagem". O bloqueio cruzado invertido derrota a dupla estocada baixa, e seu oponente, obviamente, tem a vantagem se tentou uma manobra ofensiva tão ousada! Retornar a uma posição equilibrada é justamente o que você deseja em um momento assim.

— A defesa está errada — Drizzt repetiu teimosamente.

— Pegue suas lâminas — Zak rosnou para ele, dando um passo ameaçador adiante. Drizzt hesitou e Zak investiu, suas espadas à frente.

Drizzt agachou-se, pegou as cimitarras, e se levantou para encarar a investida ao mesmo tempo em que se perguntava se essa era outra lição ou um verdadeiro ataque.

O mestre de armas investia furiosamente, fazendo corte após corte, levando Drizzt a girar em círculos. Drizzt conseguia se defender, e começou a notar um padrão familiar à medida que os ataques de Zak ficavam consistentemente mais baixos, novamente forçando os punhos das armas de Drizzt para cima e para fora, sobre as lâminas das cimitarras.

Drizzt entendeu que Zak tinha a intenção de provar seu ponto com ações, não palavras. Mas vendo a fúria no rosto de Zak, Drizzt não tinha certeza do quão longe o mestre de armas levaria sua opinião. Se Zak se provasse correto em suas observações, ele atacaria novamente a coxa de Drizzt? Ou o seu coração? Zak veio acima e abaixo e Drizzt enrijeceu e se endireitou.

— Dupla estocada baixa! — o mestre de armas rosnou e suas espadas mergulharam.

Drizzt estava pronto para ele. Ele executou a cruz para baixo, sorrindo presunçosamente para o tinido metálico de quando as cimitarras se cruzaram sobre as espadas atacantes. Drizzt, então, seguiu com apenas uma das suas lâminas, achando que dessa maneira poderia desviar bem de ambas as espadas de Zak. Agora, com uma lâmina livre do bloqueio, Drizzt girou-a em um contra-ataque após uma finta.

Assim que Drizzt inverteu sua mão, Zak notou o estratagema — justamente a artimanha que havia suspeitado que ele usaria. Zak deixou cair a ponta de uma de suas espadas, a mais próxima à empunhadura da lâmina que Drizzt usava para bloquear as suas, em direção ao chão, e Drizzt, tentando manter sua resistência e postura estáveis em relação à cimitarra de bloqueio, perdeu o equilíbrio. Drizzt foi rápido o suficiente para se recompor antes de sair tropeçando para muito longe, apesar dos seus dedos terem se ralado no chão de pedra. Ele ainda acreditava que havia pegado Zak em sua armadilha, e poderia finalizar seu contra ataque brilhante. Ele deu um pequeno passo à frente para recuperar completamente o equilíbrio.

O mestre de armas se deixou cair em linha reta até o chão, sob o arco da cimitarra em movimento de Drizzt, e girou em um único círculo, levando seu calcanhar à parte de trás do joelho exposto de Drizzt. Antes que Drizzt sequer notasse o ataque, se viu caído de costas no chão.

Zak abruptamente quebrou seu próprio impulso e se pôs novamente sobre seus pés. Antes Drizzt pudesse começar a entender o contra contra-ataque, ele viu o mestre de armas de pé sobre ele com a ponta da espada dolorosa e incisivamente arrancando uma pequena gota de sangue de sua garganta.

— Tem algo mais a dizer? — Zak rosnou.

— A defesa está errada — respondeu Drizzt.

A risada de Zak explodiu pela sala. Ele jogou sua espada no chão, estendeu a mão, e puxou o jovem estudante teimoso a seus pés. Ele se acalmou rapidamente, seu olhar encontrando os olhos cor de lavanda de Drizzt enquanto empurrava o aluno ao alcance do braço. Zak ficou maravilhado com a facilidade da postura de Drizzt, o modo como ele segurava as cimitarras gêmeas quase como se fossem uma extensão natural de seus braços. Drizzt havia começado seu treinamento há apenas alguns meses, mas já tinha dominado o uso de quase todas as armas no vasto arsenal da Casa Do'Urden.

Essas cimitarras! As armas escolhidas por Drizzt, com lâminas curvas que aceleravam o fluxo vertiginoso do estilo de batalha do jovem guerreiro! Com essas cimitarras em mãos, o drow, pouco mais que uma criança, poderia derrotar metade dos membros da Academia, e um arrepio vibrou através de espinha de Zak quando ele ponderou o quão magnífico Drizzt se tornaria depois de anos de treinamento.

No entanto, não eram apenas as habilidades físicas e o potencial de Drizzt Do'Urden que chamavam a atenção de Zaknafein. Zak tinha percebido que o temperamento de Drizzt era diferente da maioria dos drow; Drizzt possuía um espírito inocente, sem maldade. Zak não conseguia evitar o orgulho que sentia quando olhava para ele. De todas as formas, o jovem drow tinha os mesmos princípios — uma moral tão incomum em Menzoberranzan — que Zak.

Drizzt também tinha notado a conexão, embora não tivesse ideia do quanto as percepções que dividia com Zak eram únicas no mundo dos drow. Ele percebeu que "tio Zak" era diferente dos outros elfos negros que conhecera, porém isso incluía apenas sua família e soldados da casa. Certamente Zak era muito diferente de Briza, com as suas ambições fervorosas, quase cegas, na religião misteriosa de Lolth. Certamente Zak era diferente de Matriarca Malícia, que parecia jamais dizer algo a Drizzt que não fosse alguma ordem.

Zak era capaz de sorrir em situações que não necessariamente traziam dor a alguém. Ele era o primeiro drow que Drizzt conhecera na vida que parecia satisfeito com sua posição na vida. Zak foi o primeiro drow que Drizzt já tinha ouvido rir.

— Boa tentativa — o mestre armas admitiu, falando do contra-ataque fracassado de Drizzt.

— Em uma batalha de verdade, eu teria morrido — disse Drizzt.

— Certamente — disse Zak —, mas é por isso que treinamos. Seu plano foi magistral. O seu ritmo, perfeito. Apenas a situação estava errada. Por isso, eu vou dizer que foi uma boa tentativa.

— Você esperava por isso — disse o aprendiz.

Zak sorriu e balançou a cabeça afirmativamente:

— Talvez porque eu já tenha visto a manobra tentada por outro aluno.

— Contra você? — Drizzt perguntou, sentindo-se menos especial agora que sabia que suas ideias em batalha não eram tão únicas.

— Dificilmente — Zak respondeu com uma piscadela. — Eu assisti à falha desse contra-ataque do mesmo ângulo que você, com o mesmo resultado.

O rosto de Drizzt se iluminou novamente.

— Nós pensamos igual — comentou.

— Sim — disse Zak —, mas meu conhecimento aumentou ao longo desses quatro séculos de experiência, ao mesmo tempo em que você não chegou aos seus vinte anos. Confie em mim, meu aprendiz ansioso. O bloqueio cruzado invertido é a defesa correta.

— Talvez — respondeu Drizzt.

Zak escondeu um sorriso.

— Quando você encontrar um contra-ataque melhor, vamos tentar. Mas, até então, confie em minha palavra. Eu já treinei mais soldados do que consigo contar, todo o exército da Casa Do'Urden e dez vezes esse número quando eu servi como um mestre em Arena-Magthere. Eu ensinei a Rizzen, todas as suas irmãs, e ambos os seus irmãos.

— Ambos?

— Eu... — Zak parou por um momento e lançou um olhar curioso para Drizzt. — Agora vejo... — disse depois de um momento. — Eles nunca se preocuparam em te contar.

Zak se perguntou se era seu direito dizer a verdade a Drizzt. Duvidava que Matriarca Malícia se importasse de qualquer forma; provavelmente não tinha dito nada a Drizzt simplesmente porque não havia considerado a história da morte de Nalfein algo que valesse a pena contar.

— Sim. Ambos — Zak decidiu explicar. — Você tinha dois irmãos quando nasceu: Dinin, que você conhece, e um mais velho, Nalfein, um mago de poder considerável. Nalfein foi morto em batalha na mesma noite em que você respirou pela primeira vez.

— Contra anões ou gnomos cruéis? — Drizzt guinchou, com os olhos arregalados de uma criança implorando por uma história assustadora. — Ele estava defendendo a cidade de conquistadores ou monstros?

Zak tinha dificuldades em tentar conciliar as percepções distorcidas das crenças inocentes de Drizzt. "Cubra o jovem de mentiras", lamentou em sua mente. Mas respondeu a Drizzt:

— Não.

— Então contra um adversário mais vil? — Drizzt pressionou. — Elfos maléficos da superfície?

— Ele morreu nas mãos de um drow! — Zak rebateu em frustração, roubando a ânsia dos olhos brilhantes de Drizzt.

Drizzt recuou para considerar as possibilidades, Zak mal podia suportar ver a confusão que retorcia seu rosto jovem.

— Uma guerra com outra cidade? — Drizzt perguntou sombriamente. — Eu não sabia...

A essa altura, Zak tinha desistido. Ele se virou e saiu silenciosamente em direção à sua câmara privada. Que Malícia ou um de seus lacaios destruísse a lógica inocente de Drizzt. Atrás dele, Drizzt segurou sua próxima linha de perguntas, entendendo que a conversa, e a lição, tinham acabado. Entendendo também que algo importante tinha acabado de acontecer.

※

O mestre armas lutou com Drizzt por dias. Semanas. Meses. O tempo tornou-se irrelevante; eles lutavam até que a exaustão os dominasse, e voltavam para a área de treinamento assim que estavam novamente em condições de retomar o treino.

No terceiro ano de treinamento, aos dezenove anos, Drizzt era capaz de aguentar horas de batalha contra o mestre de armas, chegando mesmo a tomar a ofensiva em muitos dos seus embates.

Zak gostava desses dias. Pela primeira vez em muitos anos, conheceu alguém com potencial para futuramente igualá-lo em combate. Pela primeira vez desde que conseguia se lembrar, o riso acompanhava o choque das armas de adamante na sala de treinamento.

Ele observou Drizzt se tornar mais alto e de postura mais reta, atencioso, ansioso e inteligente. Os mestres da Academia teriam dificuldade de conseguir sequer um empate contra Drizzt, mesmo em seu primeiro ano.

Tal pensamento emocionava o mestre de armas imensamente, apenas para se lembrar dos princípios da Academia, dos preceitos da vida drow, e do que fariam com o seu aluno maravilhoso. De como eles iriam roubar o sorriso dos olhos cor de lavanda de Drizzt.

Um lembrete cruel desse mundo drow fora da sala de treino os visitou um dia, na forma da Matriarca Malícia.

— Se dirija a ela com o devido respeito — Zak advertiu Drizzt quando Maya anunciou a entrada da Matriarca Mãe. O mestre de armas prudentemente se distanciou para saudar a Matriarca da Casa Do'Urden de forma privada.

— Minhas saudações, matriarca — disse ele com uma reverência baixa. — A que devo a honra de sua presença?

Matriarca Malícia riu dele, vendo através de sua fachada.

— Você e meu filho passam bastante tempo por aqui — disse ela. — Eu vim para testemunhar a evolução do garoto.

— Ele é um bom guerreiro — Zak assegurou.

— Ele vai ter que ser — Malícia murmurou. — Ele vai para a Academia em apenas um ano.

Zak estreitou os olhos em resposta às palavras duvidosas de Malícia e rosnou:

— A Academia nunca teve um espadachim tão bom quanto ele.

A matriarca se afastou dele e se pôs de frente a Drizzt.

— Eu não duvido do seu talento com a lâmina — ela disse a Drizzt, embora olhasse de soslaio para Zak enquanto dizia essas palavras. — Está no seu sangue. Há outras qualidades que compõem um guerreiro drow, qualidades do coração. A atitude de um guerreiro!

Drizzt não sabia como responder a ela. Ele a tinha visto apenas algumas vezes nos últimos três anos, e eles não haviam trocado nenhuma palavra.

Zak viu a confusão no rosto de Drizzt e temia que o menino fosse escorregar — precisamente o que Matriarca Malícia queria. Assim,

Malícia teria uma desculpa para tirar Drizzt de sua tutela, desonrando Zak no processo, e entregá-lo a Dinin ou a algum outro assassino sem coração. Zak pode ter sido o melhor instrutor com a lâmina, mas agora que Drizzt tinha aprendido o uso das armas, Malícia queria o que garoto fosse endurecido emocionalmente.

Zak não podia arriscar; ele valorizava demais seu tempo com o jovem Drizzt. Ele puxou suas espadas de suas bainhas cobertas de joias e investiu bem perto de Matriarca Malícia, gritando:

— Mostre para ela, jovem guerreiro!

Os olhos de Drizzt ficaram em chamas com a aproximação do seu instrutor selvagem. Suas cimitarras chegaram às suas mãos tão rapidamente como se as tivesse feito aparecer magicamente.

E foi bom terem aparecido! Zak atacou Drizzt com uma fúria que o jovem drow nunca tinha visto, uma fúria maior ainda do que quando havia mostrado a Drizzt o valor do bloqueio cruzado invertido. Faíscas voaram quando a espada atingiu a cimitarra, e Drizzt encontrou-se conduzido para trás, ambos os braços já doloridos com a força dos golpes pesados.

— O que você... — Drizzt tentou perguntar.

— Mostre a ela — Zak rosnou, atacando de novo e de novo.

Drizzt mal desviou de um corte que certamente o teria matado. Ainda assim, a confusão fez com que seus movimentos continuassem na defensiva.

Zak afastou uma das cimitarras de Drizzt, depois a outra. Então, usou uma arma inesperada, levando o pé para cima na frente dele e batendo com o calcanhar no nariz de Drizzt.

Drizzt ouviu o estalar da cartilagem e sentiu o calor de seu próprio sangue correndo livremente pelo rosto. Ele mergulhou em um rolamento, tentando manter uma distância segura de seu adversário enlouquecido até que pudesse realinhar seus sentidos.

De joelhos, viu Zak a uma curta distância e se aproximando.

— Mostre a ela! — Zak rosnou a cada passo determinado que dava.

As chamas púrpuras do fogo feérico delineavam a pele de Drizzt, fazendo dele um alvo mais fácil. Ele respondeu da única maneira que podia; deixou cair um globo de escuridão sobre si mesmo e Zak. Sentindo o próximo movimento do mestre de armas, Drizzt se agachou e correu para fora, mantendo a cabeça baixa, uma escolha sábia.

Assim que percebeu a escuridão, Zak levitou cerca de três metros e rolou por cima, varrendo suas lâminas até a altura do rosto de Drizzt.

Quando Drizzt saiu do outro lado do globo de escuridão, olhou para trás e viu apenas a metade inferior das pernas de Zak. Não precisou ver mais nada para entender os ataques às cegas, porém mortais, do mestre de armas. Zak o teria cortado em pedaços se não tivesse se abaixado na escuridão.

A raiva substituiu a confusão. Quando seu instrutor se deixou cair ao solo e voltou correndo para fora do globo, Drizzt deixou sua raiva levá-lo de volta à luta. Girou em uma pirueta logo antes de chegar a Zak, sua cimitarra principal cortando em uma linha graciosamente arqueada, e sua outra espada em uma estocada enganosa logo acima do arco que fizera.

Zak desviou da estocada e bloqueou a outra cimitarra.

Drizzt não havia terminado. Ele usou sua lâmina em uma série de estocadas curtas e maldosas, que fizeram Zak recuar por mais de uma dúzia de passos, de volta às trevas que Drizzt conjurara. Eles agora tinham que confiar em sua audição incrivelmente apurada e nos seus instintos. Zak finalmente conseguiu recuperar seu ponto de apoio, mas Drizzt imediatamente pôs seus próprios pés em ação, chutando sempre que o equilíbrio do balanço das lâminas o permitia. Um pé inclusive invadiu as defesas de Zak, tirando o ar dos pulmões do mestre de armas.

Eles saíram pelo outro lado do globo, e Zak também brilhava, delineado pelo fogo feérico. O ódio gravado no rosto do jovem estudante deixava o mestre de armas enjoado, mas ele percebeu que, desta vez, nem ele nem Drizzt tiveram escolha. Esta luta precisava ser feia, precisava ser real. Gradualmente, Zak assumiu um ritmo fácil, puramente defensivo, e deixou Drizzt, em sua fúria explosiva, se exaurir.

Drizzt atacava mais e mais, implacável e incansável. Zak o enganou, deixando-o ver aberturas onde não havia nenhuma, e Drizzt era sempre rápido em explorá-las, fosse com uma estocada, corte ou chute.

Matriarca Malícia assistiu ao espetáculo em silêncio. Ela não podia negar a eficácia do treinamento que Zak tinha dado seu filho; Drizzt estava mais do que pronto para a batalha.

Zak sabia que, para Matriarca Malícia, a habilidade pura com armas poderia não ser o suficiente. Zak tinha que evitar que Malícia conversasse com Drizzt. Ela não aprovaria as atitudes de seu filho.

Drizzt estava se cansando agora, Zak podia ver, embora reconhecesse que o cansaço nos braços de seu aluno era parcialmente uma atuação.

— Atue comigo — ele murmurou silenciosamente, para então, de repente, "torcer" o tornozelo, deixando o braço direito se afastar para baixo enquanto lutava para se equilibrar, abrindo um buraco em suas defesas que Drizzt não poderia resistir.

A estocada esperada veio imediatamente, e o braço esquerdo de Zak foi marcado com um corte transversal curto que arrancou a cimitarra da mão de Drizzt.

— Ha! — Drizzt gritou, por ter esperado o movimento e lançado seu segundo ardil. A cimitarra restante golpeou por cima do ombro esquerdo de Zak, sendo inevitavelmente bloqueada.

Mas, quando Drizzt deu um segundo golpe, Zak já estava de joelhos. Enquanto a lâmina de Drizzt cortava inofensivamente alto demais, Zak surgiu nos pés dele e lançou um cruzado de direita, que atingiu Drizzt direto no rosto. Drizzt chocado deu um salto longo para trás e ficou perfeitamente imóvel por um longo momento. Sua cimitarra restante caiu no chão, seus olhos enevoados não piscavam.

— Uma finta dentro de uma finta dentro de uma finta. — Zak explicou calmamente. Drizzt caiu no chão, inconsciente.

Matriarca Malícia acenou com aprovação enquanto Zak caminhava na direção dela:

— Ele está pronto para a Academia.

A expressão no rosto de Zak azedou e ele não respondeu.

— Vierna já está lá — Malícia continuou. — Para ensinar como uma Mestra em Arach-Tinilith. É uma grande honra.

Um trunfo para a Casa Do'Urden, Zak sabia, mas ele era inteligente o bastante para manter seus pensamentos em silêncio.

— Dinin irá para lá em breve — disse a matriarca.

Zak ficou surpreso. Dois filhos servindo como Mestres da Academia ao mesmo tempo?

— Você deve ter trabalhado duro para conseguir tais acomodações — ele se atreveu a observar.

Matriarca Malícia sorriu.

— Favores devidos, favores cobrados.

— Para quê? — perguntou Zak. — Proteção para Drizzt?

Malícia riu alto.

— Pelo que vi, é mais provável que Drizzt proteja os outros dois.

Zak mordeu o lábio com o comentário. Dinin ainda era um guerreiro duas vezes mais hábil e dez vezes mais cruel que Drizzt. Zak sabia que Malícia tinha outros motivos.

— Três das primeiras oito casas terão pelo menos três filhos na Academia nas próximas duas décadas — Malícia admitiu. — O próprio filho de Matriarca Baenre começará na mesma turma que Drizzt.

— Então você tem planos — disse Zak. — O quanto será que a Casa Do'Urden subirá sob a orientação de Matriarca Malícia?

— Seu sarcasmo ainda vai custar a sua língua — disse Malícia. — Seria tolice perder uma chance de aprender mais sobre os nossos rivais!

— As oito primeiras casas... — Zak pensou. — Tenha cautela, Matriarca Malícia. Não se esqueça das casas menores. Já existiu uma casa chamada DeVir que cometeu tal erro.

— Nenhum ataque virá por trás — Malícia zombou. — Somos a nona casa, mas contamos com mais poder do que muitas outras. Existem alvos mais fáceis e mais acima na linha.

— E tudo a nosso ganho — Zak pontuou.

— É aí que você quer chegar, não é? — Malícia perguntou, seu sorriso maligno aberto.

Zak não precisava responder; a matriarca sabia de seus verdadeiros sentimentos. Era justamente ali que ele não queria chegar.

※

— Fale menos e sua mandíbula vai curar mais rápido — Zak disse mais tarde, quando estava novamente sozinho com Drizzt.

Drizzt olhou feio para ele.

O mestre de armas sacudiu a cabeça.

— Nós nos tornamos grandes amigos — disse ele.

— Era o que eu pensava — murmurou Drizzt.

— Então pense direito — Zak repreendeu. — Você acredita que Matriarca Malícia aprovaria tal ligação entre seu mestre de armas e seu precioso filho mais novo? Você é um drow, Drizzt Do'Urden, e de nascimento nobre. Você não pode ter amigos! — Drizzt se endireitou como se tivesse levado um tapa na cara. — Nenhum abertamente, pelo menos — Zak admitiu, colocando uma mão reconfortante no ombro do jovem. — Amigos significam vulnerabilidade, uma vulnerabilidade imperdoável. Matriarca Malícia nunca aceitaria... — ele fez uma pausa, percebendo que estava intimidando seu aprendiz. — Bem — ele admitiu, concluindo —, pelo menos nós dois sabemos quem somos.

De alguma forma, para Drizzt, isso não parecia ser o suficiente.

Capítulo 9

Famílias

— Rápido, venha! — Zak chamou Drizzt uma noite, após terem terminado o treino. Pela urgência no tom de voz do mestre de armas e pelo fato de que Zak sequer fizera uma pausa para esperar por Drizzt, o jovem drow sabia que algo importante estava acontecendo.

Ele finalmente alcançou Zak na varanda da Casa Do'Urden, onde já estavam Maya e Briza.

— O que foi? — Drizzt perguntou.

Zak o puxou para perto e apontou para fora, para a área a nordeste da cidade. Luzes brilhavam e se exauriam em explosões repentinas. Um pilar de fogo subiu no ar, e depois desapareceu.

— Um ataque — disse Briza de repente. — Casas menores, nada com que devamos nos preocupar.

Zak viu que Drizzt não estava entendendo.

— Uma casa atacou a outra — explicou. — Vingança, talvez, mas é mais provável que seja só mais uma tentativa de subir para um posto mais alto na cidade.

— A batalha foi longa — comentou Briza —, e ainda assim as luzes continuam lampejando.

Zak continuou a explicar o evento para o Segundo Filho da Casa, evidentemente confuso.

— Os atacantes deveriam ter bloqueado a batalha dentro de anéis de escuridão. Sua incapacidade de fazê-lo pode indicar que a casa defensora estava pronta para o ataque.

— As coisas não estão correndo muito bem para os atacantes — Maya concordou.

Drizzt mal podia acreditar no que estava ouvindo. Ainda mais alarmante do que a notícia em si era como sua família falava sobre o evento. Eles estavam calmos demais enquanto faziam suas descrições, como se isso fosse algo comum.

— Os atacantes não devem deixar nenhuma testemunha — Zak explicou para Drizzt. — Caso contrário, terão que enfrentar a ira do Conselho Governante.

— Mas nós somos testemunhas — Drizzt racionalizou.

— Não — replicou Zak. — Somos espectadores; esta batalha não é problema nosso. Somente aos nobres da casa defensora é concedido o direito de fazer alguma acusação contra seus atacantes.

— Se algum nobre for deixado vivo — Briza acrescentou, obviamente apreciando o drama.

Naquele momento, Drizzt não tinha certeza se tinha gostado dessa revelação. Independente de como se sentia, descobriu que não conseguia desviar o olhar do espetáculo da batalha drow abaixo. Todo o complexo Do'Urden estava agitado, soldados e escravos corriam de um lado a outro em busca de um melhor ponto de observação e gritavam descrições da ação e rumores sobre os autores do ataque.

Esta era a sociedade dos drow em todo o seu macabro esplendor. Embora isso parecesse extremamente errado ao coração do membro mais novo da Casa Do'Urden, Drizzt não podia negar a emoção da noite.

Assim como não podia negar as expressões de óbvio prazer estampado nos rostos dos três que compartilhavam a varanda com ele.

Alton estava caminhando por seus aposentos particulares uma última vez, para ter certeza de que qualquer tipo de artefato ou tomo que pudessem parecer mesmo que minimamente sacrílegos estivessem escondidos. Ele estava esperando a visita de uma Matriarca Mãe, uma ocasião rara para um mestre da Academia não relacionado com Arach-Tinilith, a Escola de Lolth. Alton estava mais ansioso do que seria capaz de admitir a respeito dos motivos dessa visitante em particular, a Matriarca SiNafay Hun'ett, chefe da Quinta Casa da cidade e mãe de Masoj, o cúmplice de Alton em sua conspiração.

Um estrondo na porta de pedra da câmara exterior de seu complexo disse a Alton que sua convidada havia chegado. Ele endireitou suas vestes e deu outro olhar ao redor da sala. A porta se abriu antes que Alton pudesse chegar lá e Matriarca SiNafay entrou na sala. Ela fizera a transição entre a luz infravermelha e a natural de forma extremamente rápida — indo das trevas absolutas do corredor externo à luz de velas da câmara de Alton —, sem hesitar mais do que uma fração de segundo.

SiNafay era mais baixa do que Alton havia imaginado, pequena até mesmo para os padrões drow. Ela tinha pouco mais de um metro e vinte centímetros de altura e não pesava, pela estimativa de Alton, muito mais do que vinte quilos. Ela era uma Matriarca Mãe, no entanto, e Alton lembrou-se de que ela poderia matá-lo rapidamente com um único feitiço.

Alton desviou seu olhar obedientemente e tentou se convencer de que não havia nada de incomum nessa visita. Entretanto, se sentiu ainda menos à vontade quando Masoj trotou para o lado de sua mãe, com um sorriso presunçoso no rosto.

— Saudações da casa Hun'ett, Gelroos — disse Matriarca SiNafay. — Faz mais de vinte e cinco anos desde a nossa última conversa.

— Gelroos? — Alton murmurou em voz baixa. Ele limpou a garganta para encobrir sua surpresa. — Meus cumprimentos a você, Matriarca SiNafay — ele conseguiu balbuciar. — Faz tanto tempo assim?

— Você deveria vir à casa — disse a Matriarca. — Seus aposentos permanecem vagos.

Meus aposentos? Alton começou a sentir-se muito enjoado.

SiNafay não deixou isso passar. Uma carranca ocupou seu rosto e seus olhos se estreitaram maliciosamente.

Alton suspeitou que seu segredo tivesse sido descoberto. Se Sem Rosto tivesse sido um membro da família Hun'ett, como poderia Alton esperar que pudesse enganar à Matriarca da Casa? Ele procurou a melhor rota de fuga, ou mesmo por alguma forma em que pudesse pelo menos matar o traiçoeiro Masoj antes que SiNafay o atingisse.

Quando olhou novamente para Matriarca SiNafay, ela já havia começado um feitiço silencioso. Seus olhos se arregalaram quando ela terminou, suas suspeitas confirmadas.

— Quem é você? — ela perguntou, sua voz soando mais curiosa do que preocupada.

Não havia escapatória, nenhuma maneira de chegar a Masoj, de pé e prudentemente ao lado de sua mãe poderosa.

— Quem é você? — SiNafay perguntou novamente, tirando de seu cinto um instrumento de três cabeças, o temido chicote de cabeças de cobra que injetavam o veneno mais doloroso e incapacitante que os drow conheciam.

— Alton — ele gaguejou, não tendo nenhuma escolha além de responder. Ele sabia que, já que ela estava em guarda, SiNafay usaria uma simples magia para detectar qualquer mentira que pudesse inventar — Eu sou Alton DeVir.

— DeVir? — Matriarca SiNafay, pelo menos, parecia intrigada. — Da Casa DeVir que foi eliminada há alguns anos?

— Sou o único sobrevivente — admitiu Alton.

— E você matou Gelroos, Gelroos Hun'ett, e tomou seu lugar como mestre em Magace — a Matriarca concluiu, com sua voz em um grunhido. Um círculo de danação se fechava ao redor de Alton.

— Eu não... Eu não tinha como saber seu nome... Ele teria me matado! — Alton gaguejou.

— E-eu matei Gelroos — disse uma voz ao lado.

SiNafay e Alton viraram-se para Masoj que, novamente, segurava sua besta de duas mãos favorita.

— Com isso — explicou o jovem Hun'ett. — Na noite em que a Casa DeVir caiu. Encontrei minha desculpa na batalha de Gelroos com esse aqui — ele apontou para Alton.

— Gelroos era seu irmão — Matriarca SiNafay lembrou a Masoj.

— Dane-se o parentesco! — Masoj cuspiu. — Por quatro malditos anos eu o servi, como se ele fosse uma Matriarca Mãe! Ele teria me impedido de entrar em Magace, teria me forçado a entrar em Arena-Magthere.

A Matriarca olhou de Masoj para Alton e de volta para seu filho.

— E você deixou esse aqui viver — ela raciocinou, um sorriso novamente em seus lábios. — Você matou seu inimigo e forjou uma aliança com um novo mestre em um único movimento.

— Conforme fui ensinado — disse Masoj com os dentes cerrados, sem saber se o que se seguiria seria uma punição ou um elogio.

— Você era apenas uma criança — SiNafay comentou, percebendo de repente o tempo envolvido.

Masoj aceitou o elogio em silêncio.

Alton observou a tudo ansiosamente.

— E o que será de mim? — ele gritou. — Minha vida foi perdida?

SiNafay olhou para ele.

— Sua vida como Alton DeVir terminou, ao que parece, na noite em que a Casa DeVir caiu. Logo, você permanece como Sem Rosto, Gelroos Hun'ett. Posso usar seus olhos na Academia; para vigiar meu filho e meus inimigos.

Alton mal podia respirar. Tornara-se aliado de uma das casas mais poderosas em Menzoberranzan de forma tão abrupta! Uma confusão de possibilidades e perguntas inundou sua mente. Uma, em particular, o assombrava por quase duas décadas.

Sua Matriarca Mãe adotada reconheceu sua excitação.

— Fale o que está pensando — ela ordenou.

— Você é uma alta sacerdotisa de Lolth — disse Alton corajosamente, com aquele pensamento dominando toda cautela. — Está em seu poder conceder-me o meu maior desejo.

— Você ousa pedir um favor? — Matriarca SiNafay relutou, embora visse o tormento no rosto de Alton e ficasse intrigada com a aparente importância deste mistério. — Muito bem.

— Que casa destruiu a minha família? — Alton rosnou. — Pergunte ao mundo inferior, eu imploro, Matriarca SiNafay.

SiNafay considerou cuidadosamente a questão e as possibilidades da aparente sede de vingança de Alton. Outro benefício de aceitar esse rapaz na família? SiNafay se perguntou.

— Eu já sei a resposta dessa pergunta — ela respondeu. — Talvez quando você provar seu valor, eu diga...

— Não! — Alton gritou. Ele congelou, percebendo que havia interrompido uma Matriarca Mãe, um crime que era punido com a morte.

SiNafay reprimiu seus impulsos furiosos.

— Essa pergunta deve ser muito importante para que aja tão tolamente — ela disse.

— Por favor — implorou Alton. — Eu preciso saber. Mate-me se desejar, mas primeiro me diga quem fez isso.

SiNafay gostou de sua coragem e sua obsessão se mostrava, para ela, como algo valioso.

— A Casa Do'Urden — ela finalmente disse.

— Do'Urden? — Alton ecoou, mal acreditando que uma casa tão distante na hierarquia da cidade pudesse ter derrotado a Casa DeVir.

— Você não tomará nenhuma ação contra eles — advertiu Matriarca SiNafay. — E eu vou perdoar sua insolência... desta vez. Você é um filho da casa Hun'ett agora; Lembre-se sempre de seu lugar!

Ela não falou mais nada a respeito, sabendo que alguém que fosse esperto o bastante para manter uma farsa por quase duas décadas não seria idiota o bastante para desobedecer à Matriarca Mãe de sua casa.

— Venha, Masoj — SiNafay, disse ao seu filho —, deixemos este aqui sozinho para que possa refletir sobre sua nova identidade.

— Devo dizer a você, Matriarca SiNafay — Masoj se atreveu a dizer enquanto ele e sua mãe saíam de Magace —, que Alton DeVir é um bufão. Ele pode prejudicar a Casa Hun'ett.

— Ele sobreviveu à queda de sua própria casa — rebateu SiNafay — e tem mantido o estratagema de se passar por Sem Rosto por dezenove anos. Um bufão? Talvez. Mas, pelo menos, é um bufão engenhoso.

Masoj inconscientemente esfregou a área de sua sobrancelha que nunca mais crescera de volta.

— Sofri com as travessuras de Alton DeVir durante todos esses anos — disse ele. — Ele tem um quinhão de sorte, admito, e pode escapar dos seus problemas... embora seja geralmente ele que se coloque neles.

— Não tenha medo — SiNafay riu. — Alton traz valor para a nossa casa.

— O que podemos esperar ganhar?

— Ele é mestre da Academia — SiNafay respondeu. — Ele será meus seus olhos exatamente onde preciso no momento. — Ela parou seu filho e virou-o para encará-la, para que pudesse entender as implicações de cada palavra que diria. — O desejo de vingança de Alton DeVir contra a Casa Do'Urden pode trabalhar em nosso favor. Ele era um nobre da casa, com direitos de acusação.

— Você pretende usar a acusação de Alton DeVir para reunir as grandes casas e castigar a Casa Do'Urden? — Masoj perguntou.

— As grandes casas dificilmente estariam dispostas a atacar por um incidente que ocorreu há quase vinte anos — respondeu SiNafay. — A Casa Do'Urden executou a destruição da Casa DeVir quase à perfeição. Até mesmo fazer uma acusação aberta contra os Do'Urden agora seria convocar a ira das grandes casas sobre nós mesmos.

— No que, então, Alton DeVir seria útil para nós? — Masoj perguntou. — Sua sede de vingança nos é inútil.

A matriarca respondeu:

— Você é apenas um macho e não consegue entender as complexidades da hierarquia dominante. Com a acusação de Alton DeVir sussurrada nos ouvidos apropriados, o conselho governante poderia desviar o olhar caso uma única casa resolvesse se vingar por Alton.

— Para quê? — Masoj comentou, não compreendendo a importância disso. — Você arriscaria as perdas de uma batalha pela destruição de uma casa menor?

— Exatamente o que a Casa Do'Urden pensaria — disse SiNafay. — Em nosso mundo, devemos estar tão preocupados com as casas inferiores quanto com as mais altas. Todas as grandes casas deveriam observar os movimentos de Daermon N'a'shezbaernon, a Nona Casa, conhecida como Do'Urden. Eles têm um mestre e uma mestra servindo na Academia e três altas sacerdotisas, com uma quarta quase alcançando o posto.

— Quatro altas sacerdotisas? — Masoj ponderou.

— Em uma única casa.

Apenas três das oito maiores casas poderiam reivindicar mais do que isso. Normalmente, as irmãs que aspiravam a um posto tão alto inspiravam rivalidades que inevitavelmente diminuíam as fileiras.

— E as legiões da Casa Do'Urden são de mais de trezentos e cinquenta soldados — prosseguiu SiNafay —, todos treinados por aquele que talvez seja o melhor mestre de armas da cidade.

— Zaknafein Do'Urden, é claro! — Masoj lembrou.

— Você já ouviu falar dele?

— Seu nome é frequentemente falado na Academia, mesmo em Magace.

— Bom — SiNafay ronronou. — Então você vai entender bem o peso da missão que eu escolhi para você. — Uma luz ansiosa penetrou os olhos de Masoj. — Outro Do'Urden logo começará lá — explicou SiNafay. — Não um mestre, mas um aluno. Pelas palavras dos poucos que viram o treinamento deste rapaz, Drizzt, ele será tão bom quanto Zaknafein. Nós não podemos permitir isso.

— Você quer que eu mate o garoto? — perguntou Masoj ansiosamente.

— Não — respondeu SiNafay. — Ainda não. Eu quero que você aprenda sobre ele, para entender as motivações de cada um de seus movimentos. Se chegar o momento de atacar, você deverá estar pronto.

Masoj gostava da missão cruel, mas uma coisa ainda o incomodava bastante.

— Nós ainda temos Alton a considerar — disse ele. — Ele é impaciente e ousado. Quais são as consequências para a Casa Hun'ett se ele atacar a Casa Do'Urden antes do momento certo? Poderíamos invocar a guerra aberta na cidade, com a Casa Hun'ett vista como a perpetradora?

— Não se preocupe, meu filho — Matriarca SiNafay respondeu. — Se Alton DeVir cometer qualquer erro grave enquanto estiver sob o disfarce de Gelroos Hun'ett, nós iremos expô-lo como um impostor assassino, não é um membro de nossa família. Ele será um pária sem casa, e sofrerá consequências de todos os lados.

Sua explicação casual deixou Masoj mais à vontade, mas Matriarca SiNafay, conhecedora dos caminhos da sociedade drow, havia compreendido o risco que estava assumindo desde o momento em que aceitou Alton DeVir em sua casa. Seu plano parecia infalível e o possível ganho — a eliminação dessa crescente Casa Do'Urden — era uma vantagem tentadora.

Apesar disso, os perigos também eram muito reais. Embora fosse aceitável que uma casa destruísse secretamente a outra, as consequências da falha não poderiam ser ignoradas. Mais cedo naquela mesma noite, uma casa menor havia atacado uma rival e, se os rumores eram verdadeiros, tinha falhado. Os detalhes espalhados no dia seguinte provavelmente forçariam o conselho governante a decretar um arremedo de justiça para fazer dos atacantes fracassados um exemplo. Em sua longa vida, Matriarca SiNafay havia testemunhado esta "justiça" inúmeras vezes.

Nenhum membro de nenhuma dessas casas atacantes — nem sequer era permitido lembrar-se de seus nomes — havia sobrevivido.

Zak acordou Drizzt cedo na manhã seguinte.

— Venha — disse ele. — Temos ordens de sair da casa hoje.

Qualquer vestígio de sono foi arrancado de Drizzt com a notícia.

— Vamos para o lado de fora da casa? — ele ecoou.

Em todos os seus dezenove anos, Drizzt jamais havia pisado além da cerca de adamante do complexo Do'Urden. Ele só vira o mundo exterior de Menzoberranzan da varanda.

Enquanto Zak esperava, Drizzt rapidamente pegou suas botas confortáveis e seu *piwafwi*.

— Não teremos aula hoje? — Drizzt perguntou.

— Veremos — foi tudo o que Zak respondeu, mas, em seus pensamentos, o mestre de armas sabia que Drizzt viria a ter uma das mais surpreendentes revelações de sua vida. Uma casa havia falhado em um ataque, e o conselho governante tinha pedido a presença de todos os nobres da cidade para serem testemunhas do peso da justiça.

Briza apareceu no corredor que levava à sala de treinamento.

— Depressa — ela repreendeu. — Matriarca Malícia não quer que a nossa casa esteja entre as últimas a chegar ao ponto de encontro.

A própria Matriarca Mãe, flutuando sobre um disco azul brilhante — uma vez que Matriarcas Mães raramente andavam pela cidade — conduzia a procissão através do grande portão da Casa Do'Urden. Briza caminhou ao lado de sua mãe, com Maya e Rizzen na segunda fileira e Drizzt e Zak ocupando a retaguarda. Vierna e Dinin, como estavam cumprindo com os deveres de suas posições na Academia, atenderam à convocação do conselho governante com um grupo diferente.

Toda a cidade estava alvoroçada nesta manhã, sussurrando os boatos sobre o ataque fracassado. Drizzt caminhou entre a multidão agitada com os olhos arregalados, olhando admirado para a visão próxima das casas drow decoradas. Os escravos de todas as raças inferiores — goblins, orcs e até mesmo gigantes — fugiam do caminho, reconhecendo Malícia, em seu transporte encantado, como uma Matriarca Mãe. Os plebeus drow interrompiam suas conversas e se mantinham em silêncio respeitoso enquanto a família nobre passava.

Enquanto eles se dirigiam para a área noroeste da cidade, a localização da casa culpada, a família Do'Urden se viu em uma via bloqueada por uma caravana dos duergar, os anões cinzentos. Várias carruagens estavam viradas ou fechadas juntas — aparentemente, dois grupos de duergar haviam entrado na estreita faixa juntos e nenhum deles estava disposto a dar passagem para o outro.

Briza puxou o chicote de cabeças de cobra de seu cinto e atacou alguns deles, abrindo o caminho para Malícia flutuar até aqueles que aparentavam ser os líderes dos dois grupos.

Os anões se voltaram para ela com raiva — até que perceberam sua posição.

— Licença, senhora — um deles gaguejou. — Foi só um acidente, só isso.

Malícia observou o conteúdo de um dos carrinhos mais próximos: caixas de pernas de caranguejo gigante e outras iguarias.

— Vocês retardaram minha viagem — disse Malícia calmamente.

— Viemos à sua cidade atrás de oportunidades de comércio — o outro duergar explicou. Ele lançou um olhar de raiva para seu adversário, e Malícia compreendeu que os dois eram rivais, provavelmente vendendo os mesmos bens para a mesma casa drow.

— Perdoarei sua insolência... — ela ofereceu graciosamente, ainda olhando as caixas.

Os dois duergar já imaginavam o que estava por vir. Assim como Zak.

— Vamos comer bem hoje à noite — ele sussurrou para Drizzt com uma piscadela maliciosa. — Matriarca Malícia não deixaria essa oportunidade passar sem se aproveitar dela.

— ...Se puderem encontrar alguma maneira de entregar metade do conteúdo dessas carroças no portão da Casa Do'Urden esta noite — Malícia concluiu.

Os duergar começaram a protestar, mas rapidamente rejeitaram essa ideia tola. Como eles odiavam lidar com os drow!

— Vocês serão compensados adequadamente — continuou Malícia. — A Casa Do'Urden não é uma casa pobre. Com ambas as suas caravanas, têm produtos mais do que o suficiente para satisfazer à casa com a qual vieram negociar.

Nenhum dos duergar poderia refutar aquela lógica simples, mas sob essas circunstâncias comerciais, em que tinham ofendido uma Matriarca Mãe, sabiam que a compensação por seus valiosos alimentos dificilmente seria apropriada. Ainda assim, os anões cinzentos só podiam considerar o que aconteceu como nada além de um risco de se fazer negócios em

Menzoberranzan. Eles curvaram-se educadamente em reverência e organizaram suas tropas para abrir caminho para a procissão drow.

A Casa Teken'duis, os invasores fracassados da noite anterior, havia se barricado dentro de sua estrutura de duas estalagmites, esperando totalmente o que estava por vir. Do lado de fora de seus portões, todos os nobres de Menzoberranzan — mais de mil drows — estavam reunidos, com Matriarca Baenre e as outras sete Matriarcas Mães do conselho governante à sua frente. E, em um prenúncio de desastre ainda maior para a casa culpada, a totalidade das três escolas da Academia, estudantes e instrutores, haviam cercado o complexo dos Teken'duis.

Malícia liderou seu grupo até linha de frente, logo atrás das Matriarcas governantes. Como era a Matriarca da nona casa, a apenas um passo do conselho, os outros nobres drows saíram de seu caminho.

— A Casa Teken'duis causou a fúria da Rainha Aranha! — Matriarca Baenre proclamou em uma voz amplificada por feitiços mágicos.

— Só porque falharam — Zak sussurrou para Drizzt. Briza lançou a ambos os homens um olhar furioso.

Matriarca Baenre ordenou a três drows jovens, duas mulheres e um macho, que assumissem posição a seu lado.

— São todos os membros restantes da Casa Freth — explicou ela. — Pode nos dizer, órfãos da Casa Freth — perguntou —, quem atacou a sua Casa?

— Casa Teken'duis! — eles gritaram juntos.

— Foi ensaiado — comentou Zak.

Briza virou-se novamente.

— Silêncio! — ela sussurrou, furiosa.

Zak deu um tapa na nuca de Drizzt.

— Sim — concordou ele —, fique quieto!

Drizzt começou a protestar, mas Briza já tinha se afastado e o sorriso de Zak estava aberto demais para se contra argumentar.

— Então é a vontade do conselho governante — disse Matriarca Baenre — que a Casa Teken'duis sofra as consequências de suas ações!

— E os órfãos da casa Freth? — veio um grito da multidão.

Matriarca Baenre acariciou a cabeça da mais velha, uma clériga que havia acabado de concluir seus estudos na Academia.

— Eles nasceram nobres, e nobres continuarão a ser — disse Baenre. — A Casa Baenre os aceita em sua proteção; eles carregam o nome de Baenre agora.

Suspiros descontentes se fizeram ouvir através da multidão. Três jovens nobres, dois deles do sexo feminino... Esse era um verdadeiro achado! Qualquer casa na cidade os teria aceitado de bom grado.

— Baenre — sussurrou Briza a Malícia. — Justamente o que a Primeira Casa precisava: mais clérigas.

— Dezesseis altas sacerdotisas não são suficientes, aparentemente — respondeu Malícia.

— E, sem dúvida, Baenre levará qualquer soldado sobrevivente da Casa Freth — deduziu Briza.

Malícia, por sua vez, não tinha tanta certeza. Matriarca Baenre já havia feito um movimento arriscado ao ter acolhido os nobres sobreviventes. Se a Casa Baenre se tornasse muito poderosa, Lolth seguramente se desagradaria. Em situações como esta, na qual uma casa fosse quase erradicada, os soldados comuns sobreviventes eram normalmente leiloados para as casas que os desejassem. Malícia deveria ficar de olhos abertos para tal leilão. Os soldados não eram baratos, mas, neste momento, Malícia considerava boa a ideia de aumentar a força de sua Casa, especialmente se houvesse qualquer usuário de magia a ser anexado.

Matriarca Baenre dirigiu-se à casa culpada.

— Casa Teken'duis! — gritou. — Quebraram nossas leis e foram justamente pegos. Lutem se quiserem, mas saibam que são os responsáveis pela sua própria desgraça! — com um aceno, ela incumbiu a Academia como executora da punição em movimento.

Braseiros haviam sido colocados ao redor da Casa Teken'duis, sob os cuidados das Mestras de Arach-Tinilith e das melhores alunas dos estudos clericais. As chamas criaram vida e dispararam para o ar enquanto as altas sacerdotisas abriam os portões para os planos inferiores. Drizzt observou, hipnotizado, enquanto tentava encontrar Dinin ou Vierna.

Os habitantes dos planos inferiores, monstros enormes com vários braços, cobertos de lodo e cuspindo fogo, saíram da cortina de chamas. Até as altas sacerdotisas mais próximas se afastaram da horda grotesca. As criaturas aceitaram alegremente tal servidão. Quando o sinal de Matriarca Baenre chegou, eles atacaram entusiasmadamente a Casa Teken'duis.

Glifos e proteções explodiam de cada canto do portão enfraquecido da casa, mas eram meros inconvenientes para as criaturas convocadas.

Os magos e alunos de Magace entraram em ação, atingindo o topo da Casa Teken'duis com relâmpagos conjurados, esferas de ácido e bolas de fogo.

Estudantes e Mestres de Arena-Magthere, a escola de guerreiros, corriam com bestas pesadas, atirando nas janelas por onde a família condenada poderia tentar escapar.

A horda de monstros invadiu o complexo. Relâmpagos brilhavam e trovões retumbavam.

Zak olhou para Drizzt e uma careta substituiu o sorriso do mestre. Arrebatado pela empolgação, certamente era empolgante, Drizzt tinha uma expressão de pavor.

Os primeiros gritos da família condenada saíram da casa, gritos tão terríveis e agonizantes que roubaram qualquer prazer macabro que Drizzt pudesse ter experimentado. Ele agarrou o ombro de Zak, girando o mestre de armas para ele, clamando uma explicação.

Um dos filhos da Casa Teken'duis, fugindo de um monstro gigante de dez braços, saiu em direção à sacada de uma janela alta. Uma dúzia de virotes o atingiu simultaneamente, e antes mesmo de seu corpo cair, três raios separados o levantaram alternadamente da varanda. Só então ele foi lançado ao chão.

Queimado e mutilado, o cadáver drow começou a cair de seu refúgio alto, mas o monstro grotesco estendeu uma mão enorme com garras afiadas para fora da janela e puxou-o de volta para devorá-lo.

— Essa é a justiça drow — disse Zak friamente. Ele não ofereceu a Drizzt qualquer consolo; queria que a brutalidade daquele momento se mantivesse na mente do jovem drow pelo resto de sua vida.

O cerco durou mais de uma hora e, quando terminou, no momento em que os habitantes dos planos inferiores foram liberados através das portas dos braseiros e os pupilos e Mestres da Academia começaram sua marcha de volta para Tier Breche, a casa Teken'duis não era mais do que um pedaço brilhante de pedra sem vida e derretida.

Drizzt observou a tudo horrorizado, mas com medo demais das consequências para sair correndo. Ele mal notou a arte de Menzoberranzan na viagem de volta à Casa Do'Urden.

Capítulo 10

Mancha de sangue

— Zaknafein não está em casa? — Malícia perguntou.

— Mandei ele e Rizzen à Academia para entregar uma mensagem a Vierna — explicou Briza. — Ele não voltará nas próximas horas, ao menos não antes da luz de Narbondel começar a sua descida.

— Isso é bom — disse Malícia. — Ambas compreendem seus papéis nesse ato?

Briza e Maya acenaram afirmativamente.

— Nunca ouvi falar de nada parecido com isso — comentou Maya. — Isso é realmente necessário?

— Isso já estava planejado para outro membro da casa — disse Briza, buscando a confirmação de Malícia — há quase quatro séculos.

— Sim — disse Malícia. — O mesmo deveria ser feito a Zaknafein, mas a morte inesperada de Matriarca Vartha, minha mãe, interrompeu os planos.

— Foi quando você se tornou a Matriarca Mãe — lembrou Maya.

— Sim — respondeu Malícia —, embora eu não tivesse passado do meu primeiro século de vida e ainda estivesse estudando em Arach-Tinilith. Não foi um período agradável na história da Casa Do'Urden.

— Mas nós sobrevivemos — destacou Briza. — Com a morte de Matriarca Vartha, Nalfein e eu nos tornamos nobres da casa.

— O teste de Zaknafein nunca foi aplicado — raciocinou Maya.

— Havia coisas demais a serem feitas — completou Malícia.

— Mas vamos testar Drizzt — concluiu Maya.

— A punição da Casa Teken'duis me convenceu de que essa ação tinha que ser tomada — disse Malícia.

— Sim — concordou Briza. — Você notou a expressão de Drizzt durante a execução?

— Sim — respondeu Maya. — Ele estava revoltado.

— O que é inadequado para um guerreiro drow — disse Malícia —, por isso é o nosso dever. Drizzt adentrará a Academia em pouco tempo; precisamos sujar suas mãos em sangue drow e roubar sua inocência.

— Parece trabalho demais para um filhote de macho — resmungou Briza. — Se Drizzt não pode aderir aos nossos caminhos, então por que não simplesmente o damos a Lolth?

— Eu não vou mais ter filhos! — Malícia rosnou em resposta. — Cada membro desta família é importante se quisermos ganhar destaque na cidade!

Secretamente, Malícia esperava outra vantagem em converter Drizzt aos maus caminhos dos drow. Ela odiava Zaknafein tanto quanto o desejava, e transformar Drizzt em um guerreiro drow, um verdadeiro guerreiro sem coração, afligiria enormemente o mestre de armas.

— Então, sigamos com o plano — proclamou Malícia. Ela bateu palmas, e um grande baú entrou no cômodo, apoiado por oito patas animadas de aranha. Atrás dele veio um escravo goblin visivelmente nervoso.

— Venha, Byuchyuch — disse Malícia em um tom reconfortante. Ansioso para agradar, o escravo saltou diante do trono de Malícia e manteve-se perfeitamente imóvel enquanto a Matriarca Mãe entoava as palavras de um feitiço longo e complicado.

Briza e Maya observavam com admiração as habilidades de sua mãe; o rosto pequeno do goblin inchava e se retorcia enquanto sua pele ficava mais escura. Poucos minutos depois, o escravo assumiu a aparência de um drow. Byuchyuch olhou para suas feições alegremente, sem entender que a transformação era apenas um prelúdio para sua morte.

— Você é um soldado drow agora — disse Maya ao goblin-drow —, e meu campeão. Você deve apenas matar um único lutador inferior para tomar o seu lugar como um plebeu livre da Casa Do'Urden!

Depois de dez anos como servo fiel dos cruéis elfos negros, o goblin estava mais do que ansioso.

Malícia levantou-se e saiu da antessala.

— Venha — ordenou a suas duas filhas, o goblin e o baú animado foram logo atrás dela.

Eles foram até Drizzt, que estava na sala de prática, polindo a lâmina afiada de suas cimitarras. Ele pôs-se de pé em um salto, mantendo-se em silenciosa atenção à vista dos visitantes inesperados.

— Saudações, meu filho — disse Malícia no tom mais maternal que Drizzt jamais ouvira. — Nós temos um teste para você hoje. Uma tarefa simples, mas necessária para sua aceitação em Arena-Magthere.

Maya pôs-se de frente para seu irmão.

— Eu sou a mais nova, além de você — declarou. — Logo, a mim é concedido o direito ao desafio, que eu executo agora.

Drizzt ficou confuso. Ele nunca tinha ouvido falar de tal coisa. Maya chamou o baú para que se posicionasse a seu lado e reverentemente abriu a tampa.

— Você tem suas armas e seu *piwafwi* — ela explicou. — Agora é hora de você vestir o traje completo de um nobre da Casa Do'Urden.

Do baú, retirou um par de botas de cano alto pretas e as entregou a Drizzt.

Drizzt ansiosamente arrancou suas botas normais e colocou as novas. Elas eram incrivelmente macias, e mudaram magicamente para se ajustarem perfeitamente a seus pés. Drizzt sabia a magia que havia nas botas: elas permitiriam que ele se movesse em silêncio absoluto. Porém, antes mesmo de poder terminar de admirá-las, Maya lhe entregou o próximo presente, ainda mais magnífico.

Drizzt deixou seu *piwafwi* cair no chão ao pegar um conjunto de cota de malha. Em todos os Reinos, não existia armadura tão maleável e tão bem forjada quanto a cota de malha drow. Ela não pesava mais do que uma camisa de tecido mais denso, e se dobrava tão facilmente quanto seda. Ainda assim, conseguia desviar a ponta de uma lança tão bem quanto uma armadura anã.

— Você luta com duas armas — disse Maya —, portanto, não precisa de um escudo. Mas coloque suas cimitarras aqui; é mais apropriado para um drow nobre. Ela entregou a Drizzt um cinto de couro preto, tendo como fecho uma grande esmeralda, e, presas nele, duas bainhas ricamente decoradas em joias e pedras preciosas.

— Prepare-se — disse Malícia a Drizzt. — Os presentes devem ser conquistados.

Enquanto Drizzt começava a vestir a roupa, Malícia pôs-se ao lado do goblin transformado, que estava nervoso na crescente percepção de que sua luta não seria uma tarefa tão simples quanto imaginara.

— Quando você matá-lo, os itens serão seus — prometeu Malícia.

O sorriso do goblin retornou dez vezes mais aberto. Ele não compreendia que não tinha chance contra Drizzt. Quando Drizzt pôs novamente seu *piwafwi* no pescoço, Maya apresentou o falso soldado drow.

— Este é Byuchyuch, meu campeão. Você deve derrotá-lo para ganhar os presentes... E seu lugar apropriado na família.

Sem jamais duvidar de suas habilidades e pensando que seria apenas uma prática simples de combate amigável, Drizzt prontamente concordou.

— Que comece, então — disse ele, retirando suas cimitarras de suas bainhas luxuosas.

Malícia deu a Byuchyuch um aceno reconfortante, o goblin pegou a espada e o escudo que Maya havia fornecido. Então, se dirigiu diretamente para Drizzt.

Drizzt começou lentamente, tentando medir seu oponente antes de qualquer ataque mais ousado. Porém levou apenas um momento para Drizzt perceber o quão mal Byuchyuch brandia a espada e o escudo. Sem saber a verdade da identidade da criatura, Drizzt mal podia acreditar que um drow mostraria tal inaptidão com armas. Ele queria saber se Byuchyuch estava tentando preparar alguma armadilha para ele e, com esse pensamento, continuou sua abordagem cautelosa.

Depois de mais alguns momentos com Byuchyuch balançando a espada de qualquer maneira e frequentemente ficando desequilibrado, Drizzt sentiu-se compelido a tomar a iniciativa. Ele bateu uma cimitarra contra o escudo de Byuchyuch. O goblin-drow respondeu com uma estocada desajeitada, e Drizzt arrancou a espada do pobre goblin da sua mão usando sua lâmina livre, finalizando com um giro simples, que levou a ponta da cimitarra a centímetros da cavidade do peito de Byuchyuch.

— Fácil demais — Drizzt murmurou baixinho. Mas o verdadeiro teste tinha apenas começado.

Aproveitando a deixa, Briza lançou um feitiço para entorpecer a mente do goblin, congelando-o em sua posição indefesa. Ainda consciente de sua situação, Byuchyuch tentou escapar, mas o feitiço de Briza o manteve imóvel.

— Termine o golpe — Malícia ordenou a Drizzt. Drizzt olhou para sua cimitarra, depois para Malícia, sem conseguir acreditar no que estava ouvindo.

— O campeão de Maya deve ser morto — grunhiu Briza.

— Eu não posso... — começou Drizzt.

— Mate! — Malícia rugiu e desta vez a palavra carregou o peso de um comando mágico.

— Ataque! — Briza também comandou.

Drizzt sentiu suas palavras levando sua mão à ação. Enojado com o pensamento de assassinar um inimigo indefeso, se concentrou com toda sua força mental para resistir. Enquanto conseguia negar os comandos por alguns segundos, Drizzt descobriu que não conseguia largar sua arma.

— Mate! — Malícia gritou.

— Ataque! — ecoou Briza.

Os comandos continuaram por vários segundos de agonia. O suor gotejava na testa de Drizzt. Então a força de vontade do jovem drow quebrou. Sua cimitarra escorregou rapidamente entre as costelas de Byuchyuch e encontrou o coração da infeliz criatura. Então libertou Byuchyuch de seu feitiço para deixar Drizzt ver a agonia no rosto do falso drow e ouvir os gorgolejos de morte enquanto o moribundo deslizava para o chão.

Drizzt não conseguia encontrar o fôlego enquanto olhava para sua arma manchada de sangue.

Foi a vez de Maya agir. Ela golpeou Drizzt no ombro com sua maça, derrubando-o no chão.

— Você matou meu campeão! — rosnou. — Agora você deve lutar comigo!

Drizzt voltou a se por de pé, longe da mulher enfurecida. Ele não tinha intenção de lutar, mas, antes que tivesse tempo de soltar suas armas, Malícia leu seus pensamentos e avisou:

— Se você não lutar, Maya vai te matar!

— Isso não é certo! — protestou Drizzt, mas suas palavras foram perdidas no som estridente das armas de adamante colidindo enquanto ele aparava um golpe pesado com uma de suas cimitarras.

Ele agora estava nessa, gostasse ou não. Maya era uma lutadora habilidosa, todas as mulheres passavam muitas horas treinando com armas, e também era mais forte do que Drizzt. Mas Drizzt era filho de Zak, o melhor de seus alunos, e quando admitiu a si mesmo que não havia nenhuma maneira de escapar desta situação, ele encarou a maça e o escudo de Maya usando cada manobra astuta que aprendera nos últimos anos.

Cimitarras trançavam e mergulhavam em uma dança que impressionava a Briza e Maya. Malícia mal notou, com sua atenção focada em mais um feitiço poderoso. Malícia nunca duvidou que Drizzt pudesse derrotar sua irmã, ela tinha incorporado suas expectativas no plano.

Os movimentos de Drizzt eram defensivos, enquanto continuava a esperar que algum lampejo de sanidade iluminasse sua mãe, e ela interrompesse logo essa loucura. Ele queria fazer Maya recuar, tropeçar e terminar a luta colocando-a em uma posição indefesa. Drizzt tinha que acreditar que Briza e Malícia não o obrigariam a matar Maya como tinha matado Byuchyuch.

Finalmente, Maya cometeu um deslize. Ela afastou seu escudo para desviar uma cimitarra que se aproximava em um movimento de arco, mas se desequilibrou com o movimento e afastou demais seu braço, abrindo sua guarda. A outra lâmina de Drizzt a alcançou, apenas para acertar o peito de Maya e empurrá-la para trás.

O feitiço de Malícia alcançou a arma no meio do impulso.

A lâmina de adamante manchada de sangue se retorceu, ganhando vida, e Drizzt se viu segurando a cauda de uma serpente, uma víbora, que se voltou contra ele!

A serpente encantada cuspiu seu veneno nos olhos de Drizzt, cegando-o. Então, o jovem drow sentiu a dor do chicote de Briza. Todas as seis cabeças da arma horrenda morderam as costas de Drizzt, rasgando sua nova armadura e o fazendo se sacudir em uma dor excruciante. Ele se deixou cair em posição fetal, impotente, enquanto Briza estalava o chicote repetidas vezes.

— Jamais ataque uma drow! — gritou ela enquanto batia em Drizzt até levá-lo ao desmaio.

Uma hora depois, Drizzt abriu os olhos. Ele estava em sua cama, e Matriarca Malícia, de pé sobre ele. A alta sacerdotisa cuidou de suas feridas, mas a dor da picada permanecia, como um vívido lembrete da lição. Mas mesmo a dor não estava perto de ser tão vívida quanto o sangue que ainda manchava a cimitarra de Drizzt.

— A armadura será substituída — disse Malícia. — Você é um guerreiro drow agora. Você fez por merecer — ela se virou e saiu da sala, deixando Drizzt sozinho para lidar com sua dor e inocência perdida.

— Não o mande pra lá — argumentou Zak com toda a ênfase que ousava ter. Ele encarou Matriarca Malícia, a rainha presunçosa em seu trono de pedra e veludo negro. Como sempre, Briza e Maya estavam obedientemente de pé ao seu lado.

— Ele é um guerreiro drow — Malícia respondeu, mantendo seu tom ainda controlado. — Ele deve ir para a Academia. É assim que nós fazemos.

Zak olhou em volta, impotente. Ele odiava aquele lugar, a antecâmara da capela, com suas esculturas da Rainha Aranha olhando para ele de todos os ângulos, e com Malícia sentada, elevando-se acima dele em seu assento de poder.

Zak sacudiu a cabeça para afastar as imagens e recuperou a coragem, lembrando-se que desta vez tinha algo pelo qual valia a pena discutir.

— Não o mande pra lá! — ele rosnou. — Eles vão arruiná-lo!

As mãos de Matriarca Malícia apertaram-se sobre os braços rochosos de seu grande trono.

— Drizzt já é mais habilidoso do que metade dos alunos da Academia — Zak continuou rapidamente, antes que a Matriarca explodisse em raiva. — Me dê mais dois anos, e farei dele o espadachim mais habilidoso em toda a Menzoberranzan!

Malícia voltou a sentar-se. Pelo que vira do progresso de seu filho, ela não podia negar as possibilidades da afirmação de Zak.

— Ele vai — ela disse calmamente. — Há mais em um guerreiro drow do que a habilidade com armas. Drizzt tem outras lições a aprender.

— Lições de traição? — Zak cuspiu, furioso demais para se importar com as consequências. Drizzt lhe contou o que Malícia e suas filhas cruéis haviam feito naquele dia, e Zak era sábio o bastante para entender suas ações. Aquela "lição" quase havia quebrado o menino e talvez tivesse roubado para sempre dele os ideais que guardava com tanto ardor. Drizzt agora acharia sua moral e seus princípios muito mais difíceis de se manter agora, que seu pedestal de pureza tinha sido arrancado dele.

— Cuidado com a língua, Zaknafein — advertiu Matriarca Malícia.

— Eu luto com paixão! — o mestre das armas retrucou. — É por isso que eu ganho. Seu filho também luta com paixão; não deixe que o método conformista da Academia arranque isso dele!

— Deixe-nos — instruiu Malícia a suas filhas. Maya se curvou e saiu correndo pela porta. Briza a seguiu mais lentamente, parando para lançar um olhar de suspeita sobre Zak.

Zak não devolveu o olhar, ele se entreteve com uma fantasia envolvendo sua espada e o sorriso pretensioso de Briza.

— Zaknafein — começou Malícia, voltando a sentar-se em seu trono —, eu tolerei suas crenças blasfemas por todos esses anos por causa de sua habilidade com as armas. Você ensinou bem meus soldados e seu amor por matar outros drow, particularmente as clérigas da Rainha Aranha, ajudou a ascensão da Casa Do'Urden. Eu não sou, e nunca fui, ingrata. Mas, agora, eu te advirto, pela última vez.

Drizzt é *meu* filho e não de seu genitor! Ele vai para a Academia e vai aprender tudo o que precisa para assumir o seu posto como um príncipe da Casa Do'Urden. Se você interferir com o que deve ser, Zaknafein, eu não vou mais desviar meus olhos de suas ações! E seu coração será dado a Lolth.

Zak bateu os calcanhares no chão e fez uma pequena e rápida reverência com sua cabeça. Então, se virou e partiu, tentando encontrar alguma opção nesse contexto sombrio e desesperado.

Ao atravessar o corredor principal, ele ouviu novamente em sua mente os gritos dos filhos moribundos da Casa DeVir — crianças que nunca tiveram a oportunidade de testemunhar os males da Academia drow. Talvez eles estivessem melhor mortos.

Capítulo 11

Preferência sinistra

Zak tirou uma de suas espadas de sua bainha e admirou os belos detalhes da arma. A espada, como a maioria das armas drow, havia sido forjada pelos anões cinzentos, e depois comercializada emMenzoberranzan. A obra dos duergar era requintada, mas o trabalho feito na arma depois que os elfos negros a adquiriram era o que a tornava tão especial: nenhuma das raças da superfície ou do Subterrâneo poderia superar os elfos negros na arte do encantamento de armas. Imbuídas pelas estranhas emanações do Subterrâneo, o poder mágico peculiar do mundo sem luz, e abençoadas pelas clérigas profanas de Lolth, nenhuma lâmina pousaria nas mãos de um portador mais pronta para matar.

Outras raças, em sua maioria anões e elfos da superfície, também se orgulhavam das armas que forjavam. Espadas refinadas e martelos poderosos pairavam sobre lareiras como peças de exibição, sempre com um bardo próximo para começar a cantar a lenda que acompanhava.

As armas drow eram diferentes: nunca eram peças de exibição. Estavam presas às necessidades do presente, nunca em recordações, e seu propósito permanecia inalterado enquanto mantivessem uma lâmina afiada o bastante para a batalha — afiada o bastante para matar.

Zak elevou a lâmina à altura de seus olhos. Em suas mãos, a espada se tornara mais do que um instrumento de batalha. Era uma extensão de sua raiva, era a sua resposta a uma existência que não podia aceitar.

Talvez também fosse a resposta dele a outro problema que parecia não ter solução.

Ele entrou no salão de treinamento, onde Drizzt estava trabalhando pesado em suas rotinas de ataque contra um manequim de prática. Zak fez uma pausa para observar o jovem drow em sua atividade, se perguntando se Drizzt voltaria a considerar a dança de armas como uma forma de jogo. Como as cimitarras fluíam nas mãos de Drizzt! Entrelaçando-se com uma estranha precisão, cada lâmina parecia antecipar os movimentos da outra, zunindo em perfeito complemento.

Esse jovem drow logo poderia ser um guerreiro sem par, um mestre além de Zaknafein.

— Você vai conseguir sobreviver? — Zak sussurrou — Você tem o coração de um guerreiro drow?

Zak esperava que a resposta fosse um "não" enfático, mas, de qualquer forma, Drizzt certamente estava condenado.

Zak olhou novamente para a espada e sabia o que devia fazer. Ele deslizou o par de sua lâmina para fora de sua bainha e começou uma caminhada determinada em direção a Drizzt.

Drizzt o viu chegar e virou-se para encontrá-lo.

— Uma última luta antes de eu ir para a Academia? — ele gargalhou.

Zak fez uma pausa para tomar nota do sorriso do Drizzt. Uma fachada? Ou o jovem drow realmente se perdoou por suas ações contra o campeão de Maya? Não importava, Zak disse a si mesmo. Mesmo que Drizzt tivesse se recuperado dos tormentos de sua mãe, a Academia o destruiria. O mestre das armas não disse nada; apenas investiu com uma enxurrada de cortes e estocadas que colocaram Drizzt na defensiva. Drizzt aceitou o desafio, ainda não percebendo que esse encontro final com seu mentor era muito mais intenso do que suas lutas habituais.

— Vou me lembrar de tudo que você me ensinou — prometeu Drizzt, esquivando-se de um corte e lançando, por sua vez, um feroz contra-ataque. — Vou cravar meu nome nos corredores de Arena-Magthere e deixar você orgulhoso.

A carranca no rosto de Zak surpreendeu Drizzt, o jovem drow ficou ainda mais confuso quando o próximo ataque do mestre de armas enviou uma espada na direção de seu coração. Drizzt saltou para o lado, batendo na lâmina por puro desespero, e, por pouco, evitou o seu empalamento.

— Você está mesmo tão seguro de si? — Zak rosnou, obstinadamente perseguindo Drizzt.

Drizzt recompôs-se enquanto suas lâminas se encontravam em tinidos furiosos.

— Eu sou um guerreiro — declarou. — Um guerreiro drow!

— Você é um dançarino! — Zak replicou com um tom irônico. Ele bateu a espada na cimitarra que Drizzt usava para bloqueá-lo com tanta selvageria que o braço do jovem drow chegou a formigar. — Um impostor! — gritou Zak — Um pretendente a um título que você não pode sequer começar a entender!

Drizzt foi para a ofensiva. Seus olhos cor de lavanda queimavam como chamas e uma nova força guiou os cortes certeiros de suas cimitarras.

Mas Zak era implacável. Evitou os ataques e continuou sua lição:

— Você conhece as emoções do assassinato? — ele cuspiu. — Você se reconciliou com o ato que cometeu?

As únicas respostas de Drizzt foram um grunhido frustrado e um novo ataque.

— Ah, o prazer de mergulhar sua espada no peito de uma alta sacerdotisa! — zombou Zak. — Ver o calor deixar seu corpo enquanto seus lábios proferem maldições silenciosas em seu rosto! Ou você já ouviu os gritos de crianças morrendo?

Drizzt desmontou seu ataque, mas Zak não permitiu uma pausa. O mestre de armas voltou à ofensiva, cada estocada apontando para uma área vital.

— Como são barulhentos, aqueles gritos... — continuou Zak. — Eles ecoam ao longo dos séculos em sua mente; perseguem você pelos caminhos por toda sua vida.

Zak parou a ação para que Drizzt pudesse pesar cada palavra que ouvira.

— Você nunca os ouviu, não é, dançarino? — O mestre de armas estendeu os braços bem abertos, em um convite. — Venha, então, e reclame sua segunda morte — disse, batendo no estômago. — Na barriga, onde a dor é maior, para que meus gritos possam ecoar em sua mente. Prove para mim que você é o guerreiro drow que alega ser.

As pontas das cimitarras do Drizzt foram descendo lentamente até chegar ao chão de pedra. Ele não estava sorrindo agora.

— Você hesita — Zak riu dele. — Esta é sua chance de fazer seu nome. Uma estocada. É tudo o que precisa para enviar uma reputação na Academia que precederá sua chegada. Os ouros alunos, mesmo os Mestres, irão sussurrar seu nome à medida que você passar. 'Drizzt Do'Urden', eles dirão. 'O garoto que matou o mais honrado mestre de armas de toda a Menzoberranzan!' Não é isso que você deseja?

— Droga — Drizzt cuspiu de volta, mas mesmo assim não fez nenhum movimento para atacar.

— Guerreiro drow? — Zak o repreendeu. — Não seja tão rápido em reivindicar um título que você não consegue sequer entender!

Drizzt se aproximou então, numa fúria que nunca antes havia conhecido. Seu objetivo não era matar, mas derrotar seu professor, roubar as provocações da boca de Zak com uma exibição de luta impressionante demais para ser ridicularizada.

Drizzt foi brilhante. Ele seguia cada movimento por três outros, e atacou Zak por cima e por baixo, por dentro e por fora. Zak encontrou seus calcanhares plantados no chão com mais frequência do que as pontas de seus pés, de tão envolvido que estava em ficar longe das estocadas implacáveis do seu aluno, sem sequer pensar em tomar a ofensiva. Ele permitiu que Drizzt continuasse sua investida por muitos minutos, temendo a sua conclusão, o resultado que ele já decidira ser o preferível.

Zak então descobriu que não poderia mais aguentar estender essa situação. Ele afastou uma espada com uma estocada preguiçosa e Drizzt imediatamente arrancou a arma de sua mão com um golpe.

Enquanto o jovem drow se aproximava, antecipando a vitória, Zak deslizou sua mão vazia em uma bolsa e agarrou uma pequena bola mágica de cerâmica — uma daquelas que tantas vezes o ajudaram em batalha.

— Não desta vez, Zaknafein! — Drizzt proclamou, mantendo seus ataques sob controle, lembrando-se bem das muitas ocasiões em que Zak invertia uma desvantagem fingida em clara vantagem.

Zak segurou a esfera, incapaz de aceitar o que devia fazer.

Drizzt o acompanhou através de uma sequência de ataques, em seguida, mais outra, medindo a vantagem que tinha ganhado em roubar uma arma. Confiante de sua posição, Drizzt se abaixou e investiu firmemente em uma única estocada.

Embora Zak estivesse distraído naquele momento, ele ainda conseguiu bloquear o ataque com a espada restante. A outra cimitarra de Drizzt veio de cima para baixo sobre a espada de Zak, prendendo a ponta ao chão. No mesmo movimento de relâmpago, Drizzt deslizou sua primeira lâmina livre do bloqueio de Zak e trouxe-a para cima e a rodeou, parando o impulso a apenas uma polegada da garganta de Zak.

— Te peguei! — gritou o jovem drow.

A resposta de Zak veio em uma explosão de luz que ia além de qualquer coisa que Drizzt pudesse sequer imaginar.

Zak havia, prudentemente, fechado os olhos, mas surpreso, Drizzt não conseguiu suportar a mudança repentina. Sua cabeça queimava em agonia, ele cambaleou para trás, tentando fugir da luz, para longe do mestre de armas.

Mantendo os olhos bem fechados, Zak já se divorciara da necessidade de visão. Deixava que seus ouvidos apurados o guiassem agora e Drizzt, tropeçando e cambaleando, era um alvo fácil de discernir. Em um único movimento, o chicote saiu do cinto de Zak e ele atacou, prendendo Drizzt ao redor dos tornozelos e deixando-o cair no chão.

Metodicamente, o mestre de armas entrou em cena, temendo cada passo, mas sabendo que seu curso de ação escolhido era o correto.

Drizzt percebeu que estava sendo perseguido, mas não conseguia entender o motivo. A luz o surpreendeu, mas ficou ainda mais surpreso com a continuação da batalha de Zak. Drizzt preparou-se, incapaz de escapar da armadilha, e tentou pensar em alguma forma de contornar sua perda da visão. Ele teria que sentir o fluxo da batalha, ouvir os sons de seu atacante e antecipar cada ataque que estivesse por vir.

Ele levantou suas cimitarras a tempo de bloquear um golpe de espada que teria dividido seu crânio.

Zak não esperava o bloqueio. Ele recuou e entrou de um ângulo diferente. E, mais uma vez, seu ataque foi frustrado.

Agora mais curioso do que querendo matar Drizzt, o mestre de armas passou por uma série de ataques, enviando sua espada em movimentos que teriam penetrado as defesas de muitos que pudessem vê-lo.

Cego, Drizzt lutou contra ele, colocando uma cimitarra alinhada com cada novo golpe.

— Traição! — Drizzt gritou, com as dolorosas explosões residuais da luz brilhante ainda estourando dentro de sua cabeça. Ele bloqueou outro ataque e tentou recuperar o equilíbrio, percebendo que tinha poucas chances de continuar a afastar o mestre de armas se continuasse em uma posição tão desfavorável.

No entanto, a dor da luz ardente era intensa demais, Drizzt mal conseguindo segurar um fio de consciência, tropeçou caindo novamente no chão de pedra e perdendo uma cimitarra no processo. Ele girou furiosamente, sabendo que Zak estaria se aproximando.

A outra cimitarra foi arrancada de sua mão.

— Traição — Drizzt rosnou novamente. — Você odeia perder tanto assim?

— Você não entende? — Zak gritou de volta para ele. — Perder é morrer! Você pode ganhar mil lutas, mas só pode perder uma!

Ele colocou sua espada em linha com a garganta de Drizzt. Seria um golpe limpo. Ele sabia que devia fazê-lo, por misericórdia, antes que os mestres da Academia decidissem assumir essa responsabilidade.

Zak lançou longe sua espada, que voou girando pelo quarto, e então estendeu suas mãos vazias, agarrou Drizzt pela frente da camisa e o levantou.

Eles ficaram frente a frente, sem ser capazes de ver o outro naquele brilho ofuscante, nem de quebrar o silêncio que se instaurara no salão de prática. Após um momento longo e sem fôlego, o encantamento da pedra esmaeceu e o quarto tornou-se mais confortável. Literalmente, os dois elfos negros viram-se mutuamente sob uma luz diferente.

— Um truque das clérigas de Lolth — explicou Zak. — Elas sempre mantêm um feitiço de luz como esse preparado — um sorriso tenso cruzou seu rosto enquanto tentava aliviar a raiva de Drizzt. — Embora eu me atreva a dizer que já usei essa luz contra clérigas, até mesmo altas sacerdotisas, mais do que algumas vezes.

— Traição — Drizzt cuspiu pela terceira vez.

— É o nosso jeito — respondeu Zak. — Você vai aprender.

— É o seu jeito — grunhiu Drizzt. — Você sorri quando fala de assassinar as clérigas da Rainha Aranha. Você gosta tanto assim de matar? De matar outros drow?

Zak não conseguiu encontrar uma resposta à pergunta acusatória. As palavras de Drizzt o machucaram profundamente, porque elas continham a verdade, e porque Zak havia se acostumado a ver sua preferência por matar clérigas de Lolth como uma resposta covarde a suas próprias frustrações sem resposta.

— Você teria me matado — disse Drizzt sem rodeios.

— Mas não matei — Zak retrucou. — E agora você viverá para ir à Academia, para levar uma adaga nas costas, porque é cego para as realidades de nosso mundo, porque se recusa a reconhecer o que seu povo é. Ou se tornará um deles — rosnou Zak. — De qualquer maneira, o Drizzt Do'Urden que eu conheço morrerá.

O rosto de Drizzt se retorceu, ele não conseguia encontrar as palavras para discutir com as possibilidades que Zak estava jogando em sua cara. Sentiu o sangue sumir de seu rosto, embora seu coração fervesse. Ele se afastou, mantendo seu olhar preso em Zak por muitos passos.

— Vá, então, Drizzt Do'Urden! — Zak gritou para ele. — Vá para a Academia e aproveite a glória de suas proezas. Porém lembre-se das consequências de tais habilidades.

Zak foi para a segurança de seus aposentos privados. A porta da sala de treino se fechou atrás do mestre de armas com um som de irrevogabilidade que fez Zak encarar e contemplar a porta de pedra lisa.

— Vá, então, Drizzt Do'Urden. — ele sussurrou em um lamento silencioso. — Vá para a Academia e descubra quem você realmente é.

Dinin veio buscar seu irmão na manhã seguinte. Drizzt deixou a sala de treino lentamente, olhando para trás por cima do ombro a cada passo para ver se Zak iria sair e atacá-lo novamente ou despedir-se dele.

Ele sabia em seu coração que Zak não viria.

Drizzt havia pensado que eram amigos, que o vínculo que haviam formado ia além das lições e dos treinos. O jovem drow não tinha respostas para as perguntas girando em sua mente, e a pessoa que tinha sido seu professor nos últimos cinco anos não tinha nada para lhe oferecer.

— O calor cresce em Narbondel — comentou Dinin quando saíram para a sacada. — Não podemos nos atrasar para o seu primeiro dia na Academia.

Drizzt olhou para as inúmeras cores e formas que compunham Menzoberranzan.

— Que lugar é este? — ele sussurrou, percebendo o pouco que sabia de sua pátria além das paredes de sua própria casa As palavras de Zak — a fúria de Zak — inundavam o coração de Drizzt enquanto ele estava parado ali, lembrando-o de sua ignorância e insinuando um caminho escuro à frente.

— Este é o mundo — respondeu Dinin, embora a pergunta de Drizzt fosse retórica. — Não se preocupe, irmãozinho — ele riu, subindo na grade. — Você vai aprender sobre Menzoberranzan na Academia. Você vai aprender quem é você e quem é o seu povo.

A declaração perturbou Drizzt. Talvez, lembrando-se de seu último encontro amargo com o drow em que mais confiava, esse conhecimento fosse exatamente o que temia.

Ele deu de ombros resignado e seguiu Dinin por sobre a sacada, em uma descida mágica até o térreo do complexo: os primeiros passos por aquele caminho escuro.

※

Outro conjunto de olhos observava atentamente enquanto Dinin e Drizzt partiam da Casa Do'Urden.

Alton DeVir sentava-se calmamente contra a lateral de um cogumelo gigante, conforme vinha fazendo diariamente nos últimos 10 dias, olhando para o complexo Do'Urden.

Daermon N'a'shezbaernon, Nona Casa de Menzoberranzan, a casa que havia assassinado sua matriarca, suas irmãs e irmãos, e tudo o que pertencera à Casa DeVir... exceto Alton.

Alton levou seus pensamentos de volta aos dias da Casa DeVir, quando Matriarca Ginafae havia reunido os membros da família em conjunto para que eles pudessem discutir suas aspirações. Alton, apenas um estudante quando a Casa DeVir caiu, agora tinha uma visão mais ampla desses tempos. Vinte anos trouxeram uma riqueza de experiência.

Ginafae havia sido a Matriarca mais jovem dentre as casas governantes, seu potencial parecia ilimitado. Então ela tinha ajudado uma patrulha de gnomos, usando os poderes concedidos por Lolth para impedir os elfos negros que emboscaram os pequenos nas cavernas fora de Menzoberranzan — tudo porque Ginafae desejava a morte de um único membro desse grupo de atacantes drow, o filho de um mago da terceira casa da cidade, a casa rotulada como a próxima vítima da Casa DeVir.

A Rainha Aranha se sentiu ofendida com a escolha de armas de Ginafae; os gnomos da profundeza eram o pior inimigo dos elfos negros em todo o Subterrâneo. Ginafae tendo caído dos favores de Lolth, a Casa DeVir estava condenada.

Alton havia passado vinte anos tentando descobrir quem eram seus inimigos, tentando descobrir que família drow tinha se aproveitado do erro de sua mãe e abatido os de seu sangue. Vinte longos anos, e sua Matriarca adotiva, SiNafay Hun'Ett, terminara a sua missão tão abruptamente como havia começado.

Agora, enquanto Alton estava sentado olhando a casa culpada, ele tinha certeza de apenas uma coisa: vinte anos não haviam conseguido diminuir a sua raiva.

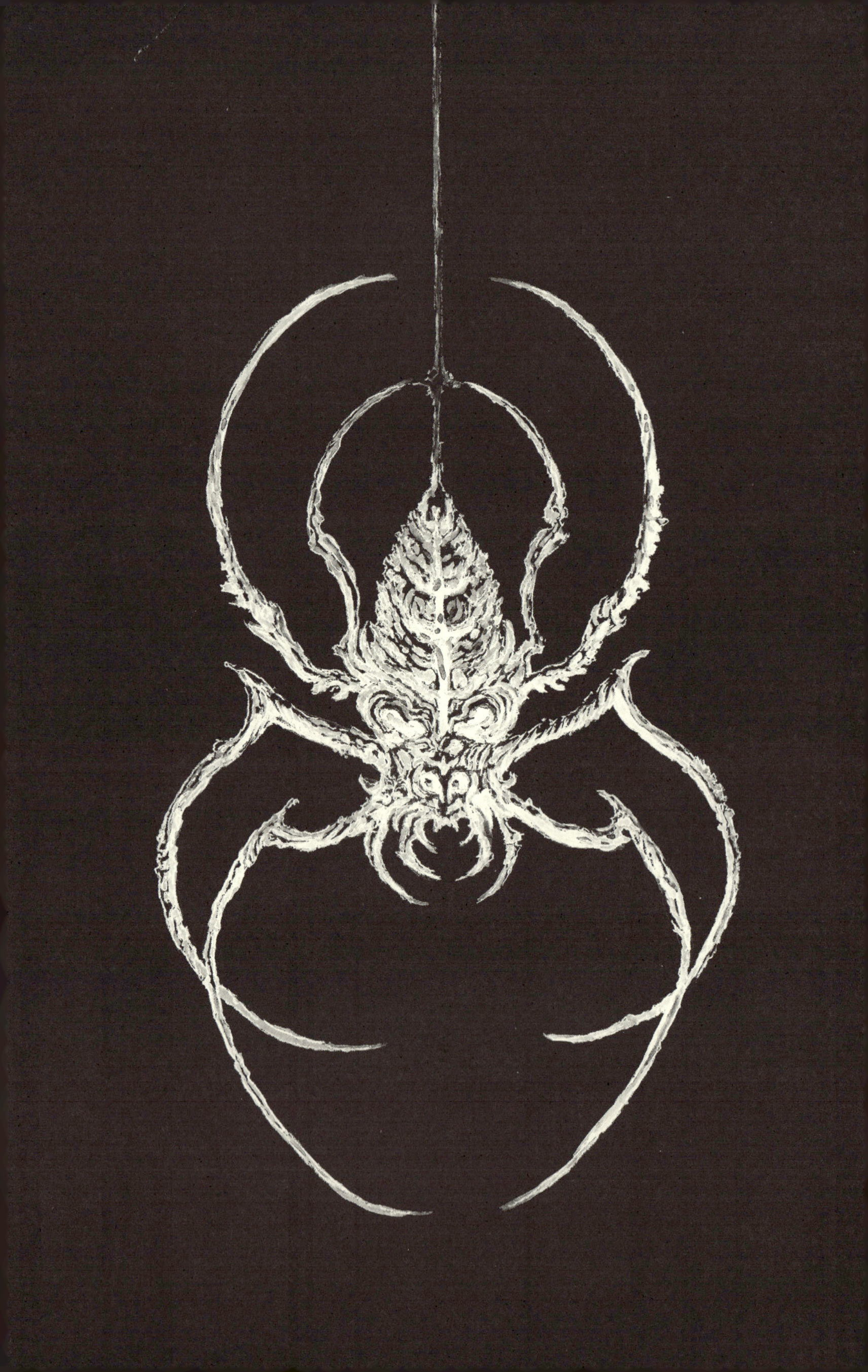

Parte 3
A academia

É a propagação das mentiras que mantém a sociedade drow coesa, a execução suprema do ato de repetir as mesmas mentiras por tantas e tantas vezes que elas passam a soar verdadeiras mesmo quando confrontadas com evidencias em contrário. As lições que os jovens drow recebem sobre a verdade e a justiça são tão flagrantemente refutadas pela vida cotidiana na pérfida Menzoberranzan que é difícil entender como alguém poderia acreditar nelas. Mesmo assim, eles acreditam.

Mesmo agora, décadas depois, a mera lembrança daquele lugar me assusta, não por qualquer dor física ou pela consciência constante da possibilidade da morte — já andei por diversos caminhos igualmente perigosos nesse sentido. A Academia de Menzoberranzan me assusta quando penso nos sobreviventes, os formandos, existindo — e se regozijando — dentro dos moldes de fabricação perversos que modelam esse mundo cruel.

    Eles vivem com a crença de que qualquer coisa é aceitável se você conseguir sair impune, que a autogratificação é o aspecto mais importante da existência, e que o poder vem apenas para aquele que for forte e astuto o suficiente para arrancá-lo das mãos falhas dos que já não o merecem. Compaixão é algo que não tem espaço em Menzoberranzan, ainda assim é a compaixão, não o medo, que traz harmonia para a maioria das raças. É a harmonia, o ato de trabalhar em direção a objetivos comuns, que antecede a grandeza.

    As mentiras afogam os drow em medo e desconfiança, refutam a amizade na ponta de uma espada abençoada por Lolth. O ódio e a ambição fomentados por esses princípios amorais são a desgraça do meu povo, uma fraqueza que eles enxergam como força. O resultado é uma existência paralisante, paranoica, que os drow chamam de "prontidão".

    Não sei como sobrevivi à Academia, como consegui descobrir as artimanhas cedo o suficiente para contra-atacá-las e, assim, fortalecer os ideais que mais prezo.

    Foi graças a Zaknafein, meu mentor, creio eu. Através das experiências dos longos anos de Zak, que o tornaram tão amargo e lhe custaram tanto, comecei a ouvir os gritos: os gritos de protesto contra a traição assassina; os gritos de raiva das líderes da sociedade drow, as altas sacerdotisas da Rainha Aranha, ecoando pelos caminhos da minha mente, com um lugar marcado em minha memória... E os gritos de crianças moribundas.

— Drizzt Do'Urden

Capítulo 12

"Eles", o inimigo

Vestindo os trajes do filho de uma casa nobre, e com uma adaga escondida em sua bota — uma sugestão de Dinin —, Drizzt subiu a ampla escadaria de pedra que levava a Tier Breche, a Academia dos drow. Drizzt chegou ao topo e andou por entre os pilares gigantes sob os olhares impassíveis de dois guardas, estudantes do último ano de Arena-Magthere.

Algumas dezenas de outros jovens drow caminhavam pelo complexo da Academia, mas Drizzt mal prestara atenção a eles. Três estruturas dominavam sua visão e seus pensamentos. À sua esquerda estava a torre-estalagmite de Magace, a escola de magia. Drizzt passaria os primeiros seis meses de seu décimo — e último — ano de estudos ali.

Diante dele, um pouco mais distante do que as outras duas, surgia a estrutura mais impressionante, Arach-Tinilith, a escola de Lolth, esculpida em pedra à semelhança de uma aranha gigante. Pelos padrões drow, este era o edifício mais importante da Academia e, por isso, era normalmente reservado para as mulheres. Alunos do sexo masculino eram alojados em Arach-Tinilith apenas durante os últimos seis meses de estudo.

Enquanto Magace e Arach-Tinilith eram as estruturas mais graciosas, o prédio mais importante para Drizzt naquele instante hesitante ladeava a parede à sua direita: era a estrutura piramidal de Arena-Magthere, a escola de guerreiros. Este edifício seria a casa de Drizzt durante os próximos nove anos. Seus companheiros, agora percebia, seriam aqueles outros elfos negros no complexo — guerreiros, como ele, prestes a começar seu treinamento formal. A turma, com vinte e cinco alunos, era inesperadamente grande para a escola de guerreiros.

Ainda mais inesperado: vários dos alunos novatos eram nobres. Drizzt se perguntou o quão grandes seriam suas habilidades em relação as deles, como suas sessões com Zaknafein seriam em comparação com as batalhas que estes outros sem dúvida alguma tiveram com os mestres de armas de suas respectivas famílias.

Esses pensamentos inevitavelmente levaram Drizzt de volta a seu último encontro com seu mentor. Ele rapidamente rejeitou as memórias desse duelo desagradável e, mais incisivamente, as questões perturbadoras nas quais as observações de Zak o haviam forçado a pensar. Não havia espaço para tais dúvidas na ocasião. Arena-Magthere surgiu diante dele, o maior teste e a maior lição de sua jovem vida.

— Meus cumprimentos — veio uma voz atrás do jovem. Drizzt virou-se até ver um novato como ele, que levava uma espada e punhal presos desconfortavelmente no cinto e que parecia ainda mais nervoso do que Drizzt, uma visão confortante.

— Kelnozz da Casa Kenafin, Décima Quinta Casa — disse o novato.

— Drizzt Do'Urden de Daermon N'a'shezbaernon, Casa Do'Urden, Nona Casa de Menzoberranzan — Drizzt respondeu automaticamente, exatamente como Matriarca Malícia o instruíra.

— Um nobre — comentou Kelnozz, entendendo o significado de Drizzt levar o mesmo sobrenome de sua Casa. Kelnozz se deixou cair em uma reverência. — Estou honrado com sua presença.

Drizzt já estava começando a gostar deste lugar. Com o tratamento que normalmente recebia em casa, dificilmente pensava em si mesmo como um nobre. No entanto, qualquer noção de importância que pudesse ter lhe ocorrido ao receber o cumprimento gracioso de Kelnozz foi dissipada no instante seguinte, no momento em que os mestres saíram.

Drizzt viu seu irmão, Dinin, entre eles, mas fingiu — como Dinin o havia instruído — não notar, nem esperar qualquer tratamento especial. Drizzt correu para dentro de Arena-Magthere junto com o resto dos alunos quando os chicotes começaram a estalar e os mestres começaram a gritar as terríveis consequências que sofreriam se demorassem. Eles foram tocados na direção de alguns corredores laterais, até entrarem uma sala oval.

— Sentem-se ou fiquem de pé. Façam como desejarem — um dos mestres rosnou. Notando que dois dos alunos estavam conversando aos sussurros, o mestre tirou seu chicote e — crack! — pegou um dos transgressores pelo pé.

Drizzt não podia acreditar no quão rapidamente a sala ficou em ordem.

— Eu sou Hatch'net — o Mestre começou com uma voz retumbante —, o Mestre de Tradições. Esta sala será o seu salão de instrução por cinquenta ciclos de Narbondel — ele olhou para os cintos adornados em cada figura. — Vocês não trarão armas para cá!

Hatch'net marchava ao redor do perímetro da sala, certificando-se de que todos os olhos seguiam seus movimentos com atenção.

— Vocês são drow! — ele gritou de repente. — Vocês entendem o que isso significa? Sabem de onde vêm? Sabem a história do nosso povo? Menzoberranzan nem sempre foi a nossa casa, nem qualquer outra caverna do Subterrâneo. Houve um tempo em que caminhávamos pelo mundo da superfície — ele girou de repente e surgiu bem à frente do rosto de Drizzt.

— Você sabe sobre a superfície? — Mestre Hatch'net rugiu. Drizzt recuou e balançou a cabeça. — Um lugar horrível — Hatch'net continuou, voltando-se para o resto do grupo. — Todo dia, enquanto o brilho começa a sua ascensão em Narbondel, uma grande bola de fogo sobe no céu aberto, trazendo horas de uma luz mais intensa do que os feitiços de punição das sacerdotisas de Lolth! — ele manteve os braços estendidos, com os olhos voltados para o alto e um sorriso horrendo se espalhou pelo seu rosto.

Os sons de choque dos alunos ocuparam o salão.

— Mesmo no meio da noite, quando a bola de fogo já se escondeu sob a borda mais distante do mundo — continuou Hatch'net, tecendo suas palavras, como se estivesse contando uma história de terror —, não se pode escapar dos terrores incontáveis da superfície. Lembretes do que o dia seguinte trará: pontos de luz e, às vezes, uma bola de fogo prateado, arruínam a escuridão abençoada do céu.

— Houve um tempo em que o nosso povo caminhou sobre a superfície do mundo — ele repetiu, agora em um tom de lamento —, em eras há muito passadas, ainda mais antigas do que as linhagens das grandes casas. Naquela era distante, caminhamos ao lado dos elfos de pele pálida, as fadinhas!

— Isto não pode ser verdade! — um aluno gritou de um lado da sala.

Hatch'net olhou-o seriamente, considerando se seria mais proveitoso espancar o aluno para puni-lo por sua interrupção não solicitada, ou permitir que o grupo participasse.

— É verdade — ele respondeu, escolhendo a última alternativa. — Nós pensamos que as fadinhas fossem nossas amigas; nós as chamávamos de parentes! Não poderíamos saber, em nossa inocência, que eram a encarnação do engano e do mal. Nós não poderíamos saber que elas iriam se voltar contra nós de repente e nos afastar delas, massacrando os nossos filhos e os mais velhos de nossa raça!

— Sem misericórdia, aquelas fadinhas cruéis nos perseguiram por todo o mundo da superfície. Sempre pedimos paz e sempre fomos respondidos com espadas e flechas assassinas! — ele fez uma pausa, seu rosto se torcendo em um largo sorriso malicioso. — Então, encontramos a deusa!

— Louvada seja Lolth! — veio um grito anônimo. Novamente Hatch'net deixou o deslize da língua de seu novo aluno passar impune, sabendo que a cada comentário feito sua audiência era arrastada a um nível mais profundo em sua teia de retórica.

— De fato — respondeu o mestre. — Todo louvor à Rainha Aranha. Foi ela que trouxe nossa raça órfã para o seu lado e nos ajudou a lutar contra os nossos inimigos. Foi ela quem guiou as Matriarcas governantes em nossa fuga para o paraíso do Subterrâneo. É ela — ele rugiu, com um punho erguido — que agora nos dá a força e a magia para nos vingarmos de nossos inimigos.

— Nós somos drow! — Hatch'net gritou. — Vocês são drow! Aqueles que nunca mais serão oprimidos, governantes de tudo o que quiserem, conquistadores das terras que escolherem habitar!

— A superfície? — veio uma pergunta.

— A superfície? — ecoou Hatch'net com uma risada. — Quem iria querer voltar àquele lugar? Deixem que as fadinhas fiquem com ele! Deixem queimar sob o fogo do céu aberto! Nós reivindicamos o Subterrâneo, onde podemos sentir o núcleo da terra vibrando sob os nossos pés, onde as paredes mostram o calor do mundo!

Drizzt ficou em silêncio, absorvendo cada palavra do discurso do orador talentoso. Fora apanhado, como foram todos os novos alunos, pelas variações hipnóticas de inflexão e pelos gritos motivacionais de Hatch'net. O orador era o Mestre de Tradições na Academia por mais de dois séculos, possuindo mais prestígio em Menzoberranzan do que quase qualquer outro drow, até mesmo muitas das mulheres. As matriarcas das famílias dominantes compreendiam bem o valor de sua fala.

Todos os dias foram assim: um fluxo interminável de retórica de ódio dirigida contra um inimigo que nenhum dos estudantes tinha visto. Os elfos da superfície não eram o único alvo de Hatch'net. Anões, gnomos, seres humanos, pequeninos e todas as raças da superfície; até mesmo algumas subterrâneas, como os duergar, com quem os drow frequentemente negociavam e ao lado de quem frequentemente lutavam, cada uma sendo desagradavelmente pontuada no discurso inflamado do mestre.

Drizzt veio a entender por que nenhuma arma era permitida na câmara oval. Todos os dias, quando saía de suas aulas, tinha as mãos apertadas ao lado do corpo, tamanha sua raiva, inconscientemente buscando a empunhadura de uma cimitarra para agarrar. Era óbvio, pelas lutas rotineiras entre os estudantes, que outros se sentiam da mesma forma. Sempre, no entanto, o fator primordial que mantinha certa medida de controle eram as mentiras do mestre sobre os horrores do mundo exterior e o vínculo reconfortante da herança comum dos alunos. Uma herança, os estudantes logo acreditariam, que lhes dava inimigos suficiente para batalhar além uns com os outros.

※

As longas e exaustivas horas na câmara oval deixavam pouco tempo para os alunos socializarem. Eles compartilhavam dormitórios, mas, com suas numerosas tarefas fora das aulas de Hatch'net, como servir os alunos mais velhos e mestres, preparar refeições e limpar o edifício, mal tinham tempo para descansar. Ao fim da primeira semana, estavam à beira da exaustão: uma condição que, conforme Drizzt percebeu, só aumentava o efeito da agitação nas aulas do Mestre Hatch'net.

Drizzt aceitou a sua nova vida estoicamente, considerando-a muito melhor do que aqueles seis anos em que servira a sua mãe e irmãs como um príncipe servil. Ainda assim, havia um grande desapontamento em Drizzt durante suas primeiras semanas em Arena-Magthere. Ele se pegou sentindo falta de suas sessões práticas.

Ele sentou-se na beirada de sua cama tarde da noite, segurando uma cimitarra diante de seus olhos brilhantes, lembrando-se daquelas longas horas que passara brincando de batalhar com Zaknafein.

— Temos aula em duas horas — Kelnozz, no beliche ao lado, lembrou. — Descanse um pouco

— Eu sinto minha habilidade deixar minhas mãos — Drizzt respondeu calmamente. — A lâmina parece mais pesada, desequilibrada.

— O Grande Embate está a apenas dez ciclos de Narbondel — disse Kel-Nozz. — Você vai ter toda a prática que deseja lá! Não tema, qualquer habilidade que tenha sido entorpecida pelos dias com o Mestre de Tradições logo será recuperada. Pelos próximos nove anos, essa sua bela lâmina raramente deixará suas mãos!

Drizzt deslizou a cimitarra de volta em sua bainha e reclinou-se em seu beliche. Estava começando a temer, como tantos aspectos de seu futuro em Menzoberranzan, não ter escolha a não ser aceitar as circunstâncias de sua existência.

— Esta etapa de seu treinamento está no fim — Mestre Hatch'net anunciou na manhã do quinquagésimo dia. Outro mestre, Dinin, entrou na sala, conduzindo uma caixa de ferro magicamente suspensa, repleta de hastes de madeira mal acolchoadas em todos os tamanhos e desenhos, comparáveis às armas drow.

— Escolha a haste de treinamento que mais se assemelha à sua arma de escolha — Hatch'net explicava enquanto Dinin fazia o seu caminho ao redor da sala. Ele foi até seu irmão e os olhos do Drizzt pararam de uma só vez em sua escolha: duas hastes ligeiramente curvas de cerca de um metro de comprimento. Drizzt levantou-as e as testou com um corte simples. Seu peso e equilíbrio se assemelhavam muito às cimitarras que tinham se tornado tão familiares às suas mãos.

— Pelo orgulho de Daermon N'a'shezbaernon — Dinin sussurrou. Então, se retirou.

Drizzt girou as falsas armas novamente. Era hora de medir o valor de suas sessões com Zak.

— Sua turma precisa de uma ordem — Hatch'net estava dizendo enquanto Drizzt voltava sua atenção para além do âmbito das suas novas armas. — Por isso, ao Grande Embate. Lembrem-se: só pode haver um vencedor!

Hatch'net e Dinin conduziram os alunos para fora da câmara oval e, então, para além dos limites de Arena-Magthere, descendo pelo túnel entre as duas estátuas guardiãs em forma de aranha nos fundos de Tier Breche. Para todos os alunos, esta era a primeira vez que saíam de Menzoberranzan.

— Quais são as regras? — Drizzt perguntou a Kelnozz, que estava diretamente a seu lado.

— Se um Mestre disser que está fora, então você está fora — Kelnozz respondeu.

— As regras do combate? — perguntou Drizzt.

Kelnozz lançou-lhe um olhar incrédulo.

— Vença — ele disse simplesmente, como se não pudesse haver outra resposta.

Pouco tempo depois, entraram em uma caverna bastante ampla, a arena para o Grande Embate. Os montes de estalagmites seccionavam o chão em um labirinto retorcido, repleto de buracos e pontos cegos, perfeitos para emboscadas.

— Escolham suas estratégias e encontrem o seu ponto de partida — disse Mestre Hatch'net. — O Grande Embate começa ao fim da contagem até cem!

Os vinte e cinco estudantes começaram a agir imediatamente. Alguns paravam para analisar a paisagem diante deles, outros corriam para dentro da escuridão do labirinto.

Drizzt decidiu encontrar um corredor estreito, para garantir que enfrentaria um oponente por vez, e havia acabado de começar sua busca quando foi agarrado por trás.

— Uma equipe? — Kelnozz ofereceu.

Drizzt não respondeu, sem ter certeza se as habilidades de batalha de Kelnozz valeriam a pena, nem conhecer as práticas aceitáveis desse evento tradicional da Academia.

— Os outros alunos estão se organizando em equipes — pressionou Kelnozz. — Alguns estão fazendo trios. Juntos podemos ter chance.

— O Mestre disse que só pode haver um vencedor — lembrou Drizzt.

— Quem será melhor do que você, se não eu? — Kelnozz respondeu com uma piscadela sórdida. — Vamos derrotar os outros. Então, poderemos decidir esse impasse entre nós.

Os argumentos pareciam lógicos e com a contagem de Hatch'net chegando a setenta e cinco, Drizzt tinha muito pouco tempo para refletir sobre o assunto. Ele bateu no ombro de Kelnozz e conduziu seu novo aliado pelo labirinto.

Algumas passarelas haviam sido construídas ao redor do perímetro da sala, algumas cruzando até o centro da câmara, para dar aos mestres julgadores uma boa visão da ação abaixo. Cerca de uma dúzia deles estava lá em cima, todos esperando ansiosamente pelas primeiras batalhas, para que pudessem medir o talento da mais nova turma.

— Cem! — Hatch'net gritou de seu posto alto.

Kelnozz começou a se mexer, mas Drizzt o parou, o mantendo naquele corredor estreito entre duas estalagmites.

— Deixe que venham a nós — Drizzt avisou no código silencioso de sinais e expressões faciais. Ele se abaixou, pronto para a batalha. —

Deixe que lutem uns com os outros até que se cansem. A paciência será nossa aliada!

Kelnozz relaxou, percebendo que fizera uma boa escolha ao convidar Drizzt a se juntar a ele. A paciência deles não foi muito testada, uma vez que dentro de um instante, um aluno alto e agressivo investiu em sua posição defensiva, brandindo uma lança longa. Ele foi direto na direção de Drizzt, tentando acertá-lo com sua haste de treinamento, a girando em uma estocada brutal, feita para causar uma morte rápida. Um movimento forte, perfeitamente executado.

Para Drizzt, no entanto, parecia o mais básico dos ataques — quase básico demais, uma vez que Drizzt não poderia acreditar que um aluno treinado fosse atacar outro aluno hábil de forma tão direta. Drizzt se convenceu a tempo de que essa era de fato a estratégia de ataque escolhida por seu adversário, não uma finta, e se defendeu da forma apropriada. Suas falsas cimitarras giraram em sentido anti-horário na frente dele, golpeando a lança, uma após a outra, e lançaram a ponta da arma acima da linha do ombro daquele que a brandia.

O atacante, atordoado pela defesa avançada, se viu de guarda aberta e desequilibrada. Apenas uma fração de segundo depois, antes que pudesse começar a se recuperar, o contra-ataque de Drizzt espetou uma, depois a outra haste em forma de cimitarra em seu peito.

Uma luz azul suave apareceu no rosto do aluno atordoado, ele e Drizzt seguiram sua origem até ver um mestre empunhando uma varinha, os observando do alto de uma passarela logo acima deles.

— Você foi derrotado — disse o mestre para o aluno alto. — Caia onde está.

O aluno lançou um olhar irritado para Drizzt e, obedientemente, caiu sobre a pedra.

— Venha — Drizzt disse a Kelnozz, lançando um olhar para cima, para a luz reveladora do mestre. — Quaisquer outros na área já sabem de nossa posição. Devemos procurar uma nova área defensável.

Kelnozz parou por um momento para observar os passos de caçador de seu companheiro. Ele tinha realmente feito uma boa escolha ao convidar Drizzt, mas já sabia, depois de um único combate rápido, que se ele e este espadachim habilidoso fossem os últimos de pé, o que era uma grande possibilidade, não teria chance alguma de vitória.

Juntos, correram em torno de um ponto cego, esbarrando em dois oponentes. Kelnozz perseguiu um, que fugiu de medo, e Drizzt enfrentou o outro, que empunhava hastes imitando uma espada e um punhal.

Um sorriso de confiança crescente atravessou o rosto de Drizzt quando seu adversário tomou a ofensiva, com movimentos tão básicos quanto os do lanceiro que Drizzt havia derrotado sem dificuldade.

Alguns giros e voltas hábeis de suas cimitarras e uns golpes nas bordas internas de armas de seu oponente fizeram a espada e o punhal se afastarem. O ataque de Drizzt foi direto no centro, onde executou outra estocada dupla no peito de seu oponente.

A luz azul, conforme o esperado, surgiu.

— Você foi derrotado — veio o chamado do mestre. — Caia onde está.

Indignado, o aluno teimoso investiu em Drizzt, atacando violentamente. Drizzt bloqueou com uma arma e bateu com a outra no pulso de seu atacante, mandando a haste em forma de espada direto para o chão.

O atacante apertou o pulso machucado, mas esse era o menor de seus problemas. Um clarão ofuscante de relâmpago explodiu da varinha do mestre que os observava, acertando-o em cheio no peito e o arremessando cerca de três metros para trás, até atingir uma estalagmite. Ele caiu no chão, gemendo em agonia, e uma linha de calor elevou-se de seu corpo chamuscado, que estava contra a pedra cinzenta de frio.

— Você foi derrotado! — o mestre disse novamente.

Drizzt começou a ajudar o drow caído, mas o mestre emitiu um enfático:

— Não!

Então Kelnozz estava de volta ao lado de Drizzt.

— Ele escapou — Kelnozz começou, mas teve uma crise de riso quando viu o estudante abatido. — Se um mestre disser que está fora, então você está fora! — Kelnozz repetiu enquanto Drizzt mantinha seu olhar vazio.

— Vem — Kelnozz continuou. — A batalha está a toda agora. Vamos procurar um pouco de diversão!

Drizzt achou seu companheiro bastante arrogante para quem sequer havia levantado armas. Ele apenas deu de ombros e o seguiu.

O próximo combate não foi tão fácil. Eles entraram em uma passagem dupla, que entrava e saía de diversas formações rochosas e esbarraram com um trio de nobres das casas principais, algo que tanto Drizzt quanto Kelnozz puderam perceber.

Drizzt correu na direção dos dois à sua esquerda, ambos empunhando espadas únicas, enquanto Kelnozz se empenhava em afastar o terceiro. Drizzt tinha pouca experiência contra vários adversários, mas Zak havia lhe ensinado muito bem as técnicas a serem usadas nesse tipo de batalha. Seus movimentos, a princípio, eram apenas defensivos. Então, encontrou um ritmo confortável e permitiu que seus oponentes se exaurissem e começassem a cometer erros críticos.

No entanto, eram inimigos astutos e pareciam estar acostumados com os movimentos uns dos outros. Seus ataques se complementavam, atacando Drizzt por ângulos completamente opostos.

Zak uma vez se referira a Drizzt como "ambidestro", e agora ele fazia jus a esse título. Suas cimitarras trabalhavam de forma independente, mas em perfeita harmonia, frustrando todos os ataques.

De uma das passarelas mais próximas, os mestres Hatch'net e Dinin os observavam, Hatch'net mais do que um pouco impressionado, e Dinin repleto de orgulho.

Drizzt viu a crescente frustração no rosto dos seus adversários, e sabia que sua oportunidade para atacar estava se aproximando. Em seguida, eles cruzaram-se, vindo com golpes idênticos, com suas hastes em forma de espadas a poucos centímetros de distância.

Drizzt girou para o lado e fez um corte indetectável vindo de cima com sua cimitarra esquerda, desviando ambos os ataques. Então, reverteu o impulso de seu corpo, caiu sobre um joelho, novamente alinhado com os seus adversários e deu duas estocadas seguidas com seu braço livre. A ponta de sua haste em forma de cimitarra acertou o primeiro e, em seguida, o segundo, em cheio na virilha.

Eles deixaram cair suas armas em uníssono, agarraram suas partes feridas, e caíram de joelhos. Drizzt saltou diante deles, tentando achar as melhores palavras para um pedido de desculpas.

Hatch'net acenou em aprovação para Dinin enquanto os dois mestres iluminavam os dois alunos derrotados.

— Me ajude! — Kelnozz gritou do outro lado da parede de estalagmites.

Drizzt mergulhou em um rolamento através de uma falha na parede, levantou-se rapidamente e atacou um quarto adversário, que estava escondido para um ataque surpresa pelas costas, com um golpe para trás, diretamente no peito. Drizzt parou para considerar sua última vítima. Ele nem sabia conscientemente que o drow estava lá, mas sua mira tinha sido perfeita!

Hatch'net assobiou baixo enquanto dirigia sua luz ao rosto do perdedor mais recente.

— Ele é bom! — o mestre sussurrou.

Drizzt viu Kelnozz a uma curta distância, praticamente encurralado pelas manobras hábeis de seu adversário. Drizzt saltou entre os dois e desviou um ataque que certamente teria acabado com Kelnozz.

Esse último oponente, brandindo duas hastes em forma de espadas, provou ser o maior desafio de Drizzt. Ele foi até Drizzt com fintas e giros complicados, forçando-o em seus calcanhares por mais de uma vez.

— Berg'inyon da Casa Baenre — Hatch'net sussurrou para Dinin. Dinin compreendeu o significado e esperava que seu irmão mais novo estivesse pronto para aquele teste.

Berg'inyon não era uma decepção para sua distinta família. Seus movimentos eram medidos e hábeis, ele e Drizzt dançaram durante alguns minutos, e nenhum deles conseguia encontrar qualquer vantagem. Em seguida, o ousado Berg'inyon entrou com o ataque que talvez fosse o mais familiar a Drizzt: a dupla estocada baixa.

Drizzt executou o bloqueio cruzado invertido com perfeição, a defesa apropriada, como Zaknafein provara tão enfaticamente. Porém nunca satisfeito, Drizzt reagiu por impulso, esgueirando um pé rapidamente entre as empunhaduras de suas lâminas cruzadas, atingindo diretamente o rosto de seu oponente. O filho da Casa Baenre caiu atordoado de costas contra a parede.

— Eu sabia que o bloqueio estava errado! — Drizzt gritou, já saboreando a próxima vez em que teria a oportunidade de frustrar a dupla estocada baixa em um treino com Zak.

— Ele é bom — Hatch'net sussurrou novamente em descrença para o seu companheiro.

Atordoado, Berg'inyon não conseguiu encontrar uma forma de se livrar dessa desvantagem. Ele criou um globo de escuridão em torno de si, mas Drizzt mergulhou diretamente dentro dele, mais do que disposto a lutar às cegas.

Drizzt fez o filho de casa Baenre encarar uma série rápida de ataques, terminando com uma das hastes em forma de cimitarra de Drizzt contra o pescoço exposto de Berg'inyon.

— Eu fui derrotado — o jovem Baenre admitiu, sentindo a haste. Ouvindo o aviso, mestre Hatch'net dissipou as trevas. Berg'inyon pousou ambas as suas armas na pedra e se deixou cair. Então, a luz azul apareceu em seu rosto.

Drizzt não conseguiu conter seu crescente sorriso. Haveria alguém que ele não pudesse derrotar? Ele se perguntou.

Drizzt, então, sentiu um golpe na parte de trás de sua cabeça que o fez cair de joelhos. Ele conseguiu olhar para trás a tempo de ver Kelnozz indo embora.

— Um idiota — Hatch'net riu, colocando a luz sobre o rosto Drizzt e, em seguida, voltando seu olhar para Dinin.

— Um bom idiota.

Dinin cruzou os braços à frente do peito, o rosto brilhando intensamente, agora em um rubor de vergonha e raiva.

Drizzt sentiu a pedra fria contra sua bochecha, mas seus únicos pensamentos naquele momento estavam enraizados no passado, travados na declaração sarcástica, porém dolorosamente precisa, de Zak: "É o nosso jeito".

Capítulo 13

O preço da vitória

— Você me enganou — Drizzt disse a Kelnozz naquela noite no dormitório. O quarto estava negro ao redor deles e não havia nenhum outro aluno acordado em seus beliches, exaustos pela luta do dia e pelas suas funções intermináveis servindo os alunos mais velhos.

Kelnozz esperava tal confronto. Já havia suspeitado da ingenuidade de Drizzt logo no início, quando Drizzt havia perguntado com seriedade a ele sobre as regras do combate. Um guerreiro drow experiente, especialmente um nobre, deveria ser mais esperto, deveria ter entendido que a única regra de sua existência era a busca da vitória. Agora Kelnozz sabia, este jovem e tolo Do'Urden não iria atacá-lo por sua atitude anterior, vingança alimentada pela raiva não era um dos traços de Drizzt.

— Por quê? — Drizzt pressionou, percebendo que não havia recebido nenhuma resposta do plebeu presunçoso da Casa Kenafin.

O volume da voz de Drizzt fez com que Kelnozz olhasse em volta nervosamente. Eles deveriam estar dormindo, se um mestre os ouvisse discutindo…

— Qual é o mistério? — Kelnozz sinalizou de volta na língua de sinais, o calor de seus dedos brilhando claramente aos olhos sensíveis ao calor de Drizzt. — Eu agi como tinha que agir, embora agora acredite que deveria ter esperado um pouco mais. Talvez, se você derrotasse mais alguns, eu poderia ter acabado em uma colocação mais alta do que o terceiro lugar da turma.

— Se tivéssemos trabalhado juntos, como combinado, você poderia ter ganhado, ou ficado em segundo lugar, pelo menos — Drizzt sinalizou de volta, os movimentos de suas mãos refletindo sua raiva.

— Com toda a certeza, em segundo — Kelnozz respondeu. — Eu sabia desde o início que não seria páreo para você. Você é o melhor espadachim que eu já vi.

— Não é o que os mestres acham — Drizzt resmungou em voz alta.

— Oitavo lugar não é tão baixo — Kelnozz sussurrou de volta. — Berg'inyon está em décimo, e ele é da casa governante de Menzoberranzan. Você deveria estar feliz que a sua posição não será invejada por seus colegas de classe.

Um barulho do lado de fora da porta do quarto fez Kelnozz a voltar a usar o código silencioso.

— Estar em uma posição mais elevada só significa que terei mais guerreiros que verão as minhas costas como um local conveniente para descansar suas adagas.

Drizzt deixou as implicações da declaração de Kelnozz passarem batido. Se recusava a acreditar que existiria tamanha traição na Academia.

— Berg'inyon foi o melhor guerreiro que vi no Grande Embate — Drizzt destacou. — Ele teria acabado com você se eu não tivesse o salvado.

Kelnozz afastou o pensamento com um sorriso.

— Berg'inyon pode servir como cozinheiro em alguma casa menor que eu não ligo! — ele sussurrou ainda mais baixo do que antes, uma vez que a beliche do filho da Casa Baenre estava a poucos metros de distância. — Ele está em décimo lugar, mas eu, Kelnozz de Kenafin, estou em terceiro.

— E eu, em oitavo — disse Drizzt, com uma agressividade um pouco incomum em sua voz, mais por raiva que por ciúme —, mas poderia derrotá-lo com qualquer arma.

Kelnozz deu de ombros, um movimento estranhamente desfocado para quem o visse no espectro infravermelho.

— Mas não derrotou — ele sinalizou. — Eu venci nosso combate.

— Combate? — Drizzt quase engasgou. — Você me enganou, só isso!

— Quem ficou de pé? — Kelnozz o lembrou. — Quem foi iluminado pela luz azul da varinha de um mestre?

— A honra exige que haja regras no combate — grunhiu Drizzt.

— Há uma regra — respondeu Kelnozz. — Você pode fazer o que quiser, desde que consiga sair impune. Eu venci o nosso combate, Drizzt Do'Urden, e consegui o posto mais alto! Isso é tudo que importa!

No calor da discussão, o volume de suas vozes aumentara demais. A porta da sala se abriu bruscamente e um mestre surgiu na entrada, sua forma vividamente delineada pelas luzes azuis do corredor. Ambos os alunos rapidamente se viraram fecharam os olhos e as bocas.

A conclusão da última declaração de Kelnozz fez com que Drizzt tecesse algumas observações prudentes. Então ele percebeu que sua amizade com Kelnozz tinha chegado ao fim e que, talvez, ele e Kelnozz nunca tivessem sido amigos.

— Você o viu? — Alton perguntou enquanto seus dedos tamborilavam ansiosamente na pequena mesa na câmara mais alta de seus aposentos particulares. Alton havia colocado os alunos mais jovens de Magace para trabalhar reformando o lugar após a explosão, mas as marcas de chamas nas paredes de pedra permaneciam, um legado da sua bola de fogo.

— Eu vi — respondeu Masoj. — E ouvi falar de sua habilidade com as armas.

— Ele é o oitavo de sua turma depois do Grande Embate — disse Alton. — É uma grande conquista.

— De qualquer forma, ele é bom o bastante para ser o primeiro — disse Masoj. — Um dia ele vai assumir esse posto. Eu terei que tomar cuidado com ele.

— Ele não vai viver o bastante para isso! — Alton prometeu. — A Casa Do'Urden se orgulha demais desse jovem de olhos roxos, por isso decidi que Drizzt será o primeiro alvo da minha vingança. Sua morte trará dor para aquela traiçoeira Matriarca Malícia!

Masoj notou que havia um problema, e decidiu resolvê-lo de uma vez por todas.

— Você não vai machucá-lo — ele advertiu. — Você não vai chegar perto dele.

O tom de Alton não se tornou menos sombrio.

— Eu esperei por duas décadas — ele começou.

— Você pode esperar mais algumas — Masoj retrucou. — Devo lembrá-lo de que você aceitou o convite de Matriarca SiNafay para se juntar à Casa Hun'ett. Tal aliança requer obediência. Matriarca SiNafay, nossa Matriarca Mãe, colocou sobre meus ombros a tarefa de lidar com Drizzt Do'Urden e executarei sua vontade.

Alton se recostou em seu assento do outro lado da mesa e pousou o resto de seu queixo destruído por ácido em sua palma delgada, pesando cuidadosamente as palavras de seu aliado secreto.

— Matriarca SiNafay tem planos que irão satisfazer toda a vingança que poderia desejar. Estou avisando agora, Alton DeVir — ele rosnou, enfatizando o fato de seu sobrenome não ser Hun'ett —, que se você começar uma guerra com a Casa Do'Urden, ou mesmo colocá-los na defensiva por causa de qualquer ato de violência não autorizada pela Matriarca SiNafay, sofrerá a ira da Casa Hun'ett. Matriarca SiNafay vai expô-lo como um assassino impostor e você sentirá todas as punições permitidas pelo Conselho Governante esmagando seus ossos deploráveis!

Alton não tinha nenhuma maneira de refutar a ameaça. Ele era um pária, sem família alguma além dos Hun'etts, que o adotaram. Caso SiNafay se voltasse contra ele, estaria sem aliados.

— Quais planos SiNafay... Matriarca SiNafay... tem para a Casa Do'Urden? — perguntou calmamente. — Fale-me sobre minha vingança para que eu possa sobreviver à tortura destes anos de espera.

Masoj sabia que etinha que agir com cuidado neste ponto. A mãe dele não o proibira de dizer a Alton sobre seus planos futuros, mas se ela quisesse que o volátil DeVir soubesse deles, certamente já os teria dito.

— Digamos apenas que o poder da Casa Do'Urden tem crescido, ao ponto de ter se tornado uma ameaça muito real para todas as grandes casas — Masoj ronronou, amando as intrigas de posicionamento antes de uma guerra. — Observe a queda da Casa DeVir, perfeitamente executada, sem nenhum rastro evidente. Muitos dos nobres do Menzoberranzan ficariam mais tranquilos se... — ele deixou o resto da frase no ar, concluindo que já havia falado demais.

Pelo brilho quente nos olhos de Alton, Masoj poderia dizer que a isca havia sido suficiente para comprar sua paciência.

A Academia foi uma fonte de diversas decepções para o jovem Drizzt, particularmente em seu primeiro ano, quando muitas das realidades sombrias da sociedade drow, realidades que Zaknafein havia apenas insinuado, ainda se mantinham nas fronteiras do reconhecimento de Drizzt, em uma resiliência teimosa. Ele pesava as palestras repletas de ódio e desconfiança dos mestres em ambos os lados da balança: por um lado, assumindo os pontos de vista dos mestres no contexto das aulas, e, por outro, dobrando as mesmas palavras sob a lógica completamente diferente de seu antigo mentor. A verdade parecia tão ambígua, tão difícil de se definir! Depois de analisar tudo cuidadosamente, Drizzt percebeu que não conseguiria escapar de um fato que predominava, independente do ângulo pelo qual analisasse: em toda a sua juventude, as únicas traições que já testemunhara (tão rotineiramente!) havia sido por parte dos elfos negros.

O treinamento físico da Academia, horas a fio de exercícios de duelo e de técnicas de furtividade, eram mais do agrado de Drizzt. Lá, com as suas armas prontamente em suas mãos, ele se libertava das questões perturbadoras sobre a verdade e o que era percebido como verdade.

Lá ele se destacava. Se Drizzt já havia entrado na academia com mais treinamento e especialização do que seus colegas, a diferença entre eles apenas crescia à medida que os meses passavam. Ele aprendeu a olhar além das rotinas de defesa e ataque aceitáveis que eram propostas pelos mestres e criava seus próprios métodos, inovações que quase sempre pelo menos se igualavam, e geralmente superavam, às técnicas padrão.

A princípio, Dinin ouvia com crescente orgulho como seus colegas exaltavam a destreza em combate de seu irmão mais novo. Mas os cumprimentos se tornaram tão elogiosos que o filho mais velho de Matriarca Malícia logo foi sendo tomado por uma desconfiança nervosa. Dinin era o primogênito da Casa Do'Urden, um título que ele ganhou ao eliminar Nalfein. Drizzt, mostrando o potencial para se tornar um dos melhores espadachins de Menzoberranzan, era agora o Segundo Filho da Casa, e talvez estivesse almejando o título de Dinin.

Da mesma forma, os colegas de Drizzt não deixavam de notar o crescente brilhantismo de sua dança letal. Muitas vezes, eles a haviam testemunhado perto demais para seu próprio gosto! Olhavam para Drizzt com ciúmes efervescente, se perguntando se chegariam em algum momento a poder ao menos se equiparar em batalha contra ele e suas cimitarras rodopiantes.

Pragmatismo sempre foi uma característica forte nos drow. Estes jovens estudantes passaram a maior parte de seus anos vendo os anciões de suas famílias torcendo cada situação até assumir um aspecto mais favorável. Cada um deles reconhecia o valor de Drizzt Do'Urden como um aliado e, assim, quando chegou o dia do Grande Embate no ano seguinte, Drizzt foi inundado com ofertas de parceria.

O convite mais surpreendente veio de Kelnozz da casa Kenafin, que havia derrotado Drizzt com sua enganação no ano anterior.

— Vamos nos juntar novamente, desta vez para alcançar topo da classe? — o jovem guerreiro arrogante perguntou enquanto se dirigia para o lado de Drizzt, que caminhava pelo túnel que levava à arena. Ele deu a volta ao redor de Drizzt e parou diante dele, como se fossem melhores amigos, com seus antebraços repousando sobre os punhos de suas armas embainhadas e um sorriso exageradamente cordial.

Drizzt não conseguia sequer responder. Ele o contornou e seguiu em frente, olhando diretamente por cima do ombro enquanto se afastava.

— Por que você está tão surpreso? — Kelnozz pressionou, apertando o passo para acompanhá-lo.

Drizzt girou para encará-lo.

— Como eu poderia me juntar novamente àquele que me enganou? — ele rosnou. — Eu não esqueci da sua trapaça.

— Justamente por isso — argumentou Kelnozz. — Você está mais cauteloso este ano; com toda a certeza, eu seria um idiota se tentasse algo assim novamente!

— De que outra forma você poderia vencer? — disse Drizzt. — Você não conseguiria me derrotar em uma batalha de verdade.

Suas palavras não foram ditas por ostentação ou orgulho; era apenas um fato que Kelnozz reconhecia tanto quanto Drizzt.

— O segundo lugar é altamente honrado — Kelnozz raciocinou.

Drizzt o olhou, furioso. Ele sabia que Kelnozz não ficaria satisfeito com nada além da vitória.

— Se nos encontrarmos no Embate — disse ele com fria irrevogabilidade —, será como oponentes.

Ele saiu novamente e desta vez Kelnozz não o seguiu.

⁂

A sorte concedeu um pouco de justiça a Drizzt naquele dia, uma vez que seu primeiro adversário (e primeira vítima) no Grande Embate foi seu ex-parceiro. Drizzt encontrou Kelnozz, no mesmo corredor que haviam usado como ponto de partida no ano anterior, e o derrubou com sua primeira combinação de ataques. Drizzt conseguiu segurar a estocada final, embora realmente quisesse cravar sua haste em forma de cimitarra entre as costelas de Kelnozz com toda sua força.

Então Drizzt adentrou as sombras, escolhendo cuidadosamente seu caminho até que o número de estudantes sobreviventes começasse a diminuir. Com sua reputação, Drizzt precisava ser ainda mais cuidadoso, já que seus colegas de classe conseguiam reconhecer a vantagem comum em eliminar um dos maiores concorrentes logo no começo da competição. Trabalhando sozinho, Drizzt teve que analisar todas as batalhas antes de se envolver, para garantir que nenhum oponente tivesse algum companheiro secreto espreitando nas cercanias.

Esta era a arena de Drizzt, o lugar onde ele se sentia mais confortável, e estava pronto para o desafio. Em duas horas, apenas cinco competidores permaneciam e depois de mais duas horas de gato e rato, o número se reduziu a apenas dois: Drizzt e Berg'inyon Baenre.

Drizzt saiu das sombras em uma área aberta da caverna.

— Saia então, Baenre! — ele gritou. — Vamos resolver isto abertamente e com honra!

Observando da passarela, Dinin balançou a cabeça em descrença.

— Ele abandonou todas as vantagens — disse Mestre Hatch'net, de pé ao lado do primogênito da Casa Do'Urden. — Por ser o melhor espadachim, ele tinha certamente deixado Berg'inyon preocupado e inseguro de seus movimentos. Agora seu irmão está em campo aberto, entregando sua posição.

— Ainda é um idiota — murmurou Dinin.

Hatch'net viu Berg'inyon escorregar atrás de uma pequena estalagmite a alguns metros por detrás de Drizzt.

— Deve ser resolvido em breve.

— Você está com medo? — Drizzt gritou para a escuridão. — Se realmente merece o primeiro lugar, como você se vive se gabando, então saia e me enfrente abertamente. Prove suas palavras, Berg'inyon Baenre, ou nunca mais as diga!

O aguardado barulho de movimento fez Drizzt se desviar num rolamento lateral.

— Lutar é mais do que brincar de espadas! — o filho da Casa Baenre gritou enquanto se aproximava, seus olhos brilhando com a vantagem que agora parecia ter.

Então, Berg'inyon tropeçou, pego de surpresa por um fio que Drizzt havia instalado, e caiu, com seu rosto batendo diretamente na pedra. Drizzt estava sobre ele em uma fração de segundo, com sua haste em forma de cimitarra tocando a garganta de Berg'inyon.

— Isso já aprendi — Drizzt respondeu sombriamente.

— Assim, um Do'Urden se torna o campeão — observou Hatch'net, posicionando sua luz azul no rosto do filho derrotado da Casa Baenre.

Hatch'net então apagou o sorriso aberto de Dinin com um lembrete prudente: — Os primogênitos devem ter cuidado com segundos filhos tão habilidosos.

Ainda que Drizzt não tivesse muito orgulho de sua vitória nesse segundo ano, estava bastante satisfeito com o crescimento contínuo de suas habilidades de luta. Ele praticava a cada instante em que não estava ocupado com as diversas tarefas servis de um jovem aluno. As tarefas diminuíam a cada ano, os alunos mais jovens eram quem trabalhava mais, e Drizzt tinha cada vez mais tempo para seu treinamento particular. Ele se regozijava com a dança de suas lâminas e a harmonia de seus movimentos. Suas cimitarras se tornaram suas únicas amigas, as únicas coisas nas quais que ele se atrevia a confiar.

Ele venceu o Grande Embate novamente no terceiro ano e no ano seguinte, apesar das conspirações de muitos contra ele. Para os mestres, tornou-se óbvio que ninguém na turma de Drizzt seria capaz derrotá-lo, e no ano seguinte eles o colocaram no Grande Embate dos alunos que estavam três anos à sua frente. Que ele também venceu.

A Academia, acima de tudo em Menzoberranzan, era um lugar estruturado e, embora a habilidade avançada de Drizzt desafiasse essa estrutura em termos de destreza de batalha, seu período como estudante não seria diminuído. Como um guerreiro, ele passaria dez anos na Academia, o que não é muito tempo considerando os trinta anos de estudo que um mago suportava em Magace, ou os cinquenta anos que uma sacerdotisa em formação passaria em Arach-Tinilith. Enquanto os guerreiros começavam a sua formação ainda jovens, aos vinte anos, os magos não poderiam começar seus estudos até completarem seu vigésimo quinto aniversário, e as clérigas tinham que esperar até os quarenta anos.

Os primeiros quatro anos em Arena-Magthere foram dedicados ao combate individual, o manejo de armas. Nisso, havia pouco que os mestres pudessem ensinar a Drizzt que ele já não houvesse aprendido com Zaknafein.

Porém depois disso, as lições se tornaram mais envolventes. Os jovens guerreiros drow passaram dois anos aprendendo táticas de combate com outros guerreiros, e os três anos subsequentes incorporaram essas táticas em técnicas de batalha com e contra, magos e clérigas.

O último ano da Academia encerrava a educação dos guerreiros. Os primeiros seis meses foram passados em Magace, aprendendo os princípios do uso mágico, e, os últimos seis, o prelúdio à graduação, os guerreiros ficavam sob a tutela das sacerdotisas de Arach-Tinilith.

Durante todo o tempo, a retórica permanecia, o martelar dos preceitos que a Rainha Aranha tinha em alta conta, todas aquelas mentiras repletas de ódio que mantinham os drow em um estado de caos controlável.

Para Drizzt, a Academia se tornou um desafio pessoal, uma sala de aula particular dentro do útero impenetrável de suas cimitarras rodopiantes.

Dentro das paredes de adamante que formara com essas lâminas, Drizzt descobriu que podia ignorar as muitas injustiças que observava ao seu redor, poderia isolar-se um pouco das palavras que envenenariam seu coração. A Academia era um lugar de constante ambição e falsidade, um terreno fértil para a fome de poder, voraz e destruidora, que marcava a vida de todos os drow.

Drizzt sobreviveria ileso, prometeu a si mesmo.

Porém, à medida que os anos passavam, à medida que as batalhas começavam a se aproximar da realidade brutal, Drizzt frequentemente se via preso na agitação de situações críticas das quais não poderia fugir tão facilmente.

Capítulo 14

O devido respeito

Eles andavam pelos túneis sinuosos tão silenciosamente quanto uma brisa, cada passo medido em furtividade e terminando em uma postura de alerta. eram alunos do nono ano, seu último ano em Arena-Magthere, e recebiam treinamento fora da caverna de Menzoberranzan com tanta frequência quanto dentro. As hastes acolchoadas não adornavam mais os seus cintos; agora, armas de adamante pendiam, finamente forjadas e cruelmente afiadas.

Às vezes, os túneis se fechavam ao redor deles, tão estreitos que mal havia espaço para um drow se espremer até o outro lado. Outras vezes, os alunos se viam em cavernas enormes, com paredes e tetos que iam além de sua visão. Eles eram guerreiros drow, treinados para operar em qualquer tipo de terreno no Subterrâneo, e ensinados sobre qualquer inimigo que pudessem encontrar.

"Treino de patrulha" era como Mestre Hatch'net havia chamado esses exercícios, embora tivesse avisado aos alunos que as patrulhas muitas vezes encontravam monstros bem reais e bem hostis.

Drizzt, ainda classificado como o primeiro da classe, ia na dianteira, liderando um grupo, enquanto Mestre Hatch'net e outros dez alunos seguiam em formação na retaguarda. Apenas vinte e dois dos vinte e cinco alunos da turma de Drizzt permaneciam. Um deles fora expulso (e subsequentemente executado) por uma tentativa frustrada de assassinato de um estudante de alto escalão; um segundo havia sido morto na arena de treino e um terceiro morrera em seu beliche de causas naturais — afinal, uma adaga no coração, naturalmente, acaba com uma vida.

Em outro túnel próximo, Berg'inyon Baenre, que ocupava a segunda posição da turma, levava Mestre Dinin e a outra metade da turma em um exercício semelhante.

Dia após dia, Drizzt e os outros lutavam para manter sua prontidão afiada. Em três meses dessas patrulhas simuladas, o grupo havia encontrado apenas um monstro, um pescador das cavernas, uma criatura nojenta do Subterrâneo, parecida com um grande caranguejo. Mesmo esse conflito servira apenas para fornecer uma breve empolgação e nenhuma experiência prática, uma vez que o pescador das cavernas fugira pelas bordas mais altas da caverna antes que a patrulha drow tivesse tempo de desferir um único golpe.

Naquele dia, Drizzt sentia algo diferente. Talvez fosse um tom incomum na voz de Mestre Hatch'net, ou um formigamento nas pedras da caverna, uma vibração sutil que sugeria ao subconsciente de Drizzt que haveria outras criaturas no labirinto de túneis. Qualquer que fosse a razão, ele sabia que deveria seguir seus instintos, assim não se surpreendeu quando o brilho revelador de uma fonte de calor flutuou por uma passagem lateral na periferia de sua visão. Ele sinalizou para o resto da patrulha parar, então subiu rapidamente em um ponto de observação que ficava em uma saliência minúscula acima da saída da passagem.

Assim que o intruso emergiu no túnel principal, se viu deitado no chão com duas lâminas de cimitarra cruzadas sobre seu pescoço. Drizzt recuou imediatamente quando reconheceu sua quase vítima como outro estudante drow.

— O que está fazendo aqui embaixo? — Mestre Hatch'net exigiu saber. — Você sabe que os túneis fora de Menzoberranzan não devem ser percorridos por ninguém além das patrulhas!

— Mil perdões, Mestre — suplicou o aluno. — Trago notícias de emergência.

Todos na patrulha se aglomeraram ao redor do intruso, mas Hatch'net os afastou com um olhar e ordenou a Drizzt que os colocassem em posições defensivas.

— Uma criança está desaparecida — prosseguiu o aluno. — Uma princesa da Casa Baenre! Monstros foram vistos nos túneis!

— Que tipo de monstros? — perguntou Hatch'net.

Um estalo alto, como o som de duas pedras se chocando, respondeu à pergunta.

— Ganchadores! — Hatch'net sinalizou para Drizzt, que estava ao seu lado. Drizzt nunca tinha visto tais criaturas, mas aprendeu o suficiente sobre elas para entender o porquê de Mestre Hatch'net ter começado a usar a língua de sinais. Ganchadores caçavam usando sua audição, mais aguçada do que a de qualquer outra criatura em todo o Subterrâneo. Drizzt transmitiu os sinais para os outros, e todos ficaram em silêncio absoluto, aguardando as instruções do mestre. Esta era a situação para qual vinham treinando, como lidar durante os últimos nove anos de suas vidas, apenas o suor nas palmas de suas mãos desmentia a prontidão calma dos jovens guerreiros drow.

— Feitiços de escuridão não vão deter ganchadores — Hatch'net sinalizou para suas tropas. — Nem isso — ele indicou a besta em sua mão carregada com um virote com ponta envenenada, uma arma comum para os primeiros ataques dos drow. Hatch'net pôs a besta de lado e puxou sua espada esguia. — Vocês devem encontrar alguma abertura na armadura quitinosa da criatura — ele lembrou aos outros — e acertar a carne por baixo. — Ele bateu no ombro de Drizzt, e eles começaram a andar juntos, enquanto os outros alunos fizeram uma linha atrás deles.

O barulho ressoava claramente, mas, ecoando nas paredes de pedra dos túneis, era um guia confuso para os drow caçando. Hatch'net deixou Drizzt guiar a tropa e ficou impressionado pela forma como seu aluno logo discerniu o padrão de dispersão do eco. Os passos de Drizzt eram confiantes, embora muitos dos outros na patrulha olhassem ansiosamente ao redor, inseguros quanto à direção do perigo ou a distância.

Então um som singular os congelou, cortando os sons de estalo dos monstros e ressonando repetidas vezes, rodeando a patrulha, ecoando em um lamento aterrorizante. Era o grito de uma criança.

— A princesa da Casa Baenre! — Hatch'net sinalizou para Drizzt.

O mestre começou a ordenar suas tropas em uma formação de batalha, mas Drizzt não esperou que terminasse os comandos. O grito tinha provocado um arrepio de repulsa em sua espinha e, quando soou novamente, seus olhos cor de lavanda se acenderam em fúria.

Drizzt saiu correndo pelo túnel, o metal frio de suas cimitarras liderando o caminho.

Hatch'net organizou a patrulha enquanto o seguia. Odiava pensar em perder um aluno tão hábil quanto Drizzt, mas também considerava os benefícios das ações precipitadas do jovem. Se os outros assistissem à morte do melhor aluno da turma em um ato de estupidez, seria uma lição que não esqueceriam facilmente.

Drizzt fez uma curva fechada e desceu por uma extensão reta ladeada por paredes estreitas e quebradas. Agora, não ouvia mais nenhum eco, apenas o barulho voraz dos monstros que esperavam e os gritos abafados da criança.

Seus ouvidos aguçados perceberam os sons distantes de sua patrulha atrás e ele sabia que, se podia ouví-los, os ganchadores também podiam. Drizzt não renunciaria à paixão ou ao imediatismo de sua busca. Subiu em uma saliência a três metros do chão, esperando que facilitasse o caminho ao longo do corredor. Quando deslizou ao redor de uma curva, mal podia distinguir o calor das formas dos monstros através da frieza de seus exoesqueletos quitinosos, conchas quase iguais à pedra do ambiente em questão de temperatura. Ele contou cinco monstros, dois encostados contra a pedra guardando o corredor e três logo atrás, em um beco sem saída, brincando com alguma coisa, que estava aos prantos.

Drizzt se recompôs e continuou ao longo da borda, usando integralmente a furtividade que tinha aprendido para se esgueirar pelas sentinelas. Então viu a princesa, deitada em uma pilha de escombros ao pé de um dos bípedes horrendos. Seus soluços disseram a Drizzt que ela estava viva. Ele não tinha intenção de combater os monstros se pudesse evitar, esperava que talvez pudesse entrar e roubar a criança.

Então a patrulha chegou precipitadamente ao redor da curva no corredor, forçando Drizzt a agir.

— Sentinelas! — ele gritou em alerta, provavelmente salvando a vida dos quatro primeiros do grupo. A atenção de Drizzt voltou-se abruptamente para a criança ferida quando um dos ganchadores levantou seu pé pesado e cheio de garras para esmagá-la.

A fera tinha quase duas vezes a altura de Drizzt e era mais de cinco vezes mais pesada. Estava completamente blindada na casca dura de seu exoesqueleto, possuía nas mãos garras gigantescas e um bico longo e poderoso. Três dos monstros estavam entre Drizzt e a criança.

Drizzt não se importava com nenhum desses detalhes naquele momento horrível e crítico. Seu medo do que poderia acontecer à criança superava qualquer preocupação com o perigo que se aproximava diante dele. Ele era um guerreiro drow, um combatente treinado e equipado para a batalha, enquanto a criança estava indefesa.

Dois dos ganchadores correram até a borda, fornecendo o tempo que Drizzt precisava. Ele se levantou e saltou sobre eles, descendo em um borrão, logo ao lado do ganchador restante. O monstro se esqueceu completamente da criança quando as cimitarras de Drizzt se encaixaram implacavelmente em seu bico, sendo forçadas em sua armadura facial em uma busca desesperada por uma abertura.

O ganchador caiu para trás, exaurido pela fúria do seu oponente e incapaz de acompanhar os movimentos velozes e doloridos das lâminas.

Drizzt sabia que ele tinha vantagem sobre este adversário, mas sabia também que os outros dois logo estariam às suas costas. Ele não cedeu. Deslizou de seu ponto alto ao lado do monstro e rolou, pronto para bloquear a sua retirada, caindo entre as suas pernas parecidas com estalagmites e fazendo-o tropeçar na pedra. Então ele pôs-se sobre a criatura, golpeando furiosamente enquanto ela flutuava sobre seu próprio ventre.

O ganchador tentou desesperadamente revidar, mas sua concha blindada era muito pesada para que pudesse se livrar do ataque.

Drizzt sabia que sua própria situação era ainda mais desesperada. A batalha no corredor já havia começado, mas Hatch'net e os outros não poderiam passar pelas sentinelas a tempo de parar os dois ganchadores que sem dúvida estavam, naquele momento, se aproximando dele. A prudência ordenava a Drizzt que renunciasse à sua posição de vantagem sobre seu alvo e girasse em uma postura defensiva.

Porém o grito agonizante da criança anulou a prudência. A raiva queimava nos olhos de Drizzt tão descaradamente que até aquele ganchador estúpido sabia que sua vida estava prestes a terminar. Drizzt posicionou as pontas de suas cimitarras em um V e mergulhou-as na parte de trás do crânio do monstro. Vendo uma ligeira rachadura na concha da criatura, Drizzt cruzou as empunhaduras de suas armas, inverteu as pontas, e fez uma abertura na defesa do ganchador. Em seguida, juntou as empunhaduras e mergulhou as lâminas diretamente para baixo, através da carne macia, diretamente no cérebro do monstro.

Um gancho pesado cortou uma linha profunda nos ombros de Drizzt, rasgando seu *piwafwi* e fazendo-o sangrar. Ele mergulhou para a frente em um rolamento e levantou-se com suas costas feridas voltadas para a parede mais distante. Apenas um ganchador foi na direção dele; o outro pegou a criança.

— Não! — Drizzt gritou em protesto.

Ele começou a avançar, apenas para ser atingido e jogado para trás pelo monstro atacante. Então, paralisado, não pôde fazer mais nada além de assistir horrorizado enquanto o outro ganchador punha fim aos gritos da criança.

A fúria substituiu a determinação nos olhos de Drizzt. O ganchador mais próximo correu até ele, com a intenção de esmagá-lo contra a pedra. Drizzt reconheceu suas intenções e sequer tentou se esquivar. Em vez disso, ele inverteu a pegada em suas armas e as segurou contra a parede, acima de seus ombros.

Com o ímpeto do monstro de quase quatrocentos quilos, nem mesmo a armadura natural de sua concha poderia proteger o ganchador das cimitarras de adamante. Ele bateu Drizzt contra a parede, mas, ao fazê-lo, empalou-se pela barriga.

A criatura saltou para trás, tentando se livrar, mas não podia escapar da fúria de Drizzt Do'Urden. Ferozmente, o jovem drow torceu as lâminas ainda cravadas no monstro. Então, empurrou a criatura para longe da parede com a força de sua raiva, derrubando o monstro enorme para trás.

Dois dos inimigos de Drizzt estavam mortos, e uma das sentinelas dos ganchadores no corredor estava caída, mas Drizzt não encontrou alívio nesses fatos. O terceiro ganchador se elevou sobre ele enquanto tentava desesperadamente tirar suas lâminas de sua última vítima. Drizzt não tinha como escapar deste.

Então a segunda patrulha chegou, e Dinin e Berg'inyon Baenre correram para o beco sem saída, ao longo da mesma borda pela qual Drizzt tinha corrido. O ganchador afastou-se de Drizzt assim que os dois hábeis combatentes se aproximaram.

Drizzt ignorou o corte doloroso em suas costas e as rachaduras que que, sem dúvida, sofreu em suas costelas delgadas. A respiração vinha até ele em arfadas doloridas, mas isso também não teria nenhuma consequência. Ele finalmente conseguiu libertar uma de suas lâminas e atacou as costas do monstro. Pego no meio de três drow hábeis, o ganchador caiu em segundos.

O corredor estava finalmente limpo, e os elfos negros corriam por todo o beco sem saída. Eles perderam apenas um aluno na batalha contra as sentinelas monstruosas.

— Uma princesa da Casa Barrison'del'armgo — observou um dos alunos da patrulha de Dinin, olhando para o corpo da criança.

— Casa Baenre, fomos informados — disse outro estudante, um do grupo de Hatch'net. Drizzt não deixou a discrepância passar.

Berg'inyon Baenre correu para ver se a vítima era de fato sua irmã mais nova.

— Não é da minha casa — ele disse com alívio óbvio após uma rápida inspeção. Ele então riu quando um exame mais aprofundado revelou alguns outros detalhes sobre o cadáver. — Nem mesmo é uma princesa! — declarou.

Drizzt assistiu a tudo com curiosidade, notando, acima de tudo, a atitude impassível e insensível de seus companheiros.

Outro aluno confirmou a observação de Berg'inyon:

— É um garoto! — ele cuspiu. — Mas de qual casa?

Mestre Hatch'net aproximou-se do pequeno corpo e se abaixou para tirar a bolsa ao redor do pescoço da criança. Ele esvaziou o conteúdo em sua mão, revelando o emblema de uma casa menor.

— Um órfão perdido — ele riu para seus alunos, jogando a bolsa vazia de volta ao chão e guardando seu conteúdo —, sem nenhuma importância.

— Foi uma boa luta — acrescentou Dinin rapidamente —, com apenas uma derrota. Voltem para Menzoberranzan orgulhosos do trabalho que fizeram hoje.

Drizzt bateu as lâminas de suas cimitarras em um tinido retumbante de protesto.

Mestre Hatch'net o ignorou.

— Entrem em formação e voltem — disse aos outros. — Todos se saíram bem hoje — ele então encarou Drizzt, fazendo o aluno furioso parar — Exceto você! — Hatch'net rosnou. — Não posso ignorar o fato de que você derrubou duas bestas e ajudou com uma terceira — gritou —, mas você arriscou a todos nós com sua bravata tola!

— Eu avisei das sentinelas... — Drizzt gaguejou.

— Dane-se o seu aviso! — gritou o mestre. — Você saiu sem ter recebido ordens! Você ignorou os métodos corretos de batalha! Você nos trouxe aqui às cegas! Olhe para o cadáver de seu companheiro caído! — exclamou Hatch'net, enfurecido e apontando para o aluno morto no corredor. — O sangue dele está em suas mãos!

— Eu queria salvar a criança — argumentou Drizzt.

— Todos queríamos salvar a criança! — rebateu Hatch'net.

Drizzt não tinha tanta certeza. O que uma criança estaria fazendo nesses corredores? Como era conveniente um grupo de ganchadores, um animal raramente visto na região de Menzoberranzan, acabar aparecendo por acaso para esse "treino de patrulha"! Conveniente demais, Drizzt sabia, considerando que as passagens mais distantes da cidade estavam cheias de verdadeiras patrulhas de guerreiros, magos e até mesmo clérigas.

— Você sabia o que havia na curva do túnel — disse Drizzt, estreitando os olhos para o mestre.

O impacto de uma lâmina sobre a ferida em suas costas fez Drizzt se sacudir de dor e quase se deixar cair. Ele se virou para encontrar Dinin o encarando.

— Mantenha suas palavras tolas não ditas — Dinin advertiu em um sussurro áspero —, ou cortarei sua língua.

— A criança foi plantada ali — insistiu Drizzt quando estava sozinho com seu irmão no quarto de Dinin.

A resposta de Dinin foi um tapa na cara.

— Eles o sacrificaram em nome do treinamento — grunhiu o jovem e implacável Do'Urden.

Dinin tentou desferir um segundo soco, mas Drizzt pegou seu punho no ar.

— Você sabe que o que estou dizendo é verdade — disse Drizzt — Você sabia sobre isso o tempo todo.

— Aprenda seu lugar, Segundo Filho — Dinin respondeu em ameaça aberta —, na Academia e na família — ele se afastou de seu irmão.

— Para os Nove Infernos com a Academia! — Drizzt cuspiu para Dinin. — Se a família se parece…— ele notou que as mãos de Dinin agora empunhavam espada e punhal. Drizzt saltou para trás, suas próprias cimitarras saindo em prontidão — Eu não quero lutar com você, irmão — disse ele. — Você bem sabe que, se atacar, vou me defender. E só um de nós vai sair daqui.

Dinin considerou cuidadosamente seu próximo movimento. Se ele atacasse e vencesse, a ameaça à sua posição na família teria um fim. Certamente ninguém, nem mesmo Matriarca Malícia, questionaria o castigo que impusera a seu impertinente irmão mais novo. No entanto, Dinin tinha visto Drizzt em batalha. Dois ganchadores! Mesmo Zaknafein teria alguma dificuldade em alcançar tal vitória. Ainda assim, Dinin sabia que, se não fizesse a sua ameaça, se deixasse Drizzt enfrentá-lo, poderia dar confiança ao garoto em suas brigas futuras, possivelmente incitando a traição que sempre esperara do Segundo Filho.

— O que é isto? — veio uma voz da porta do quarto. Os irmãos viraram-se e viram sua irmã Vierna, uma Mestra de Arach-Tinilith. — Soltem suas armas — ela repreendeu. — A Casa Do'Urden não está em posição de aceitar essas lutas internas no momento.

Percebendo que havia escapado por pouco, Dinin prontamente cumpriu com a exigência de Vierna e Drizzt fez o mesmo.

— Considerem-se com sorte — disse Vierna —, porque eu não vou falar a Matriarca Malícia dessa estupidez. Ela não seria misericordiosa, tenho certeza.

— Por que você veio sem aviso para Arena-Magthere? — perguntou o primogênito, perturbado pela atitude de sua irmã. Ele também era um mestre da Academia, mesmo que fosse apenas um macho, merecia algum respeito.

Vierna olhou para o corredor e fechou a porta atrás dela.

— Para avisar a meus irmãos — explicou ela calmamente. — Há rumores de vingança contra a nossa casa.

— Por qual família? — Dinin pressionou. Drizzt apenas ficou confuso em silêncio e deixou que os dois continuassem. — Por quê?

— Pela eliminação da Casa DeVir, eu presumo — respondeu Vierna. — Pouco se sabe; os rumores são vagos. Apesar disso, eu queria avisá-los, para que mantivessem sua guarda particularmente alta nos próximos meses.

— A Casa DeVir caiu há muitos anos — disse Dinin. — Que punição ainda poderia ser decretada?

Vierna deu de ombros.

— São apenas rumores — disse ela. — Rumores a serem ouvidos!

— Fomos falsamente acusados de algo? — Drizzt perguntou. — Certamente nossa família precisa denunciar este falso acusador.

Vierna e Dinin trocaram sorrisos.

— Falsamente?

Vierna riu. A expressão de Drizzt revelou sua confusão.

— Na noite em que você nasceu — Dinin explicou —, a Casa DeVir deixou de existir. Um ataque excelente, obrigado.

— Foi a Casa Do'Urden? — ofegou Drizzt, incapaz de aceitar a notícia surpreendente. Claro, Drizzt sabia de tais batalhas, mas tinha esperado que sua própria família estivesse acima desse tipo de ação assassina.

— Uma das eliminações mais bem feitas já realizadas — gabou-se Vierna. — Nenhuma testemunha ficou viva.

— Vocês ... Nossa família ... assassinou outra família?

— Cuidado com suas palavras, Segundo Filho — Dinin avisou. — A ação foi executada perfeitamente. Aos olhos de Menzoberranzan, portanto, isso nunca aconteceu.

— Mas a Casa DeVir deixou de existir — disse Drizzt.

— Até a última criança — disse Dinin com uma risada.

Mil possibilidades atacaram Drizzt naquele horrível momento, mil perguntas urgentes que ele precisava responder. Uma em particular se destacava vividamente, brotando como bile em sua garganta.

— Onde estava Zaknafein naquela noite? — ele perguntou.

— Na capela das clérigas da Casa DeVir, é claro — respondeu Vierna. — Zaknafein lida com esses assuntos muito bem.

Drizzt se balançou sobre os calcanhares, mal conseguindo acreditar no que estava ouvindo. Sabia que Zak tinha matado outros drow antes, sabia que tinha matado clérigas de Lolth antes, mas sempre supusera que o mestre de armas tivesse agido por necessidade, em legítima defesa.

— Você deve mostrar mais respeito a seu irmão — replicou Vierna. — Levantar armas contra Dinin! Você lhe deve a vida!

— Você sabe? — Dinin riu, lançando a Vierna um olhar curioso.

— Você e eu estávamos conectados naquela noite — lembrou Vierna. — É claro que eu sei.

— Do que vocês estão falando? — perguntou Drizzt, quase com medo de ouvir a resposta.

— Você seria o Terceiro Filho da família — explicou Vierna —, o terceiro filho vivo.

— Ouvi falar de meu irmão Nal... — o nome ficou preso na garganta de Drizzt quando ele começou a entender. Tudo o que ele tinha sido capaz de saber sobre Nalfein era que ele tinha sido assassinado por outro drow.

— Você aprenderá em seus estudos em Arach-Tinilith que os terceiros filhos vivos são habitualmente sacrificados a Lolth — continuou Vierna. — Então, você foi prometido. Na noite em que você nasceu, na noite em que a Casa Do'Urden batalhou contra a Casa DeVir, Dinin fez sua ascensão à posição de primogênito.

Ela lançou um olhar malicioso ao irmão, que estava de pé, com os braços orgulhosamente cruzados sobre o peito.

— Posso falar disso agora — Vierna sorriu para Dinin, que concordou com a cabeça. — Aconteceu há tempo demais para Dinin sofrer qualquer punição.

— Do que vocês estão falando? — Drizzt exigiu saber. O pânico pairava sobre ele. — O que Dinin fez?

— Ele cravou sua espada nas costas de Nalfein — disse Vierna.

Drizzt foi tomado pela náusea. Sacrifício? Assassinato? A aniquilação de uma família, até mesmo das crianças? Do que seus irmãos estavam falando?

— Mostre o devido respeito ao seu irmão! — Vierna exigiu. — Você lhe deve a vida! E eu aviso aos dois: — ela ronronou, seu olhar ameaçador abalando Drizzt e tombando Dinin de seu pedestal confiante — a Casa Do'Urden pode vir a entrar em guerra. Se qualquer um de vocês decidir lutar com o outro, trará a ira de todas as suas irmãs e Matriarca Malícia, quatro altas sacerdotisas, sobre suas almas sem valor.

Confiante de que sua ameaça tinha peso suficiente, ela se virou e saiu do quarto.

— Eu vou embora — Drizzt sussurrou, querendo apenas fugir para um canto escuro.

— Você vai quando for dispensado. — Dinin repreendeu. — Lembre-se de seu lugar, Drizzt Do'Urden, na Academia e na família.

— Como você se lembrou do seu com Nalfein?

— A batalha contra os DeVir já tinha sido ganha — Dinin respondeu, sem se ofender. — O que fiz não trouxe perigo algum à família.

Outra onda de nojo varreu Drizzt. Ele sentiu-se como se o chão estivesse subindo para engoli-lo, e ele quase desejava que realmente o engolisse.

— É um mundo difícil, esse em que vivemos — disse Dinin.

— Nós que o tornamos difícil — retrucou Drizzt.

Ele queria continuar, falar da Rainha Aranha e de toda a religião amoral que sancionava tais ações destrutivas e traiçoeiras. Mas Drizzt sabiamente segurou a língua. Dinin o queria morto, ele agora entendia isso. Drizzt entendeu também que, se desse a seu irmão a oportunidade de jogar as mulheres da família contra ele, Dinin certamente o faria.

— Você deve aprender — disse Dinin, recuperando um tom controlado — a aceitar as realidades de seu entorno. Você deve aprender a reconhecer seus inimigos e a derrotá-los.

— Por quaisquer meios disponíveis — concluiu Drizzt.

— A marca de um verdadeiro guerreiro!— Dinin respondeu com uma risada perversa.

— E nossos inimigos são outros elfos negros?

— Nós somos guerreiros drow! — Dinin declarou severamente. — Nós fazemos o que for necessário para sobreviver.

— Como você fez na noite do meu nascimento — Drizzt refletiu, embora, neste momento, não houvesse nenhum vestígio de indignação em seu tom resignado. — Você foi esperto o bastante para sair impune de seu ato.

A resposta de Dinin, embora esperada, feriu profundamente o jovem drow.

— Ou seja: nunca aconteceu.

Capítulo 15

No lado negro

— Eu sou Drizzt...

— Eu sei quem você é — respondeu o mago aprendiz que havia sido nomeado como tutor de Drizzt em Magace. — Sua reputação o precede. A maior parte da Academia já ouviu falar de você e de sua habilidade com armas.

Drizzt curvou-se, um pouco envergonhado.

— Essa habilidade não será útil aqui — o mago continuou. — Eu serei seu tutor nas artes mágicas. O lado negro da magia, como chamamos. Esse é um teste para sua mente e seu coração; meras armas de metal não podem ajudá-lo. A magia é o verdadeiro poder do nosso povo!

Drizzt aceitou a repreensão. Sabia que os traços dos quais este jovem mago se gabava eram também as qualidades necessárias de um verdadeiro guerreiro. Os atributos físicos desempenhavam apenas um papel menor no estilo de batalha de Drizzt. Força de vontade e manobras calculadas eram o que o faziam vencer suas batalhas.

— Vou lhe mostrar muitas maravilhas nos próximos meses — o mago prosseguiu. — Artefatos além de sua crença e feitiços de um poder além de qualquer coisa que já viu.

— Posso saber seu nome? — perguntou Drizzt, tentando parecer um pouco impressionado com o contínuo fluxo de autoglorificação do mago aprendiz.

Drizzt já havia aprendido muito sobre magia com Zaknafein, principalmente sobre as fraquezas inerentes à profissão. Devido à utilidade da magia em situações além das batalhas, os magos drow recebiam uma posição elevada na sociedade, perdendo apenas para as clérigas de Lolth. Afinal, era um mago quem acendia Narbondel, o relógio da cidade, e também eram magos que iluminavam as esculturas decoradas com fogo feérico que ornamentavam as casas.

Zaknafein tinha pouco respeito pelos magos. Eles podiam matar rapidamente e de longe, conforme avisara a Drizzt, mas se conseguisse chegar perto deles, tinham pouca defesa contra uma espada.

— Masoj — respondeu o mago. — Masoj Hun'ett da Casa Hun'ett, começando meu trigésimo e último ano de estudo. Logo serei reconhecido como um mago de Menzoberranzan, com todos os privilégios concedidos ao meu status.

— Saudações, então, Masoj Hun'ett — respondeu Drizzt. — Eu também só tenho um ano restante em meu treinamento na Academia, já que um guerreiro passa apenas dez anos por aqui.

— Um talento inferior — Masoj observou rapidamente. — Os magos estudam por trinta anos antes de sequer se considerarem aptos o bastante para sair e realizar sua Arte.

Novamente Drizzt aceitou ao insulto graciosamente. Ele queria acabar logo com essa fase de instrução, terminar o ano e livrar-se completamente da Academia.

Drizzt acabou considerando seus seis meses sob a tutela de Masoj, na verdade, os melhores de sua estadia na Academia. Não que ele tivesse começado a gostar de Masoj; o mago em formação constantemente buscava maneiras de lhe lembrar a inferioridade dos guerreiros. Drizzt sentia uma competição entre ele e Masoj, quase como se o mago o preparasse para algum conflito futuro. O jovem guerreiro apenas dava de ombros, como sempre fizera, e tentava tirar o máximo possível das lições.

Drizzt descobriu que era bastante proficiente nos caminhos da magia. Todos os drow, incluindo os guerreiros, possuíam certo talento mágico e certas habilidades inatas. Até mesmo as crianças drow poderiam conjurar um globo de escuridão ou cercar seus oponentes em um círculo brilhante de chamas coloridas inofensivas. Drizzt lidava com essas tarefas facilmente e, em algumas semanas, já conseguia trabalhar com diversos truques e alguns feitiços menores.

Com os talentos mágicos inatos dos elfos negros também vinha a resistência aos ataques mágicos, era nisso que Zaknafein reconhecia como a maior fraqueza dos magos. Um mago poderia lançar o seu feitiço mais poderoso com perfeição, mas se sua vítima fosse um drow, o mago teria feito todo aquele esforço em vão. A certeza de uma estocada no lugar certo sempre impressionava Zaknafein e Drizzt, depois de testemunhar os inconvenientes da magia drow durante essas primeiras semanas com Masoj, começou a apreciar ainda mais a linha de estudos que seguia.

Ainda assim encontrava grande prazer em muitas coisas que Masoj lhe mostrava, principalmente os itens encantados que ocupavam a torre de Magace. Drizzt empunhou varinhas e bastões de incrível poder, passou por diversos treinamentos de ataque com uma espada tão repleta de encantamentos que suas mãos formigavam ao tocá-la.

Masoj também observava Drizzt cuidadosamente, estudando cada movimento do jovem guerreiro, procurando uma fraqueza que pudesse explorar caso a Casa Hun'ett e a Casa Do'Urden chegassem a entrar no combate já aguardado. Diversas vezes, Masoj encontrou uma oportunidade de eliminar Drizzt e sentiu em seu coração que seria um movimento prudente. As instruções de Matriarca SiNafay para ele, no entanto, haviam sido explícitas e inflexíveis.

A mãe de Masoj havia secretamente providenciado que ele fosse o tutor de Drizzt. Não era uma situação incomum, a instrução dos guerreiros durante seus seis meses em Magace sempre fora ministrada em nível pessoal pelos alunos de alto nível de Magace. Quando ela contou a Masoj sobre o combinado, SiNafay lembrou-lhe rapidamente que suas sessões com o jovem Do'Urden não eram nada além de uma missão de reconhecimento. Ele não devia fazer nada que pudesse sequer sugerir o combate que planejavam para as duas casas. Masoj não era tolo o bastante para desobedecer.

Ainda assim, havia outro mago à espreita nas sombras, que estava tão desesperado que nem mesmo as advertências da Matriarca Mãe eram o bastante para detê-lo.

— Meu aluno, Masoj, me informou sobre o seu progresso — disse Alton DeVir a Drizzt um dia.

— Obrigado, Mestre Sem Rosto — Drizzt respondeu hesitantemente, mais do que um pouco intimidado por um mestre de Magace o convidar para uma conversa particular.

— Como você percebe a magia, jovem guerreiro? — Alton perguntou. — Masoj o impressionou?

Drizzt não sabia como responder. Na verdade, a magia não o impressionara como uma profissão, mas ele não queria insultar a um mestre da Arte.

— Eu creio que a Arte esteja além de minhas habilidades — disse com cuidado, escolhendo as palavras. — Para outros, parece um curso poderoso, mas acredito que meus talentos estejam mais intimamente ligados à espada.

— Suas armas poderiam derrotar alguém dotado de poder mágico? — Alton rosnou. Ele rapidamente recuou o desdém, tentando não revelar sua verdadeira intenção.

Drizzt deu de ombros.

— Cada um tem seu lugar na batalha — ele respondeu. — Quem poderia dizer qual é o recurso mais poderoso? Como em todos os combates, dependeria dos indivíduos engajados.

— Bem, e você? — provocou Alton. — O primeiro em sua turma, pelo que tenho ouvido ano após ano. Os mestres de Arena-Magthere falam muito de seus talentos.

Novamente, Drizzt se viu corado de vergonha. Mais do que isso, estava curioso para saber por que um mestre e um aluno de Magace pareciam saber tanto sobre ele.

— Você conseguiria lutar contra alguém dotado de poderes mágicos? — perguntou o Mestre Sem Rosto. — Contra um mestre de Magace, talvez?

— Eu não... — Drizzt começou, mas Alton estava muito enredado em seu próprio discurso inflamado para ouví-lo.

— Vamos descobrir! — gritou Sem Rosto. Ele sacou uma varinha fina e rapidamente lançou um relâmpago em Drizzt.

Drizzt havia mergulhado antes mesmo que a varinha se descarregasse. O relâmpago rachou a porta que levava ao aposento mais alto de Alton e ricocheteou pelo quarto adjacente, quebrando itens e chamuscando as paredes.

Drizzt foi rolando até se levantar do outro lado do quarto, com suas cimitarras já sacadas e prontas para o combate. Ele ainda não tinha certeza das intenções do Mestre.

— De quantos você consegue esquivar? — Alton provocou, sacudindo a varinha em um círculo ameaçador. — E quanto aos outros feitiços que tenho à minha disposição... Aqueles que atacam a mente, não o corpo?

Drizzt tentou entender o propósito desta lição e o papel que deveria assumir nela. Ele deveria atacar esse mestre?

— Estas não são armas de treino — advertiu, empunhando suas armas na direção de Alton.

Outro relâmpago rugiu, forçando Drizzt a se esquivar de volta à sua posição original.

— Isso parece algum tipo de treinamento pra você, tolo Do'Urden? — Alton rosnou. — Você sabe quem sou eu?

A hora da vingança de Alton havia chegado! Aos Nove Infernos com as ordens de Matriarca SiNafay!

No momento em que Alton estava prestes a revelar a verdade para Drizzt, uma forma escura se chocou contra as costas do Mestre, derrubando-o no chão. Ele tentou se desviar, mas encontrou-se irremediavelmente preso por uma pantera negra gigantesca.

Drizzt abaixou as pontas de suas lâminas; ele não conseguia entender nada.

— Já chega, Guenhwyvar! — veio um chamado por detrás de Alton. Olhando para além do mestre caído sob o felino, Drizzt viu Masoj entrar na sala.

A pantera obedientemente saltou para longe de Alton e caminhou em direção ao seu mestre. Ela fez uma pausa em seu trajeto para considerar Drizzt, que estava em prontidão no meio da sala.

Drizzt estava tão encantado com a fera, com o fluxo gracioso de seus músculos ondulantes e a inteligência em seus olhos redondos, que prestou pouca atenção ao mestre que tinha acabado de atacá-lo, ainda que intacto Alton, já estivesse novamente de pé e enfurecido.

— Meu bichinho de estimação — explicou Masoj. Drizzt observava com espanto enquanto Masoj mandava o felino de volta ao seu plano de existência, enviando sua forma corpórea de volta à estatueta mágica de ônix que tinha em sua mão.

— Onde encontrou tal companhia? — Drizzt perguntou.

— Nunca subestime os poderes da magia — respondeu Masoj, jogando a estatueta em um bolso profundo. Seu sorriso radiante se tornou uma careta no momento em que olhou para Alton.

Drizzt também olhou para o mestre Sem Rosto. Um aluno ter ousado atacar um mestre parecia algo impossivelmente bizarro para o jovem guerreiro. Esta situação ficava mais intrigante a cada minuto.

Alton sabia que havia ultrapassado seus limites e teria que pagar um alto preço por sua tolice se não conseguisse encontrar alguma saída para essa situação.

— Você aprendeu a lição de hoje? — Masoj perguntou a Drizzt, embora Alton percebesse que a pergunta também era dirigida a ele.

Drizzt sacudiu a cabeça.

— Não estou certo quanto ao objetivo de tudo isso — respondeu honestamente.

— Uma demonstração da fraqueza da magia — Masoj explicou, tentando disfarçar o objetivo real daquele embate —, para mostrar a desvantagem causada pela intensidade necessária durante a conjuração de um feitiço e a vulnerabilidade de um mago obcecado — olhou diretamente para Alton neste momento — com sua conjuração. A vulnerabilidade completa quando o que deveria ser a presa de um mago se torna sua preocupação principal.

Drizzt reconheceu a mentira, mas não conseguia entender os motivos por trás dos acontecimentos deste dia. Por que um mestre de Magace o atacaria assim? Por que Masoj, ainda apenas um estudante, se arriscaria tanto para defendê-lo?

— Não incomodemos mais o mestre — disse Masoj, esperando desviar a curiosidade de Drizzt. — Me acompanhe agora até o nosso salão de prática. Vou lhe mostrar mais sobre Guenhwyvar, meu animal mágico.

Drizzt olhou para Alton, perguntando-se o que aquele mestre imprevisível faria a seguir.

— Vá — Alton disse calmamente, sabendo que a fachada que Masoj tinha começado seria a única maneira de contornar a ira de sua Matriarca Mãe adotiva. — Estou confiante de que a lição de hoje foi aprendida — disse, mantendo seus olhos em Masoj.

Drizzt olhava de Masoj para Alton. Decidiu deixar isso passar. Queria muito saber mais sobre Guenhwyvar.

Quando Masoj estava com Drizzt de volta à privacidade de seus aposentos, tirou a estatueta de ônix polida em forma de pantera e chamou Guenhwyvar de volta. O mago conseguia respirar mais facilmente depois de apresentar Drizzt ao felino, uma vez que este não tocou mais no assunto do incidente com Alton.

Drizzt nunca havia encontrado um item mágico tão maravilhoso. Sentia uma força em Guenhwyvar, uma dignidade, que desmentia a natureza encantada da besta. Na verdade, os músculos lustrosos da gata e os movimentos graciosos resumiam as qualidades que os drow tanto almejavam. Apenas observando os movimentos de Guenhwyvar, Drizzt acreditava que poderia aprimorar suas próprias técnicas.

Masoj permitiu que os dois treinassem juntos e duelassem por horas, completamente agradecido por Guenhwyvar poder ajudá-lo a suavizar qualquer dano que Alton pudesse ter feito.

Drizzt já havia se esquecido completamente de seu combate contra o Mestre Sem Rosto.

— Matriarca SiNafay não entenderia — Masoj avisou a Alton quando eles estavam sozinhos naquele mesmo dia.

— Você vai contar pra ela — Alton raciocinou objetivamente. Estava tão frustrado por ter falhado em matar Drizzt que quase não se importava.

Masoj sacudiu a cabeça.

— Ela não precisa saber.

Um sorriso suspeito atravessou o rosto desfigurado de Alton.

— O que você quer? — perguntou timidamente. — Seu período de estudos está quase no fim. O que mais um mestre poderia fazer por Masoj?

— Nada — respondeu Masoj. — Não quero nada de você.

— Então por quê? — exigiu Alton. — Eu desejo não ter nenhuma dívida em meus caminhos. Este incidente deve ser resolvido aqui e agora!

— Está resolvido — respondeu Masoj. Alton não parecia convencido — O que eu poderia ganhar por contar à Matriarca SiNafay suas ações estúpidas? Provavelmente ela iria matá-lo e a guerra contra a Casa Do'Urden não teria base. Você é o elo que precisamos para justificar o ataque. Eu desejo esta batalha; não vou arriscá-la pelo pequeno prazer que posso obter com sua morte.

— Fui tolo — admitiu Alton, agora mais sombrio. — Não havia planejado matar Drizzt quando o chamei aqui, apenas observá-lo e aprender sobre ele, para que eu pudesse saborear mais quando o momento de matá-lo finalmente chegasse. Mas ao vê-lo diante de mim, vendo um maldito Do'Urden desprotegido à minha frente...

— Entendo — Masoj disse com sinceridade. — Tive esses mesmos sentimentos ao olhar para aquele lá.

— Você não tem rancor algum contra a Casa Do'Urden.

— Não a casa — explicou Masoj. — Aquele lá! Eu o tenho observado por quase uma década, estudei seus movimentos e suas atitudes.

— Você não gosta do que viu? — Alton perguntou com um tom esperançoso em sua voz.

— Ele não se encaixa — Masoj respondeu sombriamente. — Depois de seis meses ao seu lado, sinto que o conheço menos do que nunca. Ele não exibe nenhuma ambição, mas saiu vitorioso do Grande Embate de sua turma por nove anos seguidos. É algo sem precedentes! Seu domínio da magia é forte; ele poderia ter sido um mago poderoso, se tivesse escolhido essa linha de estudos — Masoj cerrou os punhos, procurando as palavras para explicar suas verdadeiras emoções em relação a Drizzt. — Tudo é fácil demais para ele. Não há sacrifício nas ações de Drizzt, nem cicatrizes pelas vitórias que conquistou.

— Ele é talentoso — observou Alton —, mas treina tanto quanto qualquer outro que eu já tenha visto.

— Esse não é o problema — Masoj rosnou de frustração. Havia algo menos tangível no caráter de Drizzt Do'Urden que realmente irritava o jovem Hun'ett. Ele não poderia reconhecer naquele momento, porque nunca havia presenciado isso em qualquer elfo negro antes, e por isso era muito estranho à sua própria compreensão. O que incomodava Masoj, e muitos outros alunos e Mestres, era o fato de que Drizzt se destacava em todas as habilidades de luta que os elfos drow mais valorizavam, mas não havia desistido de sua paixão em troca disso. Ele não pagara o preço que o resto das crianças drow haviam sido obrigadas a pagar mesmo antes, muito antes, de entrarem na Academia.

— Não é importante — disse Masoj após diversos minutos de contemplação infrutífera. — Vou aprender mais sobre o jovem Do'Urden no momento certo.

— Eu achei que o período dele sob sua tutela houvesse acabado — disse Alton. — Ele vai para Arach-Tinilith nos seis últimos meses de seu treinamento, o que é bastante inacessível para você.

— Nós dois nos formamos depois desses seis meses — explicou Masoj. — Vamos passar nosso tempo de prática profissional nas forças de patrulha juntos.

— Muitos vão compartilhar esse tempo — Alton lembrou-lhe. — Dezenas de grupos patrulham os corredores da região. Talvez você nem chegue sequer a ver Drizzt em todos os anos de seu serviço.

— Já arranjei para servirmos no mesmo grupo — respondeu Masoj. Ele enfiou a mão no bolso e tirou a estatueta em ônix da pantera mágica.

— Um acordo mútuo entre você e o jovem Do'Urden — concluiu Alton com um sorriso elogioso.

— Parece que Drizzt se tornou muito afeiçoado ao meu bichinho — disse Masoj, rindo.

— Muito afeiçoado? — Alton avisou. — Você deveria tomar cuidado com certas cimitarras.

Masoj riu alto.

— Talvez seja nosso amigo Do'Urden quem deva tomar cuidado com certas garras de pantera!

Capítulo 16

Sacrilégio

— Último dia — Drizzt respirou aliviado enquanto vestia sua túnica cerimonial. Se os primeiros seis meses daquele último ano, em que aprendeu as sutilezas da magia em Magace, haviam sido os mais agradáveis, estes últimos seis meses na escola de Lolth haviam sido os piores. Todos os dias, Drizzt e seus colegas haviam sido sujeitados a elogios intermináveis à Rainha Aranha, contos e profecias de seu poder e das recompensas que concedia a seus servos leais.

"Escravos" teria sido uma palavra melhor, Drizzt pensara, já que em nenhuma parte desta escola para a divindade drow ouvira nada parecido com "amor". Seu povo adorava a Lolth; as mulheres de Menzoberranzan ofereciam toda sua existência para sua servidão. No entanto, essa servidão era embasada em egoísmo; uma clériga da Rainha Aranha aspirava à posição de alta sacerdotisa apenas pelo poder pessoal que vinha com o título.

Drizzt estivera à deriva durante os seis meses em Arach-Tinilith, em seu estoicismo habitual, mantendo os olhos baixos e a boca fechada. Agora havia chegado ao último dia, a Cerimônia de Graduação. Um evento sagrado para os drow, no qual, conforme Vierna havia prometido, ele viria a compreender a verdadeira glória de Lolth.

Com passos hesitantes, Drizzt saiu do abrigo de seu quarto apertado e sem adornos. Temia que essa cerimônia se tornasse seu julgamento pessoal. Até agora, pouquíssimo da sociedade ao redor de Drizzt havia feito qualquer sentido para ele, que se perguntava, apesar das garantias de sua irmã, se os eventos daquele dia lhe permitiriam ver o mundo como seus familiares o viam. Os medos de Drizzt se revolviam em espiral, cada um deles saltando de dentro do outro para cercá-lo em um dilema do qual não poderia escapar.

Talvez o que realmente temesse era que os eventos do dia fizessem jus à promessa de Vierna.

Drizzt protegeu os olhos quando entrou no salão cerimonial circular de Arach-Tinilith. Fogo queimava no centro da sala, em um braseiro de oito patas que lembrava, como tudo naquele lugar, uma aranha. A diretora de toda a Academia, a Matriarca Mestra, e as outras doze altas sacerdotisas que serviam como instrutoras em Arach-Tinilith, incluindo a irmã de Drizzt, sentavam-se de pernas cruzadas em um círculo ao redor do braseiro. Drizzt e seus colegas da escola de guerreiros estavam de pé ao longo da parede atrás deles.

— *Ma ku*! — a Matriarca Mestra comandou, e tudo ficou em silêncio, salvo o crepitar do braseiro. A porta da sala se abriu novamente e uma jovem clériga entrou. Ela seria a primeira formanda de Arach-Tinilith neste ano, pelo que disseram a Drizzt, a melhor aluna da escola de Lolth. Logo, fora premiada com as maiores honrarias nesta cerimônia. Ela deixou cair as roupas e caminhou nua através do anel de sacerdotisas sentadas para ficar diante das chamas, de costas para a Matriarca Mestra.

Drizzt mordeu o lábio, envergonhado e um pouco excitado. Nunca tinha visto uma mulher de tal forma antes, suspeitava que o suor em sua testa fosse por algo além do calor do braseiro. Um rápido olhar pela sala lhe disse que seus colegas de classe tinham ideias semelhantes.

— *Bae-go si'n'ee calamay.* — sussurrou a Matriarca Mestra, e uma fumaça vermelha saiu do braseiro, colorindo o salão em um brilho turvo. A fumaça continha um aroma rico e extremamente doce. Enquanto Drizzt respirava o ar perfumado, sentia-se mais leve e se perguntava se logo não estaria flutuando sobre o solo.

As chamas do braseiro subitamente rugiram mais alto, fazendo Drizzt estreitar os olhos contra o brilho e afastar o olhar. As clérigas começaram um canto ritual, embora as palavras não lhe fossem familiares. Entretanto, o jovem drow mal conseguia prestar atenção, uma vez que estava completamente empenhado em manter seus próprios pensamentos em meio ao delírio avassalador da névoa inebriante.

— *Glabrezu* — a Matriarca Mestra gemeu e Drizzt reconheceu o tom como uma convocação, o nome de um habitante dos planos inferiores. Ele tornou a observar a cerimônia e viu a Matriarca Mestra empunhando um chicote formado por uma única cobra.

— De onde ela sacou isso? — Drizzt murmurou. Então, percebeu que havia falado em voz alta e rezou para não ter perturbado a cerimônia. Se consolou ao olhar ao redor, uma vez que muitos de seus colegas de classe estavam murmurando para si mesmos, alguns pareciam incapazes de manter o equilíbrio por mais tempo.

— Convoque-o — a Matriarca Mestra instruiu à aluna nua. Hesitantemente, a jovem clériga abriu os braços e sussurrou:

— *Glabrezu*.

As chamas dançavam sobre a borda do braseiro. A fumaça flutuou no rosto de Drizzt, obrigando-o a inalá-la. Suas pernas formigavam, quase dormentes, mas ao mesmo tempo mais sensíveis e vivas do que nunca.

— *Glabrezu* — Drizzt ouviu a aluna dizer mais alto, ao mesmo tempo em que ouvia também o rugido das chamas. A luz forte o pegou de surpresa, mas de alguma forma ele não parecia se importar. Seu olhar vagou pelo salão, incapaz de encontrar um foco, incapaz de sincronizar as estranhas visões dançantes com os sons do ritual.

Ele ouviu as altas sacerdotisas ofegarem e incentivarem a formanda, sabendo que a conjuração estava próxima. Ouviu então o estalo do chicote de cobra — outro incentivo? — e gritos de "glabrezu" vindos da aluna. Esses gritos eram tão primitivos, tão poderosos, que cortaram Drizzt e os outros machos na sala com uma intensidade que nenhum deles jamais imaginaria possível.

As chamas ouviram o chamado. Elas rugiram mais e começaram a tomar forma. Uma visão havia chamado a atenção de todos na sala e agora a mantinha cativa. Uma cabeça gigante de um cão com chifres de cabra apareceu dentro das chamas, aparentemente estudando a jovem e sedutora estudante drow que ousara mencionar seu nome.

Em algum lugar além daquela forma vinda de outro plano, o chicote de cobra estalou novamente, e a estudante repetiu seu chamado, seu grito pregando, orando.

O habitante gigantesco dos planos inferiores deu seu primeiro passo através das chamas. O poder profano absoluto da criatura surpreendeu a Drizzt. O glabrezu ergueu-se no alto de seus quase três metros de altura e parecia ainda maior, com seus braços musculosos que terminavam em pinças gigantes em vez de mãos e um segundo par de braços menores, de tamanho normal, que se sobressaíam da frente de seu peito.

Os instintos de Drizzt lhe disseram para atacar o monstro e resgatar a estudante, mas quando olhou ao redor, buscando apoio, encontrou a Matriarca Mestra e as outras professoras de volta a seu canto ritualístico, desta vez com um tom extra de animação permeando cada palavra.

Através da neblina, o aroma tentador e vertiginoso do incenso vermelho continuava seu ataque à realidade. Drizzt estremeceu, equilibrando-se sobre uma estreita margem de controle, sua raiva crescente lutando contra o fascínio confuso da fumaça perfumada. Instintivamente, suas mãos foram para as empunhaduras das cimitarras em seu cinto.

Então uma mão roçou em sua perna.

Ele olhou para baixo para ver uma mestra reclinada, o chamando para se juntar a ela — uma cena que de repente se tornou generalizada ao redor da câmara.

A fumaça continuava seu ataque contra ele.

A mestra acenou para ele, suas unhas passeando de leve pela pele de sua perna.

Drizzt passou os dedos por seus cabelos grossos, tentando encontrar um ponto focal em meio à tontura. Não gostou dessa perda de controle, desse entorpecimento mental que roubava seus reflexos e seu estado de alerta normalmente tão apurados.

Gostava menos ainda da cena que se desenrolava diante dele. A sensação de que tudo parecia muito errado atacou sua alma. Ele afastou-se do toque persuasivo da mestra e saiu cambaleando através da sala, tropeçando sobre várias formas entrelaçadas imersas demais em seu ato para sequer notá-lo. Saiu tão rapidamente quanto suas pernas bambas podiam carregá-lo e correu para fora da sala, fechando a porta atrás dele.

Apenas os gritos da estudante o seguiam. Nenhuma barreira tanto de pedra quanto mental poderia bloqueá-los.

Drizzt apoiou-se pesadamente contra a parede de pedra fria, agarrando-se a seu estômago. Não havia parado para considerar as consequências de suas ações; só sabia que precisava sair daquele cômodo imundo.

Vierna então estava ao lado dele, sua túnica aberta casualmente na frente. Drizzt, agora que sua mente estava ficando mais clara, começou a se perguntar sobre o preço de suas ações. O olhar no rosto de sua irmã, ele notou com ainda mais confusão, não era de desdém.

— Você prefere privacidade — disse ela, enquanto sua mão pousava calmamente no ombro do Drizzt. Vierna não fez nenhum movimento para fechar seu roupão — Eu entendo — completou.

Drizzt agarrou seu braço e a puxou para longe.

— Que insanidade é essa? — ele exigiu saber.

O rosto de Vierna se contorceu ao compreender as verdadeiras intenções de seu irmão ao deixar a cerimônia.

— Você recusou uma alta sacerdotisa! — ela rosnou para ele. — Pelas leis, ela poderia matá-lo por sua insolência.

— Eu nem a conheço — Drizzt rebateu. — E esperam que eu...

— Esperam que aja conforme foi instruído!

— Mas sequer... — gaguejou Drizzt. Ele notou que não conseguia manter suas mãos firmes.

— Você acha que Zaknafein gostava de Matriarca Malícia? — Vierna rebateu, sabendo que a referência ao herói de Drizzt certamente o incomodaria. Vendo que ela realmente tinha ferido seu irmão, Vierna suavizou sua expressão e tomou seu braço. — Volte — ronronou ela — para o salão. Ainda há tempo.

O olhar gelado de Drizzt a deteve com tanta eficácia quanto o sacar de uma cimitarra.

— A Rainha Aranha é a divindade de nosso povo — Vierna o lembrou severamente. — Eu sou uma das que espalham a sua palavra.

— Eu não teria tanto orgulho disso — respondeu Drizzt, agarrando-se à sua raiva para combater a onda de medo que ameaçava derrotar sua posição de princípios.

Vierna deu-lhe um tapa forte na cara.

— Volte para a cerimônia! — exigiu.

— Vá beijar uma aranha! — Drizzt respondeu. — E que suas pinças arranquem essa maldita língua de sua boca.

Agora era Vierna quem não conseguia manter suas mãos firmes.

— Você deve tomar mais cuidado quando falar com uma alta sacerdotisa! — ela advertiu.

— Dane-se a sua Rainha Aranha! — cuspiu Drizzt. — Embora eu tenha certeza de que Lolth tenha encontrado sua danação eras atrás!

— Ela nos dá poder! — berrou Vierna.

— Ela rouba tudo o que nos faz valer mais do que a pedra sobre a qual andamos! — Drizzt gritou de volta.

— Sacrilégio! — Vierna sibilou entredentes, a palavra saindo de sua língua como o assobio do chicote de serpente da Matriarca Mestra.

Um grito agudo, angustiado, irrompeu vindo do interior da sala.

— União maligna — murmurou Drizzt, desviando o olhar.

— Há um ganho — Vierna respondeu, recuperando rapidamente o controle de seu temperamento.

Drizzt lançou um olhar acusatório em direção à sua irmã.

— Você já teve alguma experiência semelhante?

— Sou uma alta sacerdotisa — foi sua resposta simples.

A escuridão pairava sobre Drizzt, uma indignação tão intensa que o deixava a ponto de desfalecer.

— E isso lhe deu prazer? — ele cuspiu.

— Me deu poder — grunhiu Vierna — Você não consegue entender o valor...

— O que isso lhe custou?

O tapa de Vierna quase derrubou Drizzt.

— Venha comigo — disse ela, agarrando a frente de sua túnica. — Há um lugar que quero mostrar para você.

Os irmãos saíram de Arach-Tinilith e atravessaram o pátio da Academia. Drizzt hesitou quando chegaram aos pilares que marcavam a entrada de Tier Breche.

— Não posso passar entre esses pilares — ele lembrou à sua irmã. — Ainda não me formei em Arena-Magthere.

— Mera formalidade — respondeu Vierna, sem abrandar o ritmo. — Sou uma Mestra de Arach-Tinilith; tenho o poder de graduá-lo.

Drizzt tinha pouca certeza de que Vierna falava a verdade, mas ela era de fato uma Mestra de Arach-Tinilith. Por mais que Drizzt temesse os decretos da Academia, não queria enfurecer Vierna novamente.

O jovem a seguiu pelas largas escadas de pedra e pelas estradas sinuosas da cidade.

— Estamos indo para casa? — ousou perguntar depois de algum tempo.

— Ainda não — veio a resposta curta. Drizzt não insistiu mais no assunto.

Eles se dirigiram para a extremidade leste da grande caverna, em frente à parede que abrigava a Casa Do'Urden, e chegaram às entradas de três pequenos túneis, todos guardados por estátuas brilhantes de escorpiões gigantes. Vierna fez uma pausa por um momento para considerar qual era o caminho correto, em seguida, tornou a conduzir a caminhada através do menor dos túneis.

Os minutos se tornaram uma hora, e eles continuavam caminhando. A passagem alargou-se e logo os levou a uma catacumba retorcida, repleta de corredores que se entrecruzavam. Drizzt logo havia perdido a noção do caminho percorrido, mas Vierna seguia um curso predeterminado que conhecia bem.

Então, além de um arco baixo, o chão de repente desaparecia e se encontraram à beira de uma borda estreita, emoldurando um amplo precipício. Drizzt olhou para sua irmã com curiosidade, mas engoliu suas perguntas quando viu que ela se encontrava em um estado de concentração profunda. Vierna emitiu alguns comandos simples, então bateu em si mesma e em Drizzt na testa.

— Venha — ela instruiu, ambos saíram da borda e levitaram até o chão do abismo.

Uma névoa fina, de alguma piscina quente invisível ou poço de alcatrão, abraçava a pedra. Drizzt podia sentir o perigo ali, assim como o mal. Uma perfidez inquietante pendia no ar.

— Não tenha medo — Vierna sinalizou para ele. — Eu coloquei um feitiço de encobrimento sobre nós. Eles não podem nos ver.

— Eles? — as mãos de Drizzt perguntavam, mas enquanto movia suas mãos de acordo com o código, ouviu algo se arrastando a seu lado. Ele seguiu o olhar de Vierna até um pedregulho distante e a coisa miserável pousada sobre ele.

No início, Drizzt pensou que era um elfo drow, e da cintura para cima, de fato o era, embora inchado e pálido. No entanto, a parte inferior de seu corpo lembrava, no entanto, lembrava uma aranha, com oito patas aracnídeas o apoiando. A criatura levava um arco retesado em suas mãos, mas parecia confuso, como se não pudesse discernir o que havia acabado de penetrar seu covil.

Vierna ficou satisfeita com o nojo no rosto do irmão ao ver a coisa.

— Olhe bem, irmãozinho — assinalou. — Eis o destino dos que enfurecem a Rainha Aranha.

— O que é isso? — Drizzt sinalizou de volta rapidamente.

— Um drider — Vierna sussurrou em seu ouvido. Depois, de volta ao código silencioso, acrescentou: — Lolth não é uma divindade misericordiosa.

Drizzt observava hipnotizado enquanto o drider mudava sua posição na rocha, procurando os intrusos. Drizzt não podia dizer se era um macho ou uma fêmea, de tão inchado que era seu torso, mas sabia que não importava. O ser não era uma criação natural e não deixaria descendentes, qualquer que fosse seu gênero. Era um corpo atormentado e, muito provavelmente, odiava a si mesmo mais do que a qualquer outra coisa a seu redor.

— Eu sou misericordiosa — continuou Vierna, em silêncio, embora soubesse que a atenção de seu irmão estava inteiramente focada no drider. Ela apoiou-se contra o muro de pedra.

Drizzt girou em direção a ela, finalmente percebendo sua intenção.

Então Vierna se deixou afundar na pedra.

— Adeus, irmãozinho — foram suas últimas palavras. — Este é um destino melhor do que você merece.

— Não! — Drizzt rosnou e começou a arranhar a parede agora vazia, até uma flecha se cravar em sua perna. As cimitarras em um segundo estavam em suas mãos, a tempo de ele se virar para enfrentar o perigo que se aproximava. O drider começou a mirar um segundo tiro.

Drizzt pretendia mergulhar para o lado, para a proteção de outro rochedo, mas sua perna ferida ficou imediatamente entorpecida e inútil. Veneno.

Drizzt só teve tempo de levantar uma lâmina para desviar a flecha antes de cair sobre um joelho para pressionar seu ferimento. Podia sentir o veneno frio se espalhando por sua perna, mas ele teimosamente arrancou a flecha e voltou sua atenção para o atacante. O jovem drow teria que se preocupar com a ferida mais tarde, só podia esperar que pudesse cuidar dela a tempo. Agora, sua única preocupação era sair do abismo.

Ele virou-se para fugir, para procurar um lugar protegido onde pudesse levitar de volta para a borda, mas deu de cara com outro drider.

Um machado cortou ao lado de seu ombro, errando por pouco seu alvo. Drizzt bloqueou o golpe de retorno e lançou sua segunda cimitarra em uma estocada, que o drider parou com um segundo machado.

Drizzt agora estava preparado e confiante de que poderia derrotar esse inimigo, mesmo com uma perna limitando sua mobilidade — até que uma flecha cravou-se em suas costas.

Drizzt se curvou para frente sob o peso do golpe, mas conseguiu bloquear outro ataque do drider à sua frente. Então, caiu de joelhos e tombou de bruços.

Quando o drider que estava empunhando o machado, achando que Drizzt havia morrido, começou a andar em sua direção, o elfo negro se pôs em um rolamento que o colocou diretamente sob a barriga bulbosa da criatura. Ele forçou sua cimitarra para cima com todas as suas forças, depois se abaixou para se proteger do dilúvio de fluidos de aranha.

O drider ferido tentou correr, mas caiu para o lado enquanto suas entranhas escorriam e se espalhavam pelo chão de pedra. Ainda assim, Drizzt não tinha esperança. Seus braços também estavam dormentes e, quando a outra criatura miserável investiu sobre ele, já não conseguia mais continuar o combate. Lutou para se agarrar à consciência, procurando uma saída até o último segundo. Suas pálpebras ficaram pesadas...

Então sentiu uma mão agarrar sua túnica, erguê-lo rudemente até deixá-lo de pé e o bater contra a parede de pedra.

Drizzt abriu os olhos para ver o rosto de sua irmã.

— Está vivo — Drizzt a ouviu dizer. — Devemos levá-lo de volta imediatamente e cuidar de suas feridas.

Outra figura se mexia na frente dele.

— Pensei que fosse a melhor maneira... — Vierna se desculpou.

— Não podemos nos dar ao luxo de perdê-lo — veio uma resposta sem emoção. Drizzt reconheceu a voz de seu passado. Ele lutou para compensar sua visão borrada e forçou seus olhos a focarem.

— Malícia — sussurrou. — Mãe.

O soco enfurecido que o atingiu clareou um pouco sua mente.

— Matriarca Malícia! — ela rosnou, sua expressão enraivecida a centímetros do rosto de Drizzt. — Não se esqueça isso.

Para Drizzt, sua frieza rivalizava com a do veneno, seu alívio ao vê-la desapareceu tão rapidamente quanto o veneno se espalhou por ele.

— Você deve aprender o seu lugar! — Malícia rugiu, reiterando a ordem que tinha assombrado Drizzt durante toda a sua jovem vida. — Ouça as minhas palavras — exigiu; e Drizzt ouviu-as atentamente. — Vierna trouxe você para este lugar para matá-lo. Ela foi misericordiosa — Malícia lançou um olhar decepcionado para sua filha. — Eu entendo melhor a vontade da Rainha Aranha do que ela — prosseguiu a Matriarca, enquanto sua saliva borrifava Drizzt a cada palavra dita. — Se você falar mal de Lolth, nossa deusa, novamente, eu mesma o trarei de volta a este lugar! Mas não para matá-lo. Isso seria fácil demais.

Ela empurrou a cabeça de Drizzt para o lado para ele que pudesse olhar para os restos grotescos do drider que havia matado.

— Você voltará aqui — assegurou Malícia — para se tornar um deles.

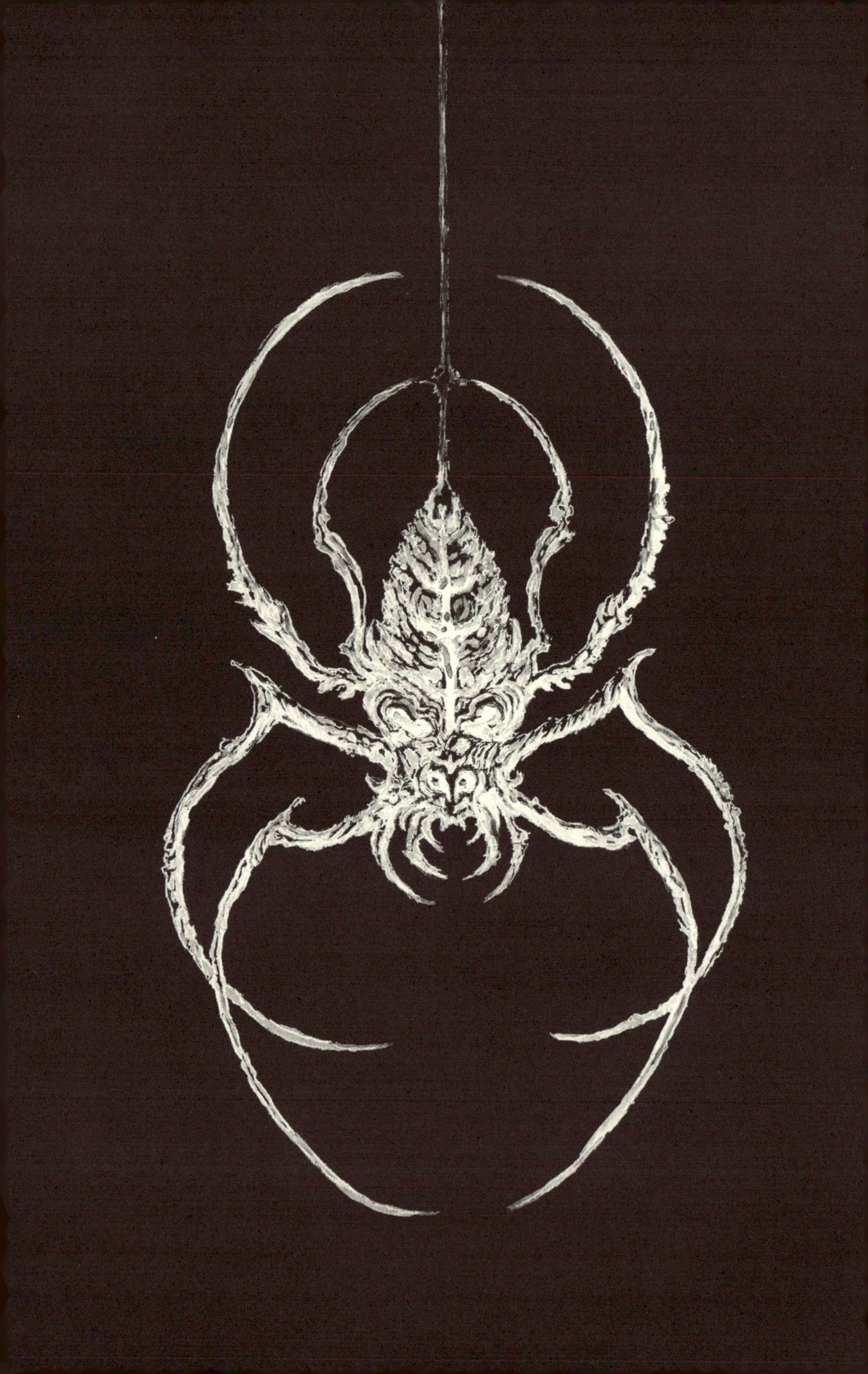

Parte 4
Guenhwyvar

Que olhos são esses que enxergam
A dor que carrego no fundo de minh'alma?
Que olhos são esses que enxergam
Os avanços doentios dos meus?
Que seguem os brinquedos, incontroláveis:
flecha, raio e ponta de espada?

Os seus. Sim, os seus.
Corrida direta, salto musculoso,
Pousando suave em suas patas acolchoadas,
Cobrindo as garras afiadas,
Armas em descanso de sua necessidade,
Imaculadas do sangue frívolo
Ou logro assassino.

Cara a cara, meu espelho;
Um reflexo em uma poça imóvel, iluminada.
Quisera eu manter essa imagem

Sobre meu rosto.
Quisera eu manter esse coração
Dentro de meu peito imaculado.

Se firme à honra orgulhosa de seu espírito,
Poderosa Guenhwyvar,
E se firme ao meu lado,
Minha querida amiga.

— Drizzt Do'Urden

Capítulo 17

De volta ao lar

Drizzt se formou — oficialmente — a tempo e com as mais altas honrarias de sua turma. Talvez Matriarca Malícia tivesse sussurrado nas orelhas certas, suavizando as indiscrições de seu filho, mas ele suspeitava que, provavelmente, nenhum dos presentes na Cerimônia de Graduação sequer se lembrava de que ele tinha partido.

O jovem drow atravessou o portão decorado da Casa Do'Urden, atraindo os olhares dos soldados comuns, e seguiu para o andar da caverna logo abaixo da sacada.

— Estou em casa — refletiu baixinho. — Seja lá o que isso signifique.

Depois do acontecido no covil dos driders, Drizzt se perguntava se algum dia voltaria a ver a Casa Do'Urden como seu lar. Matriarca Malícia estava esperando por ele. Ele não se atreveria a chegar tarde.

— É bom que esteja em casa — Briza disse a ele quando o viu se elevando sobre a grade da varanda.

Drizzt caminhou hesitantemente pela porta de entrada ao lado de sua irmã mais velha, tentando observar atentamente os seus arredores. Briza poderia chamar de "casa", mas para Drizzt sua "casa" lhe era tão estranha quanto a Academia parecera em seus primeiros dias de aula.

Dez anos não era muito tempo frente aos séculos que um elfo negro normalmente tinha de vida, mas para Drizzt, mais do que aquela década de ausência o separava daquele lugar naquele momento.

Maya se juntou a eles no grande corredor que conduzia à antecâmara da capela.

— Saudações, príncipe Drizzt — ela disse, e Drizzt não sabia dizer se ela estava ou não sendo sarcástica. — Ouvimos falar das honras que alcançou em Arena-Magthere. Sua habilidade deixou a Casa Do'Urden orgulhosa. — Apesar de suas palavras, Maya não conseguiu esconder uma risada irônica ao terminar sua fala. — Fico feliz que não tenha virado comida de drider.

O olhar de Drizzt arrancou o sorriso de seu rosto.

Maya e Briza trocaram olhares preocupados. Elas sabiam do castigo, que Vierna havia imposto ao irmão mais novo, e da repreensão cruel que recebera de Matriarca Malícia. Cada uma delas apoiou cautelosamente a mão em seus chicotes de cabeças de cobras, sem saber o quão tolo seu perigoso irmão mais novo poderia ter se tornado.

Entretanto, não era sua mãe ou suas irmãs que faziam Drizzt medir seus passos. Ele sabia de sua posição em relação a Malícia e sabia o que tinha que fazer para mantê-la apaziguada. Porém havia outro membro da família que evocava confusão e raiva em Drizzt. De todos aqueles em sua família, apenas Zaknafein fingia ser o que não era. Enquanto Drizzt se dirigia para a capela, olhava ansiosamente para cada passagem lateral, perguntando-se quando Zak finalmente se mostraria.

— Quanto tempo falta para você partir para a patrulha? — perguntou Maya, arrancando Drizzt de suas contemplações.

— Dois dias — Drizzt respondeu distraidamente, seu olhar ainda saltando de sombra em sombra. Então, estava diante da porta da antessala, sem sinal de Zak. Talvez o mestre de armas estivesse lá, ao lado de Malícia.

— Ficamos sabendo de suas indiscrições — Briza soltou, soando repentinamente fria, enquanto pousava a mão na trava da porta da antessala. Drizzt não estava surpreso por sua explosão. Ele estava começando a esperar tal comportamento das altas sacerdotisas da Rainha Aranha.

— Por que você não pôde apenas desfrutar dos prazeres da cerimônia? — Maya acrescentou. — Tivemos sorte das mestras e da Matriarca da Academia estarem envolvidas demais em sua própria excitação para ter notado sua atitude. Você teria envergonhado toda a nossa casa!

— Você poderia ter posto a Matriarca Malícia no desfavor de Lolth — Briza adicionou imediatamente.

"Seria a melhor coisa que eu poderia fazer por ela", pensou Drizzt. Ele rapidamente rejeitou o pensamento, lembrando-se da habilidade extraordinária de Briza na leitura de mentes.

— Esperemos que não — disse Maya, sombriamente, para a irmã. — Os rumores de guerra estão cada vez mais densos no ar.

— Aprendi o meu lugar — assegurou Drizzt. Então se curvou em uma longa reverência. — Perdoem-me, minhas irmãs, e saibam que a verdade do mundo drow está se abrindo diante de meus jovens olhos. Jamais decepcionarei de tal maneira a Casa Do'Urden novamente.

Suas irmãs ficaram tão satisfeitas com a proclamação que a ambiguidade das palavras de Drizzt passou despercebidas por elas. Não querendo forçar a sua sorte, Drizzt passou por elas, seguindo seu caminho através da porta, notando com alívio que Zaknafein não estava presente.

— Todos honrem a Rainha Aranha! — Briza gritou por trás dele. Drizzt parou e se virou para encontrar seu olhar. Se curvou em uma longa reverência uma segunda vez.

— Como deve ser — murmurou.

Se esgueirando por trás do pequeno grupo, Zak estudava todos os movimentos de Drizzt, tentando medir o tamanho do dano que a Academia havia feito no jovem guerreiro.

O habitual sorriso que iluminava o rosto de Drizzt se fora. Se fora também, Zak supunha, a inocência que tinha mantido este jovem à parte do resto de Menzoberranzan.

Zak recostou-se pesadamente contra a parede em uma passagem lateral. Tinha ouvido apenas partes da conversa na porta da antessala. Mais claramente, ouviu Drizzt concordando com a honra de Lolth clamada por Briza.

— O que eu fiz? — o mestre das armas se perguntou. Ele tornou a olhar ao redor da curva no corredor principal, mas a porta para a antessala já tinha se fechado. — Quanto do que Drizzt perdeu eu poderia ter salvado?

Ele tirou a espada suavemente da bainha, com os dedos sensíveis correndo ao longo da borda da lâmina afiada.

— Você seria uma lâmina ainda mais valiosa se tivesse provado o sangue de Drizzt Do'Urden, para negar a nosso mundo outra alma a ser tomada, para libertá-lo dos tormentos da vida! — ele baixou a ponta da arma para o chão. — Mas sou um covarde — continuou. — Falhei no único ato que poderia ter trazido significado para minha existência. O segundo filho da Casa Do'Urden vive, ao que parece, mas Drizzt Do'Urden, meu ambidestro, está morto — Zak olhou de volta para o vazio onde Drizzt estava, e a expressão do mestre de armas se transfigurou em uma carranca. — Apenas esse farsante vive. Um guerreiro drow!

A arma de Zak bateu no chão de pedra e sua cabeça caiu para ser apoiada pelo abraço de suas palmas abertas, o único escudo que Zaknafein Do'Urden havia encontrado.

Drizzt passou o dia seguinte em repouso, principalmente em seu quarto, tentando evitar os outros membros de sua família. Malícia o dispensara sem uma palavra em sua reunião inicial, mas Drizzt não desejava enfrentá-la novamente. Da mesma forma, ele tinha pouco a dizer a Briza e Maya, temendo que mais cedo ou mais tarde elas começassem a entender as verdadeiras conotações de seu fluxo contínuo de respostas blasfemas. Acima de tudo Drizzt não queria ver Zaknafein, o mentor que uma vez havia sido visto como sua salvação das realidades ao seu redor, a única luz brilhante na escuridão que era Menzoberranzan.

Isso também tinha sido uma mentira, acreditava Drizzt.

Em seu segundo dia em casa, quando Narbondel, o relógio da cidade, havia acabado de começar seu ciclo de luz, a porta dos pequenos aposentos de Drizzt se abriu e Briza entrou.

— Você tem uma audiência com Matriarca Malícia — disse ela, sombria.

Milhares de pensamentos corriam pela mente de Drizzt enquanto ele agarrava suas botas e seguia sua irmã mais velha pelos corredores até a capela da casa. Teria Malícia e as outras descoberto seus verdadeiros sentimentos em relação àquela divindade maligna? Quais punições elas agora teriam à sua espera? Inconscientemente, Drizzt observou as gravuras de aranha na entrada arqueada da capela.

— Você deveria estar mais familiarizado e mais à vontade com este lugar — Briza repreendeu, notando seu desconforto. — É o local das maiores glórias do nosso povo.

Drizzt abaixou o olhar e não respondeu — e teve o cuidado de sequer pensar nas inúmeras respostas ácidas que tinha em seu coração.

Sua confusão dobrou quando entraram na capela, pois Rizzen, Maya e Zaknafein estavam diante da Matriarca Mãe, conforme esperado. Porém ao lado deles, estavam Dinin e Vierna.

— Estamos todos presentes — disse Briza, tomando seu lugar ao lado de sua mãe.

— Ajoelhem-se — ordenou Malícia, e toda a família caiu de joelhos. A Matriarca Mãe passeava lentamente ao redor de todos, cada um deles baixando seu olhar, em reverência, ou simplesmente por bom senso, quando a grande dama passava.

Malícia parou ao lado de Drizzt.

— Você está confuso com a presença de Dinin e Vierna — disse. Drizzt olhou para ela — Você ainda não entende os métodos sutis de nossa sobrevivência?

— Pensei que meu irmão e minha irmã fossem continuar na Academia — explicou Drizzt.

— Não seria vantajoso para nós — respondeu Malícia.

— Mas ter mestres e mestras servindo na Academia não trazem força a uma casa? — Drizzt se atreveu a perguntar.

— Sim — respondeu Malícia —, mas separa o poder. Você ouviu notícias da guerra?

— Ouvi falar de algo que insinuasse problemas — disse Drizzt, olhando para Vierna —, embora nada muito tangível.

— Algo que insinuasse problemas? — Malícia bufou, irritada por seu filho não entender a importância do que dissera. — Isso é muito mais do que a maioria das casas já ouviu antes do cair da lâmina! — ela se afastou de Drizzt e se dirigiu a todo o grupo. — Os rumores são verdadeiros — declarou.

— Quem? — perguntou Briza. — Que casa conspira contra a Casa Do'Urden?

— Ninguém que esteja em uma posição inferior à nossa — respondeu Dinin, embora a pergunta não houvesse sido feita diretamente a ele e não lhe fosse permitido falar espontaneamente.

— E como sabe disso? — Malícia perguntou, deixando o descuido passar. Malícia entendia o valor de Dinin e sabia que suas contribuições para essa discussão seriam importantes.

— Somos a nona casa da cidade — argumentou Dinin —, mas entre nossas fileiras temos quatro altas sacerdotisas, duas dentre elas já tendo sido mestras em Arach-Tinilith — ele olhou para Zak. — Também temos dois antigos mestres de Arena-Magthere, e Drizzt foi premiado com as maiores honrarias da escola de guerreiros. Temos quase quatrocentos soldados, todos habilidosos e testados em batalha. Poucas casas têm mais do que isso.

— O que você quer dizer? — Briza perguntou bruscamente.

— Nós somos a nona casa — Dinin riu —, mas poucos acima de nós poderiam nos derrotar...

— E ninguém abaixo de nós — concluiu Matriarca Malícia. — Você demonstra ter bom senso, primogênito. Cheguei às mesmas conclusões.

— Uma das grandes casas teme a Casa Do'Urden — Vierna completou. — E precisa que nós desapareçamos para proteger sua posição.

— É o que acredito — respondeu Malícia. — Uma prática incomum, considerando que as guerras familiares geralmente são iniciadas pela casa de nível mais baixo, desejando uma posição melhor dentro da hierarquia da cidade.

— Então devemos ter muito cuidado — disse Briza.

Drizzt escutava suas palavras cuidadosamente, tentando entender ao menos parte do que estava acontecendo. No entanto, seus olhos nunca deixaram Zaknafein, que se ajoelhara impassivelmente a seu lado. "O que aquele mestre de armas insensível pensava de tudo isso?" Drizzt se perguntava. Será que a ideia de tal guerra o empolgava, para que pudesse matar mais elfos negros?

Quaisquer fossem seus sentimentos, Zak não dava nenhuma pista externa. Ele se mantinha ajoelhado em silêncio e, ao que parecia, sequer estava ouvindo a conversa.

— Não seriam os Baenre — Briza falou, com suas palavras soando mais como um pedido de confirmação. — Nós certamente ainda não nos tornamos uma ameaça para eles!

— Devemos apenas esperar que esteja correta — respondeu Malícia séria, lembrando-se vivamente de sua visita à casa dominante. — Provavelmente, é uma das casas mais fracas acima de nós, temendo sua própria posição instável. Eu ainda não fui capaz de ter qualquer informação incriminadora contra qualquer uma em particular, por isso temos de nos preparar para o pior. Assim, eu chamei Vierna e Dinin de volta para o meu lado.

— Se soubermos quem são nossos inimigos... — Drizzt começou impulsivamente. Todos os olhares caíram sobre ele. Já era ruim o bastante que o primogênito falasse sem ser solicitado, mas para o segundo filho, recém-formado na Academia, o ato poderia ser considerado blasfemo.

Desejando ouvir todas as perspectivas, Matriarca Malícia permitiu novamente que o deslize passasse.

— Continue — ela alertou.

— Se descobrimos qual casa conspira contra nós — retomou Drizzt em voz baixa —, não poderíamos expô-la?

— Para quê? — Briza rosnou para ele. — Conspiração sem ação não é crime.

— Então não podemos usar a razão? — Drizzt pressionou, continuando a falar apesar da torrente de olhares incrédulos que vinham de cada rosto da sala, exceto de Zak. — Se formos mais fortes, então que se submetam sem batalha. Ponham a Casa Do'Urden na posição que merece e deixem a suposta ameaça para a casa mais fraca desaparecer.

Malícia agarrou Drizzt pela frente da capa e o pôs de pé.

— Eu perdoo seus pensamentos tolos — ela rosnou — desta vez! — ela o deixou cair no chão, e as silenciosas reprimendas de seus irmãos desceram sobre ele.

Porém, novamente a expressão de Zak não coincidiu com a dos outros na sala. Na verdade, Zak colocou uma mão sobre sua boca para esconder seu sorriso. Talvez restasse um pouco do Drizzt Do'Urden que conhecera, ousava esperar. Talvez a Academia não tivesse corrompido completamente o espírito do jovem guerreiro.

Malícia girou ao redor do resto da família, com luxúria e fúria efervescentes brilhando em seus olhos.

— Este não é o momento de ter medo. Este — gritou, com um dedo delgado em riste em frente a seu rosto — é o momento de sonhar! Somos a Casa Do'Urden, Daermon N'a'shezbaernon, de poder além da compreensão das grandes casas. Somos a entidade desconhecida desta guerra. Temos todas as vantagens! Nona casa? — ela riu. — Em pouco tempo, apenas sete casas permanecerão à nossa frente!

— E quanto à patrulha? — interrompeu Briza. — Vamos permitir que o Segundo Filho vá sozinho, exposto?

— A patrulha será o início de nossa vantagem — explicou conivente a Matriarca — Drizzt vai, e incluído em seu grupo haverá um membro de pelo menos quatro das casas acima de nós.

— Um deles deve atacá-lo — Briza raciocinou.

— Não — Malícia assegurou. — Nossos inimigos nessa guerra vindoura não iriam revelar-se tão claramente; ainda não. O assassino nomeado teria que derrotar dois Do'Urdens em tal confronto.

— Dois? — perguntou Vierna.

— Novamente, Lolth nos mostrou seu favor — explicou Malícia. — Dinin vai liderar o grupo de patrulha de Drizzt.

Os olhos do primogênito se iluminaram com a notícia.

— Então Drizzt e eu poderíamos nos tornar os assassinos neste conflito — ronronou.

O sorriso desapareceu do rosto da Matriarca Mãe.

— Você não vai atacar sem o meu consentimento — advertiu ela num tom tão frio que Dinin compreendeu completamente as consequências de uma eventual desobediência —, como você fez no passado.

Drizzt não perdeu a referência a Nalfein, o irmão que fora assassinado. Sua mãe sabia! Malícia não fizera nada para punir seu filho assassino. A mão de Drizzt subiu até seu rosto, para esconder sua expressão de horror.

— Você está lá para aprender — disse Matriarca Malícia a Dinin. — E para proteger seu irmão, assim como Drizzt está lá para protegê-lo. Não destrua nossa vantagem pelo prazer de uma única morte — um sorriso maligno tornou a aparecer em seu rosto cor de ossos. — Mas, se descobrir quem é nosso inimigo... — insinuou.

— Se a oportunidade apropriada se apresentar... — Briza concluiu, adivinhando os pensamentos malignos de sua mãe e lançando um sorriso igualmente vil em reflexo ao da Matriarca.

Malícia olhou para a filha mais velha com aprovação. Briza seria uma excelente sucessora para a casa!

O sorriso de Dinin tornou-se largo e lascivo. Nada dava ao primogênito da Casa Do'Urden mais prazer do que a oportunidade de um assassinato.

— Então, vá minha família — disse Malícia. — Lembre-se de que há olhos hostis sobre nós, observando nossos movimentos, esperando o momento de atacar.

Zak foi o primeiro a sair da capela, como sempre, desta vez com uma animação adicional em seus passos. Não era a perspectiva de lutar outra guerra que guiou seus movimentos, embora o pensamento de matar mais clérigas da Rainha Aranha lhe agradasse. Pelo contrário, a demonstração de ingenuidade de Drizzt, seus contínuos equívocos sobre o bem comum da existência drow, trouxe esperança a Zak.

Drizzt o observou partir, acreditando que os passos de Zak refletiam seu desejo de matar. Drizzt não sabia se deveria seguir e confrontar o mestre de armas naquele momento ou deixá-lo passar, dando de ombros com a mesma facilidade com que tinha dispensado a maior parte do mundo cruel ao seu redor. A decisão foi tomada por ele quando Matriarca Malícia tomou a sua frente e o manteve na capela.

— Para você, eu lhe digo: — ela começou assim que ficaram a sós. — Você ouviu a missão que coloquei em seus ombros. Eu não vou tolerar o fracasso!

Drizzt se sentiu encolher tamanho o poder de sua voz.

— Proteja seu irmão — veio o aviso sombrio —, ou eu vou dar-lhe a Lolth para julgamento.

Drizzt compreendeu as implicações, mas a Matriarca teve o prazer de deixá-las claras.

— Você não iria gostar de sua vida como um drider.

✦

Um raio cortou as águas perpetuamente negras do lago subterrâneo, queimando as cabeças dos trolls que se aproximavam da água. Sons de batalha ecoavam pela caverna.

Drizzt havia encurralado um monstro — scrag, era como o chamavam — em uma península pequena, bloqueando o caminho de retorno daquela coisa miserável para a água. Um drow comum jamais buscaria lutar sozinho contra um troll aquático. Mas, como os outros da sua patrulha começavam a perceber nas últimas semanas, Drizzt não era um drow comum.

O scrag surgiu, inconsciente de seu perigo. Um único movimento de Drizzt cortou os braços estendidos da criatura. O drow imediatamente se pôs em movimento para matar, conhecendo muito bem os poderes regenerativos dos trolls.

Então, outro scrag deslizou para fora da água às suas costas.

Drizzt já esperava por isso, mas não deu nenhum sinal de que vira o segundo scrag chegar. Manteve sua concentração à frente dele, fazendo múltiplos cortes contra o torso mutilado e indefeso do troll.

No momento em que o monstro atrás dele estava prestes a agarrá-lo, Drizzt caiu de joelhos e gritou:

— Agora!

A pantera oculta, agachada nas sombras à base da península, não hesitou. Um grande passo pôs Guenhwyvar em posição. O felino saltou, se chocando pesadamente contra o scrag desavisado, arrancando a vida daquela coisa antes que pudesse responder ao ataque.

Drizzt finalizou o seu troll e virou-se para admirar o trabalho da pantera. O drow estendeu a mão em direção ao felino e o acariciou. Quão bem os dois guerreiros haviam começado a se conhecer!

Outra explosão de relâmpagos trovejou, desta vez perto o bastante para roubar a visão de Drizzt.

— Guenhwyvar! — Masoj Hun'ett, o conjurador do raio, gritou. — Venha para o meu lado!

A pantera conseguiu roçar na perna de Drizzt enquanto se movia para obedecer. Quando sua visão voltou, Drizzt caminhou na outra direção, não querendo ver a repreensão que Guenhwyvar sempre parecia receber quando ele e a pantera trabalhavam juntos.

Masoj observou as costas de Drizzt enquanto ele saía, querendo colocar um terceiro raio bem entre as omoplatas do jovem Do'Urden. O mago da Casa Hun'ett não deixou passar o espectro de Dinin Do'Urden, logo ao lado, o observando com olhares mais do que casuais.

— Aprenda suas lealdades! — Masoj grunhiu para Guenhwyvar. Por vezes demais, a pantera deixava a companhia do mago para se juntar a Drizzt no combate. Masoj sabia que o felino era mais bem complementado pelos movimentos de um guerreiro, também sabia a vulnerabilidade de um mago envolvido em sua conjuração. Masoj queria Guenhwyvar ao seu lado, protegendo-o dos inimigos — ele lançou outro olhar para Dinin — e de seus "amigos" da mesma forma.

Ele jogou a estatueta no chão a seus pés.

— Vá! — ordenou.

Mais à frente, Drizzt havia entrado em combate com outro scrag e também o finalizou rapidamente. Masoj sacudiu a cabeça enquanto observava a exibição de esgrima. Diariamente, Drizzt ficava mais forte.

— Dê-me logo a ordem de matá-lo, Matriarca SiNafay — Masoj murmurou. O jovem mago não sabia mais por quanto tempo seria capaz de realizar a tarefa. Mesmo naquele momento, ele se perguntava se poderia ganhar a luta.

Drizzt protegeu os olhos enquanto usava uma tocha para cauterizar as feridas de um troll morto. Somente o fogo garantia que os trolls não se recuperassem, mesmo após mortos.

As outras batalhas também haviam acabado, observou Drizzt, e viu as chamas das tochas surgirem do outro lado da margem do lago. Não podia deixar de se perguntar se todos os seus doze companheiros drow haviam sobrevivido, embora também se perguntasse se importava. Outros estavam mais do que prontos para tomar seus lugares.

Drizzt sabia que a única companheira que realmente importava — Guenhwyvar — estava novamente em sua casa no Plano Astral.

— Em guarda! — veio o comando ecoante de Dinin quando os escravos, goblins e orcs, começaram a se movimentar em busca de tesouro troll, e para recuperar tudo o que pudessem dos scrags

Quando o fogo terminou de consumir os scrags, Drizzt mergulhou sua tocha na água escura, então parou por um momento para deixar seus olhos se ajustarem à escuridão.

— Outro dia — disse suavemente. — Outro inimigo derrotado.

Ele gostava da emoção de patrulhar, de estar à beira do perigo, e da noção de que agora estava usando armas contra monstros vis.

No entanto, Drizzt não conseguia escapar da letargia que começara a permear sua vida, da resignação generalizada que marcava cada passo que dava. Porque, ainda que suas batalhas fossem contra os horrores do Subterrâneo, monstros mortos por necessidade, Drizzt não tinha esquecido o encontro na capela da Casa Do'Urden.

Ele sabia que suas cimitarras logo seriam usadas contra a carne de outros elfos negros.

⁕

Zaknafein olhava para Menzoberranzan, como fazia muitas vezes quando o grupo de patrulhas de Drizzt estava fora da cidade. Zak estava dividido entre querer escapar da casa para lutar ao lado de Drizzt e esperar que a patrulha retornasse com a notícia de que Drizzt havia sido morto.

Zak se perguntava se algum dia encontraria a resposta para o dilema do jovem Do'Urden. Sabia que não podia sair de casa; Matriarca Malícia estava de olho nele. Zak sabia que ela sentia sua angústia em relação a Drizzt, e não a aprovava. Muitas vezes Zak era seu amante, mas eles compartilhavam pouco mais do que isso.

Zak pensou nas batalhas que ele e Malícia haviam travado por Vierna, outra criança de interesse comum, séculos antes. Vierna era uma mulher, seu destino selado no momento de seu nascimento, e Zak não podia fazer nada para deter o ataque da religião sufocante da Rainha Aranha.

Será que Malícia temia que pudesse ter mais sorte influenciando as ações de um filho do sexo masculino? Aparentemente, a matriarca assim o temia, mas mesmo Zak não estava tão certo se seus medos eram justificados; mesmo ele não era capaz de medir sua influência sobre Drizzt.

Ele olhava para a cidade agora, observando silenciosamente o regresso do grupo de patrulha, esperando, como sempre, o retorno seguro de Drizzt, mas secretamente desejando que seu dilema fosse resolvido pelas garras e presas de um monstro à espreita.

Capítulo 18

A sala dos fundos

— Meus cumprimentos, Sem Rosto — a alta sacerdotisa falou, enquanto abria caminho pelos aposentos privados de Alton em Magace.

— Também tem minhas saudações, Mestra Vierna — respondeu Alton, tentando afastar o medo de sua voz. Vierna Do'Urden ter vindo para vê-lo naquele momento deveria ser mais do que uma coincidência. — A que devo a honra de receber uma Mestra de Arach-Tinilith?

— Não sou mais uma mestra — disse Vierna. — Voltei para casa.

Alton fez uma pausa para considerar a notícia. Ele sabia que Dinin Do'Urden também havia renunciado à sua posição na Academia.

— Matriarca Malícia decidiu reunir a família — Vierna continuou. — Há rumores de uma guerra. Devo supor que os ouviu?

— Apenas rumores — Alton gaguejou, agora começando a entender o motivo de Vierna ter ido procurá-lo. A Casa Do'Urden já havia usado Sem Rosto antes em sua conspiração: em sua tentativa de assassinar Alton! Agora, com os rumores de uma futura guerra sussurrados por toda a Menzoberranzan, Matriarca Malícia estava restabelecendo sua rede de espiões e assassinos.

— Você sabe quem são? — Vierna perguntou bruscamente.

— Ouvi muito pouco — Alton respirou, com todo o cuidado para não enfurecer a poderosa mulher. — Não o suficiente para reportar à sua casa. Até agora, sequer suspeitava que a Casa Do'Urden estivesse envolvida — Alton só podia esperar que Vierna não tivesse nenhum feitiço de detecção sobre suas palavras.

Vierna relaxou, aparentemente tranquilizada por sua explicação.

— Escute mais atentamente aos rumores, Sem Rosto — disse. — Meu irmão e eu deixamos a Academia. Você será os olhos e ouvidos da Casa Do'Urden neste lugar.

— Mas... — Alton gaguejou.

Vierna ergueu a mão para silenciá-lo.

— Soubemos do nosso fracasso em nossa última transação — disse ela. Vierna curvou-se, algo que uma alta sacerdotisa raramente fazia a um macho — Matriarca Malícia envia suas mais profundas desculpas pelo fato do unguento que você recebeu pelo assassinato de Alton DeVir não restaurar as feições de seu rosto.

Alton quase engasgou com as palavras, agora compreendendo o porquê de um mensageiro desconhecido haver entregue um frasco com um unguento de cura cerca de trinta anos atrás. A figura encoberta era um agente da Casa Do'Urden, que viera pagar Sem Rosto pelo assassinato de Alton! Claro, Alton nunca havia testado o unguento. Com sua sorte, teria funcionado, e restaurado as características de Alton DeVir.

— Desta vez, seu pagamento será válido — prosseguiu Vierna, embora Alton, apanhado na ironia de tudo, mal fosse capaz de ouvi-la. — Nossa casa possui um cajado, mas nenhum mago digno de usá-lo. Pertencia a Nalfein, meu irmão, que morreu na vitória sobre os DeVir.

Alton queria matá-la. No entanto, nem mesmo ele era tão estúpido.

— Se puder descobrir qual casa está tramando contra a Casa Do'Urden — Vierna prometeu —, o cajado será seu. Um verdadeiro tesouro para uma tarefa tão simples.

— Farei o possível — respondeu Alton, sem nenhuma outra resposta à incrível oferta.

— É tudo o que Matriarca Malícia pede — disse Vierna, logo antes de deixar o mago, certa de que a Casa Do'Urden havia conseguido garantir um agente competente dentro da Academia.

— Dinin e Vierna Do'Urden renunciaram às suas posições — disse Alton empolgado quando a pequena Matriarca Mãe foi até ele naquela mesma noite.

— Já tenho conhecimento disso — respondeu SiNafay Hun'ett.

Ela olhou em volta desdenhosamente para a sala queimada e bagunçada. Depois, sentou-se.

— Há mais — Alton disse rapidamente, não querendo que SiNafay ficasse chateada. — Recebi uma visita hoje. Era Vierna Do'Urden!

— Ela suspeita de algo? — Matriarca SiNafay rosnou.

— Não, não! — Alton respondeu. — Muito pelo contrário. A Casa Do'Urden deseja usar-me como um espião, uma vez que usou Sem Rosto para me assassinar!

SiNafay parou por um momento, aturdida, então emitiu uma risada ecoante, sacudindo sua barriga.

— As ironias de nossa vida! — rugiu.

— Tinha ouvido falar que Dinin e Vierna foram enviados para a Academia apenas para supervisionar a educação de seu irmão mais novo — observou Alton.

— Uma cobertura excelente — replicou SiNafay. — Vierna e Dinin foram enviados como espiões pela ambiciosa Matriarca Malícia. Meus parabéns para ela.

— Agora eles suspeitam de algo — Alton disse, sentando-se em frente à sua Matriarca Mãe.

— Sim — concordou SiNafay. — Masoj patrulha com Drizzt, mas a Casa Do'Urden também conseguiu plantar Dinin no grupo.

— Então Masoj está em perigo — raciocinou Alton.

— Não — disse SiNafay. — A Casa Do'Urden não sabe que a Casa Hun'ett está tramando contra ela, ou não teria chegado a você para obter informações. Matriarca Malícia conhece a sua identidade.

Um olhar de terror atravessou o rosto de Alton.

— Não a sua identidade verdadeira — SiNafay riu dele. — Ela conhece Sem Rosto como Gelroos Hun'ett, ela não teria vindo a um Hun'ett se suspeitasse de nossa casa.

— Então temos uma excelente oportunidade para lançar a Casa Do'Urden no caos! — Alton gritou. — Se eu acusar outra casa, talvez os Baenre, nossa posição poderá ser reforçada — ele riu das possibilidades. — Malícia me recompensará com um cajado de grande poder, uma arma que voltarei contra ela no momento apropriado!

— Matriarca Malícia! — SiNafay corrigiu severamente. Ainda que ela e Malícia fossem se tornar inimigas publicamente em breve, SiNafay não permitiria que um macho mostrasse tal desrespeito a uma Matriarca. — Você realmente acredita que poderia enganá-la dessa forma?

— Quando Mestra Vierna retornar...

— Você não vai lidar com uma sacerdotisa menor tendo em posse informações tão importantes, DeVir idiota! Você estará frente a frente com a própria Matriarca Malícia. Se ela perceber suas mentiras, você sabe o que ela fará com o seu corpo?

Alton engoliu em seco.

— Estou disposto a correr o risco — ele disse, cruzando os braços.

— O que será da Casa Hun'ett quando a mentira maior for revelada? — SiNafay perguntou. — Qual vantagem teremos quando Matriarca Malícia conhecer a verdadeira identidade de Sem Rosto?

— Entendo — respondeu Alton, abatido, mas incapaz de refutar a lógica de SiNafay. — Então, o que devemos fazer? O que eu devo fazer?

Matriarca SiNafay já estava planejando seus próximos passos.

— Você vai renunciar a seu posto — disse ela por fim. — Volte para a casa Hun'ett, sob minha proteção.

— Algo assim também pode implicar a Casa Hun'ett para a Matriarca Malícia — argumentou Alton.

— Talvez — replicou SiNafay —, mas é o caminho mais seguro. Vou procurar Matriarca Malícia fingindo raiva, dizendo-lhe para deixar a Casa Hun'ett fora de seus problemas. Se ela quiser fazer de um membro da minha família seu informante, deve vir a mim para pedir permissão, mas não vou concedê-la desta vez! — SiNafay sorriu diante das possibilidades de tal encontro. — Minha raiva, meu medo, por si sós poderiam implicar uma casa maior contra a Casa Do'Urden, até mesmo uma conspiração entre mais de uma casa — disse saboreando as possibilidades dos benefícios adicionais. — Matriarca Malícia terá muito em que pensar e muita preocupação!

Alton sequer tinha ouvido os últimos comentários de SiNafay. As palavras sobre a concessão de sua permissão "desta vez" trouxeram uma noção perturbadora em sua mente.

— E ela fez isso? — ele ousou perguntar, embora suas palavras mal fossem audíveis.

— Como assim? — perguntou SiNafay, sem conseguir acompanhar seus pensamentos.

— Matriarca Malícia foi até você? — Alton continuou, assustado, mas precisando de uma resposta. — Há trinta anos, Matriarca SiNafay concedeu-lhe permissão para que Gelroos Hun'ett se tornasse um assassino para completar a eliminação da Casa DeVir?

Um sorriso largo se espalhou pelo rosto de SiNafay, mas desapareceu em um piscar de olhos quando jogou a mesa pelo quarto, agarrou Alton pela vestes e puxou-o a poucos centímetros de seu rosto carrancudo.

— Nunca confunda os sentimentos pessoais com a política! — a pequena, mas obviamente forte, Matriarca rosnou, seu tom carregando o peso inconfundível de uma ameaça direta. — E nunca mais me faça essa pergunta!

Ela jogou Alton no chão, mas não o libertou de seu olhar.

Alton sabia desde o começo que era apenas um peão na intriga entre a Casa Hun'ett e a Casa Do'Urden, um elo necessário para a Matriarca SiNafay poder seguir em frente com seus planos. Entretanto, de vez em quando, o ressentimento de Alton contra a Casa Do'Urden fazia com que ele esquecesse sua posição baixa nesse conflito. Olhando agora para o poder de SiNafay, percebeu que havia ultrapassado os limites de sua posição.

Na parte de trás do bosque de cogumelos, na parede sul da caverna que abrigava Menzoberranzan, havia uma caverna pequena, fortemente guardada. Além das portas de ferro havia uma única sala, usada apenas para encontros das oito Matriarcas Mães da cidade.

A fumaça de uma centena de velas aromáticas permeava o ar; as Matriarcas Mães assim o preferiam. Depois de quase meio século estudando pergaminhos à luz das velas de Magace, Alton não se importava com a luz, mas estava realmente desconfortável na câmara. Estava sentado na extremidade traseira de uma mesa em forma de aranha, sobre uma pequena e despojada cadeira reservada para convidados do conselho. Entre as oito pernas cabeludas da mesa estavam os tronos das Matriarcas Mães, todos adornados com joias e deslumbrantes à luz das velas.

As matriarcas entraram, pomposas e perversas, lançando olhares de desprezo ao macho. SiNafay, ao lado de Alton, pousou uma mão em seu joelho e deu-lhe uma piscadela tranquilizadora. Ela não teria ousado pedir uma reunião do conselho governante se não estivesse certa da validade de sua notícia. As Matriarcas Mães governantes consideravam seus assentos como sendo de natureza honorária e não gostavam de se reunir, exceto em tempos de crise.

À cabeceira da mesa em forma de aranha estava Matriarca Baenre, a figura mais poderosa de Menzoberranzan, uma mulher antiga e decrépita, com olhos maliciosos e uma boca desacostumada a sorrir.

— Estamos reunidas, SiNafay — disse Baenre quando as oito integrantes encontraram seus assentos designados. — Por qual motivo reuniu o conselho?

— Para discutir uma punição — SiNafay respondeu.

— Punição? — Matriarca Baenre ecoou, confusa. Os últimos anos haviam sido excepcionalmente silenciosos na cidade drow, sem um incidente desde o conflito de Teken'duis Freth. Pelo conhecimento da Primeira Matriarca, nenhum ato, que pudesse exigir uma punição, fora cometido, certamente nenhum tão flagrante que precisasse forçar o conselho governante a agir — Que indivíduo merece isso?

— Não um indivíduo — explicou Matriarca SiNafay. Ela olhou ao redor para suas companheiras. — Uma casa — disse, sem rodeios. — Daermon N'a'shezbaernon, Casa Do'Urden — Engasgos de descrença surgiram em resposta, exatamente como SiNafay esperava.

— Casa Do'Urden? — a Matriarca Baenre questionou, surpresa que qualquer um pudesse acusar Matriarca Malícia. Pelo que sabia, Malícia estava em alta consideração com a Rainha Aranha, e a Casa Do'Urden havia recentemente colocado dois instrutores na Academia.

— Por qual crime se atreve a acusar a Casa Do'Urden? — perguntou outra matriarca.

— Seriam essas palavras de medo, SiNafay? — Matriarca Baenre teve que perguntar. Várias das matriarcas governantes haviam manifestado preocupação com a Casa Do'Urden. Era sabido que Matriarca Malícia desejava um assento no conselho governante, e, por todas as medidas de sua casa, parecia destinada a obtê-lo.

— Tenho uma causa apropriada — insistiu SiNafay.

— As outras parecem duvidar de você — respondeu Matriarca Baenre. — Explique-se… Se valoriza sua reputação.

SiNafay sabia que mais do que sua reputação estava em jogo, em Menzoberranzan, uma acusação falsa era um crime tão grave quanto assassinato.

— Todos nos lembramos da queda da Casa DeVir — começou SiNafay. — Sete de nós agora reunidas se sentaram no conselho governante ao lado de Matriarca Ginafae DeVir.

— A Casa DeVir não existe mais — lembrou Matriarca Baenre.

— Por causa da Casa Do'Urden — disse SiNafay sem rodeios. Dessa vez, os engasgos estavam temperados com raiva não disfarçada.

— Como ousa falar essas palavras? — veio uma resposta

— Trinta anos! — veio outra. — Tal incidente já foi esquecido!

Matriarca Baenre as acalmou antes que o clamor se transformasse em violência.

— SiNafay — ela disse através do sarcasmo seco. — Não se pode fazer tal acusação; não se pode discutir essas crenças abertamente, tanto tempo depois de um evento! Se a Casa Do'Urden realmente cometeu este ato, como você insiste, merece nossos elogios, não nossa punição, pois o fez à perfeição. A Casa DeVir não existe. Não mais.

Alton se moveu inquieto, preso em algum lugar entre a raiva e o desespero. No entanto, SiNafay estava longe de estar consternada. A reunião estava se desenrolando exatamente como tinha esperado.

— Oh, mas ela existe! — ela respondeu, levantando-se. Então, tirou o capuz da cabeça de Alton — Aqui!

— Gelroos? — perguntou a Matriarca Baenre, sem entender.

— Não é Gelroos — SiNafay respondeu. — Gelroos Hun'ett morreu na mesma noite que a Casa DeVir. Este macho, Alton DeVir, assumiu a identidade e a posição de Gelroos, escondendo-se de novos ataques da Casa Do'Urden!

Baenre sussurrou algumas instruções para a matriarca à sua direita, então esperou enquanto esta entoava um feitiço. Baenre fez um gesto para que SiNafay voltasse a seu assento e então encarou Alton.

— Diga o seu nome — ordenou Baenre.

— Sou Alton DeVir — disse Alton, ganhando força com a identidade que tanto esperara para proclamar. — Filho de Matriarca Ginafae e estudante de Magace na noite em que a Casa Do'Urden atacou.

Baenre olhou para a matriarca ao seu lado.

— Ele fala a verdade — assegurou a matriarca. Sussurros surgiram por toda a mesa em forma de aranha, e eram sussurros mais de diversão do que de qualquer outra coisa.

— Foi por isso que convoquei o conselho governante — explicou SiNafay rapidamente.

— Muito bem, SiNafay — disse a Matriarca Baenre. — Meus cumprimentos a você, Alton DeVir, por sua habilidade e capacidade de sobreviver. Para um macho, você mostrou grande coragem. Certamente vocês sabem que o Conselho não pode exercer punição sobre uma casa por uma ação feita há tanto tempo. Por que desejaríamos isso? Matriarca Malícia Do'Urden está nos favores da Rainha Aranha; sua casa mostra-se promissora. Você deve revelar-nos uma necessidade maior se desejar qualquer punição contra a Casa Do'Urden.

— Não desejo tal coisa — SiNafay respondeu rapidamente. — Este assunto, trinta anos depois, não está mais no âmbito do conselho governante. A Casa Do'Urden é de fato promissora, minhas colegas, com suas quatro altas sacerdotisas e uma série de outras armas, dentre elas o segundo filho, Drizzt, o primeiro graduado de sua turma — ela havia propositadamente mencionado Drizzt, sabendo que o nome iria abrir uma ferida em Matriarca Baenre. O filho prezado de Baenre, Berg'inyon, passara os últimos nove anos atrás do jovem Do'Urden.

— Então por que você nos incomodou? — Matriarca Baenre exigiu, com um tom inconfundível em sua voz.

— Para lhe pedir para fechar os olhos — SiNafay ronronou. — Alton é um Hun'ett agora, sob minha proteção. Ele exige vingança pelo ato cometido contra sua família e, como membro sobrevivente da família atacada, tem o direito de acusação.

— A casa Hun'ett ficará ao seu lado? — perguntou Matriarca Baenre, curiosa e começando a se divertir com a situação.

— Sim — respondeu SiNafay. — Esse é o compromisso da Casa Hun'ett.

— Vingança? — outra matriarca brincou, também achando a situação mais divertida do que enervante. — Ou medo? Está me soando como se a Matriarca da Casa Hun'ett usasse esse pobre DeVir para seu próprio ganho. A Casa Do'Urden aspira a uma posição mais elevada... Matriarca Malícia deseja sentar-se no conselho governante... Uma ameaça para Casa Hun'ett, talvez?

— Seja por vingança ou por prudência, minha reivindicação, a reivindicação de Alton DeVir, deve ser considerada legítima — respondeu SiNafay —, para nosso mútuo ganho — e sorriu para a Primeira Matriarca.

— Sim — respondeu Baenre em uma risada que soou mais como uma tosse. Uma guerra entre os Hun'ett e os Do'Urden poderia ser de ganho para todos, mas não como SiNafay acreditava, suspeitava Baenre. Malícia era uma matriarca poderosa, e sua família realmente merecia uma posição mais alta do que a nona. Se a batalha viesse à tona, Malícia provavelmente conseguiria seu lugar no conselho, substituindo SiNafay.

Baenre olhou ao redor, para as outras matriarcas, e adivinhou por suas expressões que elas compartilhavam de seus pensamentos. Deixe que os Hun'ett e os Do'Urden lutem; seja qual for o resultado, a ameaça de Matriarca Malícia estaria encerrada. Talvez um certo jovem macho Do'Urden caísse na batalha, impulsionando seu filho à posição que mereceia, Baenre esperava.

Então a Primeira Matriarca pronunciou as palavras que SiNafay veio ouvir, a permissão silenciosa do conselho governante de Menzoberranzan.

— Este assunto está resolvido, minhas irmãs — declarou Matriarca Baenre, sob os acenos de aceitação de todas à mesa. — Foi bom nunca termos nos encontrado hoje.

Capítulo 19

Promessas de glória

— Você encontrou a trilha? — Drizzt sussurrou, enquanto caminhava ao lado da grande pantera. Ele deu a Guenhwyvar um tapinha no flanco e soube, pela falta de tensão dos músculos do felino, que não havia perigo por perto.

— Eles se foram, então — concluiu Drizzt, olhando para o vazio do corredor diante deles. — Gnomos maldosos, meu irmão os atraiu quando encontramos as trilhas perto do reservatório. Maldosos e idiotas — ele embainhou sua cimitarra e se ajoelhou ao lado da pantera, pousando confortavelmente seu braço em volta de Guenhwyvar. — Mas são espertos o bastante para escapar de nossa patrulha.

A pantera ergueu os olhos como se tivesse compreendido suas palavras, e Drizzt esfregou uma mão sobre a cabeça de Guenhwyvar. Lembrou-se da sua alegria no dia, na semana anterior, quando Dinin anunciou, para a indignação de Masoj Hun'ett, que Guenhwyvar seria empregada na posição de patrulha ao lado de Drizzt.

— O felino é meu! — Masoj lembrara a Dinin.

— E você é meu! — Dinin, o líder da patrulha, respondera, encerrando qualquer eventual debate.

Desde então, sempre que a magia da estatueta permitia, Masoj convocava Guenhwyvar do Plano Astral e ordenava que a gata corresse na frente, dando a Drizzt um grau adicional de segurança e uma companheira valiosa.

Drizzt sabia pelos padrões de calor desconhecidos na parede que eles haviam alcançado o limite de sua rota de patrulha. Ele propositadamente tinha aberto muita distância, mais do que o aconselhado, entre ele e os outros patrulheiros. Drizzt tinha confiança de que ele e Guenhwyvar poderiam cuidar de si mesmos, e, estando os outros muito atrás, poderiam relaxar e desfrutar da espera. Os minutos que Drizzt passou na solidão lhe deram tempo para engajar-se em seu esforço de organizar suas emoções confusas. Guenhwyvar, sem julgá-lo, oferecia a Drizzt um público perfeito para suas contemplações audíveis.

— Eu começo a me perguntar de que vale tudo isso — Drizzt sussurrou para o felino. — Não duvido do valor dessas patrulhas. Só nessa semana, derrotamos uma dúzia de monstros que poderiam ter causado grandes danos à cidade... Mas para quê?

Ele olhou para os olhos redondos da pantera e lá encontrou empatia. Drizzt sabia que Guenhwyvar de alguma forma entendia seu dilema.

— Talvez eu ainda não saiba quem sou — pensou Drizzt —, ou quem é meu povo. Cada vez que encontro uma pista para a verdade, ela me leva por um caminho que não me atrevo a continuar, a conclusões que não posso aceitar.

— Você é um drow. — veio uma resposta por detrás deles. Drizzt virou-se abruptamente para ver Dinin a poucos metros de distância, com uma expressão de grave preocupação em seu rosto.

— Os gnomos fugiram para além de nosso alcance — disse Drizzt, tentando desviar as preocupações de seu irmão.

— Você não aprendeu o que significa ser um drow? — Dinin perguntou. — Você não chegou a entender o curso de nossa história e a promessa de nosso futuro?

— Conheço nossa história conforme foi ensinada na Academia — Drizzt respondeu. — Foram as primeiras aulas que recebemos. No entanto, não conheço nosso futuro, ou mesmo o presente do lugar onde vivemos.

— Você sabe sobre nossos inimigos — Dinin provocou.

— Inimigos incontáveis — respondeu Drizzt com um suspiro pesado. — Eles enchem os buracos do Submundo, sempre esperando que baixemos nossa guarda. Mas não baixaremos, e nossos inimigos cairão ante nosso poder.

— Ah, mas nossos verdadeiros inimigos não residem nas cavernas sem luz de nosso mundo — disse Dinin com um sorriso astuto. — O mundo deles é estranho e maligno.

Drizzt sabia a quem Dinin estava se referindo, mas suspeitava que seu irmão estivesse escondendo algo.

— As fadinhas — Drizzt sussurrou e a palavra incitou um emaranhado de emoções dentro dele.

Por toda sua vida, ele ouvira falar de seus primos malignos, de como haviam forçado os drow para as entranhas do mundo. Ativamente envolvido nas tarefas de seu cotidiano, Drizzt não pensava muito neles, mas, sempre que vinham à sua mente, ele usava seu nome como uma litania contra tudo o que odiava em sua vida. Se Drizzt pudesse de alguma forma culpar os elfos superfície, como todos os outros drow pareciam culpá-los, pelas injustiças da sociedade drow, poderia encontrar esperança para o futuro do seu povo. Racionalmente Drizzt tinha que se divorciar da crença nas lendas das guerras élficas, como de qualquer outra nesse fluxo interminável de mentiras, mas em seu coração repleto de esperança, Drizzt agarrou-se desesperadamente a essas palavras.

Ele tornou a olhar para Dinin.

— As fadinhas — disse novamente —, sejam elas quem forem.

Dinin riu do sarcasmo implacável do irmão; já era algo tão comum.

— A história se passou como você aprendeu — assegurou Dinin a Drizzt. — São seres sem valor e desprezíveis além do imaginável, os algozes de nosso povo, que nos baniram em eras passadas; aqueles que forçaram...

— Eu conheço as histórias — interrompeu Drizzt, alarmado com o crescente volume da voz de seu irmão, agora empolgado. Drizzt olhou por cima do ombro. — Se a patrulha está encerrada, encontremos os outros mais perto da cidade. Este lugar é perigoso demais para tais discussões — ele levantou-se e começou a voltar, com Guenhwyvar ao lado.

— Não é tão perigoso quanto o lugar para onde te levarei em breve — Dinin respondeu com aquele mesmo sorriso malicioso.

Drizzt parou e olhou para ele com curiosidade.

— Achei que devesse saber — brincou Dinin. — Fomos selecionados porque somos o melhor dos grupos de patrulha, você certamente desempenhou um papel importante para que alcançássemos essa honra.

— Escolhidos para quê?

— Em duas semanas, nós partiremos de Menzoberranzan — explicou Dinin. — Nosso caminho nos levará a muitos dias e muitos quilômetros da cidade.

— Por quanto tempo? — Drizzt perguntou, de repente, muito curioso.

— Duas semanas, talvez três — respondeu Dinin —, mas valerá cada segundo. Seremos nós, meu irmãozinho, que iremos aplicar uma medida de vingança sobre nossos inimigos mais odiados, que iremos executar um ataque glorioso para a Rainha Aranha.

Drizzt achou que havia entendido, mas a ideia também era absurda demais para que estivesse certa.

— Os elfos — disparou Dinin. — Fomos escolhidos para um ataque à superfície!

Drizzt não estava tão abertamente animado quanto seu irmão, inseguro que estava sobre as implicações de tal missão. Finalmente ele conseguiria ver os elfos da superfície, encarar a verdade e contrastá-la com o que vinha em seu coração esperançoso. Algo mais real para Drizzt a decepção, que havia conhecido há tantos anos, moderou sua exaltação, lembrando-o que, enquanto a verdade sobre os elfos poderia trazer uma desculpa para a crueldade de sua raça, poderia também, pelo contrário, arrancar dele algo ainda mais importante. Ele não sabia como se sentir.

— A superfície — Alton pensou alto. — Minha irmã já foi lá uma vez, em um ataque. Uma experiência maravilhosa, pelo que me disse! — ele olhou para Masoj, sem saber como interpretar a expressão desamparada no rosto do jovem Hun'ett. — Agora sua patrulha fará essa viagem. Estou com inveja.

— Eu não vou — Masoj declarou.

— Por quê? — Alton questionou surpreso. — Esta é uma oportunidade rara, de fato. Menzoberranzan, para o desgosto de Lolth, tenho certeza, não organiza um ataque à superfície há quase duas décadas. Talvez só façam um outro em mais duas décadas, e até lá já não estará mais entre as patrulhas.

Masoj olhou pela pequena janela do quarto de Alton na Casa Hun'ett, examinando o complexo.

— Além disso — Alton continuou calmamente —, lá em cima, tão longe de olhos curiosos, você pode encontrar a chance de descartar dois Do'Urden. Por que você não iria?

— Você se esqueceu de uma decisão que você ajudou a tomar? — Masoj perguntou, girando acusatoriamente para cima de Alton. — Há duas décadas, os mestres de Magace decidiram que nenhum mago deveria viajar em qualquer lugar perto da superfície!

— É claro... — respondeu Alton, lembrando-se da reunião. Magace já parecia tão distante para ele, mesmo que só estivesse dentro da casa Hun'ett há apenas algumas semanas. — Concluímos que a magia drow pode funcionar de forma diferente, inesperada até, sob céu aberto — explicou. — Naquele ataque há vinte anos...

— Conheço a história — resmungou Masoj, logo antes de terminar a frase para Alton. — A bola de fogo de um mago expandiu-se além de suas dimensões normais, matando vários drow. Efeitos colaterais perigosos, pelo que vocês mestres disseram, embora eu tenha a crença de que o mago convenientemente descartou alguns inimigos sob o pretexto de um acidente!

— Sim — concordou Alton. — Foi o que os rumores disseram. Mas na ausência de provas... — ele deixou o pensamento no ar, vendo que estava fazendo pouco para confortar Masoj. — Isso foi há muito tempo — disse ele, tentando oferecer alguma esperança. — Não tem nenhum recurso?

— Nenhum — respondeu Masoj. — As coisas andam bem devagar em Menzoberranzan. Duvido que os mestres tenham sequer começado sua investigação sobre o assunto.

— É uma pena — disse Alton. — Teria sido a oportunidade perfeita.

— Chega desse assunto! — Masoj repreendeu. — Matriarca SiNafay não me deu ordens de eliminar Drizzt Do'Urden ou seu irmão. Você já foi avisado para manter seus desejos pessoais para si mesmo. Quando a matriarca me mandar atacar, não vou falhar. Oportunidades podem ser criadas.

— Você fala como se já soubesse como Drizzt Do'Urden morrerá — disse Alton.

Um sorriso se espalhou pelo rosto de Masoj enquanto levava sua mão ao bolso de sua túnica e puxava a estatueta de ônix, sua escrava mágica incapaz de pensar, em quem Drizzt, aquele tolo, tinha confiado tão carinhosamente.

— Oh, eu sei — ele respondeu, lançando a estatueta de Guenhwyvar a uma altura baixa, depois a apanhando e segurando em exibição. — Eu sei.

Os membros do grupo de invasão escolhido logo perceberam que não seria uma missão comum. Eles não sairiam em patrulha por Menzoberranzan durante toda aquela semana. Pelo contrário, eles permaneceram, dia e noite, confinados dentro de um alojamento em Arena-Magthere. Durante quase todas as horas de vigília, os invasores se amontoavam em torno de uma mesa oval em uma sala de conferências, ouvindo os planos detalhados de sua aventura que estava por vir e, vez por outra, Mestre Hatch'net, o Mestre de Tradições, contava suas histórias sobre os elfos maléficos.

Drizzt ouvia atentamente às histórias, permitindo-se, forçando-se, a cair na teia hipnótica da Hatch'net. Os contos tinham que ser verdadeiros; Drizzt não sabia no que iria se segurar para preservar seus princípios se não fossem.

Dinin presidiu os preparativos táticos do ataque, mostrando mapas dos longos túneis pelos quais o grupo viajaria, repassando-os por várias e várias vezes, até que memorizassem perfeitamente a rota.

Os invasores ansiosos também ouviam isso atentamente, com exceção de Drizzt, ouviam atentamente, lutando durante todo o tempo para evitar que sua empolgação explodisse em um grito de comemoração. À medida que a semana dos preparativos se aproximava do fim, Drizzt notou que um membro do grupo de patrulha não esteve presente. No início, Drizzt tinha suposto que Masoj estivesse recebendo suas instruções sobre o ataque em Magace, com seus antigos mestres. Com o tempo de partida se aproximando e os planos de batalha tomando forma, porém, Drizzt começou a entender que Masoj não iria se juntar a eles.

— Onde está nosso mago? — Drizzt ousou perguntar nas últimas horas de uma sessão.

Dinin, não gostando da interrupção, olhou para seu irmão.

— Masoj não vai se juntar a nós — ele respondeu, sabendo que outros poderiam compartilhar da preocupação de Drizzt, uma distração que não poderiam se dar ao luxo de ter em um momento tão crítico. — Magace decretou que nenhum mago pode viajar para a superfície — explicou Mestre Hatch'net. — Masoj Hun'ett aguardará seu retorno na cidade. É uma grande perda para vocês, de fato, uma vez que Masoj provou seu valor várias vezes. Mas não temam, uma porque uma clériga de Arach-Tinilith os acompanhará.

— E quanto a... — Drizzt começou a falar acima dos sussurros de aprovação dos outros atacantes.

Dinin cortou os pensamentos de seu irmão, adivinhando facilmente a questão.

— O felino pertence a Masoj — disse ele sem rodeios. — A gata fica.

— Eu poderia falar com Masoj — implorou Drizzt.

O olhar severo de Dinin respondeu à pergunta sem a necessidade de palavras.

— Nossas táticas serão diferentes na superfície — disse a todo o grupo, silenciando seus sussurros. — A superfície é um mundo de distância, não a clausura cega das curvas de nossos túneis. No momento em que virmos nossos inimigos, nossa tarefa será cercá-los, para remover o fator distância — ele olhou diretamente para seu irmão mais novo. — Não teremos necessidade de um armador, e em conflitos assim, um felino espirituoso poderia ser bem mais problemático do que útil.

Drizzt teria que ficar satisfeito com a resposta. Discutir não iria ajudar, mesmo que conseguisse convencer Masoj a deixá-lo levar a pantera

— o que, no fundo, sabia que não conseguiria. O jovem drow afastou os desejos inquietantes de sua cabeça e forçou-se a ouvir as palavras de seu irmão. Esse deveria ser o maior desafio da jovem vida de Drizzt, assim como o maior perigo que enfrentaria.

⁂

Durante os dois últimos dias, enquanto o plano de batalha se enraizava em cada pensamento, Drizzt começou a ficar cada vez mais agitado. Uma energia nervosa mantinha as palmas de suas mãos úmidas de suor e seus olhos muito alertas, não se cansavam de esquadrinhar cada canto e sombra.

Apesar do seu desapontamento em relação a Guenhwyvar, Drizzt não podia negar a emoção que borbulhava dentro dele. Esta era a aventura que ele sempre desejara, a resposta às suas perguntas sobre a verdade de seu povo. Lá em cima, na grande estranheza daquele mundo alienígena, espreitavam os elfos de superfície, o pesadelo invisível que se tornara o inimigo comum e, portanto, o elo comum, de todos os drow. Drizzt descobriria a glória da batalha, a vingança apropriada sobre os inimigos mais odiados de seu povo.

Em todas as suas batalhas anteriores, Drizzt havia lutado por necessidade, em academias de formação ou contra os monstros idiotas que se aventuravam perto demais de sua casa. Drizzt sabia que este combate seria diferente. Desta vez, suas estocadas e cortes seriam levados pela força de emoções mais profundas, guiados pela honra de seu povo, sua coragem e determinação comuns para revidar contra seus opressores. Ele precisava acreditar nisso.

Drizzt reclinou-se em sua cama na noite anterior à partida do grupo de atacantes e passou a movimentar suas cimitarras em algumas manobras lentas acima dele.

— Desta vez... — ele sussurrou em voz alta para as lâminas enquanto observava maravilhado sua dança tão intrincada, ainda que a uma velocidade tão lenta. — Desta vez seu tilintar será o som da justiça!

Ele pousou as cimitarras ao lado de sua cama e rolou para o lado, a fim de encontrar o sono de que precisava.

— Desta vez — ele disse novamente, cerrando os dentes e com olhos brilhando em determinação.

Essas palavras refletiam sua crença ou sua esperança? Drizzt havia ignorado a pergunta perturbadora logo na primeira vez que penetrara em seus pensamentos, não tendo espaço para dúvidas sobre essas questões. Ele não considerava mais a possibilidade de decepcionar-se; ela não tinha espaço no coração de um guerreiro drow.

Mas para Dinin que estava estudando Drizzt curiosamente das sombras da porta, soava como se o seu irmão mais novo estivesse tentando se convencer da verdade de suas próprias palavras.

Capítulo 20

Aquele mundo estranho

Os quatorze membros do grupo de patrulha caminharam através de túneis retorcidos e cavernas gigantes, que se subitamente se abriam amplas diante deles. Silenciosos em suas botas mágicas e quase invisíveis por trás de seus *piwafwis*, eles se comunicavam somente pela linguagem de sinais. Na maior parte do tampo, a inclinação no chão era quase imperceptível, embora às vezes o grupo escalasse túneis verticais. Cada passo e cada mão agarrada à pedra os levavam para mais perto de seu objetivo. Eles atravessaram os limites dos territórios reivindicados pelos monstros e outras raças, mas os odiados gnomos e mesmo os anões duergar sabiamente mantiveram suas cabeças baixas. Poucos em todo o Subterrâneo interceptariam um grupo de drow a caminho de um ataque.

No final de uma semana, todos os drow podiam sentir a diferença em seus arredores. A profundidade ainda parecia asfixiante para um habitante da superfície, mas os elfos negros estavam acostumados à opressão constante de um milhão de toneladas de pedras sobre suas cabeças. Eles viravam a cada esquina esperando o que o teto de pedra saísse voando pela imensidão do mundo da superfície.

Eventualmente, podiam sentir uma brisa passando por eles — não aquele ar quente com cheiro de enxofre que subia do magma nas entranhas da terra, mas um ar úmido, perfumado com centenas de aromas desconhecidos aos drow. Era primavera na superfície, embora os elfos negros, em seu ambiente sem estações, não soubessem nada sobre isso, e o ar estava cheio dos perfumes das flores que desabrochavam e das árvores que cresciam. No fascínio sedutor daqueles aromas tentadores, Drizzt tinha que se lembrar novamente de que o lugar do qual se aproximavam era totalmente maligno e perigoso. Talvez, pensou, os perfumes fossem meramente uma atração diabólica, uma isca para uma criatura desavisada, para trazê-lo ao alcance daquele mundo da superfície assassino.

Após determinado ponto, a clériga de Arach-Tinilith, que viajava com o grupo atacante, começou a se aproximar das paredes e pressionar o rosto contra cada rachadura que encontrava.

— Esta vai servir — disse pouco tempo depois. Ela lançou um feitiço de visão e olhou pela rachadura, não mais larga que um dedo, uma segunda vez.

— Como vamos passar por isso? — um dos membros da patrulha sinalizou para outro. Dinin notou os gestos e terminou a conversa silenciosa com uma carranca.

— É dia lá em cima — disse a clériga. — Teremos que esperar aqui.

— Por quanto tempo? — Dinin perguntou, sabendo que sua patrulha estava à beira da prontidão com seu objetivo tão aguardado estando tão perto.

— Não tenho como saber — a clériga respondeu. — Não mais do que meio ciclo de Narbondel. Podemos soltar nossas mochilas e descansar enquanto podemos.

Dinin teria preferido continuar, só para manter suas tropas ocupadas, mas não ousou falar contra a sacerdotisa. No entanto, a pausa acabou não sendo longa, uma vez que, algumas horas mais tarde, a clériga checou a rachadura mais uma vez e anunciou que havia chegado a hora.

— Você primeiro — disse Dinin a Drizzt. Drizzt olhou incrédulo para seu irmão, sem ter ideia de como poderia passar por uma rachadura tão pequena.

— Venha — instruiu a clériga, que agora segurava um orbe repleto de buracos. — Passe por mim e continue andando.

Enquanto Drizzt passava pela clériga, ela falou a palavra de comando do orbe e segurou-a sobre a cabeça de Drizzt. Flocos negros, mais negros que a pele de ébano de Drizzt, salpicaram sobre ele, e o jovem drow sentiu um arrepio intenso ondular-se por sua espinha.

Os outros olhavam com espanto enquanto o corpo de Drizzt estreitava-se à largura de um fio de cabelo, e ele se tornou uma imagem bidimensional, uma sombra de sua antiga forma.

Drizzt não entendia o que estava acontecendo, mas a rachadura de repente ampliou-se diante dele. Ele escorregou para dentro dela, percebendo que o movimento em sua forma atual dependia apenas de sua vontade, e atravessou as torções, as voltas e as curvas do pequeno canal como uma sombra na superfície quebrada de um penhasco rochoso. Então, ele estava em uma caverna longa, de frente para sua única saída.

A noite não tinha lua, mas mesmo isso parecia brilhante para o drow acostumado às profundezas. Drizzt sentiu-se puxado em direção à saída, em direção à abertura do mundo da superfície. Então, os outros invasores começaram a escorregar pela fresta até a caverna, um a um, com a clériga por último. Drizzt foi o primeiro a sentir o arrepio de seu corpo retomando seu estado natural. Em alguns momentos, todos estavam verificando ansiosamente suas armas.

— Eu ficarei aqui — a clériga disse a Dinin. — Cacem bem. A Rainha Aranha está assistindo.

Dinin advertiu mais uma vez sua tropa sobre os perigos da superfície e, em seguida, caminhou até a saída da caverna, um pequeno buraco na lateral de um esporão rochoso de uma montanha alta.

— Pela Rainha Aranha! — proclamou Dinin.

Ele respirou firme e os levou através da saída, a céu aberto, sob as estrelas! Enquanto os outros pareciam nervosos sob aquelas luzes reveladoras, Drizzt sentiu seu olhar atraído por aqueles pontos incontáveis e seu piscar místico. Banhado na luz das estrelas, ele sentiu seu coração se elevar e sequer percebia o canto alegre que foi trazido pelos ventos noturnos, de tão apropriado que parecia ao momento.

Dinin ouviu a música, e tinha experiência o suficiente para reconhecê-la como o chamado etéreo dos elfos da superfície. Se agachou e observou o horizonte, encontrando a luz de um único fogo baixo na imensidão distante de um vale arborizado. Ele mandou suas tropas para a ação, e incisivamente afastou o espanto dos olhos do irmão.

Drizzt podia ver a ansiedade nos rostos dos seus companheiros, contrastando com essa sensação inexplicável de serenidade. Ele suspeitou imediatamente que havia algo de muito errado nessa situação. Em seu coração Drizzt soube desde o minuto que deixara o túnel que este não era o mundo vil que os mestres na Academia tinham descrito tão dolorosamente. Ele se sentia estranho sem nenhuma pedra cobrindo o teto acima dele, mas não exatamente desconfortável. Se as estrelas, que chamavam pelo seu coração, eram lembretes do que o dia seguinte poderia trazer, como afirmava o mestre Hatch'net, então certamente o dia seguinte não seria tão terrível.

Apenas a confusão era capaz de diminuir o sentimento de liberdade que Drizzt sentia, pois ou ele havia caído de alguma forma em uma armadilha da percepção, ou seus companheiros, incluindo seu irmão, enxergavam seus arredores através de um olhar deturpado.

Então, outro fardo caiu sobre Drizzt: seria essa sensação de conforto naquele lugar algum tipo de fraqueza ou a verdade de seu coração?

— Eles se parecem com os bosques de cogumelos de nosso lar — Dinin garantiu aos outros enquanto movimentavam-se hesitantemente sob os galhos no perímetro de uma pequena floresta —, nem scientes nem perigosos.

Ainda assim, os elfos negros mais jovens avançavam e levavam suas armas à prontidão sempre que ouviam um esquilo saltar entre galhos ou um pássaro escondido cantar pela noite. O mundo dos elfos negros era silencioso, muito diferente da vida vibrante de uma floresta na primavera. Além disso, no Subterrâneo, quase todo ser vivo poderia (e certamente iria) tentar destruir algo que invadisse seu lar. Mesmo o chilrear de um grilo soava ameaçador para os ouvidos alertas dos drow.

A direção tomada por Dinin era a correta e logo a música "das fadinhas" havia abafado todos os outros sons e a luz do fogo tornou-se visível através dos ramos. Os elfos da superfície eram a mais alerta das raças, um ser humano, ou até mesmo um pequenino sorrateiro, teria pouca chance de pegá-los desprevenidos.

No entanto, os invasores daquela noite eram drow, no entanto, eram drow, mais experientes em sigilo do que o melhor ladrão de rua. Seus passos não eram ouvidos mesmo sobre camas de folhas secas e suas armaduras, moldadas perfeitamente aos contornos de seus corpos esbeltos, curvavam-se com seus movimentos sem um ruído. Passando despercebidos, alinharam o perímetro da pequena clareira, onde cerca de vinte fadinhas dançavam e cantavam.

Hipnotizado pela pura alegria da música dos elfos, Drizzt dificilmente notava os comandos que seu irmão emitia na língua silenciosa. Várias crianças dançavam, diferenciadas apenas pelo tamanho de seus corpos, e seus espíritos não eram mais livres do que os dos adultos que as acompanhavam. Todos pareciam tão inocentes, tão cheios de vida e alegria! E todos eram visivelmente muito ligados uns aos outros por uma amizade mais profunda do que Drizzt jamais tinha conhecido em Menzoberranzan. Era tão oposto às histórias que Hatch'net tinha contado sobre eles, aqueles contos de crueldade e ódio por esses pobres coitados!

Drizzt mais sentiu do que viu que seu grupo estava em movimento, aproveitando para ganhar uma vantagem maior. Ainda assim, ele não tirou os olhos do espetáculo diante dele. Dinin tocou-o no ombro e apontou para a pequena besta que pendia do cinto, então se pôs em posição no arbusto ao lado.

Drizzt queria parar o irmão e os outros, queria fazer com que eles esperassem e observassem os elfos de superfície, que eles tão inadvertidamente nomearam como inimigos. Drizzt sentiu seus pés enraizados à terra e sua língua pesada pelo ressecamento repentino que atingira sua boca. Ele olhou para Dinin e só podia esperar que seu irmão achasse que sua respiração pesada fosse fruto da ansiedade pela batalha.

Então os ouvidos afiados de Drizzt ouviram a vibração suave de uma dúzia de pequenas cordas sendo liberadas. A canção élfica continuou por um momento, até que vários dos membros daquele grupo caíram por terra.

— Não! — Drizzt gritou, as palavras rasgadas de seu corpo por uma raiva profunda, que mesmo ele não entendia. A negação soou como apenas outro grito de guerra para os invasores drow, antes que os elfos de superfície pudessem reagir, Dinin e os outros estavam sobre eles.

Drizzt também saltou para o anel iluminado da clareira, com suas armas nas mãos, embora ainda não tivesse decidido qual seria seu próximo movimento. Ele queria apenas parar a batalha, pôr fim à cena que se desenrolava diante dele.

Extremamente desprevenidos por estarem à vontade em seu lar na floresta, os elfos da superfície ainda não estavam armados. Os guerreiros drow avançaram por suas fileiras implacavelmente, fatiando e perfurando seus corpos mesmo depois que a luz da vida havia deixado seus olhos.

Uma mulher aterrorizada, esquivando-se da batalha, parou de frente para Drizzt. Ele deixou suas armas caírem por terra, à procura de alguma forma dar a ela algum tipo de conforto.

A mulher então se projetou para frente quando uma espada mergulhou em suas costas, sua ponta saindo pelo outro lado de sua forma esbelta. Drizzt observava, entre hipnotizado e horrorizado, enquanto o guerreiro drow atrás dela agarrava o punho da arma nas duas mãos e torcia-o selvagemente. A elfa olhou direto para Drizzt nos últimos segundos fugazes de sua vida, seus olhos clamando por misericórdia. Sua voz não era mais do que um gorgolejar repugnante repleto de sangue.

Com o rosto repleto da exultação do êxtase, o guerreiro drow arrancou sua espada de dentro dela e fez um único corte, separando a cabeça da elfa de seus ombros.

— Vingança! — ele gritou para Drizzt, com o rosto contorcido em um deleite furioso, seus olhos ardendo com uma luz que parecia a Drizzt, que observava a tudo chocado, estar brilhando de forma demoníaca. O guerreiro perfurou o corpo sem vida mais uma vez, depois girou em busca de outra morte.

Logo em seguida, outra elfa, uma jovenzinha, libertou-se do massacre e correu na direção de Drizzt, gritando uma única palavra repetidamente. Seu grito estava na língua dos elfos de superfície, um dialeto estranho a Drizzt. Mas, no momento em que ele olhou para seu belo rosto coberto de lágrimas, ele entendeu o que estava dizendo. Seus olhos estavam no cadáver mutilado a seus pés; sua angústia superou o medo de sua própria morte iminente. Ela só podia estar gritando "Mãe!"

Fúria, horror, angústia e uma dúzia de outras emoções dominaram Drizzt naquele momento horrendo. Ele queria escapar de seus sentimentos, se perder no frenesi cego de seu povo e aceitar a realidade cruel. Quão mais fácil seria jogar fora a consciência que o afligia.

A criança élfica correu diante de Drizzt, mas sequer o notou, por estar com seu olhar fixo em sua mãe morta, e teve a parte de trás de seu pescoço atingida em um único golpe limpo. Drizzt levantou sua cimitarra, incapaz de distinguir entre misericórdia e assassinato.

— Sim, meu irmão! — Dinin o cumprimentou, um cumprimento que se destacou em meio aos gritos de seus companheiros e ecoou nos ouvidos de Drizzt como uma acusação. Drizzt olhou para cima para ver Dinin coberto de sangue da cabeça aos pés, parado diante de um amontoado de elfos mortos e mutilados.

— Hoje você conheceu a glória de ser um drow! — Dinin gritou, logo antes de levantar um punho vitorioso no ar. — Hoje apaziguamos a Rainha Aranha!

Drizzt respondeu igualmente, então se virou para desferir um golpe mortal.

Ele quase fez isso. Em sua indignação sem foco, Drizzt Do'Urden quase se tornou como os seus. Ele quase roubou a vida dos olhos cintilantes daquela linda criança.

No último momento, ela olhou para ele, seus olhos brilhando como um espelho escuro no coração confuso de Drizzt. Nessa reflexão, naquela imagem tão oposta à raiva que guiou sua mão, Drizzt Do'Urden viu a si mesmo.

Ele baixou a cimitarra com força, observando Dinin pelos cantos dos olhos enquanto a lâmina passava inofensivamente ao lado da criança. No mesmo movimento, Drizzt moveu sua outra mão, pegando a garota pela frente de sua túnica e virando-a de bruços no chão.

Ela gritou, intacta, mas aterrorizada e Drizzt viu Dinin levantar novamente seu punho no ar e se girar.

Drizzt teve que trabalhar rapidamente; a batalha estava quase no seu final horrível. Ele atacou com suas cimitarras acima das costas da criança jogada no chão, cortando suas roupas, mas sem sequer arranhar sua pele macia. Então usou o sangue do cadáver ao lado para melhorar o disfarce, tirando uma satisfação sombria do fato de que a mãe élfica apreciaria saber que, ao morrer, salvara a vida de sua filha.

— Não se mexa — ele sussurrou no ouvido da criança. Drizzt sabia que ela não conseguia entender o idioma dele, mas tentou manter seu tom bastante reconfortante para que ela conseguisse ao menos supor o que ele fizera. Ele só podia esperar ter feito um trabalho adequado um momento depois, quando Dinin e vários outros vieram até ele.

— Muito bem! — Dinin cumprimentou exuberantemente, tremendo de pura empolgação. — Todas estas iscas de orc estão mortas e nenhum de nós sequer se feriu! As Matriarcas de Menzoberranzan ficarão orgulhosas, mesmo que não tenhamos nada de útil para pilhar desse lote deplorável.

Ele olhou para a pilha aos pés de Drizzt, então bateu no ombro do irmão.

— Elas pensaram que poderiam fugir? — rugiu Dinin.

Drizzt lutou para sublimar seu desgosto, mas Dinin estava em um transe tão profundo por causa do banho de sangue que não teria notado de qualquer maneira.

— Não com você aqui! — Dinin continuou. — Duas mortes para Drizzt!

— Uma morte! — protestou outro, parando ao lado de Dinin. Drizzt firmou suas mãos ao alcance de suas armas e reuniu sua coragem. Se esse drow que se aproximava tivesse adivinhado o que fizera, Drizzt lutaria para salvar a criança élfica. Ele mataria seus companheiros, mesmo seu irmão, para salvar a menina com os olhos cintilantes — até que ele mesmo fosse assassinado. Pelo menos assim Drizzt não teria que testemunhar o abate da criança.

Por sorte, o problema nunca surgiu.

— Drizzt pegou a criança — disse o drow a Dinin. — Mas eu peguei a mulher mais velha. Atravessei minha espada nas costas dela antes que seu irmão tivesse sequer sacado suas cimitarras para me ajudar.

O que aconteceu a seguir veio como um reflexo, um ataque inconsciente contra todo aquele mal a seu redor. Drizzt sequer notou o ato quando aconteceu, mas um momento depois, viu o drow se gabando deitado de costas, agarrando seu rosto e gemendo de agonia. Só então Drizzt percebeu a dor em sua mão e olhou para baixo para ver os nós dos dedos, e o punho da cimitarra que eles apertavam, salpicados de sangue.

— O que você tem? — Dinin reagiu.

Pensando rapidamente, Drizzt nem respondeu a seu irmão. Olhou ao lado de Dinin, para a forma tortuosa no chão, e transferiu toda a fúria em seu coração para uma maldição que os outros aceitariam e respeitariam.

— Se alguma vez você tentar roubar uma morte minha de novo — ele cuspiu, com sinceridade pingando de suas falsas palavras —, eu substituirei a cabeça arrancada dos ombros pela sua!

Drizzt sabia que a criança elfa a seus pés, embora fazendo o melhor que pudesse, começou a estremecer um pouco com seus soluços, e ele decidiu não forçar demais sua sorte.

— Venha, então — rosnou. — Vamos sair desse lugar. O fedor do mundo da superfície enche minha boca de bile!

Ele se afastou, e os outros, rindo, pegaram o companheiro atordoado e seguiram.

— Finalmente — sussurrou Dinin enquanto observava os passos de seu irmão — você aprendeu o que é ser um guerreiro drow!

Dinin, na sua cegueira, nunca entenderia a ironia de suas palavras.

✦

— Temos mais uma tarefa antes de voltar para casa — explicou a clériga ao grupo quando chegou à entrada da caverna. Ela era a única que sabia do segundo propósito do ataque. — As Matriarcas de Menzoberranzan nos ordenaram que testemunhássemos o maior horror do mundo da superfície, para que possamos alertar a nossa família.

Nossa família? Drizzt ponderou, seus pensamentos obscurecidos pelo sarcasmo. Pelo que ele podia ver, os invasores já haviam testemunhado o horror do mundo da superfície: eles mesmos!

— Isso! — Dinin gritou, apontando para o horizonte a leste.

Um sombreamento mínimo de luz delimitava o contorno escuro das montanhas distantes. Um habitante da superfície não teria sequer notado, mas os elfos negros viram claramente, e todos eles, mesmo Drizzt, recuaram instintivamente.

— É lindo — Drizzt ousou comentar depois de levar um momento para absorver o espetáculo.

O olhar de Dinin veio congelante em sua direção, mas não mais frio do que o olhar que a clériga lançou na direção de Drizzt.

— Retirem suas capas e equipamentos, mesmo sua armadura — ela instruiu ao grupo. — Rápido! Coloque-os dentro das sombras da caverna para que não sejam afetados pela luz.

Quando a tarefa foi concluída, a clériga levou-os para a luz crescente.

— Vejam! — foi sua ordem sinistra.

O céu a leste assumiu um tom de rosa purpúreo, até se tornar rosado por completo, enquanto seu brilho forçava os elfos negros a apertarem seus olhos desconfortavelmente. Drizzt queria renegar o evento, para colocá-lo na mesma pilha de raiva que negava as palavras do Mestre de Tradições sobre os elfos da superfície.

Foi aí que aconteceu; a borda superior do sol despontou a leste no horizonte. O mundo da superfície despertou com seu calor, sua energia vivificante. Aqueles mesmos raios agrediram os olhos dos elfos drow com a fúria do fogo, rasgando os olhos desacostumados a essa visão.

— Vejam! — a clériga gritou para eles. — Testemunhem a profundidade do horror!

Um por um, os invasores gritaram de dor e caíram na escuridão da caverna, até que Drizzt ficou sozinho de pé ao lado da clériga, diante da luz crescente do dia. Na verdade, a luz agredia a Drizzt tão intensamente quanto havia agredido aos seus, mas ele se deliciava, aceitando-a como seu purgatório, expondo-se para que todos pudessem vê-lo enquanto o fogo ardente limpava sua alma.

— Venha — a clériga disse-lhe por fim, sem entender suas ações, — Nós já fomos testemunhas. Agora podemos retornar à nossa pátria.

— Pátria? — Drizzt deixou escapar, derrotado.

— Menzoberranzan! — a sacerdotisa gritou, achando que o macho estivesse confuso além da razão. — Venha, antes que o inferno queime a carne de seus ossos. Deixe que nossos primos da superfície sofram com as chamas, um castigo adequado para seus corações malignos!

Drizzt riu desesperadamente. Um castigo adequado? Ele desejou que pudesse arrancar mil desses sóis do céu e colocá-los em cada capela de Menzoberranzan, para que brilhassem perpetuamente.

Então Drizzt não conseguiu mais aguentar a luz. Ele cambaleou vertiginosamente de volta para a caverna e vestiu sua roupa. A clériga já tinha o orbe em mãos, e Drizzt foi novamente o primeiro a passar pela pequena fresta. Quando os invasores se reagruparam no túnel do outro lado da rachadura, ele assumiu sua posição na dianteira e os levou de volta pela melancolia profunda do caminho descendente — de volta à escuridão de sua existência.

Capítulo 21

Que agrade à deusa

— Você agradou à deusa? — a pergunta de Matriarca Malícia soava tanto como uma ameaça quanto como uma questão. Ao seu lado, as outras mulheres da Casa Do'Urden, Briza, Vierna e Maya, observavam impassíveis, escondendo sua inveja.

— Nenhum drow foi morto — respondeu Dinin, sua voz repleta da doce crueldade drow. — Nós os cortamos e estraçalhamos — ele babava enquanto sua narrativa do abate élfico o fazia reviver os prazeres do momento. — Nós os empalamos e rasgamos!

— Quantos? — a Matriarca Mãe interrompeu, mais preocupada com as consequências para a posição da própria família do que com o sucesso geral do ataque.

— Cinco — Dinin respondeu com orgulho. — Todas mulheres!

O sorriso da matriarca emocionou Dinin. Em seguida, Malícia virou seu olhar, agora desconfiado, na direção de Drizzt.

— E ele? — ela perguntou, sem esperar satisfação alguma com a resposta. Malícia não duvidava da habilidade do filho mais novo com armas, mas tinha começado a suspeitar que Drizzt havia recebido demais do lado emocional de Zaknafein para que pudesse ser útil em tais situações.

O sorriso de Dinin a confundiu. Ele caminhou até Drizzt e deixou um braço cair confortavelmente nos ombros de seu irmão.

— Drizzt matou apenas uma — Dinin começou. — Mas era uma criança do sexo feminino.

— Só uma? — Malícia rosnou.

Das sombras ao lado, Zaknafein escutava a tudo com consternação. Ele queria calar as palavras malditas do primogênito Do'Urden, mas elas mantinham Zak sob controle. De todos os males que Zak já havia encontrado em Menzoberranzan, esse com toda a certeza fora o mais decepcionante. Drizzt matara uma criança.

— Mas a forma como ele fez isso! — Dinin exclamou. — Ele rasgou a garota; usou toda a fúria de Lolth para fatiar o corpo dela enquanto ela se contorcia. A Rainha Aranha deve ter valorizado essa morte mais do que a qualquer outra!

— Só uma — Matriarca Malícia repetiu, sem que sua expressão mostrasse qualquer sinal de ter se suavizado.

— Seriam duas — continuou Dinin. — Shar Nadal da Casa Maevret roubou uma vítima de sua lâmina — outra mulher.

— Então Lolth terá a Casa Maevret em seu favor — disse Briza.

— Não — Dinin respondeu. — Drizzt puniu Shar Nadal por suas ações. O filho da Casa Maevret não respondeu ao desafio.

A lembrança estava presa nos pensamentos de Drizzt. Ele desejava que Shar Nadal tivesse revidado, para que pudesse descarregar sua raiva. Mesmo esse desejo fazia as ondas de culpa percorrerem Drizzt.

— Muito bem, meus filhos — declarou Malícia, finalmente satisfeita pelos dois irmãos terem agido corretamente durante o ataque. — A Rainha Aranha terá a Casa Do'Urden em seu favor. Ela nos guiará para a vitória sobre esta casa desconhecida que procura nos destruir.

Zaknafein deixou a sala de audiências com os olhos baixos e uma mão acariciando nervosamente o punho da sua espada. Zak se lembrava da vez em que enganara a Drizzt com a bomba de luz, quando ele tivera Drizzt em suas mãos, indefeso e espancado. Ele poderia ter poupado aquele jovem inocente desse destino horrível. Ele poderia ter matado Drizzt lá, naquele momento, com misericórdia, e o libertado dessas circunstâncias inevitáveis da vida em Menzoberranzan.

Zak fez uma pausa no meio daquele longo corredor e voltou-se para observar novamente a câmara. Drizzt e Dinin saíram naquele momento. Drizzt lançou a Zak um único olhar acusatório e virou-se incisivamente para entrar em uma passagem lateral.

O olhar atravessou o mestre de armas.

— Então chegou a esse ponto — Zak murmurou para si mesmo. — O mais jovem guerreiro da Casa Do'Urden, tão cheio do ódio que encarna a nossa raça, aprendeu a me desprezar pelo que sou.

Zak pensou novamente naquele momento no salão de treinamento, naquele fatídico segundo quando a vida de Drizzt balançava na borda de uma espada a postos. De fato, matar Drizzt naquele momento teria sido um ato de misericórdia.

Com a dor do olhar do jovem guerreiro drow ainda cortando tão profundamente em seu coração, Zak não conseguia decidir se a tarefa teria sido mais misericordiosa para Drizzt ou para si mesmo.

— Deixe-nos — Matriarca SiNafay ordenou enquanto entrava no pequeno quarto iluminado pelo brilho de uma vela. Alton estranhou o pedido; aquele era, afinal de contas, seu quarto pessoal! Alton prudentemente lembrou-se de que SiNafay era a Matriarca Mãe da família, a governante absoluta da Casa Hun'ett. Com algumas reverências constrangidas e desculpas por sua hesitação, ele deixou o cômodo.

Masoj observou sua mãe cautelosamente enquanto ela esperava que Alton se afastasse. Pelo tom agitado de SiNafay, Masoj entendia o significado de sua visita. Ele tinha feito algo para irritar sua mãe? Ou, mais provavelmente, será que Alton tinha irritado sua mãe? Quando SiNafay virou-se novamente para ele, seu rosto estava contorcido em um deleite maligno, Masoj então percebeu que sua agitação era, na verdade, empolgação.

— A Casa Do'Urden cometeu um erro! — ela rosnou. — Ela perdeu o favor da Rainha Aranha!

— Como? — Masoj respondeu. Ele sabia que Dinin e Drizzt haviam retornado de uma invasão bem-sucedida, um ataque que fizera toda a cidade cair em elogios.

— Eu não sei os detalhes — respondeu Matriarca SiNafay, encontrando uma medida de calma em sua voz — Um deles, talvez um dos filhos, fez algo para desagradar a Lolth. Uma aia da Rainha Aranha me contou. Deve ser verdade!

— Matriarca Malícia vai tentar corrigir essa situação o mais rápido possível — argumentou Masoj. — Quanto tempo temos?

— O desagrado de Lolth não será revelado à Matriarca Malícia — respondeu. — Não tão cedo. A Rainha Aranha sabe de tudo. Ela sabe que pretendemos atacar a Casa Do'Urden, e apenas um acidente infeliz informará a Matriarca Malícia de sua situação desesperadora antes que sua casa seja esmagada!

— Devemos avançar rapidamente — prosseguiu Matriarca SiNafay. — Dentro de dez ciclos de Narbondel, devemos fazer nosso primeiro movimento! A batalha começará logo depois, antes da Casa Do'Urden vincular sua perda a nosso ataque!

— Qual deverá ser essa perda inesperada? — Masoj perguntou, acreditando, desejando, que já tivesse adivinhado a resposta.

As palavras da sua mãe eram como música para seus ouvidos:

— Drizzt Do'Urden — ronronou. — O filho favorito. Mate-o.

Masoj recostou-se e apertou seus dedos delgados atrás da cabeça, ponderando sobre a ordem.

— Não falhe — advertiu SiNafay.

— Não vou — assegurou Masoj. — Drizzt, embora jovem, já é um inimigo poderoso. Seu irmão, um ex Mestre de Arena-Magthere, nunca está longe dele — ele olhou para sua Matriarca Mãe, com os olhos brilhando. — Posso matar o irmão também?

— Tenha cautela, meu filho — respondeu SiNafay. — Drizzt Do'Urden é seu alvo. Concentre seus esforços em sua morte.

— Seu desejo é uma ordem — respondeu Masoj, curvando-se.

SiNafay gostava da maneira como seu jovem filho atendia a seus desejos sem questionar. Ela saiu da sala confiante de que Masoj seria capaz de cumprir sua missão.

— Se Dinin Do'Urden de alguma forma o atrapalhar — disse ela, voltando a jogar a Masoj um presente por sua obediência —, você também pode matá-lo.

A expressão de Masoj revelava uma ansiedade fora do comum para cumprir a segunda tarefa.

— Não falhe — SiNafay disse novamente, desta vez em uma ameaça aberta que fez com que Masoj botasse os pés no chão. — Drizzt Do'Urden deve morrer dentro de dez dias!

Masoj afastou todos os seus pensamentos sobre Dinin de sua mente.

— Drizzt deve morrer — ele sussurrou repetidas vezes, mesmo depois de sua mãe ter saído. Ele já sabia como queria fazer isso. Ele só precisava esperar que a oportunidade viesse em breve.

A lembrança horrível do ataque à superfície seguia Drizzt, o assombrava enquanto vagava pelos salões de Daermon N'a'shezbaernon. O jovem drow havia saído o mais rápido possível da sala de audiências assim que Matriarca Malícia o dispensou, e escapou de seu irmão na primeira oportunidade, querendo ficar sozinho.

As imagens permaneciam: o brilho quebrado nos olhos da jovem elfa quando ela se ajoelhou sobre o cadáver da mãe assassinada; a expressão horrorizada da mulher elfa, se retorcendo em agonia quando Shar Nadal arrancava a vida de seu corpo. Os elfos da superfície estavam nos pensamentos de Drizzt e ele não podia descartá-los. Eles caminhavam ao lado de Drizzt enquanto vagava, tão reais quanto no momento em que o grupo invasor de Drizzt investiu por sobre suas canções alegres.

Drizzt se perguntou se algum dia voltaria a ficar sozinho.

Com os olhos baixos, consumidos pelo seu sentimento vazio de perda, Drizzt não notou o caminho diante dele. Ele saltou para trás, assustado, quando virou em uma curva e esbarrou em alguém.

Ele estava de frente para Zaknafein.

— Você está em casa — disse o mestre de armas distraidamente, seu rosto vazio não revelando nenhuma das emoções tumultuadas que se moviam por sua mente.

Drizzt se perguntou se poderia ocultar sua própria careta.

— Por um dia — ele respondeu, igualmente indiferente, embora sua raiva de Zaknafein não fosse menos intensa. Agora que Drizzt havia testemunhado à ira dos elfos negros, os atos de Zak pareciam a Drizzt ainda mais cruéis. — Meu grupo de patrulha volta à primeira luz de Narbondel.

— Tão cedo? — perguntou Zak, genuinamente surpreso.

— Nós fomos convocados — respondeu Drizzt, começando a passar por ele. Zak o pegou pelo braço.

— Patrulha geral? — ele perguntou.

— Específica — respondeu Drizzt. — Atividade nos túneis do leste.

— Então os heróis foram convocados — riu Zak.

Drizzt não respondeu imediatamente. Havia sarcasmo na voz de Zak? Talvez inveja de Drizzt e Dinin por poderem sair para lutar, enquanto Zak tinha que permanecer dentro dos limites da Casa Do'Urden para cumprir seu papel como instrutor de luta da família? A fome de Zak pelo sangue era tão grande que não podia aceitar seus deveres sobre todos eles? Zak treinara Drizzt e Dinin, certo? Além de centenas de outros; ele os transformou em armas vivas, em assassinos.

— Por quanto tempo você estará fora? — Zak pressionou, mais interessado no paradeiro de Drizzt.

Drizzt deu de ombros.

— Uma semana, no máximo.

— E então?

— Casa.

— Isso é bom — disse Zak. — Eu ficarei feliz em vê-lo de volta dentro dos muros da Casa Do'Urden.

Drizzt não acreditou em nada daquilo.

Zak então bateu no ombro do jovem em um movimento súbito e inesperado, projetado para testar os reflexos de Drizzt. Mais surpreendido do que ameaçado, Drizzt aceitou o tapinha sem resposta, sem ter certeza da intenção de seu tio.

— O salão de treinamento, talvez? — perguntou Zak — Você e eu, como nos velhos tempos.

Impossível! Drizzt queria gritar. Nunca mais seria como nos velhos tempos. Drizzt segurou esses pensamentos e assentiu com a cabeça.

— Eu apreciaria — ele respondeu, se perguntando secretamente sobre a satisfação que sentiria ao cortar Zaknafein. Drizzt sabia a verdade sobre seu povo agora, e tinha consciência de que era incapaz de mudar qualquer coisa. No entanto, ele poderia fazer algumas mudanças em sua vida pessoal. Talvez, ao destruir Zaknafein, sua maior decepção, Drizzt poderia se afastar de todas as coisas erradas ao seu redor.

— Eu também — disse Zak, escondendo por trás da simpatia de seu tom seus pensamentos secretos, pensamentos idênticos aos de Drizzt.

— Em uma semana, então — disse Drizzt logo antes de se afastar, incapaz de continuar o encontro com o drow que fora um dia seu amigo mais querido, e quem, como Drizzt viera a descobrir, era na verdade tão tortuoso e maligno quanto o resto dos seus.

— Por favor, minha matriarca — Alton gemeu. — É meu direito. Eu imploro!

— Relaxe, DeVir tolo — respondeu SiNafay com pena em sua voz, uma emoção que raramente sentia e quase nunca revelava.

— Eu tenho esperado...

— Sua hora está quase chegando — o tom da resposta de SiNafay começou a soar mais ameaçador. — Você já tentou antes.

A grotesca expressão de choque de Alton fez um sorriso brotar no rosto de SiNafay.

— Sim — disse. — Eu já sei da sua tentativa frustrada de assassinar Drizzt Do'Urden. Se Masoj não tivesse chegado, o jovem guerreiro teria matado você.

— Eu o teria destruído! — Alton rosnou.

SiNafay resolveu não discutir quanto a isso.

— Talvez você tivesse vencido — disse ela —, para em seguida ser exposto como um assassino impostor, com a ira de todos em Menzoberranzan sobre você.

— Eu não me importava.

— Você teria se importado — Matriarca SiNafay zombou. — Teria perdido sua chance de reivindicar uma vingança maior. Confie em mim, Alton DeVir. A sua, a nossa, vitória está próxima.

— Masoj vai matar Drizzt, e talvez Dinin — grunhiu Alton.

— Há outros Do'Urden esperando pelo cair da sua mão, Alton DeVir — prometeu Matriarca SiNafay. — Altas sacerdotisas.

Alton não conseguiu afastar a decepção que sentia por não poder ir atrás de Drizzt Do'Urden. Ele queria muito matar aquele lá. Drizzt o envergonhara naquele dia, nos seus aposentos em Magace; o jovem drow deveria ter morrido rápida e silenciosamente. Alton queria compensar tal erro.

Alton também não podia ignorar a promessa que Matriarca SiNafay havia acabado de fazer para ele. A ideia de matar uma ou mais das altas sacerdotisas da Casa Do'Urden não o desagradava.

⁂

A suave maciez da cama luxuosa, tão diferente do resto das pedras duras de Menzoberranzan, não oferecia a Drizzt nenhum alívio da dor que sentia. Outro fantasma havia sido criado para superar até mesmo as imagens de carnificina na superfície: o espectro de Zaknafein.

Dinin e Vierna disseram a Drizzt a verdade sobre o mestre de armas, o papel de Zak na queda da Casa DeVir, como Zak gostava de matar outros drow, outros drow que não haviam feito nada para maltratá-lo ou merecer sua ira.

Então Zaknafein, também, era parte desse jogo maligno da vida drow, da busca interminável para agradar à Rainha Aranha.

— Da mesma forma que eu a agradei na superfície? — Drizzt não pôde evitar murmurar essas palavras, encontrando um pouco de conforto nas sílabas que pronunciava.

O conforto que Drizzt sentiu ao salvar a vida da criança élfica parecia um ato menor se comparado a todas as coisas esmagadoramente erradas que seu grupo invasor fez ao povo dela. Matriarca Malícia, sua mãe, gostou demais de ouvir o relatório sangrento. Drizzt lembrou-se do horror da criança élfica ao ver sua mãe morta. Será que ele, ou qualquer outro elfo negro, ficaria tão devastado se estivesse diante de tal visão? "Improvável", pensou. Drizzt mal compartilhava um vínculo amoroso com Malícia, e a maioria dos drow estaria muito ocupada calculando as consequências da morte de sua mãe em seu próprio benefício para ter qualquer sentimento de perda.

Teria Malícia se importado se Drizzt ou Dinin tivessem caído no ataque? Mais uma vez Drizzt sabia a resposta. Tudo o que Malícia se preocupava era como a invasão afetava sua própria base de poder. Ela se divertiu com a noção de que seus filhos haviam agradado sua deusa maligna.

Qual seria o favor de Lolth para a Casa Do'Urden se ela soubesse a verdade das ações de Drizzt? Ele não tinha como medir o tamanho do interesse (se realmente existisse) da Rainha Aranha na incursão. Lolth ainda era um mistério para ele, um que não tinha vontade alguma de explorar. Será que ela ficaria furiosa se soubesse a verdade sobre o que aconteceu durante o ataque? E se ela soubesse a verdade sobre os pensamentos de Drizzt naquele momento?

Drizzt estremeceu ao pensar nos castigos que poderia estar trazendo sobre si mesmo, mas já estava decidido sobre seu curso de ação, quaisquer que fossem as consequências. Ele retornaria à Casa Do'Urden em uma semana. Então iria até o salão de treinamento para uma reunião com seu antigo professor.

Ele mataria Zaknafein em uma semana.

⁂

Apanhado nas emoções de uma decisão perigosa e sincera, Zaknafein quase não ouvia o som agudo do atrito enquanto corria a pedra de amolar ao longo da borda brilhante de sua espada.

A arma deveria estar perfeita, sem mossas ou rebarbas. Esta tarefa deveria ser executada sem malícia ou raiva.

Um golpe limpo, e Zak se livraria dos demônios de seus próprios fracassos, e se esconderia mais uma vez dentro do santuário de suas câmaras privadas, seu mundo secreto. Um golpe limpo, e faria o que deveria ter feito uma década antes.

— Se eu tivesse encontrado forças para isso na época — lamentou —, de quanta dor eu poderia ter poupado Drizzt? Quanta dor seus dias na Academia trouxeram para ele, o que o mudou tanto? — as palavras ecoaram na sala vazia. Eram apenas palavras, inúteis naquele momento, uma vez que Zak já havia decidido que Drizzt estava fora do alcance da razão. Drizzt era um guerreiro drow, com todas as conotações perversas que tal título levava.

A escolha pertencia a Zaknafein se ele desejasse manter qualquer simulacro de valor em sua existência miserável. Desta vez, ele não poderia parar sua espada. Ele teria que matar Drizzt.

Capítulo 22

Gnomos, gnomos malignos

Entre as voltas e as curvas dos túneis labirínticos do Subterrâneo, deslizando em seu caminho silencioso, estavam os svirfneblin, os gnomos das profundezas. Nem gentis, nem cruéis, e também fora de lugar neste mundo de crueldade perversa, os gnomos das profundezas sobreviviam e prosperavam. Guerreiros altivos, habilidosos na fabricação de armas e armaduras, mais em sintonia com as canções da pedra do que até mesmo os malignos anões cinzentos, os svirfneblin continuavam com seu negócio de minerar pedras e metais preciosos, apesar dos perigos que os aguardavam a cada passo.

Quando chegou à Gruta das Pedras Preciosas, o aglomerado de túneis e cavernas que compunha a cidade dos gnomos das profundezas, a notícia de que um veio rico de pedras preciosas havia sido descoberta trinta quilômetros a leste — conforme o thoqqua, o verme de rocha, escavava —, o supervisor de escavação Belwar Dissengulp teve que ultrapassar doze outros na hierarquia para receber o privilégio de liderar a expedição de mineração. Belwar e todos os outros sabiam bem que sessenta quilômetros a leste — conforme o verme de rocha escavava — levaria a expedição perigosamente perto de Menzoberranzan, e que chegar lá significaria uma semana de caminhada, provavelmente através dos territórios de dezenas de outros inimigos. Porém o medo não era nada comparado ao amor que os svirfneblin tinham pelas pedras preciosas, e todo o dia no Subterrâneo já era perigoso, no fim das contas.

Quando Belwar e seus quarenta mineradores chegaram à pequena caverna descrita pelos batedores e inscrita com a marca de tesouros dos gnomos, descobriram que as afirmações não foram exageradas. No entanto, o supervisor de escavação teve o cuidado de não se empolgar demais. Ele sabia que vinte mil elfos negros, os inimigos mais odiados e temidos dos svirfneblin, viviam a cerca de dez quilômetros de distância.

Os túneis de fuga tornaram-se a prioridade dos negócios, preparando as construções suficientemente altas para um gnomo de um metro de altura, mas não para um perseguidor mais alto. Ao longo de todo o curso desses túneis, os gnomos colocaram paredes interruptoras, projetadas para desviar um raio ou oferecer alguma proteção contra as chamas em expansão de uma bola de fogo.

Quando a verdadeira mineração finalmente começou, Belwar manteve um terço de sua equipe em guarda durante todo o tempo, e caminhava com uma mão sempre agarrada à sua esmeralda mágica, a pedra de invocação que mantinha em uma corrente ao redor do pescoço.

— Três grupos de patrulha completos — observou Drizzt a Dinin quando chegaram ao "campo aberto" no lado leste de Menzoberranzan. Havia poucas estalagmites nesta região da cidade, mas naquele momento não parecia tão aberta, repleta de dezenas de drow ansiosos.

— Gnomos devem ser levados a sério — respondeu Dinin. — Eles são perversos e poderosos.

— Tão perversos quanto os elfos da superfície? — Drizzt teve que interromper, encobrindo seu sarcasmo com falso entusiasmo.

— Quase — advertiu seu irmão severamente, sem perceber as conotações da pergunta de Drizzt. Dinin apontou para o lado, onde um contingente de drow do sexo feminino estava chegando para se juntar ao grupo. — Clérigas — afirmou. — E uma delas é uma alta sacerdotisa. Os rumores de atividade devem ter sido confirmados.

Um calafrio percorreu Drizzt, um formigamento de excitação pré-batalha. Essa empolgação foi alterada e diminuída pelo medo, não por danos físicos, nem mesmo pelos gnomos. Drizzt temia que este encontro pudesse ser uma repetição da tragédia na superfície.

Ele afastou os pensamentos sombrios e lembrou-se que desta vez, ao contrário da expedição à superfície, sua casa estava sendo invadida. Os gnomos haviam ultrapassado os limites do reino drow. Se fossem tão malignos quanto Dinin e todos os outros alegavam, Menzoberranzan não teria escolha senão responder com força. A palavra-chave nessa questão era essa: "se".

A patrulha de Drizzt, o grupo mais famoso do sexo masculino, foi selecionada para liderar, e Drizzt, como sempre, assumiu a posição da dianteira. Ainda inseguro, não ficou entusiasmado com a tarefa e, quando começaram, Drizzt até pensou em desviar o grupo. "Ou talvez", pensou Drizzt, "ele poderia entrar em contato com os gnomos em particular antes que os outros chegassem e avisá-los para fugir."

Drizzt percebeu o absurdo da ideia. Ele não podia impedir o leme de Menzoberranzan de seguir o curso designado, não podia fazer nada para impedir os dois guerreiros drow, excitados e impacientes, que iam logo atrás dele. Mais uma vez, estava preso e à beira do desespero.

Masoj Hun'ett apareceu então e fez tudo se tornar melhor.

— Guenhwyvar! — O jovem mago chamou, e a grande pantera surgiu. Masoj deixou o felino ao lado de Drizzt e voltou para seu lugar na linha.

Guenhwyvar não podia esconder sua alegria ao ver Drizzt mais do que Drizzt poderia conter seu próprio sorriso. Com a invasão à superfície e seu período de volta a sua casa, ele não via Guenhwyvar há mais de um mês. Guenhwyvar bateu contra o flanco de Drizzt quando passou, quase tombando o drow delgado. Drizzt respondeu com uma pancada pesada, esfregando vigorosamente a mão sobre a orelha da gata.

Ambos se viraram ao mesmo tempo, de repente, conscientes do olhar infeliz que pesava sobre eles. Lá estava Masoj, de braços cruzados sobre o peito e uma carranca visível aquecendo seu rosto.

— Não vou usar o felino para matar Drizzt — o jovem mago murmurou para si mesmo. — Quero eu mesmo ter esse prazer.

Drizzt se perguntou se eram ciúmes que provocavam aquela carranca. Ciúmes de Drizzt e do felino, ou de tudo em geral? Masoj havia ficado para trás quando Drizzt tinha ido à superfície. Masoj não fora mais do que um espectador quando o grupo voltou vitorioso, repleto de glória. Drizzt se afastou de Guenhwyvar, por empatia à dor do mago.

Assim que Masoj se afastou para assumir uma posição mais afastada, Drizzt caiu de joelhos e deu um abraço em Guenhwyvar.

Drizzt se viu ainda mais feliz pela companhia de Guenhwyvar quando passaram além dos túneis familiares das rotas de patrulha normais. Havia um dito em Menzoberranzan que dizia que "ninguém é tão solitário quanto o batedor de uma patrulha drow", e Drizzt passou a entender isso com intensidade nos últimos meses. Ele parou na extremidade de um caminho amplo e ficou perfeitamente imóvel, concentrando os olhos e os ouvidos nas trilhas por trás dele. Ele sabia que mais de quarenta drow estavam se aproximando de sua posição, totalmente equipados para a batalha e agitados. Ainda assim, Drizzt não conseguia detectar nenhum som, nenhum movimento era discernível nas sombras sinistras da pedra fria. Drizzt olhou para Guenhwyvar, esperando pacientemente ao seu lado, e começou de novo.

Ele podia sentir a presença quente do grupo de combate às suas costas. Aquela sensação intangível era a única coisa que desmentia a impressão que Drizzt tinha de que ele e Guenhwyvar estavam de fato sozinhos.

Perto do fim daquele dia, Drizzt ouviu os primeiros sinais de problemas. Enquanto se aproximava de uma interseção no túnel, cautelosamente se espremendo contra uma parede, sentiu uma vibração sutil na pedra. Quando a sentiu novamente um segundo depois, Drizzt reconheceu essa vibração como o bater rítmico de uma picareta ou martelo.

Ele pegou uma plaqueta magicamente aquecida, um pequeno quadrado que se encaixava na palma da mão, de dentro de um pacote. Um lado do item estava protegido por uma camada grossa de um couro pesado, mas o outro brilhava intensamente aos olhos que enxergavam no espectro infravermelho. Drizzt acenou pelo túnel atrás dele, e alguns segundos depois, Dinin apareceu ao seu lado.

— Martelo — Drizzt sinalizou no código silencioso, apontando para a parede. Dinin se pressionou contra a pedra e assentiu em confirmação.

— Cinquenta metros? — os movimentos da mão de Dinin perguntaram.

— Menos de cem — confirmou Drizzt.

Com sua própria plaqueta preparada, Dinin mostrou o sinal de "preparem-se" para a escuridão atrás, depois se pôs em movimento com Drizzt e Guenhwyvar em torno do cruzamento em direção às batidas.

Apenas um momento depois, Drizzt viu os gnomos svirfneblin pela primeira vez. Dois guardas, que estavam a apenas vinte metros de distância, chegavam à altura do peito de um drow e não tinham pelos, sua pele era estranhamente semelhante à pedra em ambas as radiações de textura e calor. Os olhos dos gnomos brilhavam intensamente no vermelho revelador da infravisão. Um olhar para aqueles olhos lembrou a Drizzt e Dinin que os gnomos das profundezas estavam tão em casa na escuridão quanto os drow, e ambos, prudentemente, se abaixaram por trás de um afloramento rochoso no túnel.

Dinin sinalizou para o próximo drow na linha, e assim por diante, até que todo o grupo fosse alertado. O primogênito se agachou e espiou por trás do afloramento. O túnel continuava por mais dez metros além dos guardas gnomos e fazia uma curva, terminando em alguma câmara maior. Dinin não conseguia ver claramente essa área, mas o brilho do calor de corpos trabalhando derramou-se no corredor.

Dinin sinalizou novamente para seus companheiros escondidos, e então se virou para Drizzt.

— Fique aqui com a gata — ele instruiu, e voltou para o cruzamento para formular planos com os outros líderes.

Masoj, que estava algumas linhas atrás na formação, notou os movimentos de Dinin e se perguntou se a oportunidade de lidar com Drizzt havia chegado. Se a patrulha fosse descoberta com Drizzt sozinho na frente, haveria alguma forma na qual Masoj pudesse explodir secretamente o jovem Do'Urden? A oportunidade, se ela realmente existiu, passou assim que os outros soldados se aproximaram do mago. Dinin logo retornou da retaguarda e voltou a se juntar a seu irmão.

— A câmara tem muitas saídas — disse Dinin a Drizzt quando se juntaram. — As outras patrulhas estão assumindo posição ao redor dos gnomos.

— Não é possível negociar com os gnomos? — as mãos de Drizzt responderam, quase inconscientemente. Ele reconheceu a expressão se espalhando pelo rosto de Dinin, mas já sabia que não tinha volta. — Mandá-los embora sem conflito?

Dinin agarrou Drizzt pela frente de seu *piwafwi* e puxou-o para perto, muito perto, até aquele terrível cenho franzido:

— Vou esquecer que você fez essa pergunta — ele sussurrou antes de largar Drizzt de volta à pedra, considerando o assunto encerrado.

— Você começa o ataque — orientou Dinin. — Quando você vir o sinal por trás, escureça o corredor e passe pelos guardas. Chegue ao líder do gnomo; ele é a chave da força deles com a pedra.

Drizzt não entendeu direito o poder gnômico que seu irmão insinuava, mas as instruções eram simples, mesmo que um pouco suicidas.

— Leve o felino se quiser — continuou Dinin. — Toda a patrulha estará ao seu lado em alguns momentos. Os grupos restantes virão das outras passagens.

Guenhwyvar acariciou Drizzt, mais do que pronta para segui-lo em batalha. Drizzt se confortou com isso quando Dinin partiu, deixando-o novamente sozinho na frente. Poucos segundos depois veio o comando de ataque. Drizzt sacudiu a cabeça com incredulidade quando viu o sinal; quão rapidamente os guerreiros drow encontraram suas posições!

Ele espiou os guardas gnomos, ainda mantendo sua vigília silenciosa, completamente inconsciente do que se passava. Drizzt sacou suas lâminas e acariciou Guenhwyvar para ter sorte, então invocou a magia inata de sua raça e liberou um globo de escuridão no corredor.

Gritos de alarme soavam, e Drizzt investiu, mergulhando na escuridão entre os guardas invisíveis e pondo-se de pé no outro lado da área de seu feitiço, a apenas dois passos de distância da pequena câmara. Viu uma dúzia de gnomos correndo de um lado para outro, tentando preparar suas defesas. "Poucos deles prestaram atenção em Drizzt, porém, quando os sons de batalha irromperam através de diversos corredores laterais."

Um gnomo investiu contra o ombro de Drizzt com uma picareta pesada. Drizzt levantou uma lâmina para bloquear o golpe, mas se surpreendeu com a força nos braços minúsculos do gnomo. Ainda assim, Drizzt poderia ter matado seu agressor com a outra cimitarra. Entretanto dúvidas demais, lembranças demais assombravam suas ações. Ele levou uma perna até a barriga do gnomo, fazendo a criaturinha se estatelar no chão.

Belwar Dissengulp, o próximo a ser atacado por Drizzt, observou a facilidade com que o jovem drow havia despachado um de seus melhores guerreiros e sabia que já havia chegado a hora de usar sua magia mais poderosa. Ele puxou a esmeralda de convocação de seu pescoço e atirou-a no chão, aos pés de Drizzt.

Drizzt saltou para trás, sentindo as emanações da magia. Atrás dele, Drizzt ouviu a aproximação de seus companheiros, dominando os guardas gnomos chocados e correndo para se juntar a ele na câmara. Então as atenções de Drizzt foram diretamente aos padrões de calor do chão de pedra à frente dele. As linhas acinzentadas vacilaram e nadaram, como se a pedra estivesse, de algum modo, viva.

Os outros guerreiros drow passaram direto por Drizzt, lançando-se sobre o líder gnomo. Ele não os seguiu, supondo que o evento que se desenrolava a seus pés era mais crítico do que a batalha geral que agora ecoava por todo o complexo.

De quatro metros de altura e dois de largura, um monstro humanoide imponente e furioso, feito de pedra viva, levantou-se diante de Drizzt.

— Elemental! — veio um grito a seu lado. Drizzt olhou e viu Masoj, com Guenhwyvar ao seu lado, folheando um grimório, aparentemente em busca de algum encantamento para combater o monstro inesperado. Para o desânimo de Drizzt, o mago assustado murmurou algumas palavras e desapareceu.

Drizzt firmou os pés e observou atentamente o monstro, pronto para saltar para o lado em um instante. Ele podia sentir o poder da coisa, a força crua da terra encarnada em braços e pernas vivas.

Um braço pesado sacudiu-se em um amplo arco, passando sonoramente por cima da cabeça de Drizzt e batendo na parede da caverna, transformando as pedras em pó.

— Não deixe essa coisa te acertar — Drizzt instruiu-se em um sussurro que saiu como um suspiro incrédulo. À medida que o elemental recuou o braço, Drizzt o perfurou com uma cimitarra, tirando um pequeno pedaço, mal fazendo um arranhão. O elemental fez uma careta de dor, Aparentemente, Drizzt era mesmo capaz de machucá-lo com suas armas encantadas.

Ainda parado no mesmo lugar ao lado, o invisível Masoj manteve seu próximo feitiço em espera, observando o espetáculo e esperando que os combatentes se enfraquecessem. Talvez o elemental destruísse Drizzt por completo. Os ombros invisíveis se sacudiram em resignação. Masoj decidiu deixar o poder gnômico fazer o trabalho sujo para ele.

O monstro lançou outro golpe, e mais outro. Drizzt mergulhou para frente, por entre as pernas de pilar da coisa de pedra. O elemental reagiu e pisoteou fortemente com um pé, errando por pouco o drow ágil e espalhando rachaduras no chão em várias direções.

Drizzt se levantou imediatamente, cortando e estocando com as duas lâminas nas costas do elemental, e em seguida correndo para fora de alcance quando o monstro tentava golpeá-lo.

Os sons da batalha ficaram mais distantes. Os gnomos haviam fugido, aqueles que ainda estavam vivos, mas os guerreiros drow estavam em perseguição, deixando Drizzt sozinho para enfrentar a criatura.

O monstro pisou novamente, e as ondas de choque do seu pé quase derrubaram Drizzt. Então, ele investiu com força, caindo sobre Drizzt, usando o imenso peso de seu corpo como uma arma. Se Drizzt tivesse sido minimamente surpreendido, ou se os reflexos dele não tivessem sido trabalhados até atingir tamanha perfeição, certamente teria sido esmagado. Ele conseguiu escapar pela lateral do monstro, enquanto ainda conseguia dar um golpe de raspão em um braço da coisa.

O impacto imenso levantou uma onda de pó; as paredes e o teto da caverna se racharam, salpicando o chão de pedras. Enquanto o elemental se levantava, Drizzt recuou, abalado por aquela força incomparável.

Ele estava sozinho contra aquela coisa, ou, pelo menos, era o que pensava. Uma súbita bola de fúria quente envolveu a cabeça do elemental, garras rasgando talhos profundos em seu rosto.

— Guenhwyvar! — Drizzt e Masoj gritaram em uníssono, Drizzt com a alegria de encontrar uma aliada e Masoj repleto de raiva. O mago não queria que Drizzt sobrevivesse a essa batalha, e não ousaria lançar nenhum ataque mágico nele ou no elemental com sua preciosa Guenhwyvar no caminho.

— Faça algo, mago! — Drizzt gritou, reconhecendo o grito e entendendo agora que Masoj ainda estava por perto.

O elemental berrou de dor, seu grito soando como o estrondo de pedregulhos enormes caindo de uma montanha rochosa. Mesmo quando Drizzt voltou para ajudar sua amiga felina, o monstro girou, incrivelmente rápido, e mergulhou no chão.

— Não! — Drizzt gritou, percebendo que Guenhwyvar seria esmagada. Então a gata e o elemental, em vez de bater contra a pedra, afundaram-se nela.

※

As chamas purpúreas do fogo feérico esboçavam as silhuetas dos gnomos, destacando os alvos para as flechas e espadas dos drow. Os gnomos contra-atacavam com sua própria magia, principalmente truques de ilusão.

— Aqui embaixo! — um único soldado drow gritou, apenas para bater com o rosto na pedra de uma parede que se parecia com a entrada de um corredor.

Mesmo que a magia dos gnomos conseguisse manter os elfos negros um tanto confusos, Belwar Dissengulp ficava cada vez mais assustado. Seu elemental, sua magia mais forte e sua única esperança, estava levando tempo demais com um único guerreiro drow, muito atrás na câmara principal. O supervisor de escavação queria o monstro ao seu lado quando começasse o combate principal. Ele ordenou que suas forças entrassem em formações defensivas fechadas, na esperança de que pudessem aguentar até o retorno da criatura.

Então os guerreiros drow, agora livres dos truques gnômicos, estavam diante deles, e a fúria roubou o medo de Belwar. Ele atacou com sua picareta pesada, com um sorriso desagradável ao sentir a arma poderosa penetrando na carne drow.

Agora toda magia havia sido deixada de lado, todas as formações e planos de batalha cuidadosamente feitos, dissolvidos no frenesi selvagem da batalha. Nada mais importava, exceto acertar o inimigo, sentir a lâmina ou a ponta da picareta afundar na carne. Acima de tudo, os gnomos das profundezas odiavam os drow, e em todo o Subterrâneo não havia nada que um elfo negro desfrutasse mais do que cortar um svirfneblin em pedaços menores.

Drizzt correu até o local, mas apenas o pedaço intacto do chão permanecia.

— Masoj? — ele ofegou, procurando por algumas respostas por meio de alguém que pudesse conhecer essa magia tão estranha.

Antes que o mago pudesse responder, o chão irrompeu por detrás de Drizzt. Ele girou, com as armas já em mãos, pronto para encarar o imponente elemental.

Então Drizzt observou em agonia indefesa quando uma névoa quebrada que já fora a grande pantera, sua mais querida companheira, se desgrudou dos ombros do elemental e começou a se desfazer à medida que se aproximava do chão.

Drizzt se desviou outro golpe, embora seus olhos nunca deixassem a nuvem evanescente de poeira e névoa. Guenhwyvar não existia mais? Será que sua única amiga se fora? Uma nova luz cresceu nos olhos cor de lavanda de Drizzt, uma raiva primitiva que começou a ferver em todo o seu corpo. Ele olhou para o elemental, agora sem medo.

— Você está morto — ele prometeu. Então, se aproximou.

Embora o elemental não conseguisse enteder as palavras de Drizzt (é claro), parecia confuso. Deixou cair um braço pesado, para esmagar seu oponente tolo. Drizzt sequer levantou suas lâminas para bloquear, sabendo que mesmo toda sua força não seria o suficiente contra esse golpe.

Assim que o braço que caía estava prestes a atingi-lo, o jovem guerreiro correu para frente, dentro de sua faixa de alcance.

A rapidez de seu movimento surpreendeu o elemental, e o turbilhão de movimentos de espada que se seguiu deixou Masoj sem fôlego. O mago nunca tinha visto tamanha fluidez de movimentos, tamanha graça em batalha. Drizzt subia e descia o corpo do elemental, cortando e rasgando, encravando as pontas de suas armas e arrancando pedaços da pele de pedra do monstro.

O elemental uivou em seu grito de avalanche e girou em círculos, tentando agarrar Drizzt e esmagá-lo. A raiva cega trouxe novos níveis de perícia ao jovem espadachim magnífico, e o elemental não acertou nada além do ar ou de seu próprio corpo pedregoso em suas fortes bofetadas.

— Impossível — murmurou Masoj baixinho. Poderia o jovem Do'Urden realmente derrotar um elemental? Masoj varreu o resto da área com os olhos. Vários drow e muitos gnomos estavam mortos ou gravemente feridos, mas o combate principal estava se afastando ainda mais enquanto os gnomos encontravam seus minúsculos túneis de fuga e os drow, enfurecidos além do bom senso, os seguiam.

Guenhwyvar se fora. Naquela câmara, apenas Masoj, o elemental e Drizzt permaneciam como testemunhas. O mago invisível sentiu seus lábios esboçarem um sorriso. Agora era a hora de atacar.

Drizzt fez o elemental guinar para um lado, quase derrotado, quando um relâmpago rugiu, uma explosão de raios que cegou o jovem drow e o fez voar até a parede traseira da câmara. Drizzt viu o contorcer de suas mãos, a dança selvagem de seus cabelos absolutamente brancos ante seus olhos imóveis. Ele não sentiu nada — nenhuma dor, nenhuma lufada de ar em seus pulmões — e não ouviu nada, como se a força de sua vida tivesse sido, de alguma forma, suspensa.

O ataque dissipou a magia de invisibilidade de Masoj, e ele voltou a ficar visível, rindo maliciosamente. O elemental, em uma massa quebrada e desintegrada, deslizou para a segurança do chão de pedra.

— Você está morto? — o mago perguntou a Drizzt, a voz quebrando o silêncio da surdez de Drizzt em explosões dramáticas. Drizzt não conseguiu responder. De qualquer forma, não sabia a resposta.

— Fácil demais — o jovem guerreiro ouviu Masoj dizer, suspeitava que o mago estivesse se referindo a ele, e não ao elemental.

Então Drizzt sentiu um formigamento em seus dedos e ossos, e seus pulmões se moveram repentinamente, agarrando um volume de ar. Ele ofegou em rápida sucessão, depois recuperou o controle de seu corpo e percebeu que sobreviveria.

Masoj olhou ao redor para verificar se não havia nenhuma testemunha retornando e, de fato, não viu ninguém.

— Bom — ele murmurou enquanto observava Drizzt recuperar os sentidos. O mago ficou realmente feliz pelo fato da morte de Drizzt não ter sido tão indolor. Ele pensou em outro feitiço que tornaria o momento mais divertido.

Uma mão — uma gigantesca mão de pedra — saiu do chão bem naquele momento e agarrou a perna de Masoj, puxando seus pés para dentro da pedra.

O rosto do mago se contorceu em um grito silencioso.

O inimigo de Drizzt salvou sua vida. Drizzt pegou uma das cimitarras do chão e cortou o braço do elemental. A arma o atingiu e o monstro, cuja cabeça reaparecera entre Drizzt e Masoj, uivou de raiva e dor e puxou o mago ainda mais fundo na pedra.

Com as duas mãos no punho da cimitarra, Drizzt golpeou o mais forte que pôde, dividindo a cabeça do elemental ao meio. Desta vez, os entulhos não afundaram na terra; o elemental fora destruído.

— Me tire daqui! — Masoj exigiu. Drizzt olhou para ele, quase não acreditando que Masoj ainda estivesse vivo, já que estava enterrado até a cintura na pedra sólida.

— Como? — Drizzt quase engasgou. — Você... — ele não conseguia sequer encontrar as palavras para expressar seu espanto.

— Só me tire daqui! — gritou novamente o mago.

Drizzt tateou pela pedra, sem saber por onde começar.

— Elementais viajam entre planos. — Masoj começou a explicar, sabendo que teria que acalmar Drizzt se quisesse sair do chão. Masoj sabia, também, que a conversa teria que percorrer um longo caminho para desviar as suspeitas de Drizzt de que o raio tinha sido apontado para ele. — O solo que um elemental da terra atravessa se transforma em um portal entre o Plano da Terra e nosso plano, o Plano Material. A pedra se partiu ao meu redor quando o monstro me puxou, mas é bastante desconfortável. Ele se retorceu de dor quando a pedra se apertou alguns centímetros ao redor dele. — O portal está se fechando muito rápido!

— Então Guenhwyvar pode estar... — Drizzt começou a raciocinar.

Ele arrancou a estatueta do bolso da frente de Masoj e inspecionou-a, procurando por quaisquer danos em sua escultura perfeita.

— Me dá isso! — Masoj exigiu, envergonhado e irritado. Relutantemente, Drizzt devolveu a estatueta. Masoj olhou para ela rapidamente e a deixou cair de volta no bolso.

— Guenhwyvar está bem? — Drizzt teve que perguntar.

— Não é problema seu — rebateu Masoj. O mago também estava preocupado com o felino, mas naquele momento, Guenhwyvar era o menor de seus problemas.

— O portal está fechando — disse novamente — Vá buscar as clérigas!

Antes que Drizzt pudesse começar a correr, uma laje de pedra na parede escorregou por detrás dele, e o punho duro como pedra de Belwar Dissengulp bateu na parte de trás de sua cabeça.

Capítulo 23

Um golpe limpo

— Os gnomos o pegaram — disse Masoj a Dinin quando o líder da patrulha voltou à caverna. O mago ergueu os braços sobre a cabeça para dar à alta sacerdotisa e suas assistentes uma visão melhor da sua situação.

— Para onde? — Dinin reagiu. — E por que deixaram você viver?

Masoj deu de ombros.

— Uma porta secreta — ele explicou — em algum lugar na parede atrás de você. Eu acho que eles também me levariam, mas... — Masoj olhou para o chão, que ainda o prendia firmemente pela cintura. — Os gnomos teriam me matado se vocês não tivessem chegado.

— Você tem sorte, mago — disse a alta sacerdotisa a Masoj. — Eu preparei um feitiço hoje que pode libertá-lo da pedra.

Ela sussurrou instruções para suas assistentes e elas tiraram odres de água e bolsas de barro e começaram a traçar no chão um quadrado de três metros ao redor do mago preso. A alta sacerdotisa se dirigiu até a parede da câmara e preparou-se para suas orações.

— Alguns deles conseguiram escapar — Dinin disse a ela.

A alta sacerdotisa sussurrou um feitiço e estudou a parede.

— Aqui — disse ela. Dinin e outro macho correram até o local e logo encontraram o esboço quase imperceptível da porta secreta.

Enquanto a alta sacerdotisa começava seu encantamento, uma das clérigas que a assistia jogou a ponta de uma corda para Masoj.

— Segure — a assistente provocou —, e prenda sua respiração!

— Espera... — Masoj começou, mas o chão de pedra ao redor dele se transformou em lama e o mago escorregou para dentro dele.

Duas clérigas, rindo, puxaram Masoj um momento depois.

— Ótimo feitiço — observou o mago, cuspindo lama.

— Tem sua utilidade — respondeu a alta sacerdotisa. — Especialmente quando enfrentamos gnomos e seus truques com a pedra. Eu o preparei como uma salvaguarda contra elementais da terra. — Ela olhou para um pedaço de entulho a seus pés, inconfundivelmente um olho e o nariz da criatura. — Mas vejo que meu feitiço acabou tendo outra finalidade.

— Fui eu que destruí esse aqui — mentiu Masoj.

— É claro — disse a alta sacerdotisa, longe de estar convencida. Ela podia dizer pelo corte dos escombros que uma lâmina havia feito aquelas marcas e deixou o assunto para lá quando o som da pedra deslizando fez com que todos se voltassem para a parede.

— É um labirinto — choramingou o guerreiro ao lado de Dinin quando olhou para o túnel. — Como vamos encontrá-los?

Dinin pensou por um momento, depois se virou para Masoj.

— Eles estão com meu irmão — disse ele, com uma ideia em mente. — Onde está sua gata?

— Por aí — Masoj paralisou, adivinhando o plano de Dinin e nem um pouco interessado no resgate de Drizzt.

— Traga-a até mim — ordenou Dinin. — O felino pode farejar Drizzt.

— Eu não posso... Quer dizer... — Masoj gaguejou.

— Agora, mago! — ordenou Dinin. — A menos que você queira que eu diga ao conselho governante que os gnomos escaparam porque você se recusou a ajudar!

Masoj lançou a estatueta ao chão e chamou por Guenhwyvar, sem saber exatamente o que aconteceria a seguir. Teria o elemental da terra realmente destruído Guenhwyvar? A névoa apareceu, transformando-se no corpo material da pantera em segundos.

— Bem... — indicou Dinin, apontando para o túnel.

— Encontre Drizzt! — Masoj ordenou ao felino. Guenhwyvar farejou a área por um momento, depois desceu pelo pequeno túnel, enquanto a patrulha drow a seguia em sua busca silenciosa.

⁂

— Onde... — Drizzt começou a balbuciar quando finalmente começou a longa escalada das profundezas da inconsciência. Ele entendeu que estava sentado e também sabia que suas mãos estavam presas diante dele.

Uma mão pequena, mas forte, o pegou pela parte de trás do cabelo e puxou sua cabeça para trás.

— Quieto! — Belwar sussurrou com dureza, e Drizzt ficou surpreso com o fato de a criatura poder falar sua língua. Belwar soltou Drizzt e se virou para se juntar a outros svirfneblin.

Considerando a altura minúscula da câmara e dos movimentos nervosos dos gnomos, Drizzt percebeu que o grupo que estava com ele havia escapado da batalha.

Os gnomos começaram uma conversa baixa em sua própria língua, que Drizzt não conseguia entender. UUm deles fez uma pergunta acalorada ao gnomo, que ordenou a Drizzt ficar quieto, aparentemente o líder. Outro grunhiu sua aprovação e falou algumas palavras ásperas, lançando um olhar perigoso na direção de Drizzt.

O líder bateu forte nas costas do outro gnomo e o enviou através de uma das duas saídas baixas na câmara, depois colocou os outros em posições defensivas. E se dirigiu-se a Drizzt:

— Você vem com a gente para Gruta das Pedras Valiosas — ele disse com palavras hesitantes.

— E depois...? — Drizzt perguntou.

Belwar deu de ombros.

— O rei vai decidir. Se não me causar problemas, vou pedir pra deixarem você ir embora.

Drizzt riu cinicamente.

— Então tá — disse Belwar. — Se o rei mandar te matar, garantirei que seja com um golpe limpo e sem dor.

Mais uma vez Drizzt riu.

— Você acha que acredito? — ele perguntou. — Torture-me agora e divirta-se. Esse é o seu jeito maligno!

Belwar ensaiou uma bofetada, mas deteve a própria mão.

— Svirfneblin não torturam! — ele declarou, mais alto do que deveria. — Elfos negros torturam — ele se virou, mas girou de volta, reiterando sua promessa. — Um golpe limpo.

Drizzt descobriu que acreditava na sinceridade na voz do gnomo, e essa promessa era um ato de misericórdia muito maior do que o gnomo teria recebido se a patrulha de Dinin o tivesse capturado. Belwar fez menção de se afastar, mas Drizzt, intrigado, precisava saber mais sobre aquela criatura curiosa.

— Como aprendeu minha língua? — perguntou.

— Gnomos não são estúpidos — retrucou Belwar, sem saber onde Drizzt queria chegar.

— Nem os drow — respondeu Drizzt com sinceridade —, mas nunca ouvi o idioma svirfneblin sendo falado na minha cidade.

— Uma vez um drow esteve na Gruta das Pedras Valiosas — explicou Belwar, agora tão curioso sobre Drizzt quanto Drizzt estava sobre ele.

— Escravo — supôs Drizzt.

— Convidado! — rebateu Belwar. — Nós não temos escravos!

Drizzt novamente percebeu que não poderia refutar a sinceridade na voz de Belwar.

— Qual o seu nome? — perguntou.

O gnomo riu dele.

— Você me acha estúpido? — Belwar perguntou. — Quer saber meu nome pra usar seu poder em alguma magia negra contra mim!

— Não! — protestou Drizzt.

— Eu deveria te matar agora por me achar estúpido! — resmungou Belwar, levantando sua picareta ameaçadoramente. Drizzt se mexeu desconfortavelmente, sem saber o que o gnomo faria a seguir.

— Minha oferta permanece — disse Belwar, baixando a picareta. — Nenhum problema, e eu peço ao rei pra te deixar ir — Belwar não acreditava que isso aconteceria mais do que Drizzt, então o svirfneblin, com um dar de ombros resignado, ofereceu a Drizzt a segunda melhor opção — Ou então, um golpe limpo.

Uma agitação em um dos túneis afastou Belwar.

— Belwar! — chamou um dos outros gnomos, correndo de volta para a pequena câmara. O líder dos gnomos se voltou com atenção para Drizzt, para ver se o drow notara a menção a seu nome.

Drizzt sabiamente manteve a cabeça virada, fingindo não ouvir o nome do líder gnomo que lhe tinha mostrado piedade: Belwar. Um nome que Drizzt jamais esqueceria.

Logo depois, alguns sons de luta que surgiram pelo corredor atraíram a atenção de todos, e vários svirfneblin voltaram para a câmara. Drizzt sabia pela agitação que a patrulha drow estava logo atrás.

Belwar começou a berrar ordens, organizando a retirada do outro túnel da câmara. Drizzt perguntou-se o que o gnomo faria com ele agora. Certamente Belwar não podia imaginar que seria mais rápido que a patrulha drow enquanto arrastasse um prisioneiro.

O líder dos gnomos subitamente parou de falar e de se mover. Subitamente demais.

As clérigas drow haviam liderado o caminho com seus traiçoeiros feitiços paralisantes. Belwar e outro gnomo foram presos rapidamente por magia e o resto dos gnomos, percebendo isso, fugiu em uma confusão selvagem pela saída traseira.

Os guerreiros drow, com Guenhwyvar liderando o caminho, entraram na câmara. Qualquer alívio que Drizzt houvesse sentido ao ver sua amiga felina foi enterrado sob o massacre que se seguiu. Dinin e suas tropas cortaram os gnomos desorganizados com a típica selvageria drow.

Em segundos, segundos horrendos que pareciam horas para Drizzt, apenas Belwar e o outro gnomo apanhado no feitiço clerical permaneciam vivos na câmara. Vários dos svirfneblin conseguiram fugir pelo corredor traseiro, mas a maior parte da patrulha drow havia saído em busca deles.

Masoj foi o último a entrar na câmara, parecendo miserável em sua roupa coberta de lama. Ele permaneceu na saída do túnel e sequer olhou na direção de Drizzt, exceto para notar que sua pantera estava protetoramente de pé lado do segundo filho da Casa Do'Urden.

— Mais uma vez você encontrou sua dose de sorte e um pouco mais — disse Dinin a Drizzt enquanto cortava as amarras de seu irmão.

Olhando ao redor para a carnificina na câmara, Drizzt não tinha tanta certeza.

Dinin devolveu-lhe suas cimitarras, depois se virou para o drow que vigiava os dois gnomos paralisados.

— Acabe com eles — instruiu Dinin.

Um sorriso aberto se espalhou pelo rosto do outro drow, e ele puxou uma faca dentada de seu cinto. Ele a segurou na frente do rosto de um gnomo, provocando a criatura indefesa.

— Eles conseguem ver? — perguntou o guerreiro à alta sacerdotisa.

— Essa é a graça do feitiço — respondeu a clériga. — O svirfneblin sabe o que está prestes a acontecer. Mesmo agora ele está lutando para se libertar do controle.

— Prisioneiros! — Drizzt deixou escapar.

Dinin e os outros se viraram para ele, o drow com a adaga vestindo uma carranca ao mesmo tempo furiosa e decepcionada.

— Para a Casa Do'Urden? — Drizzt perguntou a Dinin com esperança. — Nós poderíamos nos beneficiar com...

— Svirfneblin não são bons escravos — respondeu Dinin.

— Não — concordou a alta sacerdotisa, pondo-se ao lado do guerreiro que ainda segurava a adaga. A clériga assentiu com a cabeça para o guerreiro, e seu sorriso retornou dez vezes mais aberto. Ele golpeou o gnomo paralisado com força. Somente Belwar permanecia agora.

O guerreiro acenou sua adaga sinistra, agora manchada de sangue, e caminhou até ficar de frente ao líder dos gnomos.

— Esse não! — Drizzt protestou, não conseguindo mais suportar. — Deixe-o viver!

Drizzt queria dizer que Belwar não poderia fazer mal a eles e que matar o gnomo indefeso seria um ato covarde e vil, mas sabia que apelar para a misericórdia dos seus seria uma perda de tempo.

Desta vez, a expressão de Dinin era mais de raiva do que de curiosidade.

— Se você o matar, não haverá nenhum gnomo para retornar à sua cidade e falar de nossa força — Drizzt argumentou, se agarrando à única esperança que conseguiu encontrar. — Devemos mandá-lo de volta ao seu povo, mandá-lo de volta para dizer-lhes da loucura que é tentar invadir os domínios dos drow!

Dinin olhou para a alta sacerdotisa em busca de sua aprovação.

— É um raciocínio adequado — ela disse com um aceno de cabeça.

Dinin não estava tão certo dos motivos de seu irmão. Sem tirar os olhos de Drizzt, instruiu ao guerreiro:

— Então, corte as mãos do gnomo.

Drizzt sequer piscou, percebendo que, se o fizesse, Dinin certamente mataria Belwar.

O guerreiro pôs a adaga de volta ao cinto e tirou sua espada pesada.

— Espere — disse Dinin, ainda olhando para Drizzt. — Solte-o do feitiço primeiro; quero ouvir seus gritos.

Vários drow se aproximaram para colocar as pontas de suas espadas no pescoço de Belwar enquanto a alta sacerdotisa dissipava seu poder mágico. Belwar não fez nenhum movimento.

O guerreiro drow designado agarrou sua espada em ambas as mãos, e Belwar, o bravo Belwar, estendeu os braços e ficou imóvel diante dele.

Drizzt evitou olhar, incapaz de assistir, e temeroso aguardou o grito do gnomo.

Belwar notou a reação de Drizzt. Seria um ato de compaixão?

O guerreiro drow então desceu a espada. Belwar não tirou seus olhos de Drizzt enquanto a espada atravessava seus pulsos, acendendo um milhão de chamas de agonia em seus braços.

Belwar também não gritou. Ele não daria essa satisfação a Dinin. O líder dos gnomos olhou para Drizzt uma última vez enquanto dois guerreiros drow o levavam para fora da câmara, e reconheceu a angústia sincera e o pedido de desculpas por trás da fachada impassível do jovem drow.

Quando Belwar estava saindo, os elfos negros que haviam saído em perseguição aos gnomos em fuga retornaram do outro túnel.

— Nós não conseguimos pegá-los nesses túneis minúsculos — reclamou um deles.

— Droga! — Dinin rosnou. Enviar um gnomo sem mão de volta para Gruta das Pedras Valiosas era uma coisa, mas deixar os membros saudáveis da expedição do gnomo escapar era algo bastante diferente. — Eu quero que sejam pegos!

— Guenhwyvar pode pegá-los. — declarou Masoj. Então, chamou o felino para o lado dele e observou Drizzt durante todo o tempo.

O coração de Drizzt acelerou no momento em que o mago acariciou a gata gigante.

— Venha, meu animal de estimação — disse Masoj. — Você tem uma caçada a fazer.

O mago observou Drizzt se contorcendo com as palavras, sabendo que ele não aprovava que Guenhwyvar se envolvesse nessas táticas.

— Eles se foram? — Drizzt perguntou a Dinin, sua voz à beira do desespero.

— Correndo por todo o caminho de volta para Gruta das Pedras Valiosas — respondeu Dinin calmamente. — Se nós deixarmos que cheguem.

— E eles vão voltar?

O cenho de Dinin refletiu o absurdo da pergunta de seu irmão.

— Você voltaria?

— Então, nossa tarefa está completa — refletiu Drizzt, tentando em vão encontrar uma maneira de contornar os planos ignóbeis de Masoj para a pantera.

— Nós ganhamos o dia — concordou Dinin —, embora nossas próprias perdas tenham sido grandes. Podemos encontrar um pouco mais de diversão com a ajuda do animal de estimação do mago.

— Diversão — Masoj repetiu diretamente para Drizzt. — Vá para os túneis, Guenhwyvar. Deixe-nos descobrir o quão rápido um gnomo assustado pode correr!

Poucos minutos depois, Guenhwyvar voltou para a câmara arrastando um gnomo morto na boca.

— Volte! — Masoj ordenou enquanto Guenhwyvar deixava cair o corpo a seus pés. — Me traga mais!

O coração de Drizzt afundou com o som do cadáver sendo largado no chão de pedra. Ele olhou nos olhos de Guenhwyvar e viu uma tristeza tão profunda quanto a sua. A pantera era uma caçadora, à sua maneira, tão honrada quanto Drizzt. Porém, para Masoj, Guenhwyvar era um brinquedo, um instrumento para seus prazeres pervertidos, matando por nenhuma outra razão além da alegria de seu mestre.

Nas mãos do mago, Guenhwyvar não era mais do que uma assassina.

Guenhwyvar parou na entrada do pequeno túnel e olhou para Drizzt quase como que pedindo desculpas.

— Volte! — Masoj gritou, antes de chutar a gata na parte traseira. Então Masoj também voltou a olhar para Drizzt com um olhar vingativo. Ele havia perdido sua chance de matar o jovem Do'Urden. Teria que ter cuidado ao explicar um erro tão grande para sua mãe implacável, mas decidiu se preocupar com aquele encontro desagradável mais tarde. Pelo menos por enquanto teria a satisfação de ver Drizzt sofrer.

Dinin e os outros estavam alheios ao drama que se desenrolava entre Masoj e Drizzt, envolvidos demais em sua espera pelo retorno de Guenhwyvar; envolvidos demais em suas especulações sobre as expressões de terror que os gnomos fariam frente a uma assassina tão perfeita; absortos demais nas redes do humor macabro do momento, o perverso humor drow que trazia risos quando lágrimas eram necessárias.

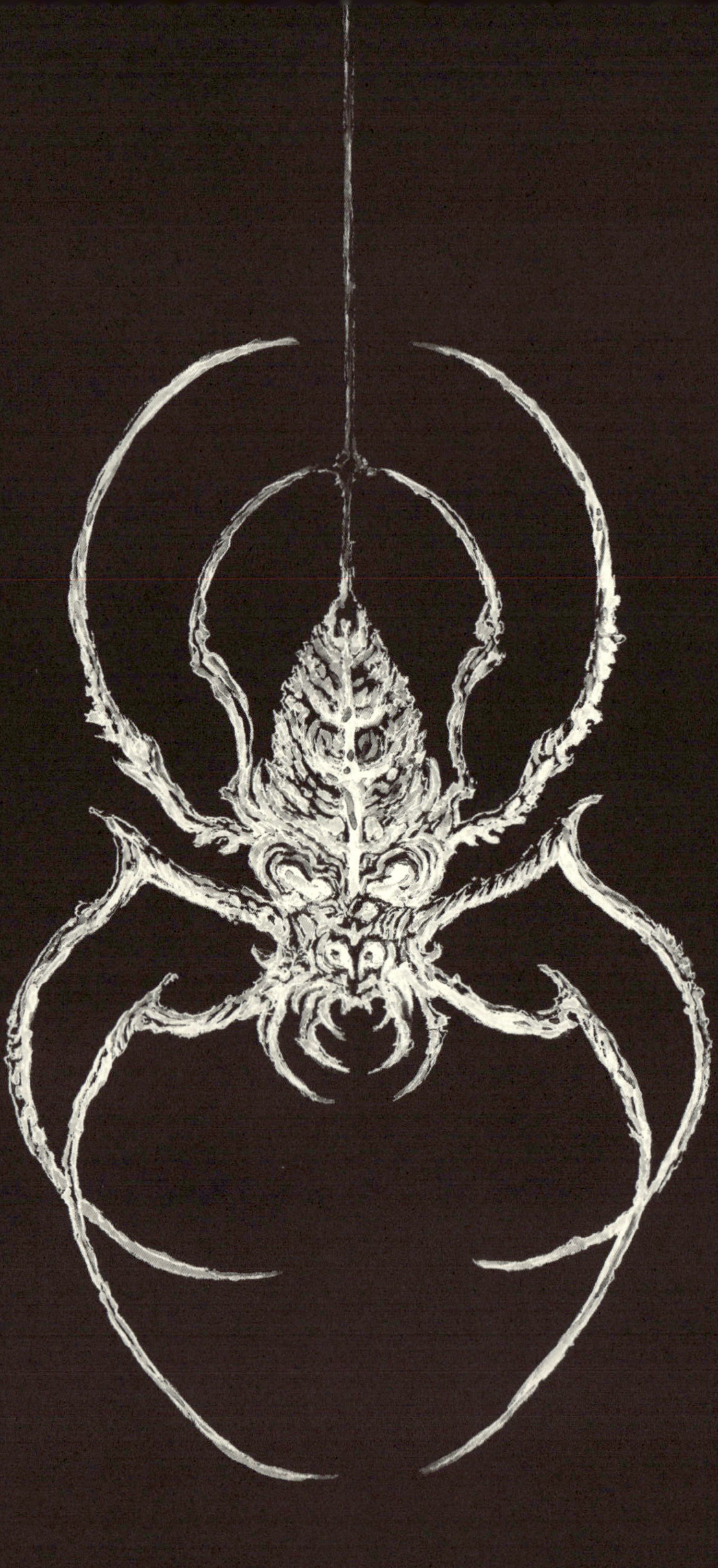

Parte 5
Zaknafein

Zaknafein Do'Urden: mentor, professor, amigo.

Na agonia cega de minhas próprias frustrações, por mais de uma vez deixei de reconhecer Zaknafein por tudo o que foi. Será que pedi a ele mais do que poderia dar? Será que esperei perfeição de uma alma atormentada; que julguei Zaknafein por padrões além de sua experiência, ou por padrões impossíveis em face de suas experiências?

Eu poderia ter sido ele. Poderia ter vivido preso dentro da raiva inócua, enterrado sob o ataque diário da crueldade que é Menzoberranzan e o mal penetrante que é minha própria família, nunca sendo capaz de encontrar a saída.

Parece uma suposição lógica a de que nós aprendemos com os erros dos mais velhos. Isso, creio eu, foi minha salvação. Sem o exemplo de

Zaknafein, eu também não teria encontrado escapatória, não com vida.

Será que esse caminho que escolhi é melhor do que a vida que Zaknafein conhecia? Creio que sim, embora às vezes me veja desesperado o bastante para ansiar pelo outro caminho. Teria sido mais fácil. Mas a verdade não é nada diante da autoenganação, e os princípios não têm valor se o idealista não puder viver de acordo com seus próprios padrões.

Então este é um caminho melhor.

Eu vivo com muitos lamentos. Pelo meu povo, por mim, mas principalmente por esse mestre de armas, agora perdido para mim, que me mostrou como — e porque — empunhar uma lâmina.

Não há dor maior do que essa; não é o corte de um punhal afiado, nem o fogo de um dragão. Nada queima em seu coração como o vazio de perder algo, alguém, antes que você realmente tenha aprendido seu valor. Por diversas vezes eu levanto meu copo em um brinde inútil, um pedido de desculpas para ouvidos que não podem mais me ouvir.

A Zak, aquele que inspirou minha coragem.

— Drizzt Do'Urden

Capítulo 24

Conhecer nossos inimigos

— Seis drow mortos, entre eles uma clériga — Briza informou à Matriarca Malícia na sacada da Casa Do'Urden. Briza havia voltado correndo ao complexo com os primeiros relatórios do encontro, deixando suas irmãs na praça central de Menzoberranzan com a multidão que lá estava reunida, aguardando mais informações. — Mas quase quarenta gnomos morreram. Uma vitória clara.

— E quanto aos seus irmãos? — perguntou Malícia. — Como a Casa Do'Urden se saiu nesse combate?

— Assim como com os elfos de superfície, a mão de Dinin matou cinco — respondeu Briza. — Eles disseram que ele liderou o ataque principal sem medo, e que foi ele quem matou mais gnomos.

Matriarca Malícia sorriu com as notícias, embora suspeitasse que Briza, de pé, pacientemente por trás de um sorriso presunçoso, estava segurando algo dramático.

— E quanto a Drizzt? — perguntou a matriarca, sem paciência para os jogos de sua filha. — Quantos svirfneblin caíram a seus pés?

— Nenhum — respondeu Briza. Seu sorriso, no entanto, continuava ali. — Mesmo assim, o dia pertenceu a Drizzt! — ela acrescentou rapidamente, vendo uma expressão franzida e furiosa se espalhando pelo rosto de sua mãe volátil. Malícia não parecia estar achando graça.

— Drizzt derrotou um elemental da terra! — gritou Briza. — Praticamente sozinho, contando apenas com uma pequena ajuda de um mago. A alta sacerdotisa da patrulha considerou a morte como dele!

Matriarca Malícia ofegou e se afastou. Drizzt já era um enigma para ela, hábil com a lâmina como ninguém, mas sem a atitude adequada e o devido respeito. Agora isto: um elemental da terra! A própria Malícia havia visto um monstro desses estraçalhar sozinho um grupo de incursão drow, matando uma dúzia de guerreiros experientes antes de se afastar e seguir seu caminho. No entanto, seu filho, seu filho confuso, havia derrotado um. Sozinho!

— Lolth nos favorecerá hoje — comentou Briza, não entendendo a reação de sua mãe.

As palavras de Briza deram a Malícia uma ideia.

— Reúna suas irmãs — ela ordenou. — Nos encontraremos na capela. Se a Casa Do'Urden ganhou por completo o dia nos túneis, talvez a Rainha Aranha nos agracie com alguma informação.

— Vierna e Maya estão no aguardo das próximas notícias na praça da cidade — explicou Briza. — Certamente, saberemos de tudo dentro de uma hora.

— Não me importo com uma batalha contra gnomos! — repreendeu Malícia. — Você já me contou tudo o que é importante para a nossa família; o resto não importa. Devemos usar o heroísmo de seus irmãos de forma produtiva.

— Para conhecermos nossos inimigos — Briza deixou escapar um suspiro quando percebeu o que a mãe tinha em mente.

— Exatamente — respondeu Malícia. — Para saber qual casa é essa que ameaça a Casa Do'Urden. Se a Rainha Aranha realmente nos tem em seu favor hoje, pode nos agraciar com o conhecimento que precisamos para vencê-los!

Pouco tempo depois, as quatro altas sacerdotisas da Casa Do'Urden se reuniram em torno do ídolo-aranha na antessala da capela. Diante delas, em uma tigela do ônix mais escuro, queimava o incenso sagrado — doce como a morte e preferido pelas yochlol, as aias de Lolth.

A chama passou por uma variedade de cores, de laranja a verde e de verde a vermelho brilhante. Então tomou forma, ouvindo às súplicas das quatro sacerdotisas e a urgência na voz da Matriarca Malícia. O topo das chamas, não mais dançando, mas suavizado e arredondado, assumiu a forma de uma cabeça sem pelos, depois se esticou para cima, crescendo. A chama desapareceu, consumida pela imagem da yochlol, uma pilha de cera parcialmente derretida com olhos grotescamente alongados e uma boca inclinada.

— Quem me convocou? — a figura pequena demandou telepaticamente. Os pensamentos da yochlol, poderosos demais para sua estatura diminuta, explodiram dentro das cabeças das drow reunidas.

— Fui eu, aia — Malícia respondeu em voz alta, querendo que suas filhas ouvissem. A Matriarca inclinou a cabeça em uma reverência. — Eu sou Malícia, serva leal da Rainha Aranha.

Em um sopro de fumaça, a yochlol desapareceu, deixando apenas brasas de incenso incandescentes na tigela de ônix. Um momento depois, a aia reapareceu, em tamanho real, de pé atrás de Matriarca Malícia. Briza, Vierna e Maya prenderam a respiração enquanto a criatura pousava seus dois tentáculos doentios nos ombros de sua mãe.

Matriarca Malícia aceitou os tentáculos sem resposta, confiante em seus motivos para invocar a yochlol.

— Explique-me por que você se atreve a me incomodar — vieram os pensamentos insidiosos da yochlol.

— Para fazer uma pergunta simples — Malícia respondeu silenciosamente, uma vez que nenhuma palavra era necessária para se comunicar com uma aia. — Uma pergunta cuja resposta você conhece.

— Esta pergunta a interessa tanto? — perguntou a yochlol. — Você está se arriscando a sofrer consequências terríveis.

— É imperativo que eu saiba a resposta — respondeu Matriarca Malícia. Suas três filhas observavam com curiosidade, ouvindo os pensamentos da yochlol, mas apenas adivinhando as respostas não ditas de sua mãe.

— Se a resposta é tão importante, e é sabido pelas aias, e, portanto, pela Rainha Aranha, você não acredita que Lolth a teria dado a você se assim o desejasse?

— Talvez, antes de hoje, a Rainha Aranha não me julgasse digna desse conhecimento — respondeu Malícia. — As coisas mudaram.

A aia fez uma pausa e revirou os olhos alongados na cabeça como se estivesse se comunicando com algum plano distante.

— Saudações, Matriarca Malícia Do'Urden, — disse a yochlol em voz alta depois de alguns momentos tensos. A voz falada da criatura estava calma e excessivamente suave em relação à sua aparência grotesca.

— Meus cumprimentos para você e para sua senhora, a Rainha das Aranhas — respondeu Malícia. Ela lançou um sorriso irônico para suas filhas, mas ainda não se virou para encarar a criatura por detrás dela. Aparentemente, o palpite de Malícia quanto ao favor de Lolth estava correto.

— Daermon N'a'shezbaernon agradou a Lolth — disse a aia. — Os machos de sua casa ganharam o dia, mesmo acima das fêmeas que viajavam com eles. Devo aceitar a convocação da Matriarca Malícia Do'Urden.

Os tentáculos deslizaram pelos ombros de Malícia, e a yochlol ficou rígida atrás dela, esperando seus comandos.

— Fico feliz em agradar a Rainha Aranha — começou Malícia. Ela procurou a maneira correta de frasear sua pergunta. — Para a convocação, como eu disse, imploro apenas a resposta a uma pergunta simples.

— Pergunte — sugeriu a yochlol, e o tom zombeteiro disse a Malícia e suas filhas que o monstro já conhecia a questão.

— Minha casa está ameaçada, dizem os rumores — disse Malícia.

— Rumores? — a yochlol riu com um som maléfico.

— Eu confio nas minhas fontes — Malícia respondeu defensivamente. — Não a teria invocado se não acreditasse na ameaça.

— Continue — disse a yochlol, se divertindo com a situação. — São mais do que rumores, Matriarca Malícia Do'Urden. Outra casa planeja guerra contra você.

O arfar imaturo de Maya trouxe um olhar desdenhoso para ela vindo de sua mãe e suas irmãs.

— Nomeie esta casa para mim — implorou Malícia. — Se Daermon N'a'shezbaernon agradou à Rainha Aranha no dia de hoje, peço a Lolth que revele nossos inimigos, para que possamos destruí-los!

— E se essa outra casa também agradou à Rainha Aranha? — a aia ponderou. — Você crê que Lolth a trairia por você?

— Nossos inimigos possuem todas as vantagens — protestou Malícia. — Eles sabem sobre a Casa Do'Urden. Sem dúvida, nos observam todos os dias, fazendo seus planos. Solicitamos a Lolth que nos dê um conhecimento igual ao de nossos inimigos. Revele-os e deixe-nos provar qual casa é mais digna da vitória.

— E se seus inimigos forem maiores do que você? — perguntou a aia. — Matriarca Malícia Do'Urden então chamaria Lolth para intervir e salvar sua lamentável casa?

— Não! — gritou Malícia. — Nós evocaríamos os poderes que Lolth nos deu para lutar contra nossos inimigos. Mesmo que nossos inimigos sejam mais poderosos, que Lolth tenha certeza de que sofrerão grande dor por seu ataque contra a Casa Do'Urden!

Novamente, a aia afundou em si mesma, encontrando a ligação para o seu plano natal, um lugar mais sombrio do que Menzoberranzan. Malícia apertou firmemente à mão de Briza, à sua direita, e a de Vierna, à sua esquerda. Por sua vez, elas passaram adiante a confirmação por meio de seu vínculo até alcançar Maya, na outra extremidade do círculo.

— A Rainha Aranha está satisfeita, Matriarca Malícia Do'Urden — disse a aia, por fim. — Confie que ela favorecerá a Casa Do'Urden mais do que a seus inimigos quando a batalha começar... talvez...

Malícia hesitou com a ambiguidade dessa palavra final, aceitando relutantemente que Lolth nunca fazia promessas.

— E quanto à minha pergunta — Malícia ousou insistir —, o motivo da convocação?

Então veio uma luz brilhante que roubou a visão das quatro clérigas. Quando sua visão retornou, elas viram a yochlol, pequena novamente, olhando para elas das chamas da tigela de ônix.

— A Rainha Aranha não dá uma resposta que já é conhecida! — a aia proclamou, o poder absoluto de sua voz sobrenatural atravessando os ouvidos das drow. O fogo irrompeu em outra luz cegante, e a yochlol desapareceu, deixando a tigela preciosa dividida em uma dúzia de pedaços.

Matriarca Malícia pegou um grande pedaço do ônix quebrado e o jogou contra uma parede.

— Já é conhecida? — ela gritou em fúria. — Conhecida por quem? Quem em minha família mantém este segredo de mim?

— Talvez alguém que não faça ideia do que sabe — Briza disse, tentando acalmar sua mãe. — Ou talvez a informação tenha sido recém-descoberta, e ela ainda não teve a chance de avisá-la.

— Ela? — grunhiu Malícia. — Quem é essa de quem você fala, Briza? Estamos todas aqui! Alguma das minhas filhas seria estúpida o suficiente para deixar uma ameaça tão óbvia para a nossa família passar?

— Não, Matriarca! — Vierna e Maya gritaram juntas, aterrorizadas com a ira crescente de Malícia, subindo além do controle.

— Nunca vi nenhum sinal! — disse Vierna.

— Nem eu! — acrescentou Maya. — Eu estive ao seu lado por todas essas semanas, e não vi mais do que você.

— Está insinuando que eu deixei passar algo? — Malícia rosnou, os nós dos seus dedos já pálidos.

— Não, Matriarca! — Briza gritou acima da agitação, alto o bastante para silenciar sua mãe naquele momento e chamar a atenção de Malícia para sua filha mais velha.

— Não é uma mulher, então — Briza argumentou. — Um macho. Um de seus filhos pode ter a resposta, ou Zaknafein ou Rizzen, talvez.

— Sim — concordou Vierna. — Eles são apenas machos, burros demais para entender a importância de pequenos detalhes.

— Drizzt e Dinin estão fora de casa — acrescentou Briza. — Fora da cidade. Em seu grupo de patrulha estão filhos de todas as casas poderosas, todas as casas que se atreveriam a nos ameaçar!

O fogo nos olhos de Malícia brilhava, mas ela relaxou com a argumentação.

— Traga-os para mim quando retornarem a Menzoberranzan — ela instruiu Vierna e Maya. — Você — disse para Briza —, traga Rizzen e Zaknafein. Toda a família deve estar presente!

— Os primos e os soldados também? — perguntou Briza. — Talvez alguém que não seja de nossa família imediata conheça a resposta.

— Devemos juntá-los, também? — ofereceu Vierna, sua voz marcada com a crescente empolgação do momento. — Um encontro de todo o clã, uma reunião geral de guerra da Casa Do'Urden?

— Não — Malícia respondeu. — Não os soldados, nem os primos. Não acredito que estejam envolvidos nisso; a aia nos teria dado a resposta se ninguém da família imediata a soubesse. É minha a vergonha de fazer uma pergunta cuja resposta alguém do círculo da minha família conhece. Ela rangia os dentes enquanto cuspia o resto de seus pensamentos.

— Mas não serei mais envergonhada.

Drizzt e Dinin entraram na casa um pouco mais tarde, esgotados e felizes pela aventura ter acabado. Eles mal haviam passado pela entrada e entrado no amplo corredor que levava a seus quartos quando tropeçaram em Zaknafein, que chegava pelo outro lado.

— Então o herói voltou — zombou Zak, olhando diretamente para Drizzt. Drizzt não deixou o sarcasmo em sua voz passar despercebido.

— Nós cumprimos com a nossa tarefa, com sucesso, Dinin rebateu, mais do que um pouco perturbado ao ser excluído da saudação de Zak. — Eu liderei...

— Eu já sei sobre a batalha — assegurou Zak. — Ela foi recontada infinitamente por toda a cidade. Agora nos deixe, primogênito. Tenho assuntos inacabados com seu irmão.

— Eu saio quando desejar! — rosnou Dinin.

Zak o encarou.

— Eu desejo falar com Drizzt, apenas com Drizzt, então vá embora.

A mão de Dinin foi ao punho de sua espada, o que não foi uma um movimento inteligente. Antes que chegasse a afastar a espada da bainha alguns centímetros, Zak o esbofeteou duas vezes com uma mão com uma mão. O mestre de armas tinha, de alguma forma, sacado uma adaga, que agora tinha sua ponta contra a garganta de Dinin.

Drizzt observou com espanto, certo de que Zak mataria Dinin se essa situação se estendesse mais.

— Saia — disse Zak novamente. — Por sua vida.

Dinin levantou as mãos e recuou lentamente.

— Matriarca Malícia vai ficar sabendo disso! — avisou.

— Eu mesmo vou contar a ela — Zak riu dele. — Você acha que ela vai se preocupar com você, idiota? No que diz respeito à Matriarca Malícia, os machos da família determinam sua própria hierarquia. Vá embora, primogênito. Volte quando tiver coragem de me desafiar.

— Venha comigo, irmão — chamou Dinin.

— Temos negócios — Zak lembrou a Drizzt.

Drizzt olhou para ambos alternadamente, atordoado com a vontade evidente daqueles dois de se matarem.

— Eu fico — decidiu. — Realmente tenho negócios inacabados com o mestre de armas.

— Como quiser, herói — cuspiu Dinin, antes de girar sobre os calcanhares e desaparecer pelo corredor.

— Você fez um inimigo — observou Drizzt para Zak.

— Eu fiz muitos — Zak riu —, e vou fazer muitos mais antes do dia acabar! Mas não se importe. Suas ações inspiraram ciúmes em seu irmão mais velho. Você é o único que deve ter cautela.

— Ele o odeia abertamente — argumentou Drizzt.

— Mas não ganharia nada com minha morte — respondeu Zak. — Não sou uma ameaça para Dinin, mas você... — ele deixou suas palavras no ar.

— Por que eu o ameaçaria? — protestou Drizzt. — Dinin não tem nada que eu deseje.

— Ele tem poder — explicou Zak. — Ele é o primogênito agora, mas nem sempre foi assim.

— Ele matou Nalfein, o irmão que eu nunca conheci.

— Você sabia disso? — perguntou Zak. — Talvez Dinin suspeite que o outro Segundo Filho siga o mesmo curso que ele tomou para se tornar o primogênito da Casa Do'Urden.

— Basta! — grunhiu Drizzt, cansado de todo o sistema estúpido de ascensão. "Quão bem você conhece o sistema, Zaknafein?", pensou. "Quantos assassinou para chegar na sua posição?".

— Um elemental da terra — disse Zak, soltando um assobio com as palavras. — É um inimigo poderoso este que você derrotou de hoje — ele se curvou, mostrando a Drizzt uma zombaria que estava além de qualquer dúvida. — Qual é o próximo alvo do jovem herói? Um demônio, talvez? Um semideus? Certamente não há nada que possa...

— Nunca ouvi tantas palavras sem sentido saírem de sua boca — retrucou Drizzt. Agora era hora de algum sarcasmo próprio. — Será que inspiro inveja em mais alguém além de meu irmão?

— Inveja? — gritou Zak. — Troque as fraldas, fedelho! Uma dúzia de elementais da terra caíram sob minha lâmina! Demônios, também! Não superestime suas ações ou suas habilidades. Você é um guerreiro entre uma raça de guerreiros. Se esquecer disso certamente será fatal — ele terminou sua fala com uma ênfase acentuada, quase com um sorriso de desprezo, e Drizzt começou a considerar novamente o quão real seu "treino" se tornaria.

— Conheço minhas habilidades — respondeu Drizzt. — E minhas limitações. Aprendi a sobreviver.

— Como eu — Zak rebateu —, por muitos séculos!

— O Salão de Treino nos aguarda — disse Drizzt calmamente.

— Sua mãe nos aguarda — corrigiu Zak. — Ela mandou que todos fôssemos para a capela. Porém não tema. Haverá tempo para o nosso encontro.

Drizzt passou por Zak sem mais uma palavra, suspeitando que as lâminas dele e de Zak acabariam com a conversa por eles. O que se tornou de Zaknafein, Drizzt se perguntava. Seria ele o mesmo professor que o treinara naqueles anos? Drizzt não conseguia lidar com seus sentimentos. Será que estava vendo seu antigo professor de forma diferente por causa das coisas que tinha descoberto sobre as façanhas de Zak, ou havia realmente algo diferente, algo mais pesado, no comportamento do mestre de armas desde que Drizzt voltara da Academia?

O som de um chicote arrancou Drizzt de suas contemplações.

— Eu sou seu patrono! — ouviu Rizzen dizer.

— Isso não ficará sem consequências! — replicou uma voz feminina, a voz de Briza. Drizzt deslizou até o canto da próxima intercessão de corredores e começou a espiar. Briza e Rizzen se encaravam. Rizzen estava desarmado, enquanto Briza empunhava seu chicote de cabeças de cobra.

— Patrono — Briza riu. — Um título sem sentido. Você é só um macho que empresta sua semente à Matriarca, nada mais importante do que isso.

— Eu semeei quatro filhos — Rizzen disse com indignação.

— Três! — Briza corrigiu, estalando o chicote para acentuar o argumento. — Vierna é de Zaknafein, não sua! Nalfein está morto, deixando apenas dois. Uma delas é mulher, e está acima de você. Apenas Dinin está realmente abaixo de você.

Drizzt afundou contra a parede e olhou por detrás de si, para o corredor vazio pelo qual acabara de andar. Ele sempre suspeitou que Rizzen não fosse seu pai. O homem nunca tinha prestado atenção nele, nunca o repreendeu ou o elogiou ou lhe ofereceu quaisquer conselhos ou treinamento. Mas ouvir Briza dizer isso... E Rizzen sequer negar!

Rizzen procurou uma réplica para as palavras dolorosas de Briza.

— Matriarca Malícia conhece seus desejos? — rosnou. — Ela sabe que sua filha mais velha deseja seu título?

— Toda filha mais velha deseja o título de Matriarca Mãe — Briza riu dele. — Matriarca Malícia seria uma idiota se não suspeitasse. E eu o asseguro que ela não é, nem eu. Eu obterei o título dela quando ela estiver velha e fraca. Ela sabe disso, e o aceita como um fato.

— Você admite que a matará?

— Se não for eu, será Vierna. Se não for Vierna, será Maya. É como somos, macho imbecil. É a palavra de Lolth.

A fúria queimou em Drizzt quando ouviu aquelas proclamações malignas, mas se manteve em silêncio no seu esconderijo.

— Briza não aguardará a idade para roubar o poder de sua mãe — Rizzen grunhiu. — Não se uma adaga puder fazer essa transferência ser mais rápida. Briza deseja o trono da casa.

As próximas palavras de Rizzen saíram em um grito indecifrável quando o chicote de seis cabeças começou a trabalhar de novo e de novo.

Drizzt queria intervir, apressar-se e abaixar o ânimo deles mas, é claro, não podia. Briza agia conforme fora ensinada, seguia as palavras da Rainha Aranha ao afirmar seu domínio sobre Rizzen. Ela não o mataria, Drizzt sabia.

Mas e se Briza se deixasse levar pelo frenesi? E se ela matasse Rizzen? Em meio ao vazio avassalador que começava a crescer em seu coração, Drizzt se perguntou se ele realmente se importava.

— Você o deixou escapar! — Matriarca SiNafay rugiu para o filho dela. — Você aprenderá a não me decepcionar!

— Não, minha matriarca! — Masoj protestou. — Eu o acertei diretamente com um relâmpago. Ele sequer suspeitou que o golpe fosse dirigido a ele! Não consegui concluir a ação; o monstro me prendeu em um portal para seu próprio plano!

Sinafay mordeu o lábio, forçada a aceitar os argumentos de seu filho. Ela sabia que havia dado a Masoj uma missão difícil. Drizzt era um inimigo poderoso, e matá-lo sem deixar uma trilha óbvia não seria fácil.

— Eu vou pegá-lo — prometeu Masoj, com a determinação estampada em seu rosto. — Eu já tenho a arma preparada; Drizzt estará morto antes do décimo ciclo, conforme você ordenou.

— Por que eu deveria conceder-lhe outra chance? — perguntou SiNafay. — Por que eu deveria acreditar que você se sairá melhor na próxima vez que tentar?

— Porque eu o quero morto! — gritou Masoj. — Mais até do que você, minha matriarca! Eu quero arrancar a vida de Drizzt Do'Urden! Quando ele estiver morto, eu quero arrancar seu coração e exibi-lo como um troféu!

SiNafay não podia negar a obsessão de seu filho.

— Permissão concedida — disse ela. — Pegue-o, Masoj Hun'ett. Por sua vida, desfira o primeiro golpe contra a Casa Do'Urden e mate o Segundo Filho.

Masoj curvou-se, com um sorriso em seu rosto, e retirou-se da sala.

— Você ouviu tudo — sinalizou SiNafay quando a porta se fechou atrás de seu filho. Ela sabia que Masoj poderia muito bem estar com o ouvido na porta e não queria que ele soubesse dessa conversa.

— Sim — respondeu Alton no código silencioso, saindo por trás de uma cortina.

— Você concorda com minha decisão? — as mãos de SiNafay perguntaram. Alton estava sem saber o que fazer. Ele não tinha escolha além de concordar com as decisões de sua Matriarca

Mas ele não achava que SiNafay tinha sido sábia em mandar Masoj atrás de Drizzt. Seu silêncio se estendeu por muito tempo.

— Você não aprova — Matriarca SiNafay gesticulou sem rodeios.

— Por favor, Matriarca Mãe — respondeu Alton —, eu não...

— Você está perdoado — assegurou SiNafay. — Não tenho tanta certeza de que deveria ter dado a Masoj uma segunda oportunidade. Muita coisa poderia dar errado.

— Então por quê? — Alton ousou perguntar. — Você não me concedeu uma segunda chance, por mais que eu desejasse a morte de Drizzt Do'Urden com tanta intensidade quanto ele.

SiNafay lançou-lhe um olhar desdenhoso, o fazendo recuar.

— Você duvida do meu julgamento?

— Não! — Alton gritou em voz alta. Ele cobriu a boca com sua mão e caiu de joelhos em terror. — Nunca, minha matriarca — ele sinalizou silenciosamente. — Eu simplesmente não entendo o problema tão claramente quanto você. Perdoe minha ignorância.

O riso de SiNafay soou como um silvo de cem serpentes irritadas.

— Nós temos a mesma visão nesse assunto — ela assegurou a Alton. — Eu não daria a Masoj uma chance a mais do que eu lhe dei.

— Mas... — Alton começou a protestar.

— Masoj vai atrás de Drizzt, mas desta vez ele não estará sozinho — explicou SiNafay. — Você vai segui-lo, Alton DeVir. Mantenha-o seguro e termine a missão, por sua vida.

Alton sorriu com a notícia de que ele finalmente sentiria algum gosto de vingança. A ameaça final de SiNafay sequer o preocupava.

— Poderia ser de outra maneira? — suas mãos perguntaram casualmente.

※

— Pense! — Malícia rosnou, seu rosto fechado, sua respiração quente no rosto de Drizzt. — Você sabe de algo!

Drizzt recuou ante a pressão da figura avassaladora e olhou nervosamente para a família reunida. Dinin, interrogado da mesma forma há pouco, ajoelhou-se com o queixo na mão. Ele tentou em vão encontrar uma resposta antes de Matriarca Malícia aumentar o nível das técnicas de interrogatório. Dinin não deixou passar movimentos de Briza em direção a seu chicote de cobras, e a visão desconcertante pouco fazia para ajudar sua memória.

Malícia deu uma bofetada na cara de Drizzt e afastou-se.

— Um de vocês sabe a identidade de nossos inimigos — disse aos filhos. — Por aí, em patrulha, algum de vocês viu alguma pista, algum sinal.

— Talvez tenhamos visto, mas não reconhecido — chutou Dinin.

— Silêncio! — gritou Malícia, seu rosto brilhando de raiva. — Quando souberem a resposta à minha pergunta, vocês podem falar! Só então! — ela se virou para Briza. — Ajude Dinin a refrescar sua memória!

Dinin baixou a cabeça entre os braços, dobrando-se no chão à sua frente e arqueou as costas para aceitar a tortura. Qualquer outra atitude serviria apenas para irritar Malícia ainda mais.

Drizzt fechou os olhos e relembrou os acontecimentos de suas muitas patrulhas. Ele se encolheu involuntariamente quando ouviu o estalar do chicote de cobras e o suave gemido de seu irmão.

— Masoj — sussurrou Drizzt, quase inconscientemente. Ele olhou para a mãe, que levantou a mão para travar os ataques de Briza — para o desânimo da filha mais velha.

— Masoj Hun'ett — Drizzt disse mais alto — Na luta contra os gnomos, ele tentou me matar.

Toda a família, particularmente Malícia e Dinin, inclinou-se para frente em direção a Drizzt, prestando atenção em cada uma de suas palavras.

— Quando lutei contra o elemental — explicou Drizzt, cuspindo a última palavra como uma maldição sobre Zaknafein. Ele lançou um olhar irritado em direção ao mestre de armas e continuou —, Masoj Hun'ett me derrubou com um raio.

— Ele poderia estar atirando na criatura — insistiu Vierna. — Masoj insistiu que foi ele quem matou o elemental, mas a alta sacerdotisa da patrulha negou sua reivindicação.

— Masoj esperou — respondeu Drizzt. — Não fez nada até eu começar a ganhar a vantagem sobre o monstro. Então soltou sua magia, tanto sobre mim quanto sobre o elemental. Acho que ele esperava destruir a ambos.

— Casa Hun'ett — sussurrou Matriarca Malícia.

— Quinta Casa — observou Briza —, sob a liderança de Matriarca SiNafay.

— Então esse é o nosso inimigo — disse Malícia.

— Talvez não — disse Dinin, ainda se perguntando enquanto falava, porque não manteve a boca fechada. Refutar a teoria apenas convidava a mais chicotadas.

Matriarca Malícia não gostou da sua hesitação ao reconsiderar o argumento.

— Explique — ordenou.

— Masoj Hun'ett estava com raiva por ter sido excluído da invasão à superfície — disse Dinin. — Nós o deixamos na cidade, apenas como testemunha de nosso retorno triunfal — Dinin fixou os olhos diretamente em seu irmão. — Masoj sempre teve inveja de Drizzt e todas as glórias que meu irmão encontrou, justa ou indevidamente. Muitos têm inveja de Drizzt e querem vê-lo morto.

Drizzt mexeu-se desconfortavelmente em seu assento, reconhecendo as últimas palavras como uma ameaça direta. Ele olhou para Zaknafein e notou o sorriso presunçoso do mestre de armas.

— Você está certo de suas palavras? — Malícia questionou a Drizzt, arrancando-o de seus pensamentos.

— Tem a pantera — interrompeu Dinin —, o animal de estimação mágico de Masoj Hun'ett, embora ela seja mais próxima de Drizzt do que de Masoj.

— Guenhwyvar age como batedora ao meu lado — protestou Drizzt. — Uma posição que você indicou.

— Masoj não gosta disso — retrucou Dinin.

"Talvez seja por isso que você colocou o felino lá", pensou Drizzt, mas manteve as palavras para si mesmo. Estaria vendo conspirações na coincidência? Ou seu mundo estava mesmo tão repleto de esquemas desonestos e lutas silenciosas pelo poder?

— Você está certo de suas palavras? — Malícia perguntou novamente a Drizzt, o arrancando de sua reflexão.

— Masoj Hun'ett tentou me matar — afirmou. — Não conheço seus motivos, mas não tenho dúvidas de sua intenção.

— Casa Hun'ett, então — Briza observou. — Eis nosso inimigo poderoso.

— Devemos aprender sobre eles — disse Malícia. — Mande os batedores! Quero o número dos soldados da Casa Hun'ett, de seus magos e principalmente das clérigas.

— Se estivermos errados — disse Dinin —, se a Casa Hun'ett não for a casa conspiradora...

— Não estamos errados! — Malícia gritou para ele.

— A yochlol disse que um de nós conhece a identidade do nosso inimigo — argumentou Vierna. — Tudo o que temos é o relato de Drizzt sobre Masoj.

— A menos que você esteja escondendo alguma coisa — Matriarca Malícia resmungou para Dinin, uma ameaça tão fria e perversa que arrancou o sangue do rosto do primogênito.

Dinin sacudiu a cabeça com força e se curvou, sem ter mais nada para adicionar à conversa.

— Prepare uma comunhão — disse Malícia a Briza. — Vamos descobrir a posição de Matriarca SiNafay em relação à Rainha Aranha.

Drizzt observava com incredulidade enquanto os preparativos começavam em um ritmo frenético, cada ordem de Matriarca Malícia seguindo uma direção defensiva. Não era a precisão do planejamento de batalha da família de Drizzt que o surpreendia — ele não esperaria nada menos deles. Era o brilho ansioso nos olhos de todos ali.

Capítulo 25

O mestre de armas

— Insolente! — grunhiu a yochlol. O fogo no braseiro soprou, a criatura voltou a se posicionar por trás de Malícia, e novamente pôs seus tentáculos perigosos sobre a Matriarca Mãe.

— Você se atreve a me convocar de novo?

Malícia e suas filhas olharam ao redor, à beira do pânico. Desta vez, sabiam que a aia estava realmente furiosa.

— A Casa Do'Urden agradou à Rainha Aranha, é verdade — a yochlol respondeu seus pensamentos —, mas esse ato não dissipa o desagrado que sua família trouxe a Lolth recentemente. Não pense que tudo está perdoado, Matriarca Malícia Do'Urden!

Quão pequena e vulnerável Matriarca Malícia se sentia agora. Todo seu poder empalideceu face à ira de uma das aias pessoais de Lolth.

— Desagrado? — ela ousou sussurrar. — Como minha família trouxe desagrado à Rainha Aranha? Com qual ato?

O riso da aia irrompeu em um elevar das chamas do braseiro, com uma torrente de aranhas sendo lançadas pela sala, mas as altas sacerdotisas altas mantiveram posição — elas aceitavam o calor e as coisas rastejantes como parte de sua penitência.

— Já lhe disse antes, Matriarca Malícia Do'Urden — a yochlol rosnou com sua boca caída —, e vou lhe dizer uma última vez: a Rainha Aranha não responde a perguntas cujas respostas já são conhecidas!

Em uma explosão de energia que levou as quatro mulheres da Casa Do'Urden a caírem no chão, a aia se foi.

Briza foi a primeira a se recuperar. Ela correu prudentemente para o braseiro e abafou as chamas restantes, fechando assim o portão para o Abismo, o plano de origem da yochlol.

— Quem? — gritou Malícia, a poderosa matriarca, mais uma vez. — Quem em minha família invocou a ira de Lolth?

Malícia parecia pequena naquele momento, já que as implicações da advertência da yochlol ficaram bem claras. A Casa Do'Urden estava prestes a entrar em guerra com uma família poderosa. Sem o favor de Lolth, a Casa Do'Urden provavelmente deixaria de existir.

— Devemos encontrar o infrator — Malícia instruiu suas filhas, certa de que nenhuma delas estava envolvida. Eram altas sacerdotisas, afinal. Se alguma delas houvesse cometido algum erro aos olhos da Rainha Aranha, a yochlol invocada teria imposto uma punição imediatamente. Por si só, a aia poderia ter esmagado a Casa Do'Urden.

Briza puxou o chicote de cabeças de cobra do cinto.

— Obterei a informação que deseja — prometeu.

— Não! — disse Matriarca Malícia. — Não devemos revelar nossa busca. Seja um soldado ou membro da Casa Do'Urden, o culpado é treinado e endurecido contra a dor. Não podemos esperar que a tortura arranque a confissão de seus lábios; não quando ele conhece as consequências de suas ações. Devemos descobrir a causa do descontentamento de Lolth imediatamente e punir o criminoso. A Rainha Aranha deve ficar ao nosso lado nas batalhas que virão!

— Como, então, iremos descobrir quem é o infrator? — a filha mais velha reclamou, recolocando relutantemente o chicote de cobras no cinto.

— Vierna e Maya, deixem-nos — instruiu Matriarca Malícia. — Não falem nada sobre essas revelações e não façam nada que dê a entender nosso objetivo.

As duas filhas mais jovens se curvaram e saíram, nem um pouco felizes com seus papéis secundários, mas incapazes de fazer qualquer coisa a respeito disso.

— Primeiro, vamos observar — disse Malícia a Briza. — Vamos ver se podemos descobrir quem é o culpado de longe.

Briza entendeu.

— A vasilha das visões — disse ela.

Ela correu da antessala para a capela. No altar central encontrou o item valioso: uma tigela dourada recoberta por pérolas negras. Com as mãos trêmulas, Briza colocou a tigela sobre o altar e alcançou o mais sagrado dos vários compartimentos. Aquele era o suporte para a posse premiada da Casa Do'Urden: um grande cálice de ônix.

Malícia então se juntou a Briza no estoque da capela e recolheu a taça. Caminhando até a grande fonte na entrada do grande salão, Malícia mergulhou o cálice em um fluido pegajoso, a água profana de sua religião. Ela então entoou:

— *Araneae aught pesson ven.*

Tendo completado o ritual, Malícia voltou para o altar e serviu a água profana na tigela dourada.

Ela e Briza sentaram-se para ver.

Drizzt entrou no salão de treinamento de Zaknafein pela primeira vez em mais de uma década e sentiu como se tivesse chegado em casa. Ele havia passado os melhores anos de sua jovem vida ali — quase totalmente ali. Em meio a todas as decepções que tivera desde então, e que sem dúvida continuaria a experimentar durante toda a vida, Drizzt jamais se esqueceria daquele breve brilho de inocência, daquela alegria que havia conhecido quando fora aprendiz de Zaknafein.

Zaknafein entrou e caminhou até encarar seu ex-aluno. Drizzt não via nada familiar ou reconfortante na expressão do mestre de armas. Um cenho perpetuamente franzido agora substituía o sorriso que costumava ser comum. Seria essa uma atitude irritada, de quem odiava tudo ao seu redor, talvez Drizzt acima de tudo? Ou será que Zaknafein sempre teve essa expressão? Drizzt não conseguia evitar se perguntar. Será que a nostalgia havia alterado as lembranças de Drizzt sobre esses anos de treinamento inicial? Será que seu mentor, que sempre aquecera seu coração Drizzt com uma risada alegre, era mesmo o monstro frio e sinuoso que Drizzt agora via diante de si?

— O que mudou, Zaknafein? — Drizzt pensou em voz alta. — Você, minhas memórias ou minhas percepções?

Zak parecia nem ouvir a pergunta sussurrada.

— Ah, o jovem herói voltou — disse ele. — O guerreiro com façanhas além de seus anos.

— Por que você está zombando de mim? — protestou Drizzt.

— Aquele que matou os ganchadores — continuou Zak. Suas espadas estavam agora em suas mãos, e Drizzt respondeu sacando suas cimitarras. Não havia necessidade de perguntar as regras de combate nesta batalha, nem de fazer a escolha das armas.

Drizzt sabia, já soubera antes mesmo de ter chegado ali, que não haveria regras desta vez. As armas seriam suas armas de preferência, as lâminas que cada um deles usara outras vezes para matar tantos inimigos.

— Aquele que matou o elemental da terra — Zak rosnou com raiva. Ele lançou um ataque medido, um bote simples com uma lâmina. Drizzt o desviou sem sequer pensar no bloqueio.

Uma chama repentina brilhou nos olhos de Zak, como se o primeiro contato tivesse derrubado todos os laços emocionais que tivessem suavizado seu ataque.

— Aquele que matou a garotinha élfica na superfície! — gritou, como uma acusação, e não um elogio. Então veio o segundo ataque, cruel e poderoso, um golpe em arco descendente, que veio na direção da cabeça de Drizzt. — Aquele que a destroçou para aliviar sua própria sede de sangue!

As palavras de Zak derrubaram Drizzt emocionalmente, enrolaram seu coração em confusão como um chicote mental tortuoso. Drizzt, no entanto, era um guerreiro experiente, e seus reflexos entregaram seu sofrimento emocional. Uma cimitarra subiu para aparar a espada descendente e desviou-a de forma inofensiva.

— Assassino! — Zak rosnou abertamente. — Você gostou de ouvir os gritos da criança morrendo? — ele investiu em Drizzt em um turbilhão furioso, suas espadas mergulhando e emergindo, cortando por todos os ângulos.

Drizzt, enfurecido pelas acusações daquele hipócrita, replicava a fúria, gritando por nenhum outro motivo além do desejo de ouvir a raiva em sua própria voz.

Qualquer um que estivesse observando a batalha não conseguiria respirar durante os próximos momentos. Nunca o Subterrâneo testemunhara uma luta tão violenta e intensa quanto essa: o dia em que esses dois mestres da lâmina atacaram o demônio possuindo o outro — e a eles mesmos.

O adamante faiscava e cortava, gotículas de sangue se espalhavam sobre os dois combatentes, embora nenhum deles sentisse qualquer dor, ou mesmo soubesse se já havia ferido o outro.

Drizzt atacou em um golpe lateral com suas duas lâminas, o que afastou as duas espadas de Zak e abriu sua guarda. Zak respondeu ao movimento rapidamente: girou um círculo completo e bateu de volta nas cimitarras de Drizzt com força suficiente para tirar o equilíbrio do jovem guerreiro. Drizzt caiu em um rolamento e voltou para encontrar seu adversário que agora o atacava.

Então um pensamento o ocorreu.

Drizzt subiu alto, muito alto, e Zak o levou de volta a seus calcanhares. Drizzt sabia o que viria em seguida; ele o convidara abertamente. Zak manteve as armas de Drizzt altas através de várias manobras combinadas. Ele então veio com o movimento que havia derrotado Drizzt no passado, esperando que o melhor que Drizzt pudesse conseguir seria um equilíbrio da batalha: a dupla estocada baixa.

Drizzt executou a defesa apropriada, como deveria fazer, e Zak ficou tenso, esperando pelo momento em que seu oponente ansioso tentaria melhorar a manobra.

— Assassino de crianças! — ele rosnou, provocando Drizzt.

Ele não sabia que Drizzt havia encontrado a solução.

Com toda a raiva que já conhecera, todas as decepções de sua vida jovem reunidas em seu pé, Drizzt se concentrou em Zak — aquele rosto presunçoso, fingindo sorrisos e babando por sangue.

Por entre as empunhaduras, entre os olhos, Drizzt chutou, descarregando cada medida de raiva em um único golpe.

O nariz de Zak se achatou. Seus olhos se reviraram, e o sangue explodiu sobre suas bochechas fundas. Zak sabia que estava caindo, que o jovem guerreiro diabólico estaria nele em uma fração de segundo, ganhando uma vantagem que não poderia superar.

— E você, Zaknafein Do'Urden? — ele ouviu Drizzt resmungar, distante, como se estivesse caindo muito longe. — Ouvi falar das façanhas do mestre de armas da Casa Do'Urden! Como ele gosta de matar — a voz estava mais perto agora, enquanto Drizzt espreitava, e enquanto a fúria que Zak sentiu em resposta o levou espiralando de volta à batalha.

— Ouvi sobre como o assassinato é fácil para Zaknafein Do'Urden! — Drizzt cuspiu sarcasticamente. — O assassinato de clérigas, de outros drow! Você gosta tanto assim? — ele terminou a pergunta com um golpe de cada cimitarra, ataques destinados a matar Zak, para matar o demônio em ambos.

Mas Zaknafein estava agora completamente consciente, odiando a si mesmo e a e Drizzt na mesma medida. No último momento, suas espadas subiram e se cruzaram, com a velocidade de um raio, afastando os braços de Drizzt. Zak finalizou com um chute, não tão forte por causa da posição em que estava, mas certeiro em sua busca pela virilha de Drizzt.

Drizzt prendeu a respiração e rolou para longe, forçando-se de volta à compostura quando viu Zaknafein, ainda atordoado, levantando-se.

— Você gosta? — ele conseguiu perguntar de novo.

— Gostar? — o mestre de armas ecoou.

— Te traz prazer? — Drizzt fez uma careta.

— Satisfação! — corrigiu Zak. — Eu mato. Sim, eu mato.

— Você ensina os outros a matar!

— A matar drow! — Zak rugiu, e em menos de um segundo já estava novamente próximo a Drizzt, com as armas levantadas, mas esperando que seu antigo aprendiz fizesse o próximo movimento.

As palavras de Zak novamente entrelaçaram Drizzt em uma malha de confusão. Quem era este drow diante dele?

— Você acha que sua mãe me deixaria viver se eu não a servisse em seus projetos malignos? — gritou Zak.

Drizzt não entendeu.

— Ela me odeia — disse Zak, finalmente retomando o controle ao começar a perceber a confusão de Drizzt. — Me despreza, até onde eu sei.

Drizzt inclinou a cabeça.

— Você é tão cego para o mal ao seu redor? — Zak gritou na cara dele. — Ou ele já o consumiu, como consome a todos os outros, neste frenesi assassino que chamamos de vida?

— O frenesi que te mantém? — Drizzt retrucou, mas agora com pouca convicção em sua voz. Se havia entendido corretamente às palavras de Zak — que jogava esse jogo de matança simplesmente por causa de seu ódio pelos drow pervertidos —, o máximo pelo qual Drizzt poderia culpá-lo seria por covardia.

— Nenhum frenesi me mantém — respondeu Zak. — Eu vivo o melhor que posso. Sobrevivi em um mundo que não é meu, não em meu coração.

O lamento em suas palavras, a inclinação baixa de sua cabeça quando ele admitiu sua impotência, tudo isso soou familiar a Drizzt.

— Eu mato, mato drow, para servir a Matriarca Malícia — para aplacar a raiva, a frustração, que conheço em minha alma. Quando ouço as crianças gritarem... — Seu olhar travou em Drizzt e ele correu de repente, com sua fúria de volta, dez vezes mais intensa.

Drizzt tentou levantar suas cimitarras, mas Zak lançou uma delas do outro lado do salão e afastou a outra. Ele tomou espaço para alcançar Drizzt em sua recuada estranha, até finalmente deixá-lo preso contra uma parede. A ponta da espada de Zak tirou uma gota de sangue da garganta de Drizzt.

— A criança está viva! — Drizzt quase engasgou. — Eu não matei a criança élfica.

Zak relaxou um pouco, mas ainda segurou Drizzt, mantendo a espada em sua garganta.

— Dinin disse...

— Dinin foi enganado. — respondeu Drizzt, desesperado. — Enganado por mim. Eu derrubei a criança, só para poupá-la, e a cobri com o sangue de sua mãe assassinada para esconder minha própria covardia!

Zak saltou para trás, desconcertado.

— Não matei nenhum elfo naquele dia — continuou Drizzt. — Os únicos que eu desejei matar eram meus próprios companheiros.

※

— Então, agora, nós sabemos. — declarou Briza, olhando para a vasilha, enquanto observava a conclusão da batalha entre Drizzt e

Zaknafein, ouvindo a todas as suas palavras. — Foi Drizzt quem irritou a Rainha Aranha.

— Você suspeitava dele o tempo todo, assim como eu — respondeu Matriarca Malícia — embora ambas esperássemos que fosse diferente.

— Tão promissor! — lamentou Briza. — Como queria que ele tivesse aprendido seu lugar, seus valores. Talvez...

— Misericórdia? — rebateu Matriarca Malícia. — Você mostra a misericórdia que invocaria ainda mais o desagrado da Rainha Aranha?

— Não, Matriarca — respondeu Briza. — Só esperava que Drizzt pudesse ser usado no futuro, como você usou Zaknafein por todos esses anos. Zaknafein está envelhecendo.

— Estamos prestes a entrar em guerra, minha filha — lembrou Malícia. — Lolth precisa ser apaziguada. Seu irmão trouxe seu destino sobre si mesmo; as decisões sobre suas ações pertenciam apenas a ele.

— Ele decidiu erroneamente.

As palavras atingiram Zaknafein mais intensamente do que a bota de Drizzt. O mestre de armas jogou suas espadas para longe, em um canto qualquer do salão, e correu até Drizzt. Ele o enterrou em um abraço tão forte que o jovem drow levou um longo momento para sequer entender o que acabara de acontecer.

— Você sobreviveu! — Zak disse, sua voz embargada por entre suas lágrimas abafadas. — Sobreviveu à Academia, onde todos os outros morreram!

Drizzt retornou o abraço, hesitante, sem ainda entender completamente a profundidade da alegria de Zak.

— Meu filho!

Drizzt quase desmaiou, dominado pela admissão do que sempre suspeitou, e mais ainda pelo conhecimento de que ele não era o único em seu mundo sombrio enfurecido pelos caminhos dos drow. Ele não estava sozinho.

— Por quê? — perguntou Drizzt, afastando Zak até onde pudesse olhar nos olhos dele. — Por que você ficou?

Zak olhou para ele com incredulidade.

— Para onde eu iria? Ninguém, nem mesmo um mestre de armas drow sobreviveria por muito tempo nas cavernas do Subterrâneo. Muitos monstros, muitos seres de outras raças, todos famintos pelo sangue dos elfos negros.

— Certamente você tinha opções.

— A superfície? — disse Zak. — Para enfrentar aquelas chamas dolorosas todos os dias? Não, meu filho. Estou preso, assim como você.

Drizzt temia essa afirmação, temia que não encontrasse nenhuma solução de seu novo pai para o dilema que era sua vida. Talvez não houvesse respostas.

— Você vai se sair bem em Menzoberranzan — Zak disse tentando consolá-lo. — Você é forte, e Matriarca Malícia encontrará um lugar apropriado para seus talentos, seja lá qual for o desejo de seu coração.

— Para viver uma vida de assassinatos, como você? — Drizzt perguntou, tentando futilmente ocultar a raiva de suas palavras.

— Que escolha temos? — Zak respondeu, enquanto seus olhos buscavam o chão de pedra.

— Eu não vou matar drow — declarou Drizzt sem rodeios.

Os olhos de Zak voltaram-se para ele.

— Você vai — ele assegurou a seu filho. — Em Menzoberranzan, você mata ou é morto.

Drizzt desviou o olhar, mas as palavras de Zak perseguiram-no, não podiam ser bloqueadas.

— Não há outra maneira — o mestre de armas continuou. — Este é o nosso mundo. Esta é a nossa vida. Você escapou por todo esse tempo, mas descobrirá que sua sorte em breve mudará.

Ele agarrou firmemente o queixo de Drizzt e obrigou seu filho a olhar diretamente para ele.

— Gostaria que pudesse ser diferente — Zak disse honestamente —, mas não é uma vida tão ruim. Não lamento por ter de matar elfos negros. Vejo suas mortes como sua salvação desta existência perversa. Se eles se importam tanto com a Rainha Aranha, então que a visitem.

O sorriso crescente de Zak desapareceu de repente.

— Exceto pelas crianças — sussurrou. — Muitas vezes ouvi os gritos de crianças morrendo, mas jamais, juro para você, fui o responsável por eles. Sempre me perguntei se elas também são más, se teriam nascido malignas. Ou se o peso do nosso mundo sombrio as dobra para se adequarem aos nossos modos.

— Os caminhos da demônia Lolth — Drizzt concordou.

Ambos fizeram uma pausa por muitos segundos, cada um pesando as realidades de seu próprio dilema pessoal. Zak foi o próximo a falar, tendo há muito tempo se acostumado com a vida que lhe fora oferecida.

— Lolth — ele riu. — Essa sim é uma rainha terrível. Eu sacrificaria tudo por uma chance de acertar sua cara feia!

— Eu quase acredito em você — sussurrou Drizzt, encontrando seu sorriso.

Zak saltou para trás dele.

— Eu iria sim — ele riu com entusiasmo. — E você também!

Drizzt lançou sua cimitarra restante no ar, deixando-a girar duas vezes antes de pegá-la novamente pelo punho.

— Sem dúvidas! — gritou — Mas já não estaria sozinho!

Capítulo 26

Pescador do subterrâneo

Drizzt vagou sozinho pelo do labirinto de Menzoberranzan, passando pelos montes de estalagmites e sob as pontas ameaçadoras das grandes lanças de pedra que pendiam do alto da caverna. Matriarca Malícia havia ordenado que toda a família permanecesse dentro da casa, temendo uma tentativa de assassinato da Casa Hun'ett. Muita coisa havia acontecido com Drizzt naquele dia para ele obedecer. Ele tinha que contemplar pensamentos tão blasfemos que, mesmo em silêncio, poderiam levá-lo a sérios problemas em uma casa cheia de clérigas.

Era a hora mais silenciosa da cidade; a luz de Narbondel era apenas uma faixa estreita na base da pedra, e a maioria dos drow dormia confortavelmente dentro de suas casas de pedra. Logo depois de atravessar o portão de adamante do complexo da Casa Do'Urden, Drizzt começou a entender a sabedoria da ordem de Matriarca Malícia. A calmaria da cidade agora lhe parecia como o silêncio de um predador à espreita, pronto para cair sobre ele por trás de cada um dos muitos pontos cegos pelos quais passou durante sua caminhada.

Ele não encontraria consolo ali, onde pudesse realmente absorver os eventos do dia. As revelações de Zaknafein, seu familiar em muito mais do que apenas sangue. Drizzt decidiu quebrar todas as regras — afinal, assim era o caminho dos drow — e sair da cidade, descendo os túneis que conhecia tão bem de suas semanas em patrulha.

Uma hora depois, ele ainda estava caminhando, perdido em pensamentos e se sentindo suficientemente seguro, por estar bem dentro dos limites de sua área de patrulha.

Ele entrou em um corredor alto, de dez passos de largura com paredes quebradas alinhadas em escombros soltos e entrecruzadas por muitas bordas. Parecia que a passagem fora muito maior algum dia. O teto estava muito além da vista, mas Drizzt havia passado por ali dezenas de vezes, sobre alguma das muitas bordas, e não deu muita atenção àquele lugar.

Ele imaginou o futuro, os tempos em que ele e Zaknafein, seu pai, compartilhariam, agora que nenhum segredo os separava. Juntos, seriam imbatíveis, uma equipe de mestres de armas, unida por aço e emoções. A Casa Hun'ett realmente tem noção do que enfrentaria? O sorriso no rosto de Drizzt desapareceu assim que ele considerou as implicações: ele e Zak, juntos, cortando as fileiras da casa Hun'ett com facilidade mortal, através das fileiras de drow, matando seu próprio povo.

Drizzt inclinou-se contra a parede em busca de apoio, entendendo de primeira mão a frustração que havia devastado seu pai há muitos séculos. Drizzt não queria ser como Zaknafein, vivendo apenas para matar, existente em sua esfera protetora de violência. Mas que escolha ele tinha? Sair da cidade?

Zak havia hesitado quando Drizzt perguntou por que ele não tinha saído.

— Para onde eu iria? — Drizzt sussurrou agora, ecoando as palavras de Zak. Seu pai os havia proclamado presos, e assim lhe parecia.

— Para onde eu iria? — perguntou novamente. — Viajar pelo Subterrâneo, onde nosso povo é tão desprezado? E um único drow se tornaria um alvo em qualquer lugar por onde passasse? Ou para a superfície, talvez, e deixar aquela bola de fogo no céu queimar meus olhos para que eu não assista a minha própria morte quando o povo élfico vier?

A lógica do raciocínio aprisionou Drizzt da mesma forma que havia aprisionado a Zak. Para onde um elfo drow poderia ir? Em nenhum lugar de todos os Reinos, um elfo de pele escura seria aceito.

A escolha então era matar? Matar drow?

Drizzt se virou contra a parede, seu movimento físico, um ato inconsciente, uma vez que sua mente girava pelo labirinto de seu futuro. O jovem guerreiro então levou um momento para perceber que suas costas estavam contra algo além da pedra.

Ele tentou se afastar, novamente alerta, agora que seus arredores não eram como deveriam ser. Quando ele se empurrou para longe, seus pés se afastaram do chão e ele voltou à sua posição original. Desesperadamente, antes de parar por um o tempo para refletir sobre sua situação, Drizzt alcançou por trás de seu pescoço com ambas as mãos.

Elas, também, foram presas rapidamente ao cabo translúcido que o segurava. Drizzt então entendeu sua estupidez, e todos os puxões do mundo não libertariam suas mãos da linha do caçador do Subterrâneo, um pescador das cavernas.

— Imbecil! — ele repreendeu-se enquanto se sentia levado do chão. Deveria ter suspeitado, deveria ter sido mais cuidadoso estando sozinho nas cavernas. Mas colocar suas mãos ali! Ele olhou para os punhos de suas cimitarras, inúteis em suas bainhas.

O pescador das cavernas o puxou, arrastando-o para cima ao longo da parede alta, na direção de sua garganta, pacientemente à sua espera.

Masoj Hun'ett sorriu para si mesmo com satisfação quando viu Drizzt saindo da cidade. Seu tempo estava acabando, e Matriarca Si-

Nafay não ficaria satisfeita se ele falhasse novamente em sua missão de destruir o segundo filho da Casa Do'Urden. Agora, a paciência de Masoj mostrara ter valido a pena, porque Drizzt tinha saído sozinho. Tinha deixado a cidade, sem testemunhas.

Com impaciência, o feiticeiro tirou a estatueta de ônix da bolsa e a deixou cair no chão.

— Guenhwyvar! — ele chamou tão alto quanto ousou, olhando para o abrigo de estalagmites mais próximo para detectar sinais de atividade.

A fumaça escura apareceu e se transformou depois na pantera mágica de Masoj, que esfregou as mãos, pensando em como era genial por ter criado um fim tão irônico para o heroísmo de Drizzt Do'Urden.

— Tenho um trabalho para você — ele disse à gata. — Um que você não vai gostar!

Guenhwyvar se deitou casualmente e bocejou, como se as palavras do mago não fossem uma revelação.

— Seu companheiro batedor saiu em patrulha sozinho — explicou Masoj enquanto apontava para o túnel. — É muito perigoso.

Guenhwyvar levantou-se, com um interesse repentino.

— Drizzt não deveria estar lá sozinho — continuou Masoj. — Ele pode ser morto.

As inflexões malignas de sua voz diziam à pantera sua intenção antes mesmo de terminar de pronunciar as palavras.

— Vá até ele, meu animal de estimação — ronronou Masoj. — Encontre-o na escuridão e mate-o.

Ele estudou a reação de Guenhwyvar, mediu o horror que havia imposto à pantera. Ela permaneceu rígida, tão imóvel quanto a estátua que ele usava para convocá-la.

— Vá! — Masoj ordenou. — Você não pode resistir aos comandos de seu mestre! Eu sou seu mestre, fera sem inteligência. Você parece se esquecer desse fato com frequência!

Guenhwyvar resistiu por um longo momento, um ato heroico em si, mas os impulsos da magia, a incessante atração do comando do mestre, superavam os sentimentos instintivos que a grande pantera poderia ter tido. A princípio relutante, mas depois puxada pelos desejos primordiais da caça, Guenhwyvar correu entre as estátuas encantadas que guardavam o túnel e encontrou facilmente o odor de Drizzt.

Alton DeVir se escondia atrás do maior dos montes de estalagmites, decepcionado com as táticas de Masoj. O mago deixaria o felino fazer seu trabalho por ele. Alton sequer testemunharia a morte de Drizzt Do'Urden!

Sem Rosto encontrou a poderosa varinha que Matriarca SiNafay lhe dera quando ele partiu atrás de Masoj naquela noite. Pelo visto, o item não desempenharia nenhum papel na morte de Drizzt.

Alton se confortou com o objeto, sabendo que ele teria ampla oportunidade de usá-lo corretamente contra o restante da Casa Do'Urden.

Drizzt lutou por toda a primeira metade de sua subida, chutando e girando, mergulhando os ombros sob qualquer afloramento, fazendo um esforço inútil para conter a puxada do pescador da caverna. Mas ele sabia desde o início, contrariando seus instintos guerreiros, que recusavam se reder, que não tinha chance de deter a subida.

A meio caminho, com um ombro ensanguentado, o outro ferido, e com o chão a quase dez metros abaixo dele, Drizzt se rendeu a seu destino. Se ele encontrasse alguma chance contra o monstro em forma de caranguejo que o aguardava no topo da linha, seria no último instante da subida. Por enquanto, ele só podia assistir e esperar.

Talvez a morte não fosse uma alternativa tão ruim à vida que ele encontraria entre os drow, preso no modelo maligno de sua sociedade sombria. Mesmo Zaknafein, tão forte, poderoso e sábio com a idade, nunca conseguiu chegar a um acordo com a sua existência em Menzoberranzan... que chance Drizzt teria?

Quando Drizzt havia passado pelo seu primeiro ataque de autopiedade, quando o ângulo de sua ascensão mudou, mostrando-lhe a borda final, o espírito guerreiro dentro dele assumiu mais uma vez. O pescador da caverna poderia tê-lo capturado, mas ele daria uns bons chutes nos olhos daquela coisa antes que ela conseguisse fazer sua refeição.

Ele podia ouvir o clangor das oito pernas de caranguejo do monstro. Drizzt já tinha visto um pescador das cavernas antes, embora a criatura tivesse se afastado antes que ele e sua patrulha pudessem alcançá-lo. Na época, imaginou como seria aquela coisa, assim como poderia imaginar agora, em batalha. Duas de suas pernas terminavam em garras cruéis, pinças que cortavam as presas para colocá-las em suas mandíbulas.

Drizzt virou-se de frente para o penhasco, querendo ver a criatura assim que sua cabeça atingisse a borda. O estalar ansioso ficou mais alto, ressoando junto com as batidas do coração de Drizzt. Ele alcançou a borda.

Drizzt olhou para cima, a poucos centímetros do longo probóscito do monstro, com as mandíbulas poucos centímetros dele. As pinças se estenderam para agarrá-lo antes que pudesse ficar de pé; ele não teria chance de sequer dar uma olhada na coisa.

Ele fechou os olhos, esperando novamente que a morte fosse preferível à sua vida em Menzoberranzan.

Então, um rosnado familiar o arrancou de seus pensamentos.

Deslizando pelo labirinto de saliências, Guenhwyvar vislumbrou a caverna e Drizzt logo antes dele alcançar a borda final. Era um momento de salvação ou morte para a gata tão certamente quanto o era para Drizzt. Guenhwyvar havia corrido até ali sob o comando direto de Masoj, sem considerar o seu dever e agindo apenas por seus próprios instintos de acordo com a magia que a controlava. Guenhwyvar não poderia ir contra esse decreto, essa premissa para a própria existência do felino... até aquele momento.

A cena diante da pantera, Drizzt a poucos segundos da morte, trouxe para Guenhwyvar uma força que era, até então, desconhecida e completamente imprevisível para o criador da estatueta mágica. Esse instante de terror deu uma vida a Guenhwyvar além do alcance da magia.

Quando Drizzt abriu os olhos, a batalha estava em plena fúria. Guenhwyvar saltou sobre o pescoço do pescador das cavernas, mas errou por pouco, já que as seis pernas restantes do monstro estavam grudadas na pedra com a mesma substância aderente que aprisionou Drizzt tão rápido naquele longo filamento. Destemida, a gata rasgou e mordeu, como uma bola de pelos em frenesi tentando encontrar uma falha na casca blindada do pescador.

O monstro revidou com suas pinças, colocando-as sobre suas costas com surpreendente agilidade e encontrando uma das pernas dianteiras de Guenhwyvar.

Drizzt não estava mais sendo puxado para o alto; o monstro tinha outros problemas para resolver.

As pinças do monstro cortaram a carne macia de Guenhwyvar, mas o sangue do felino não era o único fluido escuro que manchava as costas do pescador da caverna. Garras felinas poderosas rasgaram uma parte da armadura de casca e dentes grandes mergulharam debaixo dela. À medida que o sangue do pescador da caverna salpicava a pedra, suas pernas começaram a escorregar.

Vendo o adesivo sob as pernas de caranguejo se dissolver quando o sangue do monstro a atingiu, Drizzt entendeu o que aconteceria quando uma linha desse mesmo sangue abrisse caminho pelo filamento, em direção a ele. Ele teria que agir rápido se a oportunidade chegasse; ele teria que estar pronto para ajudar Guenhwyvar.

O pescador caiu de lado, rolando Guenhwyvar para longe e girando Drizzt numa volta completa.

Ainda assim, o sangue escorria pela linha, e Drizzt sentiu o aperto do filamento afrouxar de sua mão mais em cima quando o líquido entrou em contato com ele.

Guenhwyvar levantou-se novamente, de frente para o pescador, procurando por uma rota de ataque através das pinças em espera.

A mão de Drizzt estava livre. Ele pegou uma cimitarra e mergulhou direto, afundando sua ponta na lateral do pescador. O monstro se encolheu, a sacudida e o fluxo contínuo de sangue libertando Drizzt completamente do aperto do filamento. O drow era ágil o suficiente para encontrar um apoio para sua mão antes de cair para longe, embora a cimitarra que havia sacado tivesse caído no chão lá embaixo.

A distração de Drizzt abriu as defesas do pescador por apenas um momento, mas Guenhwyvar não hesitou. O gato chocou-se contra seu inimigo, levando seus dentes a encontrar o mesmo ponto carnudo que já havia começado a rasgar. Eles foram ainda mais fundo, debaixo da pele, esmagando órgãos, enquanto as garras de Guenhwyvar mantinham as pinças à distância.

Quando Drizzt voltou ao nível da batalha, o pescador da caverna estremecia na agonia da morte. Drizzt ergueu-se e correu para o lado de sua amiga.

Guenhwyvar recuou passo a passo, com as orelhas achatadas e os dentes descobertos.

Drizzt achou que a dor de uma ferida cegava a gata, mas uma olhada rápida contradisse essa teoria. Guenhwyvar havia tido apenas um ferimento, e não era grave. Drizzt havia visto o felino em estado pior.

Guenhwyvar continuou a recuar e a rosnar, enquanto as pancadas incessantes do comando de Masoj retornavam após o instante de terror, martelando em seu coração. A grande gata lutou contra os impulsos, tentou ver Drizzt como aliado, não como presa, mas os impulsos...

— O que há de errado, minha amiga? — perguntou Drizzt suavemente, resistindo ao desejo de sacar a lâmina que restara em autodefesa. Ele caiu sobre um dos joelhos. — Você não me reconhece? Lutamos juntos tantas vezes!

Guenhwyvar se agachou e se apoiou nas patas traseiras, preparando-se para o ataque, Drizzt sabia. Mesmo assim, Drizzt não sacou a arma, nem fez nada para ameaçar a pantera. Ele teria que confiar que Guenhwyvar era fiel às suas percepções, que a pantera era tudo o que acreditava ser. O que poderia estar guiando essas reações desconhecidas? O que havia trazido Guenhwyvar até ali naquela hora tardia?

Drizzt encontrou suas respostas quando se lembrou das advertências de Matriarca Malícia sobre deixar a Casa Do'Urden.

— Masoj mandou você para me matar! — ele disse sem rodeios. Seu tom confundiu a gata, e ela relaxou um pouco, sem preparar o ataque. — Você me salvou, Guenhwyvar. Você resistiu à ordem.

O grunhido de Guenhwyvar ressoou em protesto.

— Você poderia ter deixado o pescador da caverna fazer o serviço — retrucou Drizzt —, mas não fez isso! Você o atacou e salvou minha vida. Lute contra os impulsos, Guenhwyvar! Lembre-se de mim como seu amigo, um companheiro melhor do que Masoj Hun'ett jamais foi!

Guenhwyvar recuou mais um passo, presa em uma atração da qual ainda não conseguia se livrar. Drizzt observou as orelhas da pantera se levantarem e ele soube que estava ganhando a competição contra as ordens de Masoj.

— Masoj reivindica propriedade sobre você — continuou confiante de que a gata, por meio de alguma inteligência que Drizzt não conseguia entender, compreendia o significado de suas palavras. — Eu peço amizade. Sou seu amigo, Guenhwyvar, e não vou lutar contra você — ele pulou para a frente, de braços abertos, com o rosto e peito expostos. — Mesmo que custe minha própria vida!

Guenhwyvar não atacou. As emoções impulsionaram a pantera mais forte do que qualquer ação mágica, aquelas mesmas emoções que a colocaram em ação ao ver Drizzt nas garras do pescador.

Guenhwyvar se levantou e saltou, caindo sobre Drizzt e derrubando-o de costas, depois enterrando-o em uma sequência de bofetadas e mordidas de brincadeira.

Os dois amigos ganharam novamente; derrotaram dois inimigos naquele dia.

Quando Drizzt fez uma pausa na saudação para considerar tudo o que aconteceu, percebeu que uma das vitórias ainda não estava completa. Guenhwyvar estava de volta ao normal agora, mas ainda estava sob custódia de outro, aquele que não a merecia, que a escravizava em uma vida que Drizzt não podia mais testemunhar.

Nenhum dos pensamentos confusos que seguiram Drizzt Do'Urden fora de Menzoberranzan naquela noite permaneceu. Pela primeira vez em sua vida, ele viu o caminho que deveria seguir, o caminho para sua própria liberdade.

Ele se lembrou das advertências de Zaknafein, e das mesmas alternativas impossíveis que havia contemplado, sem nenhuma resolução.

Para onde mais um drow poderia ir?

— Pior seria estar preso dentro de uma mentira — ele sussurrou distraidamente. A pantera inclinou a cabeça para o lado, sentindo novamente que as palavras de Drizzt tinham grande importância. Drizzt respondeu ao olhar curioso com outro que pareceu sombrio.

— Leve-me ao seu mestre — ele exigiu. — Seu falso mestre.

Capítulo 27

Sonhos tranquilos

Zaknafein afundou em sua cama em um sono fácil — o descanso mais confortável de sua vida. Mesmo alguns sonhos vieram nesta noite, uma onda de sonhos. Longe de serem tumultuosos, apenas aumentavam seu conforto. Zak agora estava livre de seu segredo, da mentira que o dominou por todos os dias de sua vida adulta.

Drizzt tinha sobrevivido! Mesmo a temida Academia de Menzoberranzan não podia intimidar o espírito indomável da juventude e seu senso de moralidade. Zaknafein Do'Urden não estava mais sozinho. Os sonhos que vieram em sua mente mostraram-lhe as mesmas possibilidades maravilhosas que haviam seguido Drizzt até fora da cidade.

Lado a lado, eles seriam imbatíveis, dois como um contra as bases pervertidas de Menzoberranzan.

Uma dor penetrante em seu pé arrancou Zak de seu sono. Ele viu Briza imediatamente, aos pés de sua cama, com seu chicote de cobras na mão. Instintivamente, Zak levou a mão para o lado para pegar sua espada.

A arma não estava lá. Vierna estava no lado da sala, segurando-a. No lado oposto, Maya segurava a outra espada de Zak.

"Como elas entraram tão furtivamente?" Zak se perguntou. Silêncio mágico, sem dúvida, mas ainda estava surpreso por não ter percebido sua presença a tempo. Nada jamais o pegara despreparado, acordado ou adormecido.

Também nunca dormiu tão profundamente e pacificamente. Talvez, em Menzoberranzan, tais sonhos agradáveis fossem perigosos.

— Matriarca Malícia vai vê-lo — anunciou Briza.

— Eu não estou vestido apropriadamente — Zak respondeu casualmente. — Meu cinto e armas, por favor.

— Não — Briza disparou, mais para as irmãs do que para Zak. — Você não precisará das armas.

Zak imaginou o contrário.

— Venha. Agora — ordenou Briza, logo antes de levantar o chicote.

— Em seu lugar, eu garantiria ter certeza das intenções de Matriarca Malícia antes de agir de forma tão ousada — advertiu Zak. Lembrando-se do poder do macho que acabou de ameaçar, Briza baixou a arma.

Zak desceu da cama e pôs o mesmo olhar intenso sobre Maya e Vierna alternadamente, observando suas reações, para tentar concluir melhor as razões de Malícia em convocá-lo.

Elas o cercaram quando ele saiu de seu quarto, mantendo uma distância cautelosa, à postos, do mortal mestre de armas.

— Deve ser sério — Zak observou calmamente, de modo que apenas Briza, à frente do grupo, pudesse ouvir. Briza virou-se e lhe lançou um sorriso perverso que não fez nada para dissipar suas suspeitas.

Nem Matriarca Malícia, que se inclinou para frente sobre seu trono em antecipação mesmo antes que entrassem na sala.

— Matriarca — cumprimentou Zak, curvando-se em um arco e puxando o lado de suas vestes de dormir para fora, de modo que chamasse a atenção para suas vestes inapropriadas. Ele queria que Malícia soubesse sobre seus sentimentos em relação a ser ridicularizado em uma hora tão tardia.

A matriarca não ofereceu nenhuma saudação em retorno. Ela voltou a se recostar em seu trono. Uma mão delgada acariciava seu queixo afilado, enquanto seus olhos se fixavam sobre Zaknafein.

— Talvez você possa me dizer por que me convocou — Zak ousou dizer, contendo um toque de sarcasmo em sua voz. — Eu preferiria voltar ao meu sono. Não devemos dar à Casa Hun'ett a vantagem de um mestre de armas cansado.

— Drizzt se foi — grunhiu Malícia.

A notícia atingiu a Zak como um pano molhado. Ele se endireitou, e o sorriso provocador desapareceu de seu rosto.

— Ele deixou a casa contra minhas ordens — prosseguiu Malícia. Zak relaxou visivelmente; quando Malícia anunciou que Drizzt se fora, Ele pensou primeiro que ela e suas seguidoras desonestas o houvessem expulsado ou matado.

— Um menino impulsivo — observou Zak. — Certamente voltará em breve.

— Impulsivo — ecoou Malícia, seu tom não dava a entender que usava o adjetivo sob uma luz positiva.

— Ele vai voltar — disse Zak novamente. — Não há necessidade de alarme, nem de tomar medidas tão extremas.

Ele encarou Briza, embora soubesse bem que a Matriarca Mãe o convocara para essa reunião com o objetivo de fazer mais do que informá-lo sobre a partida de Drizzt.

— O segundo filho desobedeceu à Matriarca Mãe — Briza grunhiu em uma interrupção ensaiada.

— Impulsivo — Zak disse novamente, tentando não rir. — Uma pequena indiscrição.

— Ele parece cometê-las tão frequentemente... — comentou Malícia. — Como outro macho impulsivo da Casa Do'Urden.

Zak curvou-se novamente, tomando suas palavras como um elogio. Malícia já havia decidido seu castigo, se quisesse mesmo castigá-lo, então, suas ações agora, neste julgamento (se isso fosse de fato um julgamento) seriam de pouca importância.

— O garoto desagradou à Rainha Aranha! — Malícia rosnou, claramente furiosa e cansada do sarcasmo de Zak. — Mesmo você nunca foi burro o suficiente para fazer isso!

Uma nuvem negra passou pelo rosto de Zak. Esta reunião era realmente séria; a vida de Drizzt poderia estar em jogo.

— Mas você já sabe de seu crime — continuou Malícia, recostando-se de novo. Ela gostava do fato de ter Zak encurralado e na defensiva. Ela encontrou seu ponto vulnerável. Era a vez dela provocar.

— Por sair de casa? — Zak protestou. — Um pequeno erro de julgamento. Lolth não se preocuparia com uma questão tão insignificante.

— Não finja ignorância, Zaknafein. Você sabe que a criança élfica está viva.

Zak perdeu a respiração com um engasgo agudo. Malícia sabia! Aliás, que se dane: Lolth sabia!

— Estamos prestes a ir à guerra — continuou Malícia calmamente —, não temos o favor de Lolth, e devemos corrigir a situação.

Ela olhou diretamente para Zak.

— Você está ciente de nossos caminhos e sabe que devemos fazer isso.

Zak assentiu, sem outra opção. Qualquer coisa que fizesse agora para discordar só pioraria as coisas para Drizzt, se é que as coisas pudessem ficar piores.

— O segundo filho deve ser punido — disse Briza.

Outra interrupção ensaiada, Zak sabia. Ele se perguntou quantas vezes Briza e Malícia haviam praticado esse encontro.

— Eu devo puni-lo, então? — Zak perguntou. — Eu não vou chicotear o menino; essa não é minha função.

— A punição do garoto não é problema seu — disse Malícia.

— Então por que perturbar meu sono? — Zak perguntou, tentando se separar da situação de Drizzt, mais por causa de Drizzt do que por si.

— Eu pensei que você gostaria de saber — respondeu Malícia. — Você e Drizzt ficaram tão mais próximos hoje durante sua prática... Pai e filho.

Ela os vira! Zak percebeu. Malícia e provavelmente aquela miserável Briza, assistiram a todo o encontro! Zak deixou sua cabeça cair quando ele percebeu que, sem querer, havia sido em parte responsável pela situação de Drizzt.

— Uma criança élfica vive — Malícia começou lentamente, lançando cada palavra com clareza dramática —, e um jovem drow deve morrer.

— Não! — a palavra saiu de Zak antes que ele pudesse sequer perceber que estava falando. Ele tentou encontrar alguma saída. — Drizzt é jovem. Ele não sabia...

— Ele sabia exatamente o que estava fazendo! — Malícia gritou com ele. — Ele não se arrepende de suas ações! Ele é muito parecido com você, Zaknafein! Parecido demais.

— Então ele pode aprender — argumentou Zak. — Eu não tenho sido um fardo para você, Malí... Matriarca Malícia. Minha presença foi vantajosa pra você. Drizzt não é menos habilidoso do que eu, ele pode ser valioso para nós.

— Perigoso para nós — corrigiu Matriarca Malícia. — Vocês dois juntos? Essa ideia não me agrada.

— Sua morte ajudará a Casa Hun'ett — advertiu Zak, se agarrando em qualquer coisa que pudesse encontrar para dissuadir a matriarca.

— A Rainha Aranha exige sua morte — respondeu Malícia severamente. — Ela deve ser satisfeita se Daermon N'a'shezbaernon desejar ter alguma esperança em sua luta contra a Casa Hun'ett.

— Eu imploro, não mate o garoto.

— Empatia? — zombou Malícia. — Essa não é uma característica de um guerreiro drow, Zaknafein. Você perdeu seu impulso de luta?

— Estou velho, Malícia.

— Matriarca Malícia! — Briza protestou, mas Zak a encarou com o olhar tão gelado que a fez abaixar seu chicote de cobras antes mesmo de começar a usar.

— E ficarei ainda mais velho se Drizzt for morto.

— Eu também não desejo isso — concordou Malícia, mas Zak reconheceu sua mentira. Ela não se preocupava com Drizzt, ou com qualquer outra coisa além de ganhar o favor da Rainha Aranha. — No entanto, não vejo nenhuma alternativa. Drizzt irritou Lolth, e ela deve ser apaziguada antes da nossa guerra.

Zak começou a entender. Esta reunião não era sobre Drizzt. Nunca fora.

— Leve-me no lugar do garoto — disse ele.

O sorriso estreito de Malícia não conseguiu esconder o quanto sua surpresa era falsa. Era o que desejara desde o início.

— Você é um guerreiro testado em batalha — argumentou a Matriarca. — Seu valor, como já admitiu, não pode ser subestimado. Sacrificar você para a Rainha Aranha a apaziguaria, mas e o vazio que seria deixado na Casa Do'Urden na sequência da sua passagem?

— É um vazio que Drizzt pode preencher — respondeu Zak. Ele secretamente esperava que Drizzt, ao contrário dele, encontrasse alguma forma de fugir de tudo aquilo, alguma brecha pela qual pudesse escapar dos planos malignos de Matriarca Malícia.

— Você está certo disso?

— Ele é meu igual em batalha — assegurou Zak. — E vai se tornar mais forte, além do que eu jamais imaginaria ser.

— Você está disposto a fazer isso por ele? — zombou Malícia enquanto uma baba ansiosa se acumulava nos cantos de sua boca.

— Você sabe que sim — respondeu Zak.

— Como sempre, um idiota — Malícia colocou.

— E, para o seu desgosto — continuou Zak, destemido —, você sabe que Drizzt faria o mesmo por mim.

— Ele é jovem — ronronou Malícia. — Eu o ensinarei melhor.

— Como você me ensinou? — rebateu Zak.

O sorriso vitorioso de Malícia tornou-se uma careta.

— Eu o aviso, Zaknafein — ela rosnou em toda sua raiva —, se você fizer qualquer coisa para interromper a cerimônia para apaziguar a Rainha Aranha… se, no final da sua vida desperdiçada, você escolher me irritar uma última vez, darei Drizzt a Briza. Ela e seus brinquedos de tortura o levarão a Lolth!

Sem medo, Zak manteve a cabeça erguida:

— Eu me voluntariei, Malícia. Divirta-se o quanto quiser. No final, Zaknafein estará em paz; Malícia Do'Urden sempre estará em guerra.

Tremendo de raiva, tendo o momento de seu triunfo roubado por algumas palavras simples, Malícia só podia sussurrar:

— Peguem-no!

Zak não ofereceu resistência quando Vierna e Maya amarraram-no ao altar em forma de aranha na capela. Ele observava principalmente Vierna, notando um rascunho de empatia se esgueirando por seus olhos quietos. Ela também poderia ter sido como ele, mas qualquer esperança que tivesse para essa possibilidade havia sido enterrada há muito tempo sob a implacável pregação da Rainha Aranha.

— Você está triste — Zak comentou com ela.

Vierna se endireitou e puxou firmemente uma das cordas que amarravam Zak, arrancando do mestre de armas uma careta de dor.

— É uma pena — ela respondeu tão friamente quanto podia. — A Casa Do'Urden deve dar algo muito valioso para compensar a ação tola de Drizzt. Eu teria gostado de ver vocês dois em batalha.

— A Casa Hun'ett não teria gostado da visão — Zak respondeu com uma piscadela. — Não chore… minha filha.

Vierna deu-lhe um tapa forte na cara.

— Leve suas mentiras ao seu túmulo!

— Negue o quanto quiser, Vierna. — foi tudo o que Zak se preocupou em responder.

Vierna e Maya se afastaram do altar. Vierna lutava para manter sua carranca e Maya continha uma risada divertida quando Matriarca Malícia e Briza entraram na sala. A Matriarca Mãe vestia seu melhor manto cerimonial, preto e parecido com uma teia, que se agarrava e flutuava sobre ela ao mesmo tempo, e Briza carregava um cofre sagrado.

Zak não lhes deu atenção quando começaram seu ritual, entoando louvores à Rainha Aranha, oferecendo suas esperanças de apaziguá-la. Zak tinha suas próprias esperanças naquele momento.

— Vença todas elas — ele sussurrou em voz baixa. — Faça mais do que sobreviver, meu filho, como eu sobrevivi. Viva! Seja fiel aos chamados de seu coração.

O braseiro rugia em vida; o quarto brilhava. Zak sentiu o calor, e sabia que o contato com aquele plano mais sombrio havia sido alcançado.

— Leve esta… — Ele ouviu Matriarca Malícia entoando, mas ele tirou as palavras de seus pensamentos e continuou as orações finais de sua vida.

O punhal em forma de aranha pairava sobre seu peito. Malícia apertou o instrumento em suas mãos ossudas, o brilho de sua pele banhada em suor captando o reflexo alaranjado das chamas em um brilho surrealista.

Surreal, como a transição da vida para a morte.

Capítulo 28

Dono legítimo

Quanto tempo havia passado? Uma hora? Duas? Masoj andava de um lado para o outro no vão entre os dois montes de estalagmites a poucos metros da entrada do túnel que Drizzt e Guenhwyvar haviam tomado.

— A gata já deveria ter voltado a essa hora — o mago resmungou, no final de sua paciência.

O alívio inundou seu rosto um momento depois, quando a grande cabeça negra de Guenhwyvar apareceu espiando pela borda do túnel, por trás de uma das estátuas guardiãs. O pelo ao redor da boca da gata estava molhado com sangue fresco.

— Está feito? — Masoj perguntou, mal conseguindo conter um grito de euforia. — Drizzt Do'Urden está morto?

— Acho difícil — veio a resposta. Drizzt, apesar de todo o seu idealismo, teve que admitir ter sentido certo prazer à medida que uma nuvem de pavor resfriava o fogo da exultação nas bochechas do mago.

— O que é isso, Guenhwyvar? — Masoj exigiu. — Faça o que eu lhe digo! Mate-o agora!

Guenhwyvar lançou um olhar vazio na direção de Masoj, depois se deitou aos pés de Drizzt.

— Você admite ter tentado me matar? — Drizzt perguntou.

Masoj mediu a distância até seu adversário — três metros. Ele talvez fosse capaz de lançar um feitiço. Talvez. Masoj tinha visto Drizzt se mover, rápido e seguro, e tinha pouco desejo de tentar atacá-lo se pudesse encontrar outra saída para situação. Drizzt ainda não havia sacado uma arma, embora as mãos do jovem guerreiro descansassem casualmente sobre os cabos de suas lâminas mortais.

— Eu entendo — Drizzt continuou calmamente. — A Casa Hun'ett e a Casa Do'Urden estão à beira da guerra.

— Como você ficou sabendo disso? — Masoj deixou escapar sem pensar, chocado demais com a revelação para supor que Drizzt poderia simplesmente estar fazendo isso para levá-lo a uma confissão.

— Eu sei de muitas coisas, mas me importo com poucas — respondeu Drizzt. — A Casa Hun'ett deseja entrar em guerra contra minha família. Por qual motivo, não posso adivinhar.

— Para vingar a Casa DeVir! — veio uma resposta de uma direção diferente.

Alton, de pé ao lado de uma estalagmite, olhou para Drizzt.

Um sorriso se espalhou pelo rosto de Masoj. As probabilidades mudaram tão rapidamente.

— A Casa Hun'ett não se importa com a Casa DeVir — respondeu Drizzt, ainda sereno em face desse novo desenvolvimento. — Aprendi o suficiente sobre os caminhos do nosso povo para saber que casa nenhuma se importa com o destino da outra.

— Mas eu me importo! — Alton gritou antes de jogar o capuz de sua capa para trás, descobrindo seu rosto horrendo, marcado pelo ácido por causa de sua necessidade em assumir aquele disfarce. — Eu sou Alton DeVir, o único sobrevivente da Casa DeVir! A Casa Do'Urden vai morrer por seus crimes contra minha família, começando com você.

— Eu sequer tinha nascido quando a batalha aconteceu — disse Drizzt.

— Não importa! — Alton rosnou. — Você é um Do'Urden, um Do'Urden imundo. Isso é o que importa!

Masoj jogou a estatueta de ônix no chão.

— Guenhwyvar! — ordenou. — Vá embora!

A gata olhou por cima do ombro para Drizzt, que assentiu com a cabeça.

— Vá! — Masoj gritou novamente. — Eu sou seu mestre! Você não pode me desobedecer!

— Você não é dono da gata — disse Drizzt calmamente.

— Quem é, então? — rebateu Masoj. — Você?

— Guenhwyvar — respondeu Drizzt. — Somente Guenhwyvar. Achei que um mago tivesse uma melhor compreensão da magia ao seu redor.

Com um grunhido baixo, Guenhwyvar atravessou a pedra até a estatueta e se dissipou em uma névoa.

A pantera percorreu a distância do túnel planar em direção a sua casa no plano astral. Antes, Guenhwyvar ficava ansiosa para fazer esta jornada, para escapar das ordens sujas de seus mestres drow. No entanto desta vez, a gata hesitava a cada passo, olhando por cima do ombro para o ponto de escuridão que era Menzoberranzan.

— Vai negociar? — ofereceu Drizzt.

— Você não está em posição de fazer barganhas — riu Alton, sacando a varinha delgada que Matriarca SiNafay lhe havia dado.

Masoj cortou-o.

— Espere — disse ele. — Talvez Drizzt seja valioso em nossa luta contra a Casa Do'Urden. — ele olhou diretamente para o jovem guerreiro. — Você trairia sua família?

— Acho difícil — Drizzt riu. — Como eu já disse para você, eu pouco me importo com o conflito que virá. Quero que tanto a Casa

Hun'ett quanto a Casa Do'Urden vão para o inferno, o que certamente é o que vai acontecer. Minhas preocupações são pessoais.

— Você deve ter algo para nos oferecer em troca — explicou Masoj. — Caso contrário, que negociação seria essa?

— Eu tenho algo para dar em troca: — respondeu Drizzt, com a voz calma — suas vidas.

Masoj e Alton olharam um para o outro e riram alto, mas havia um traço de nervosismo em suas risadas.

— Me dê a estatueta, Masoj — continuou Drizzt, sem medo. — Guenhwyvar nunca pertenceu a você e não o servirá mais.

Masoj parou de rir.

— Em troca — Drizzt prosseguiu antes que o mago pudesse responder —, vou deixar a Casa Do'Urden e não vou participar da batalha.

— Cadáveres não lutam — zombou Alton.

— Vou levar outro Do'Urden comigo — Drizzt cuspiu para ele. — Um mestre de armas. Certamente a Casa Hun'ett ganharia uma grande vantagem se Drizzt e Zaknafein...

— Silêncio! — gritou Masoj. — A gata é minha! Eu não preciso de nenhum acordo com um Do'Urden lamentável! Você está morto, idiota, e o mestre de armas da Casa Do'Urden irá segui-lo até seu túmulo!

— Guenhwyvar é livre! — disse Drizzt.

As cimitarras logo estavam nas mãos de Drizzt. Ele nunca havia lutado de fato contra um mago antes, muito menos dois, mas ele se lembrava vividamente dos combates anteriores de como seus feitiços doíam. Masoj já havia começado a conjurar, mas sua maior preocupação era Alton, fora de seu alcance rápido e apontando aquela varinha delgada.

Antes que Drizzt decidisse seu curso de ação, a questão foi resolvida por ele. Uma nuvem de fumaça envolveu Masoj e ele caiu para trás, seu feitiço interrompido com o choque.

Guenhwyvar estava de volta.

Alton estava fora do alcance de Drizzt. Ele não conseguiria chegar ao mago antes que a varinha fosse disparada, mas, para os músculos felinos de Guenhwyvar, a distância não era tão grande. As pernas traseiras pisotearam em um apoio e dispararam, lançando a pantera em caça pelo ar.

Alton levantou a varinha para encarar esse novo inimigo a tempo e lançou um raio poderoso, chamuscando o peito de Guenhwyvar. Seria preciso, no entanto, uma força maior do que um único relâmpago, para deter a pantera feroz. Atordoada, mas ainda lutando, Guenhwyvar bateu no mago sem rosto, tombando-o por trás do monte da estalagmite.

O brilho do relâmpago também surpreendeu Drizzt, mas ele continuou a perseguir Masoj e só podia esperar que Guenhwyvar tivesse sobrevivido. Ele correu ao redor da base de outra estalagmite e ficou cara a cara com Masoj, mais uma vez no ato da conjuração. Drizzt não desacelerou; abaixou a cabeça e investiu em seu oponente, as cimitarras mostrando o caminho.

Ele passou direto por Masoj — por dentro da imagem de seu adversário.

Drizzt bateu pesadamente na pedra e rolou para o lado, tentando escapar do ataque mágico que ele sabia vir em seguida.

Desta vez, Masoj, estando nove metros atrás da projeção de sua imagem, não se arriscaria a errar. Ele lançou uma saraivada de dardos mágicos de energia que guinaram infalivelmente até interceptar o ágil guerreiro. Eles se chocaram contra Drizzt, sacudindo-o, ferindo-o sob sua pele.

Mas Drizzt foi capaz de afastar a dor entorpecente e recuperar o equilíbrio. Ele sabia onde o verdadeiro Masoj estava parado agora e não tinha intenção de deixar o patife fora de sua vista novamente.

Com uma adaga na mão, Masoj observou a abordagem de Drizzt, que não entendeu. Por que o mago não estava preparando outro feitiço? A queda tinha reaberto a ferida no ombro de Drizzt, e os dardos mágicos haviam rasgado seu flanco e uma perna. Os ferimentos não eram graves, e Masoj não tinha nenhuma chance contra ele em um combate físico.

O mago estava indiferente, diante dele, um uma adaga em mãos e um sorriso malicioso no rosto.

Tendo batido o rosto contra a pedra dura, Alton sentia o calor de seu próprio sangue correr livremente entre os buracos derretidos que eram seus olhos. A gata estava mais alto, ao lado do monte, ainda não totalmente recuperada do relâmpago.

Alton se forçou a levantar e ergueu sua varinha para um segundo golpe... mas a varinha se partiu ao meio.

Freneticamente, Alton recuperou a outra peça e segurou-a diante de seus olhos derretidos e descrentes. Guenhwyvar estava vindo de novo, mas ele não percebeu.

As extremidades brilhantes da varinha, uma estrutura de poder dentro da varinha mágica, o mantinha dominado, em choque.

— Você não pode fazer isso — Alton sussurrou em protesto.

Guenhwyvar saltou no momento em que a varinha quebrada explodiu.

Uma bola de fogo rugiu pela noite de Menzoberranzan, pedaços de escombros dispararam na parede e no teto do leste da grande caverna, e Drizzt e Masoj foram derrubados com o impacto.

— Agora Guenhwyvar não pertence a ninguém — Masoj zombou, jogando a estatueta no chão.

— Não há nenhum DeVir para exigir vingança sob a Casa Do'Urden — Drizzt grunhiu de volta, sua raiva adiando seu desespero. Masoj tornou-se o foco daquela raiva, o riso zombeteiro do mago levou Drizzt em direção a ele em uma corrida furiosa. Assim que ele chegou perto o suficiente, Masoj estalou os dedos e desapareceu.

— Invisível — Drizzt grunhiu, cortando futilmente o ar vazio diante dele. Seus esforços o levaram à beira da sua raiva cega, e ele percebeu que Masoj já não estava à sua frente. Quão tolo ele deveria ter parecido aos olhos do mago. Quão vulnerável!

Drizzt agachou-se para ouvir. Ele sentiu um entoar distante vindo de cima, na parede da caverna.

Os instintos de Drizzt diziam-lhe para mergulhar para o lado, mas sua nova compreensão sobre os magos lhe disse que Masoj iria antecipar tal movimento. Drizzt fingiu ir para a esquerda e ouviu as palavras finais do feitiço em construção. Enquanto a explosão do relâmpago trovejou inofensiva para o lado, Drizzt correu para a frente, esperando que sua visão voltasse a tempo de chegar até o mago.

— Maldito! — gritou Masoj, percebendo a finta assim que terminou de lançar o feitiço. A raiva se tornou terror no instante seguinte, quando Masoj avistou Drizzt correndo através das pedras, pulando os escombros, e cruzando os lados dos montes com toda a graça de um felino em caça.

Masoj começou a revirar seus bolsos em busca dos componentes de seu próximo feitiço. Tinha que ser rápido. Ele estava a seis metros do chão da caverna, empoleirado em um ressalto estreito, mas Drizzt estava se aproximando rápido, incrivelmente rápido!

O chão abaixo dele não era sequer registrado pelos pensamentos conscientes de Drizzt. A parede da caverna teria lhe parecido impossível de se escalar, caso estivesse em um estado racional, mas agora ele sequer se importava. Guenhwyvar não existia mais.

Aquele mago maligno no ressalto, aquela personificação do mal demoníaco, era o responsável. Drizzt saltou para a parede, percebeu ter uma mão livre de (ve ter descartado uma cimitarra) e se agarrou firmemente. Não seria o suficiente para um drow racional, mas a mente de Drizzt ignorou os protestos dos músculos de seus dedos já esgotados. Ele tinha apenas mais três metros para subir.

Outra rajada de raios de energia atingiu Drizzt, martelando o topo da sua cabeça em rápida sucessão.

— Quantos feitiços você ainda tem, mago? — ele se ouviu gritando desafiadoramente enquanto ignorava a dor.

Masoj caiu para trás quando Drizzt olhou para ele, quando a luz cegante daqueles olhos cor de lavanda caíram sobre si como prenúncio da desgraça que o aguardava. O mago havia visto Drizzt em batalha muitas vezes, e a visão do jovem guerreiro lutando contra ele o havia perseguido através de todo o planejamento deste assassinato.

Mas Masoj nunca havia visto Drizzt furioso antes. Se tivesse, nunca teria concordado em tentar matá-lo. Se tivesse, teria mandado Matriarca SiNafay ir se sentar em uma estalagmite.

Qual seria o próximo feitiço? Que feitiço poderia retardar Drizzt?

Uma mão, brilhando com o calor da raiva, agarrou a borda do ressalto. Masoj a pisoteou com o salto de sua bota. Os dedos de Drizzt foram quebrados — o mago sabia que foram — mas impossivelmente logo ele estava a seu lado, e a lâmina de uma cimitarra passou entre as costelas do mago...

— Seus dedos estão quebrados! — o mago moribundo ofegou em reclamação. Drizzt olhou para sua mão e notou a dor pela primeira vez.

— Talvez — respondeu Drizzt, com um ar vazio —, mas *eles* vão se curar.

Drizzt, mancando, encontrou sua outra cimitarra e cautelosamente abriu caminho sobre os escombros de um dos montes. Lutando contra o medo dentro de seu coração partido, ele se forçou a espreitar por cima do cume, na direção da destruição. A parte de trás do monte brilhava estranhamente em um calor residual, um farol para a cidade que despertava.

Estava longe de ser discreto.

Os pedaços de Alton DeVir estavam espalhados no fundo, ao redor das vestes ardentes do mago.

— Você encontrou a paz, Sem Rosto? — Drizzt sussurrou, exalando o último resquício de sua raiva. O jovem guerreiro lembrou-se do ataque que Alton tinha lançado contra ele há tantos anos na Academia. Sem Rosto e Masoj haviam justificado aquele ataque como sendo um teste para um guerreiro em treinamento.

— Você carregou seu ódio por tanto tempo... — murmurou Drizzt aos pedaços do cadáver.

Mas Alton DeVir não era sua preocupação agora. Ele examinou o resto do entulho, à procura de alguma pista sobre o destino de Guenhwyvar, sem ter certeza de como uma criatura mágica se sairia em um desastre como aqueles. Não havia sinal nenhum da gata, nada que sequer insinuasse que Guenhwyvar esteve lá.

Drizzt conscientemente se lembrou de que não havia esperança, mas a velocidade ansiosa de seus passos zombava de seu semblante severo. Correu de volta para baixo do monte e ao redor da outra estalagmite, onde Masoj e ele haviam estado quando a varinha explodiu. Ele encontrou a estatueta de ônix imediatamente.

Ergueu-a suavemente em suas mãos. Estava quente, como se também houvesse sido pega pela explosão, e sentiu que sua magia havia diminuído. Drizzt queria chamar a gata naquele momento, mas não se atreveu, sabendo que a viagem entre os planos exigia muito de Guenhwyvar. Se a gata tivesse sido ferida, Drizzt percebeu que seria melhor dar-lhe algum tempo para se recuperar.

— Oh, Guenhwyvar — lamentou. — Minha amiga, minha brava amiga.

Ele deixou a estatueta cair em seu bolso.

Só podia esperar que Guenhwyvar tivesse sobrevivido.

Capítulo 29

Solitário

Drizzt caminhou de volta ao redor da estalagmite, de volta para o corpo de Masoj Hun'ett. Ele não teve escolha a não ser matar seu adversário; Masoj havia decido os limites da batalha.

Esse fato não era muito útil para dissipar a culpa que Drizzt sentia enquanto olhava para o cadáver. Ele havia matado outro drow, tinha tomado a vida de um dos seus. Será que estava preso, como Zaknafein estivera preso por tantos anos, em um ciclo de violência que não conhecia fim?

— Nunca mais — Drizzt prometeu ao cadáver. — Nunca mais vou matar um elfo negro.

Ele se afastou, enojado, e soube no instante em que olhou de volta para os montes silenciosos e sinistros da vasta cidade drow que não sobrevivência por muito tempo em Menzoberranzan se mantivesse aquela promessa.

Mil possibilidades giravam pela mente de Drizzt enquanto voltava através dos caminhos sinuosos de Menzoberranzan. Ele deixou os pensamentos de lado, os impedindo de entorpecer o seu estado de alerta. A luz era geral agora em Narbondel; o dia dos drow estava em seu início, e a atividade começara em todos os cantos da cidade. No mundo da superfície, o dia era o momento mais seguro, quando a luz expunha os assassinos. Na escuridão eterna de Menzoberranzan, o dia dos elfos negros era ainda mais perigoso do que a noite.

Drizzt abriu caminho cuidadosamente, se mantendo o mais longe possível dos muros de cogumelos das casas mais nobres, principalmente os da Casa Hun'Ett. Ele não encontrou mais nenhum adversário e chegou à segurança do complexo Do'Urden pouco tempo depois. Então, o jovem guerreiro correu até o portão e passou pelos soldados surpresos, sem oferecer uma palavra de explicação, antes de afastar os guardas que mantinham seu posto abaixo da sacada.

A casa estava estranhamente silenciosa; Drizzt esperava encontrá-los todos espalhados pelo complexo, com a batalha iminente. Ele não deu muita atenção àquela quietude sinistra, e se dirigiu imediatamente ao salão de treinamento, aos aposentos privados de Zaknafein.

Drizzt parou por um segundo do lado de fora da porta de pedra do salão de treino, com a mão ao redor da maçaneta do portal. O que proporia ao seu pai? Que fossem embora? Ele e Zaknafein nas trilhas perigosas do Subterrâneo, lutando quando necessário e fugindo da culpa avassaladora por sua existência sob o domínio drow? Drizzt gostou da ideia, mas não estava tão certo agora, de pé diante da porta, de que poderia convencer Zak a seguir tal curso. Zak poderia ter saído antes, a qualquer momento durante os séculos de sua vida, mas quando Drizzt lhe perguntou por que permaneceu, o calor havia deixado o rosto do Mestre de Armas. Será que eles estavam mesmo presos à vida oferecida por Matriarca Malícia e suas capangas malignas?

Drizzt fez uma careta, expulsando suas preocupações; não fazia sentido algum discutir consigo mesmo com Zak a apenas alguns passos de distância.

O salão de treino estava tão quieto quanto o resto da casa. Quieto demais. Drizzt não esperava que Zak estivesse lá, mas havia algo mais do que seu pai ausente. A atmosfera da presença de seu pai, também, não estava mais ali.

Drizzt sabia que algo estava errado, a cada passo que dava em direção à porta dos aposentos de Zak se acelerava gradativamente até que estivesse finalmente correndo. Ele entrou sem bater, nem um pouco surpreso ao achar a cama vazia.

— Malícia deve tê-lo enviado lá fora para procurar por mim — supôs Drizzt. — Droga, eu acabei dando mais trabalho para ele!

Ele se virou para sair, mas uma coisa lhe chamou a atenção e fez com que ficasse no quarto: o cinto onde Zak prendia suas armas.

O mestre de armas jamais deixaria seu quarto, mesmo para funções dentro da segurança da Casa Do'Urden, sem suas espadas. "Sua arma é sua companheira mais confiável." Zak tinha dito a Drizzt milhares de vezes. "Mantenha-a sempre ao seu lado!"

— Casa Hun'Ett? — Drizzt sussurrou, se perguntando se a casa rival tinha magicamente atacado durante a noite, enquanto ele estava fora lutando contra Alton e Masoj. Porém o complexo estava sereno; certamente os soldados saberiam se algo parecido tivesse acontecido.

Drizzt pegou o cinto para inspeção. Não havia sangue, e a fivela havia sido aberta cuidadosamente. Nenhum inimigo o havia arrancado de Zak. A bolsa do mestre de armas estava ao lado, também intacta.

— Mas o que...? — Drizzt perguntou em voz alta. Ele colocou o cinto ao lado da cama, mas pendurou a bolsa atravessada em seu pescoço, e virou-se, sem saber para onde deveria ir em seguida.

Ele teria que checar o estado do resto da família, percebeu antes mesmo de sair pela porta. Talvez então este enigma sobre Zak se tornasse mais claro.

O terror cresceu a partir desse pensamento, enquanto Drizzt seguia pelo corredor longo e decorado que levava à antessala da capela. Malícia, ou qualquer um deles, teria feito mal a Zak? Por quê? A ideia não parecia fazer sentido algum para Drizzt, mas o perseguia a cada passo, como se algum sexto sentido o avisasse de algo.

Ainda não havia nenhum sinal de ninguém.

As portas ornamentadas da antessala se abriram, mágica e silenciosamente, no momento em que Drizzt levantou a mão para bater. Sua primeira visão foi Matriarca Mãe, sentada presunçosamente em seu trono na parte de trás da sala, com um sorriso convidativo em seu rosto.

O desconforto de Drizzt não diminuiu quando entrou. A família inteira estava lá: Briza, Vierna e Maya aos lados de sua Matriarca, Rizzen e Dinin permanecendo discretamente ao lado da parede esquerda. A família inteira. Exceto Zak.

Matriarca Malícia estudou seu filho com cuidado, observando suas muitas feridas.

— Eu o instruí a não sair de casa — disse para Drizzt, embora, estranhamente, não o estivesse repreendendo. — Onde suas viagens o levaram?

— Onde está Zaknafein? — Drizzt perguntou em resposta.

— Responda à Matriarca Mãe! — Briza gritou para ele, seu chicote de cobras muito à mostra em seu cinto.

Drizzt a encarou e ela recuou, sentindo o mesmo frio amargo que Zaknafein havia lançado sobre ela no início da noite.

— Eu instruí você a não sair de casa — disse Malícia novamente, ainda mantendo a calma. — Por que você me desobedeceu?

— Tinha assuntos a tratar — Drizzt respondeu. — Assuntos urgentes. Não queria incomodá-la com eles.

— A guerra está se aproximando, meu filho — Matriarca Malícia explicou. — Você ficaria vulnerável estando sozinho na cidade. A Casa Do'Urden não pode perder você agora.

— Eram assuntos que eu precisava resolver sozinho — respondeu Drizzt.

— Está tudo resolvido agora?

— Está.

— Então, confio que não vai me desobedecer novamente — as palavras soaram calmas e tranquilas, mas Drizzt compreendeu imediatamente a gravidade da ameaça por trás delas.

— Sigamos para outros assuntos, então — Malícia continuou.

— Onde está Zaknafein? — Drizzt ousou perguntar.

Briza murmurou baixo algum palavrão e puxou o chicote de seu cinto. Matriarca Malícia levantou uma mão aberta em sua direção para detê-la. Ambas precisavam de tato, não de brutalidade, para trazer Drizzt para o controle delas naquele momento crítico. Haveria amplas oportunidades para a punição... Após a Casa Hun'Ett ser devidamente derrotada.

— Não se preocupe com o destino do mestre de armas — Matriarca Malícia respondeu. — Enquanto conversamos aqui, ele está trabalhando para o bem da Casa Do'Urden... Em uma missão pessoal.

Drizzt não acreditou em nada disso. Zak nunca sairia sem suas armas. A verdade pairou sobre os pensamentos de Drizzt, mas ele se recusava a admiti-la.

— Nossa preocupação é com a Casa Hun'Ett — Malícia continuou, dirigindo-se a todos eles. — Os primeiros ataques da guerra podem começar no dia de hoje.

— Os primeiros ataques já começaram — interrompeu Drizzt. Todos os olhos se voltaram para ele, para seus ferimentos. Ele queria continuar a discussão sobre Zak, mas sabia que, dessa forma, só iria colocar a si mesmo, e Zak, se ainda estivesse vivo, em mais problemas. Talvez a conversa lhe trouxesse mais pistas.

— Você esteve em batalha? — Malícia perguntou.

— Vocês sabem quem é Sem Rosto? — Drizzt perguntou de volta.

— Um mestre da academia — Dinin respondeu — de Magace. Nós lidamos com ele várias vezes.

— Ele foi útil para nós no passado — completou Malícia —, mas não mais, creio eu. Ele é um Hun'Ett, Gelroos Hun'Ett.

— Não — respondeu Drizzt. — Ele pode ter sido um dia, mas Alton DeVir é... era... o nome dele.

— A ligação! — Dinin rosnou, entendendo de repente. — Gelroos deveria matar Alton na noite da queda da Casa DeVir!

— Parece que Alton DeVir se provou mais forte — ponderou Malícia, em um momento de clareza. — Matriarca SiNafay Hun'Ett aceitou-o, e o usou em benefício próprio — explicou à sua família. Ela voltou a olhar para Drizzt. — Você lutou com ele?

— Ele está morto — respondeu Drizzt.

Matriarca Malícia gargalhou em deleite.

— Um mago a menos para enfrentar — comentou Briza, pondo seu chicote de volta em seu cinto.

— Dois — corrigiu Drizzt, mas não havia nenhuma vanglória em sua voz. Ele não estava orgulhoso de suas ações. — Masoj Hun'Ett não existe mais.

— Meu filho! — gritou Matriarca Malícia. — Você nos trouxe uma grande vantagem nesta guerra! — ela encarou a cada um de sua família, infectando-os com sua euforia, exceto a Drizzt. — A Casa Hun'ett não pode sequer optar por nos atacar agora, sabendo a sua desvantagem. Não vamos deixá-los escapar! Vamos destruí-los ainda hoje e nos tornar a oitava casa de Menzoberranzan! Ai dos inimigos de Daermon N'a'shezbaernon!

— Temos que agir imediatamente, minha família — concluiu Malícia, esfregando as mãos em empolgação— Nós não podemos esperar por um ataque. Devemos tomar a ofensiva! Alton DeVir se foi agora; a ligação que justifica essa guerra não existe mais. Certamente, o conselho governante sabia das intenções de Hun'Ett, com os seus dois magos mortos e o elemento surpresa perdido, Matriarca SiNafay irá agir rapidamente para parar a batalha.

A mão de Drizzt, inconscientemente, tocou na bolsa de Zak enquanto os outros se juntaram a Malícia em seu planejamento.

— Onde está Zak? — Drizzt exigiu novamente, superando as vozes empolgadas dos seus. O silêncio caiu tão rapidamente quanto o tumulto começou.

— Ele não é algo com que deva se preocupar, meu filho — Malícia lhe disse, ainda mantendo a seu tato apesar do descaramento de Drizzt. — Você é o mestre de armas da Casa Do'Urden agora. Lolth perdoou sua insolência; não há crimes contra você. Sua carreira pode começar de novo, a alturas gloriosas!

Suas palavras cortaram o jovem guerreiro, tão certamente quanto sua própria cimitarra teria.

— Você o matou — ele sussurrou em voz alta, uma verdade terrível demais para ser contida em seu pensamento silencioso.

O rosto da Matriarca de repente brilhou, quente de raiva.

— Você o matou! — rebateu ela. — Sua insolência exigia uma compensação para a Rainha Aranha!

A língua de Drizzt parecia ter sido amarrada por trás de seus dentes.

— Mas você está vivo — continuou Malícia, relaxando novamente em sua cadeira —, como a criança élfica está viva.

Dinin não foi o único na sala a ofegar audivelmente.

— Sim, nós sabemos de sua farsa — zombou Malícia. — A Rainha Aranha sempre soube. Ela exigiu uma compensação.

— Você sacrificou Zaknafein? — Drizzt ofegou, mal conseguindo continuar falando. — Você o deu para aquela maldita Rainha Aranha?

— Eu tomaria cuidado em como fala da Rainha Lolth — avisou Malícia. — Esqueça Zaknafein. Ele não é problema seu. Cuide de sua própria vida, meu filho guerreiro. Todas as glórias estão sendo oferecidas a você, um status de honra.

Drizzt estava realmente cuidando de sua própria vida naquele momento; estava pensando no caminho proposto que lhe oferecia uma vida de batalha, uma vida de matar drow.

— Você não tem opções — Malícia disse-lhe, vendo seu conflito interior. — Eu estou te oferecendo sua vida. Em troca, você deve fazer o que eu mandar, como Zaknafein fazia.

— E você manteve muito bem o seu trato com ele — Drizzt cuspiu sarcasticamente.

— Sim, eu mantive! — Matriarca Malícia protestou. — Zaknafein foi por escolha própria para o altar, por sua causa!

Suas palavras feriram Drizzt por apenas um momento. Ele não aceitaria a culpa pela morte de Zaknafein! Ele tinha seguido o único curso que podia, na superfície contra os elfos e ali, naquela cidade maligna.

— Minha oferta é boa — insistiu Malícia —, e eu a faço aqui, diante de toda a família. Ambos iremos nos beneficiar desse acordo... mestre de armas?

Um sorriso se espalhou pelo rosto de Drizzt quando ele olhou nos olhos frios de Matriarca Malícia, um sorriso que Malícia tomou como sendo de aceitação.

— Mestre de armas? — ecoou Drizzt.. — Acho que não.

Novamente, Malícia não entendeu.

— Eu o vi em batalha — argumentou. — Dois magos! Você se subestima.

Drizzt quase gargalhou com a ironia de suas palavras. Ela achou que iria falhar onde Zaknafein tinha falhado, que iria cair em sua armadilha como o antigo mestre de armas havia caído, para nunca mais escapar.

— É você quem me subestima, Malícia — Drizzt disse com uma calma ameaçadora.

— Matriarca! — Briza exigiu, mas recuou, vendo que Drizzt e todos os outros a estavam ignorando enquanto o drama se desenrolava.

— Você me pede para servir aos seus desígnios malignos! — Drizzt continuou. Ele sabia, mas não se importava, que todos estavam segurando suas armas ou preparando feitiços, esperando o momento certo para matar o idiota blasfemo. Essas memórias de infância, da agonia dos chicotes de cobras, o lembraram da punição por seus atos. Os dedos de Drizzt se fecharam em torno de um objeto circular, aumentando a sua coragem, embora soubesse que seguiria em frente de qualquer forma.

— Eles são uma mentira, assim como o nosso... não; seu... povo é uma mentira!

— Sua pele é tão escura quanto a minha — lembrou Malícia. — Você é um drow, embora você nunca tenha entendido o que isso significa!

— Oh, eu sei o que significa.

— Então siga as regras! — exigiu Matriarca Malícia.

— Suas regras? — Drizzt rosnou em resposta. — Mas suas regras são uma mentira também, uma mentira tão grande quanto aquela aranha maldita que vocês chamam de divindade!

— Verme insolente! — gritou Briza, erguendo o chicote de cobras.

Drizzt atacou primeiro. Ele puxou o objeto, o pequeno globo de cerâmica, da bolsa de Zaknafein.

— Danem-se todos! — gritou Drizzt enquanto lançava a bola para o chão de pedra. Ele fechou os olhos com força enquanto a pedra dentro da bola, encantada por um feitiço de emanação luminosa, explodia na sala e irrompia nos olhos de seus parentes. — E dane-se aquela Rainha Aranha também!

Malícia cambaleou para trás, empurrando seu grande trono consigo, culminando em uma queda barulhenta contra a pedra dura. Gritos de agonia e raiva vieram de todo o quarto enquanto a luz repentina oprimia os drow atordoados, até que finalmente Vierna conseguiu lançar um contrafeitiço e fez a sala retornar à sua escuridão habitual.

— Peguem-no! — Malícia rosnou, ainda tentando se recuperar da queda. — Quero vê-lo morto!

Os outros quase não haviam se recuperado o suficiente para atender às suas ordens, e Drizzt já estava fora da casa.

Levado pelos ventos silenciosos do Plano Astral, veio o convite. A pantera levantou-se, ignorando suas dores, e reconheceu a voz, uma voz familiar e reconfortante.

Então a gata foi correndo com todo o seu coração e toda a sua força para responder ao chamado de seu novo mestre.

Um pouco mais tarde, Drizzt se arrastou para fora de um pequeno túnel, com Guenhwyvar ao seu lado, e andou pelo pátio da Academia para olhar para Menzoberranzan uma última vez.

— Que lugar é este — Drizzt perguntou baixinho à gata — que eu chamo de lar? Eles são meu povo, pela pele e por herança, mas não sou parente deles. Eles estão perdidos e sempre estarão.

— Pergunto-me quantos outros são como eu — Drizzt sussurrou, olhando uma última vez. — Almas condenadas, assim como foi Zaknafein. Pobre Zak. Eu faço isso por ele, Guenhwyvar; eu vou embora, como ele não podia. Sua vida foi a minha lição, em um rolo de pergaminho negro causticado pelo alto preço exigido pelas promessas malignas de Matriarca Malícia.

— Adeus, Zak! — ele gritou, erguendo a voz como um desafio final. — Meu pai, tenha certeza, como eu, que quando nos encontrarmos novamente, em uma vida após esta, certamente não será no mesmo inferno que os nossos parentes estarão condenados a suportar!

Drizzt fez um gesto para a gata voltar para dentro do túnel, a entrada para o Subterrâneo selvagem. Observando os movimentos suaves da gata, Drizzt percebeu mais uma vez o quão sortudo era por ter encontrado uma companheira como ela, uma verdadeira amiga. O caminho não seria fácil para ele e Guenhwyvar além das fronteiras vigiadas de Menzoberranzan. Eles estariam desprotegidos e sozinhos — ainda que melhor do que estavam, pelas estimativas de Drizzt —, mais do que poderiam estar em meio à maldade dos drow.

Drizzt entrou no túnel escuro, atrás de Guenhwyvar.

E deixou Menzoberranzan para trás.

DRIZZT DO'URDEN VAI VOLTAR

Para acompanhar as novidades da JAMBÔ e acessar conteúdos gratuitos de RPG, quadrinhos e literatura, visite nosso site e siga nossas redes sociais.

🏰 www.jamboeditora.com.br

📘 facebook.com/jamboeditora

🐦 twitter.com/jamboeditora

📷 instagram.com/jamboeditora

▶️ youtube.com/jamboeditora

🎮 twitch.com/jamboeditora

Para ainda mais conteúdo, incluindo colunas, resenhas, quadrinhos, contos, podcasts e material de jogo, faça parte da *Dragão Brasil*, a maior revista de cultura nerd do país.

🐉 www.dragaobrasil.com.br

JAMBÔ

Rua Coronel Genuíno, 209 • Centro Histórico
Porto Alegre, RS • 90010-350
(51) 3391-0289 • contato@jamboeditora.com.br